传统文化

内涵中的伦理悖论探析

——以明清文学为例

◎陈了 编著

四川大学出版社

责任编辑：胡晓燕
责任校对：杜　彬
封面设计：优盛文化
责任印制：王　炜

图书在版编目（CIP）数据

传统文化内涵中的伦理悖论探析：以明清文学为例 /
陈了编著. —— 成都：四川大学出版社，2020.9
ISBN 978-7-5690-3382-3

Ⅰ. ①传… Ⅱ. ①陈… Ⅲ. ①中国文学－古典文学研
究－明清时代 Ⅳ. ①I206.4

中国版本图书馆CIP数据核字(2020)第165136号

书　名	**传统文化内涵中的伦理悖论探析：以明清文学为例**	
著　者	陈　了	
出　版	四川大学出版社	
地　址	成都市一环路南一段 24 号 (610065)	
发　行	四川大学出版社	
书　号	ISBN 978-7-5690-3382-3	
印　刷	三河市华晨印务有限公司	
成品尺寸	170mm×240mm	
印　张	16	
字　数	321 千字	
版　次	2020 年 9 月第 1 版	
印　次	2020 年 9 月第 1 次印刷	
定　价	65.00 元	

◆读者邮购本书，请与本社发行科联系。
电话:(028)85408408/ (028)85401670/
(028)85408023　邮政编码:610065
◆本社图书如有印装质量问题,请
寄回出版社调换。
◆网址:http://www.scupress.net

前言

悖论是指同一命题或推理，表面上隐含着两个对立的结论，而这两个结论却能自圆其说。一种文化是在其所处的特定社会历史环境中产生的。文化是一个民族或者群体的人们共同创造，也共同遵守的体系。上古时代的文化，起因于当时的物质环境。人们为了高效地生产、调动、分配社会物资、人力和精神资源，形成了高度的社会群体性、集约性的集权组织结构，这就构成了儒家伦理学说的源泉。儒家学说是古代社会既成事实的总结，而不是源头；是结果，而不是原因。就中国传统文化的核心价值讲，伦理道德构成了它的内涵，表现为儒家道德理想主义的三纲八目、体现为儒家伦理道德的三纲五常，在古代社会发挥着整合中国人人心秩序与社会秩序的相互关联的作用。

中国古代的制度设计，伦理化是其基本取向。政治上的宗法制度、经济上的均平格局、法律的儒家学说的忠诚至上等，都以其伦理化显示出它们的制度特质。从制度运作的过程来看，在制度设计的起点上，伦理动机决定着制度机制；在制度运作的实际过程中，人们的伦理状况则是制度功能得以发生、制度有效性得以保证、制度本身的状态可以调整的依据；在制度运作的评价上，则是以制度的伦理后果作为评价的基础。

这种制度安排，是一种弱化个体诉求的体系。然而具体到个人，又有自我个性解放的需求或欲望，尤其是对自由的渴望，个人的需求与伦理道德之间有不可调和的矛盾。所以，古代文化在漫长的演变过程中，形成了双面性，一方面，人们要维护儒家理论之中专制集权、绝对等级制的政治结构和社会伦理观念；另一方面，又渴望突破这种对于人性、人伦关系的固化束缚。这就形成了社会观念的双面性和人格的双面性，既有对社会既成事实的维持和认可，也有内心对这种固化结构的厌恶和背叛。个体人格也分化为两面，内心深处的自我性、物质性观念与外在的群体性、附和性之矛盾表现为社会性人格双面分裂，亦即分裂型人格。

中国古代文化随着历史的惯性渗透社会生活的各个细节，这种文化心理反映在许多社会文化现象之中，特别是观念价值文化和艺术文化之中。而明清文学则是最能充分反映这种文化悖论的艺术形式。古代伦理思想丰富多样，它们的合理性和局限性都值得我们认真研究。而伦理中的悖论也值得我们思索。明清文学所折射的文化底蕴与伦理悖论为我们指明了方向。

本书编撰过程中参考了许多已发表出版的研究论著，在此一并表示谢意。疏漏之处，还待方家指正。

目录

■ 绪论 / 1

■ 第一章　中国古代的社会制度及结构原理 / 12

第一节　上古时代的集权专制倾向 / 12

第二节　古代土地制度与官僚制度 / 17

第三节　"家国一体"的社会结构 / 23

第四节　"重本抑末"对古代文明发展的牵绊 / 26

第五节　古代社会矛盾的封闭性循环 / 29

■ 第二章　中国古代伦理道德的基本框架及影响 / 33

第一节　道德典范：贵族阶层的周礼 / 33

第二节　先秦诸子的政治和社会伦理主张 / 36

第三节　秦制对中国古代政治制度和伦理道德的影响 / 54

第四节　董仲舒、韩愈、宋明理学对社会政治和伦理的影响 / 61

第五节　儒家"内圣外王"的人生理想和精神要求 / 67

第六节　超然物外：佛老学说 / 80

■ 第三章　明清文学思潮的文化思想定位 / 87

第一节　出入世间的文人风格 / 87

第二节　惊世骇俗的礼教突围 / 95

第三节　科举制度的文化抨击 / 108

■ 第四章　专治与人性——明清文学中的伦理悖论 / 120

第一节　荀孟之争的历史延续 / 120

第二节 "为尊者讳"与"官逼民反"——《水浒传》 / 133

第三节 人物的双面人生——《三国演义》 / 138

第四节 人间神圣的指向——"儒""佛"之道 / 146

■ 第五章 明清文学中的入世出世思想悖论 / 153

第一节 明清文学中的入世环境中的出世主线 / 153

第二节 繁华落尽后的萧条——《金瓶梅》 / 174

第三节 洗尽铅华后的由色悟空——《红楼梦》 / 180

第四节 魂归蓼儿洼——《水浒传》 / 186

第五节 滚滚长江东逝水——《三国演义》 / 199

第六节 佛在神魔之间——《西游记》 / 210

■ 第六章 明清文学中约束与自由的情爱悖论 / 216

第一节 自由:《西厢记》《牡丹亭》中的爱情基调 / 216

第二节 《水浒传》中的女性悲歌 / 225

第三节 民间四大传说的悲剧延续 / 231

第四节 亲手塑造与亲手打破——儒家伦理的首施两端 / 236

■ 第七章 《长生殿》与《聊斋志异》中的伦理悖论 / 239

第一节 帝王的爱情悲剧——《长生殿》 / 239

第二节 寄托于神鬼狐仙世界——《聊斋志异》 / 242

■ 参考文献 / 247

绪论

一、中国社会的基本伦理观念及特征

（一）以伦理为本位的社会

"伦理本位的社会"这一见解始倡之于梁漱溟先生的著作《中国文化要义》。伦理本位的社会，有一些特殊现象。在经济方面，彼此之间有"共财之义"；在政治方面，官之于民"如保赤子"；在宗教方面，"天地君亲师"等关系形成一种"伦理教义"。各种关系都包括在伦理关系中，形成重情谊的网，家庭就是中心焦点。这是中国社会屡经动乱，仍能恢复安定的力量来源。它的缺陷是在这种情谊的大网中，人的价值是要通过关系去了解的，不是父与子，就是夫与妇，或是君与臣。人与人之间，永远被一条伦理的大纽带捆在一起。亲密是够亲密的，但个性的发展，和个人的地位常常被这张大网笼罩，失去了某些思想与身体上的自由。

（二）五伦与五教

"五伦"是社会的基本结构，组成社会的分子是人，社会的结构形成于人与人或人与团体之间的关系。中国传统社会人与人之间关系的定型在五伦。五伦是父子、君臣、夫妇、长幼、朋友。由五伦遂立五教，五教是父子有亲、君臣有义、夫妇有别、长幼有序、朋友有信。亲、义、别、序、信，就是五伦社会中获得维持的基本原理，也是评判人价值所在的标准。这五伦关系的确定，的确在生产落后、物质贫乏的早期社会中起到了积极的作用，有助于社会的安定。当我们的祖先不再为温饱发愁，拥有较多的生产资料时，其弊端就开始显现，也就成为社会进步的障碍。

（三）家族为中心

家族为社会活动的中心。中国传统文化的特色之一在重孝，中国传统社会的特色之一是以家族为中心。在古代中国，简直可以说，除家族外，就没有社会生

活。绝大多数的老百姓均生活在家族的范围以内，士大夫除偶然出仕外，从生到死，也莫不活动在家族的范围以内。家族就像一个个无形的堡垒，也是每个人最安全的避风港。因为中国传统中，人的家族意识太强，所以几乎促使人类关系全部家庭化，君不只称君，而称君父；臣不只称臣，而称臣子；地方行政首长被称为父母官；百姓被称为子民；老师又称为师父，圣贤则提倡以孝治天下，用人则有举孝廉；国民则互称同胞；最高的理想是四海皆兄弟和天下一家；等等。在这样的社会中，人生最荣耀的事，是光宗耀祖，兴家立业，衣锦还乡。人生价值的表现，不在忠，便在孝。万一败坏门庭，成为败家之子，就是最大的罪恶。人们坚信，只有在家做孝子的，出仕才能为忠臣。所以"国之本在家"。

二、伦理关系影响下的个人属性

（一）轻个人重家族

在一个以家族为中心的社会里，个人的意见是不被重视的，个人的荣辱也是不被重视的，必要时可以为了家族牺牲个人。家族需要荣耀，你就得为它贡献才智；家族要维持门风，无论如何恶劣的婚姻关系，仍不能拆离；家族为了维护表面和平的家风，每个家庭成员必须收敛自己的个性，培养无限的容忍。因此，理想单纯，不开朗，不合理的容忍诸病就盛行在家族之中。

（二）个性淹没在集体之中

古代人生活在一个较大的关系网中，人几乎从未真正地被了解过。因此不是君，便是臣，不是父，便是子，不是夫，便是妇。这种关系并不依据平等原则，而是具有严格的等级上下隶属。所以臣为君所属有，子女为父母所属有，妻子为丈夫所属有。这种关系，尤其是隶属的关系，显然妨碍个人的被发现。个人不被发现，就不能培养真正独立自尊的人格。何况人的生活既然被限制在种种关系中，就容易起依赖心，对年轻人来说，这常常养成他们柔弱与缺乏进取的性格。

（三）极端的性格

由于中国传统社会的特殊，也就培养出中国人的特殊性格。这种性格，常趋于两个极端：要不做顺民，放弃一切；要不就是做皇帝，支配一切。前者是羔羊，后者是超人。不论是原有的儒道两家，或是后来进来的佛教，在修养上，都易把人变成羔羊式的顺民。孔子所欣赏的刚者，孟子所说的大丈夫，在专制政体定型以后，已不易多见。羔羊式的性格如是先天的，尚无大问题；如只是后天为礼教名分或环境所逼成，则一旦有隙，就要走向另一极端，要求支配一切。在平常，又容易安于现状，这种顺民的性格，常被人误解为中国人爱好和平的象征。其实人类要走向和平，并不单在爱好和平与否，这不是全靠教义能见效的。人类要和平，必须不断解除造成纷争的各种因素。一个连起码的民生问题都尚未解决的国家，就企图走向和平，这是妄想，和平是不会因此到来的。这两种性格，虽交替表现，但羔羊的时间毕竟比超人长得多。因此，尽管暴民造反的事件代代有之，但专制政治仍维持了两千多年。在近代，中国的民主政治未能顺利走上正轨的原因固然很多，这种走极端的性格，也可能是其中一个重要的原因，至今中国仍有一些人显明地保留着这种性格。

（四）公共秩序观念的欠缺

重集体却并不等于重公众秩序：世俗社会，服从群体却并不意味着尊重群体，因为权利和义务并不对等。一个以家族为中心的社会，其人生的目的，不外乎光宗耀祖，兴家立业，人生的努力，便只变成为私而非为公，当然就无从培养公德观念。如果有社会意识，则公共事务、社会事务的观念必将产生；有公共事务和社会事务的观念，则公德观念亦必随之俱来。只有公理伸展、是非昭彰的社会，才能慢慢培养起公德观念来。儒家伦理缺乏公共社会性。

费孝通先生在《乡土中国》一书中指出：在中国传统社会，每个人都是他的社会影响所推出去的圈子的中心，儒家最考究的人伦就是从自己推出去的和自己发生关系的那一群人所发生的一轮轮的差序；孔子最注重推己及人的"己"字和"推"字；在中国传统思想里有的只是自我主义，一切价值均是以"己"作为中心的主义；在儒家自我主义人学思想陶铸下，个人只能培养私德，而缺乏社会化的公德，只能具备差等的爱，而达不到墨家所倡导的"兼爱"境界。

家国同构的宗法制度，使血缘群体利益对社会公共利益具有压倒性的优势。"孝悌也者，其为仁之本欤"（《论语·学而》），虽然孔子鼓励人们由孝到仁、由小爱到大爱，但在作为"私德"的孝与作为"公德"的仁发生冲突时，孔子旗帜鲜明地批评"其父攘羊，而子证之"的做法，赞同"父为子隐，子为父隐，直在其中矣"（《论语·子路》），明确将血缘关系凌驾于社会公共利益之上。孟子特别赞扬舜"尽事亲之道"的"人伦之至"：舜在其父杀人后"窃负而逃，遵海滨而处，终身欣然，乐而忘天下"（《孟子·尽心上》），并将"至不仁"的弟弟"封之有庳"（《孟子·万章上》）。在先秦儒家看来，"舍仁以取孝"对舜这样的圣人也是合情合理的。

血缘关系网络中的群体性，根本不同于超越任何个体利益的公共社会性。梁启超指出："若中国之五伦，则惟于家族伦理稍为完整，至社会、国家伦理，不备滋多。此缺憾之必当补者也，皆由重私德轻公德所生之结果也。"梁漱溟认为公德"恰为中国人所缺乏，往昔不大觉得，自与西洋人遭遇，乃深切感觉到"，原因在于"中国人家族生活偏胜……周孔教化便为中国人开了家族生活之路"。韦政通先生也指出："中国人因重家族情谊，所以凡事重情不重理，这就是中国人情味特浓的由来，它的出发点大部分为私而非为公。好处是人与人之间可以少

几分暴戾之气；坏处是往往会破坏了社会公理和公德观念。一个处处只讲人情的社会，是不公平的社会，也是不健全的社会，因人情常常会排斥是非。"

三、儒家伦理淡化个体独立性

儒学把个人视为血缘群体关系网的一个小小环节，个人利益必须无条件地服从包括家族利益在内的群体利益。"道德仁义，非礼不成。教训正俗，非礼不备。分争辨讼，非礼不决。君臣上下，父子兄弟，非礼不定。"（《礼记·曲礼上》）个体必须"安分守己"，必须遵循等级名分，缺乏主体意识和自由精神，应有的个体独立性被泯灭在血缘群体性之中。这使儒家文化熏陶下的人格，陷入既缺乏公共社会性又丧失个体独立性的悖论："数千年以来使吾人不能从种种在上的威权解放出来而得自由；个性不得伸展，社会性亦不得发达，这是我们人生一个最大的不及西洋之处。"（梁漱溟《东西文化及其哲学》）

儒家不仅从思想上宣扬以忠孝为核心的封建伦理纲常，而且"以礼入法"，推进法律的儒家化。董仲舒的"春秋决狱"，即依据儒家经典中的义理、事例进行判案，开启了汉律儒家化的源头。"春秋决狱"，是把儒家的伦理规范运用在司法活动中，其基本原则是绝对尊君、亲属相隐和原心定罪。东汉建初四年（79年）召开了白虎观会议，统治者在《白虎通义》一书中把董仲舒系统论证的"三纲"道德原则赋予了法典化的形式。儒家以父子相隐为礼，于是法律允许相隐，不要求子孙为证，更不许子孙告父祖。原心定罪指的是判断动机正邪与否的标准就是儒家伦理纲常；志向邪恶的人即使行为没有造成任何危害结果，也应接受刑罚；志向正直的人，虽然行为造成危害结果，也能从轻或免除处理。这种以动机为定罪量刑主要依据的做法，为巩固封建专制、泯灭个性独立开启了方便之门。

《礼记》中许多根据社会地位与血缘关系规定的因人、因事、因时的差异性行为规范，后世逐渐被纳入法典成为律令。《唐律疏议》以"一准乎礼"为指导原则，全面推进"以礼入法"，使法律儒家化、伦理化达到了巅峰。"五刑之属三千，而罪莫大于不孝"（《孝经》），不孝之罪被《唐律疏议》列入"十恶"之中。"十恶"中的"谋反""谋大逆""谋逆""大不敬"，是侵犯封建统治秩序和封建王权的不忠行为；"恶道""不孝""不睦""不道""不义""内乱"，是侵犯封建伦理纲常和封建家族制度的行为。"五刑之中，十恶尤切，亏损名教，毁裂冠冕，特标篇首，以为明戒。"（《唐律疏议》卷一《名例》）"十恶"被列为"篇首"，主要罪行是"亏损名教"，即违背忠孝这一封建礼教的最高原则。

《唐律疏议》中关于"族诛"（三族、九族、十族）、"轻坐"（亲属相窃）、"免坐"（亲属相隐）、"禁赎"（子孙犯过失流、不孝流）等规定体现了封建礼教的要求，于"亲亲"之中，寓"尊尊"之意。尤其值得注意的是，同一行为因行为主体与所施对象的血缘关系的亲疏，而存在差异很大的量刑规定：殴祖父母、父母判斩刑，而殴凡人判笞四十；谋杀（未遂）祖父母、父母判斩刑，而谋杀（未遂）凡人判三年；告祖父母、父母判绞刑，而告凡人如属诬告则反坐。从中可以看出，血缘关系网络中的人们在法律地位上是不平等的，权利和义务严重不对等。

"以礼入法"的儒家伦理实践，把差别性行为规范融入同一性行为规范之中，使同一性的法律成为差别性的、歧视性的法律。"物之不齐，物之情也"，儒家否认社会的整齐划一。礼就是维持社会差异性的工具，礼的基本含义就是"异""别""分"："礼者所以定亲疏，决嫌疑，别异同，明是非也。"（《礼记·曲礼上》）"非礼无以辨君臣、上下、长幼之位也，非礼无以别男女、父子、兄弟之亲，婚姻疏数之交也。"（《礼记·哀公问》）"进退有度，尊卑有分，谓之礼。"（《汉书·公孙弘传》）在儒家看来，人因社会地位的不同有贵贱、上下之别，人由于血缘关系的不同有尊卑、长幼、亲疏之分。以"异""别""分"为本质特征的、维护社会关系差异性的礼，渗入以强制制裁为手段的法之中，必将导致占统治地位的那部分人的利益被强制性维护。

四、儒家的伦理和治世思想的基本观念

1. 集权制

儒家核心政治思想就是君君臣臣父父子子。意思很明确，君臣关系如同父子。越往上就是越大的管家。但是皇帝仍然不是最大，他也必须孝敬长辈，作为天的儿子还要拜天。

儒家崇高的思想就是靠圣人治国，一切自上而下有条有理的管理。但是事实上社会正常的组织结构和秩序多次被改变，而且使思想产生巨变的是魏晋玄学、唐宋佛学、近代科学。人都不喜欢风险，有秩序，把难题丢给管理。人大多是有奴性的。奴性不能简单看作服从，而应该看成把风险和思考交给最高权力者。而能做好的领袖都是很有魄力的，而且往往都很明智，也不见得听不进别人的话。把决定权交给别人，别人做什么都会对这个人产生极大影响。而且集权个人不论智力多好，道德多高也难以辨明所有事情。所以让社会变得一致的行为，最后都会让社会僵化。

2. 等级制

儒家等级思想的本质是"礼治"。其一，礼指最高的自然法则，是自然秩序的体现。其二，礼是政治的最高目标和准则。"为国以礼""夫礼，国之纪也"、"夫礼，国之干也""礼，经国家，定社稷，序民人，利后嗣者也"。"礼，政之舆也""夫礼，王之大经也""礼其政之本""国之命在礼""夫礼所以定亲疏，决嫌疑，别异同，明是非也"。礼是政治的基础与出发点，同时也成了政治的根本

目的。其三，礼是最高法即"自然法"，是一切实在法的渊源和效力依据。孔子曰："礼乐不兴，则刑罚不中。"荀子曰："礼者，法之大分，类之纲纪也。故学至乎礼而止矣。"又谓："非礼，是无法也。"在儒家看来，实在法必须以礼为准绳。其四，礼是最高的伦理道德规范。"不学礼，无以立"。这个最高的伦理道德规范是靠人类的经验和哲人的理性制定的。

荀子说：分均则不偏，执（势）齐则不壹，众齐则不使。夫两贵之不能相事，两贱之不能相使，是天数也。执位齐，而欲恶同，物不能澹则必争，争则必乱，乱则穷矣。先王恶其乱也，故制礼义以分之，使有贫富贵贱之等，足以相兼临者，是养天下之本也。《书》曰："维齐非齐。此之谓也。"（《荀子·王制》）名分地位都一样就无法协调。全县的人都是县长，怎么可能呢？势位没有高低就不能统一。大家平等就没法指挥。两个一样高贵的人，不能互相侍侯。两个一样低贱的人，不能互相使唤，这是客观定数。势位一样，好恶也一样，那么物质供应不上，就必然要争，争起来必然要乱，乱会导致全社会的灾难。先王厌恶这种灾难，所以制定礼义等级制度来分别人群，使人群有贫富贵贱的等级区分，能够互相统管，这是养天下的根本。等级是当时社会所需，没有等级，天下就会大乱，社会就不能正常动作，谁也别想过安定的日子。《尚书》中有"维齐非齐"的说法，只有不平等，才是公平合理的。墨子的尚贤主张，肯定机会平等，贤者上，不贤者下，最后结果也是不平等的。孟子说：夫物之不齐，物之情也。（《孟子·滕文公上》）物的价值可以相差几倍、几十倍，乃至千万倍。人也不例外，价值也有若干倍之差。勉强把差别拉平，必然要乱天下，因为违背了客观规律。荀子认为人组织起来才有力量。组织起来叫群，群在于分，即名分、等级制度。分要合理，即义。合理的等级才能达到和谐，和谐才能统一，统一力量就大，力量强大，才能战胜自然物。

荀子说：贵为天子，富有天下是人的共同欲望。如果随人所欲，那么执不能容，物不能赡，形势不容许，物质也供不上，也就是说，这是不可能的。先王制定礼义来分配财物，使贵贱有等，长幼之差，知愚、能不能之分，皆使人载其事而各得其宜，然后使悫禄多少厚薄之称，是夫群居和一之道也。（《荀子·荣辱》）贵贱、长幼、知愚、能不能，都根据他们所做的事以及做得好坏来进行相应的分配，这是群居和一之道。群居就是团体，和一就是和谐统一。也就是说分配有差别，才能和谐共处。故或禄天下而不自以为多，或监门、御旅、抱关、击柝，而不自以为寡。（《荀子·荣辱》）当帝王的不感觉自己财富多，做下等杂役如守门、打更、旅馆服务的人员也不感觉自己收入太少。因为自己从事的工作与报酬是相应的。这叫斩而齐，枉而顺，不同而一。（《荀子·荣辱》）不齐才是齐的，不直才是顺的，不同才是合理的。这里包含深刻的辩证法。辩证法认为差异是绝对的。如果将平等理解为没有差别，那是极大的误解，或曲解。过去许多人以为平均才是最合理的，实践证明，干活多少好坏都一样，干与不干也一样，会使许多人逐渐变成懒汉，社会就会缺乏积极性和创造性，缺少活力与发展的动力。中国历史上的农民，起义时经常提出"等贵贱，均贫富"的口号，但他们掌权以后，就实行不了，仍然要按等级分配。这说明等级分配是符合当时的社会发展标准，等级分配是合理的。

3. 差序格局

差序格局一词是费孝通先生提出的，旨在描述亲疏远近的人际格局，如同水面上泛开的涟晕一般，由自己延伸开去，一圈一圈，以亲疏远近为层级标准，按离自己距离的远近来划分亲疏。费孝通在《乡土中国》中这样描述"差序格局"概念："我们的社会结构本身和西洋格局是不相同的，我们的格局不是一捆一捆扎清楚的柴，而是好像把一块石头丢在水面上所发生的一圈圈推出去的波纹。每个人都是他人社会影响所推出去的圈子的中心。被圈子的波纹所推及的就发生联系。每个人在某一时间某一地点所动用的圈子是不一定相同的。""这个网络像个蜘蛛的网，有一个心，就是自己。我们每个人都有这么一个以亲属关系布出去的网，但是没有一个网所罩住的人是相同的。""为政以德，譬如北辰，居其所，而众星拱之。"（《论语·为政》）这是最好的一个差序格局的譬喻，个人总是圆心的中心，像四季不移的北斗星，其他所有的人，随着他转动。

在传统的社会观念中，一个人为了自己可以牺牲家，为了家可以牺牲党，为了党可以牺牲国，为了国可以牺牲天下。"在差序格局里，社会关系是逐渐从一个一个人推出去的，是私人联系的增加，社会范围是一根根私人联系所构成的网络，因之，我们传统社会里所有的社会道德也只有在私人联系中发生意义。"

从以上对"差序格局"概念妙语连珠般的比喻与剖析中，我们不难管窥"差序格局"的理论意涵及其固有的伦理特质。其中，有三个核心词汇值得关注："己""差序"以及"推"。其一是"己"的中心地位。这里的"己"并非指现代意义上的独立个体，而是依附于血缘、家庭以及一定社会圈子的社会关系实体，这个"己"被人伦关系紧紧地包裹，不具有独立自由之人格，是一个以生命个体为标记的相对位置，是人际关系网络中处于中心位置的社会关系纽结。其二是人际关系的伸缩性。以"己"为圆心，依据自然关系向外推所构成的人际关系网络（圈）具备很强的伸缩性。每一个圈子都是一个相对的群体。站在任何一圈上向内看，都属于"圈内人"，向外看则属于"圈外人"。由此，就形成了一种最独特的角色要求和角色意识，即为圈内的人服务（包括获取财富、利益或名声等）就具有"公"的性质和意义；同样，圈内为个人提供资源和支持也是天经地义的。此外，圈的大小还取决于"己"的势力大小。势力越大，群体就越大，反之

就越小。其三是人际关系的差序性。差序性是指传统社会结构和人际关系网络的等差秩序。在"差序格局"里，上下、尊卑、贵贱、长幼等级森严，亲疏、薄厚区分明确。如同水面上泛起的涟漪，由自己延伸开去，一圈一圈，按离自己距离的远近来划分亲疏。费孝通指出："在我们传统的社会结构里最基本的概念，这个人和人往来所构成的网络的纲纪，就是一个差序，也就是伦。"也就是说，传统文化的"人伦"最能凸显"差序格局"概念所蕴含的人际关系的等级区分。

差序格局是儒家伦理的重要维度。正如费孝通所言："我们儒家最考究的是人伦，伦是什么呢？我的解释就是从自己推出去的，和自己发生社会关系的那些人，所发生的一轮轮波纹的差序。"这种差序性的体现之一就是"仁"。孟子在谈到"仁"的时候说"亲亲，仁也"（《孟子·告子下》），《礼记》也指出"仁者，人也，亲亲为大"，凸显出"仁"对"人之为人"的价值意蕴。然而，儒家的"仁"并不仅仅局限于"亲亲为大"，"仁者爱人"所彰显的是一个由近及远、推己及人的过程。儒家"爱人"之"仁"肇始于"人人敬其亲，长其长"，却终于"不独亲其亲，不独子其子"（《孟子·梁惠王上》）。因此，儒家的"仁爱"毕竟不能等同于墨家的"泛爱众"，涵摄于其间的"爱有差等"更是显而易见。除此以外，最能体现儒家"差序格局"的还有儒家的"五伦"说。"父子有亲，君臣有义，夫妇有别，长幼有序，朋友有信。"（《孟子·滕文公上》）"五伦"所凸显的是人际之间的血缘伦常与社会等级差序格局，是儒家伦理的重要特质。

作为一种重要的"结构性"表征，儒家伦理的"差序性"长期以来成为中国传统社会结构的构成原则。通过对个体相互间的角色定位来塑造社会的结构与秩序，这种生长于特定历史时空中的伦理建构对社会的稳定具有不容忽视的功能。然而，更为重大的问题是，一旦"差序格局"的伦理建构遭遇"现代性"的时空语境，"传统"之于"现代"的局限性就表露无遗。其中，最为突出的就是传统伦理对现代公共精神生成的违逆甚至解构。具体而言，一是依附性。自主性、能动性与创造性的主体性人格是现代主体的应然品格。然而，儒家伦理的"差序格局"却标榜君臣、父子、夫妇、长幼、上下、尊卑等森严的"等差"秩序，将每一个人都打造成他人的附属品，扼杀了个体的独立人格，磨灭了个人的自由创造精神。陈独秀曾言："君为臣纲，则民于君为附属品，而无独立自主之人格矣；父为子纲，则子于父为附属品，而无独立自由之人格矣；父为妻纲，则妻于夫为附属品，而无独立自由之人格矣。率天下之男女，为臣、为子、为妻，而不见有一独立自由之人。"处在"五伦"之下的个体不具有任何权利，乃至于"身体发肤，受之父母，不敢毁伤"（《孝经·开宗明义章》），而且在不断地"克己复礼"，丧失独立人格，丢掉创造精神，成为没有自我、没有个性的个体，结果必然是个人的独立自由人格和自由创造精神的湮灭。二是私有性。儒家伦理的"差序"特

8

质内在蕴含着一种"私有性"。在差序格局里，公和私是相对而言的，站在任何一圈里，向内看也可以说是公的。每一个圈子都是一个相对的群体。因为站在任何一圈上向内看都属于"群内人"，向外看则属于"群外人"。相对于旁系血亲，直系血亲群体是"群内人"，相对于姻亲关系，血亲关系是"群内人"，相对于陌生人，熟人便是"群内人"，相对于外乡人，同乡便是"群内人"。私有性在社会生活的延伸就是"看人下菜"的处事原则。面对"圈子"内的人，以情代法，网开一面；对待圈子外的人则照章办事，严格把关。"因为在这种社会，一切普遍的标准并不发生作用，一定要问清了，对象是谁，和自己是什么关系后，才能决定拿出什么标准来"。使"私有性"对公共伦理规范的消融，无情地铲除着社会公正，使社会不公平现象到处泛滥。三是封闭性。儒家伦理的"差序格局"还体现为一种封闭性。"各人自扫门前雪，休管他人瓦上霜""鸡犬之声相闻，老死不相往来"就是典型体现。"封闭性"的伦理特质实际上是"己"向外在的投射，"在这种富于伸缩性的网络里，随时随地是（费孝通《乡土中国·差序格局》）有一个'己'作为中心的。这并不是个人主义，而是自我主义"。儒家伦理这种伸缩性的"自我"无时无地不存在，小到个人，大到国家。首先关注的总是以"自我"为中心的"圈内"的事，从而表现出某种封闭性特质。四是专制性。基于"差序格局"的儒家伦理也是一种"专制性"伦理。模式是以其"差序性"将权利由下向上、由卑向尊层层积聚，并将集聚起来的至高无上的权利赋予了尊长。"君者，国之隆也；父者，家之隆也。隆一而治，二而乱，自古及今，未有二隆争重而能长久者。"（《荀子·致士》）在家，父为子纲，夫为妻纲，幼服从长，妻服从夫，一切权利均集在家长之手。在国，国君是掌握国家政权的家族的家长，权利以向家长集聚的方式自下而上，由卑向尊集聚，到以"家天下"为统治模式的国家之"大家长"——国君之手。"差序"式的专权也就由此而产生。

差序格局是中国古代文化观念的外射，即外在的表现形式：以"我"为中心，依据血缘和利害关系依次向外扩展，而其内在的目标和所要维护的则是"物质—利益"。

儒家的伦理观念仅仅是维持的手段，且并不牢固。所以后世的王守仁才着力推动"心学"——强制性内心的信奉和外力实践。

和"物质—利益"相对的是"精神"，即"心性"。儒家思想者们也力图达到这一点，所以致力于把儒家学说宗教化。但是，总也无法摆脱其世俗性的本性，因为"血缘—宗法"关系和制度，已经把其理论学说牢牢钉在了人际关系的实用和利害计较的功能之中。

4. 限制王权

秦朝以来，我国古代的政治制度逐渐形成了天下大权集于中央、中央大权集

于皇帝、中央集权与君主专制紧密结合的基本特点。中央集权是指国家政权的结构形式，即中央与地方的关系，其本质是地方必须绝对服从中央。君主专制是指中央集权政体的特点。一是历史的因素，即政治制度的继承。夏商周政治制度继承了原始社会中的血缘关系和部族集团的特点。秦朝以后建立起来的以专制主义为核心的中央集权制度，延续了宗法制下有关王位继承和爵位世袭的宗族制度。二是执政的需要，即根据建立和巩固政权的政治需要，建立新的政治制度或变革旧的政治制度。如西周的分封制和秦朝的郡县制。周武王推行分封制和宗法制相结合的政治制度，不仅巩固了西周王朝，还拓展了疆域。秦朝以郡县制取代分封制，顺应了国家统一的需要。分封制的确立与废除，反映了政治制度不是一成不变的，而是随着社会的发展而发展的。

秦朝建立起来的中央集权制度是中国政治制度的基本特色。中国统一多民族国家的形成与发展，国体与政体，官僚政治与行政管理，以至文化教育，无不与此有着密切的关系。从秦朝到唐朝，其积极作用是主要的；从宋朝到清朝，其消极影响逐渐增大，尤其是明清时期，专制主义中央集权的强化，束缚了社会生产力的进步，在中国迈向近代社会的历史进程中危害尤为严重。

封建君主专制主义中央集权制度：专制主义中央集权制，包括专制主义和中央集权两个概念，专制主义是就中央的决策方式而言的。主要是帝位终身制与皇位世袭制。封建皇帝从决策到行使立法、行政、司法权，都具有独断性和随意性，皇权的至高无上和不可分割。中央集权是针对地方分权而言的，其特点是地方政府在政治、经济、军事和文化上没有独立性，必须严格服从中央政府的命令，受制于中央政府。

专制主义与中央集权的关系既有区别、又有联系。中央集权与君主专制相辅相成，中央集权是君主专制的前提和基础，君主专制是中央集权的必然产物。其目的都是要从政治制度上保证中央政府和君主个人的绝对权威。

专制制度的倾向性很容易招致被统治者的厌恶，但其在现实中却长期延续，一个原因就是它自身会发育成长出某种调节机制，约束君权的滥用和过度膨胀，弥补君主在能力上的不足，并在实际运行中调节、缓和了专制制度的内在矛盾与冲突。首先，理性的君主为了更加有效地贯彻个人意志，不得不对个人意志有所约束，给予官僚制度以相对独立的活动空间，使之产生某种对事不对人的普遍化、客观化倾向。士大夫阶层基于"道尊于势"的立场，竭力保持独立的目标和追求，并用自己的理想和目标来升华现实的君主制度，力求使之成为行道之器，形成对专制君主的制约、反弹力量。其次，统治阶级的选贤任能制度特别是科举制度的建立，给广大的士大夫阶层带来高官厚禄的光明前程和无限诱惑，使他们专心于穷经读书而忽略了对社会其他生活内容的关注。再次，一般的民众对国家政治生活尽管比较淡漠，但他们也会揭竿而起，迫使君权移位。不论民众的造反举动成功与否，都会敲响统治的警钟，使执政者在一定程度上改变策略，减弱君民之间的矛盾。最后，英明的统治者都重视民众在社会政治生活、经济道德等实践中的重要地位和作用，整个统治过程体现爱民仁民、利民富民、顺民教民的意向，注重民众的力量和人心的向背，使重民保民的措施最后转化为自觉的民本思想。君权的强化力量与约束调节力量之间的对立统一运动使得君主专制制度形成了某种自我调节机制，减弱了其狭隘性、封闭性与非理性因素，降低和减缓了政治动荡的频率与政治衰败的速度，从而使它能够在协调统治阶级内部利益关系、维护统治秩序方面发挥基本的效用。

第一章　中国古代的社会制度及结构原理

第一节　上古时代的集权专制倾向

一、生产力与生产关系辨析

　　生产资料占有的社会性，决定了生产关系的其他环节，能够适合并促进社会化的生产力得到全面的发展。这样，自然与社会经济利益关系的平衡，也就是人与自然、社会与自然之间的和谐关系，即自然的人化和人化的自然彼此间才能够真正和谐统一。正因为生产资料的占有的社会性决定了生产关系的各个环节的社会性。生产资料占有的私有性，决定了生产关系的其他环节具有狭隘性和片面性。正是这样的缺陷不仅周期性地破坏了生产力，也阻碍了生产力的全面发展，不仅使自然科学遭到扭曲，也使生产技术畸形而片面地发展，自然环境的破坏和人的社会环境的异化现实就是最有力的证明。

　　生产关系在生产资料占有的基础上起着组织、运作、整合、管理和分配生产力构成要素及其成果的重要作用，生产关系各环节之间越协调、越通顺，就越能够促进现实生产力的发展。又由于生产关系中占有资料的性质不同，各环节之间难免发生的矛盾甚至是冲突也存在着性质上的不同，一种是容易解决的、代价最小的，另一种却是根本不可解决的，如非社会化的生产关系与社会化了的生产力之间的矛盾和冲突，管理上的专制性引发的矛盾，分配上导致的隐性或显性的不公平、超限度的差距成为阶级或阶层划分的根据等。生产关系作为社会经济基础的表现形式，是与其维系的生产力不可分离的。经济基础的作用在于为社会生活的其他方面提供物质上的支撑和保证，并为人们的政治生活、精神文化生活提供发展的基础。但是，要使经济基础的发展能够顺利地进行，还需要建立其上层建筑、政治上层建筑和意识形态上层建筑。上层建筑在适合的前提下能发挥维护和促进经济发展的作用。所以，及时解决社会生活中的各种矛盾，理顺各种社会关系，其现实意义就在这里。

二、上层建筑的生成及其作用

建立在经济基础上的政治上层建筑和意识形态上层建筑，是整个社会大系统必不可少的组成部分。从人类社会的历史发展过程来看，政治上层建筑是早期人类原始生产和交往不断扩大到一定程度，特别是交往过程中生产力与生产关系的矛盾是不可调和的产物，而意识形态上层建筑则是人类与自然的物质交往关系以及社会内部人与人的交往关系不断扩展和深化的产物。所以，上层建筑一旦生成，也就作为社会大系统中相对独立的构成部分而发挥自身的特殊功能。如果把社会大系统比作一个人的机体的话，上层建筑就是人的大脑及思维，而经济基础就是人的身体和相应的物质条件。一个人的活动要想达到目的，就必须要有健康的大脑和先进科学的思想。一个社会或一个民族要想获得更好的、和谐的发展，就更需要一个集各种智慧于一身的上层建筑。

第一，社会上层建筑是人类生产方式和社会交往不断扩大的产物，它的产生也是社会分工发展的结果。也就是说，由经济基础方面的与社会上层建筑方面的社会分工所共同构成的协调的社会有机系统是人类社会顺利发展的可靠依据。所以，农业社会的小生产和社会交往，造就了强制或专制的政治上层建筑和狭隘的意识形态上层建筑，因为，没有强制或专制，就难以形成社会或国家的有形的整体力量。

"财产在种类和数量上的增加，对于向专偶制方向的确一直施加了越来越多的影响。无论怎样高度估量财产对人类文明的影响，都不为过甚。……政府与法律的建立主要就为了创造、保护和使用财产。"❶ 也就是说，只有在这样的历史时期和类似的历史发展节点上，才使得物权成为人拥有其他权利的必要条件——它的重要作用就在于它是人类发展史上首先产生的一项重要的基本权利。同时，它也成为一个人在其所在的群体中所具有的身份、地位的基本象征和标志。之所以说在"类似的历史发展节点"上才如此，是因为各个民族的发展状况是有很大的差异的。但是在文明之初，财产权在开创历史的重要性、特别是造就社会形态这个方面，各个民族和地域却是相同的。分化仅仅发生在文化成熟之后。

第二，私有制、国家的产生也是基于同样的原因：一方面，物质资料的充分发展和足够的结余，才显示出每个人的成就、能力所存在的差异，这样的差异也

---

❶《古代社会》，H·摩尔根，杨东莼、马雍、马巨译，商务印书馆，1997：511.

促使人们的社会身份、地位发生了分化，并进而造就某种形式的社会组织结构和社会成员之间的政治、经济关系。比如"只有能够自有地支配自身、行动和财产并且彼此处于平等地位的人们才能缔结契约。"❶另一方面，这样的差异使得多余的物质生活材料的拥有权才有了确定的指向性，并使得这种指向性首先以道德形式明确，并最终以国家法律的形式得以确定和认可："保障单个人新获得的财富不受氏族制度的共产制传统的侵犯……给不断加速的财富积累，盖上社会普遍承认的印章。"❷

第三，摩尔根的历史考察证明，即使是在尚未产生法律的晚期的氏族社会的日常生活中，基本伦理也包含着物权和遗产继承程序的内容。

所以，黑格尔在其《法哲学原理》中论述"法的精神"之前，开宗明义提出的就是"物权"问题，因为这是道德和法律问题的首件要素。

因而在历史上物权对于人类文明的开启和人类文明发展进程中所起到的作用，几乎是决定性的，这一点摩尔根和恩格斯都给予了高度的、非同寻常的评价。并分别得出了意义非凡的结论，摩尔根在其《古代社会》里指出，自始至终都是由掌握社会财富的富裕阶级控制政府的，于是"财产已成为压倒一切的因素……创造财产、保护财产，便成为政府的主要目的……"甚至"财产力量之强大，从此开始足以影响社会机体的结构。"恩格斯在《家庭、私有制和国家的起源》一书中认为，也就是由此产生了国家，因为需要有一个机构来确保公民的私有财产，并使得"私有财产神圣化，并宣布这种神圣化是整个人类社会的最高目的……"

权利是人类从野蛮、蒙昧到文明历史进步的标志，几乎是唯一标志。而物权在其间又起着重要的作用，特别是在文明史之初，在撬动历史前进的过程中又具有决定性的功能，也是决定性的动力因素："卑劣的贪欲是文明时代从它存在的第一日起直至今日的动力……单个的个人的财富，这就是文明时代唯一的、具有决定意义的目的。"❸

二、战争的起源与发展

关于战争的起源，可以说战争是伴随着人类出现而产生的，是人类文明发展

---

❶《马克思恩格斯选集》，中共中央马克思恩格斯列宁斯大林著作编译局，第四卷，人民出版社，1995：206.

❷《马克思恩格斯选集》，中共中央马克思恩格斯列宁斯大林著作编译局，第四卷，人民出版社，1995：107.

❸《马克思恩格斯选集》，中共中央马克思恩格斯列宁斯大林著作编译局，第四卷，人民出版社，1995：173.

过程中的一种特有现象。它的雏形是遵循"物竞天择，适者生存"的生存法则，是人类社会集团之间以有组织的方式进行的武装暴力冲突和斗争，在最初阶段，其组织方式十分原始。

一般来说，战争的起源与上古时期人类的生存竞争存在密切关系。在旧石器时代，人类生产工具非常落后，与自然斗争的能力极其有限，要持续有保证地获得维持群体（原始的共同体）生活的足够食物是不可能的，尤其当发生大的灾害时，如干旱、洪水和严寒等，群体的生存就更直接地受到饥饿的威胁。由此一般会产生三种后果：一是群体内部自相残食，主要是吃掉老者和弱者；二是驱赶乃至消灭同一区域内的其他群体，减少争食者；三是迁移，因而可能侵入了其他群体的活动区域。在后两种情况下，都有可能导致集团间的暴力冲突和战斗。这种由生存竞争所引发的原始群体之间的战斗，实质上就是战争。《吕氏春秋·荡兵》讲："兵之所自来者上矣，与始有民俱。"《大戴礼记》载鲁哀公问孔子："古之戎兵，何世安起？"孔子也说："与民皆生。"不过，上古时代的战争目的非常简单，仅仅是为了获取生存的资料；战争的方式也非常原始，参加者都是原始群体的成员，组织极其松散，还没有出现军队；所使用的武器都是平常的生产工具，未产生专门的兵器。所以，这时的战争的本质是为了争夺物质资料。

随着原始社会向前发展，人口密度增加，原始共同体不断扩大，从血亲群体发展为氏族、部落，战争的规模也随之扩大，并渐趋频繁。同时，战争的起因也逐渐趋于复仇，诸如血亲复仇，猎取祭神牺牲，以及原始宗教信仰、禁忌方面的冲突等，都有可能导致不同的共同体之间发生战争。特别是进入新石器时代后，由于生产工具改进，劳动生产率大幅度提高，产品有了剩余，并积累为财富，从而使得原先由生存竞争所引发的战争进一步发展成为以掠夺财富为目的的战争。财富象征着富裕、可靠的生活，于是战争的直接生存目的变得淡薄了，掠夺其他共同体的财富成了切近的目标。

随着剩余产品增多，利用俘虏进行劳动以创造更多的剩余产品也成为可能，因此人们开始改变早先的食人习俗，而将俘虏养起来进行劳动，遂出现了奴隶的萌芽。蓄养奴隶的进一步发展，导致了掠夺奴隶成为战争的又一个重要原因。

到了新石器时代晚期，由于战争日趋频繁而激烈，由原来的氏族或部落首领指挥作战，仅以一般的氏族成员参战已经不适应，于是出现了专职的军事首领和专门负责保卫氏族安全及进行对外战争的战士，这些人从主要从事生产的一般氏族成员中分化出来，构成了最初的氏族武装，成为战争中的骨干力量。而且，专门用于战斗的工具——兵器也出现了。

在这个阶段，一些相邻的氏族和部落，为了自卫和掠夺的需要，纷纷结成部落联盟，设立由部落首领、军事领袖和宗教祭司组成的管理机构，负责处理日常

的共同事务。部落联盟的形成，使得战争的规模和激烈程度都超过了以往任何时期。而且在此阶段，以奴隶进行生产已经发展到一定程度，同时随着财富增长，私有制产生了，氏族成员之间也出现了财富和权力上的分化，氏族中开始形成统治者和一般成员、富裕者和贫穷者、奴役者和被奴役者的区别。贫富分化和阶级分化导致氏族内部的矛盾加剧，矛盾的激化也有可能导致不同阶层之间发生暴力冲突，战争开始成为阶级斗争的一种表现形式，而氏族内部的武装也开始逐渐蜕变为维护统治者（一般也是富裕者）利益的力量。无疑，私有制的发展也进一步刺激了人们的贪欲，使得掠夺战争愈演愈烈。至此，可以说战争已经基本上脱离了原始的、萌芽的状态，步入其早期阶段。

阶级分化和部落联盟的出现，标志着原始社会开始向有阶级的国家过渡。中国古史传说中的五帝时代大体上就相当于这个时期。夏、商时期，随着国家的建立，军队作为国家机器的重要组成部分和进行战争的主要力量正式形成了，而且围绕建立军队这个核心，至迟到商代，形成了一套军事制度。而对军队指挥权的归属，产生了集权的雏形。商王自称"予一人"，对军队有绝对的指挥权，经常率兵亲征。不仅如此，商王还授权贵族或大臣进行统兵征伐。西周的各种制度大多承袭自商代，但有较大发展，国家军事制度渐臻完备。西周时期实行分封制，在全国各地建立了许多诸侯国，它们一般也都拥有军队，平时镇守一方，屏藩周王，战时奉调出征，参与周王统一指挥的战事。依诸侯国地位不同，其军队规模有严格的限制，大国不得超过三师，次国二师，小国一师。各诸侯国虽然拥有军队，但不能随意征伐，而必须服从周王的统一指挥，即所谓"礼乐征伐自天子出"。（《论语·季氏》）

随着周王室的衰落与诸侯的强大，原先的"礼乐征伐自天子出"逐渐地变成"自诸侯出"的局面，历史进入了春秋战国时期。战国时期，专制主义中央集权政治制度逐渐形成，为了强化王权，各国都加强了国王对军队的控制，其主要措施是实行文武分职和确立虎符调兵制度。在春秋以前，大臣一般不分文武，卿大夫同时掌握政权和军权，这样容易造成大臣专擅，不利于国君统治，也不利于发展指挥艺术。一方面，由于加强王权的需要，如《尉缭子·原官》谓："官分文武，惟王之二术也"；另一方面，也由于战争发展，指挥艺术日益复杂，需有专门的人才来担负统军作战之责，正如《孙子·计篇》指出，将帅必须具备"智、信、仁、勇、严"五种素质。于是，各国先后将文官和武职区分开来，在官僚机构中，于相（文官首脑）之外，设立了将一职，其职责是战时代表国王率兵征伐。但在平时，将军没有调兵权，军队按照编制由各级首长管辖。只有当发生战争，将军接受国王的命令，并从国王手中取得调兵的凭信（虎符）时，方能够调动并指挥军队。战国时期的兼并战，可以说集权又进一步发展，也昭示着新的封建王权的到来。

三、集权专制的定型

公元前 221 年，秦始皇统一了中原，建立了秦王朝，他实施了一系列的改革，建立起高度集权的王朝。秦始皇统一中原以后，就建立了专制主义的中央集权的封建国家。在这样的封建社会中，皇帝是封建统治等级宝塔的塔尖，依靠地主绅士作为全部封建统治的基础，成为地主阶级的最高代表。封建帝王，拥有至高无上的权力，制定了一整套严格的唯我独尊的等级制度，顽固地维护着封建地主阶级的政治统治和经济关系。

当然，中央集权的封建专制制度，同古代奴隶社会的分封制和我国历史上间有出现的四分五裂的封建割据局面相比较，有其进步意义。

第二节　古代土地制度与官僚制度

社会制度和社会结构与文明发展是密切相关的，它既是文化的形式，又会成为文明发展的障碍。中国古代社会的制度和结构，与中国古代文明是统一的，它通过对文明主体的制约，作用于中国文明。我们看到，在中国古代文明由盛而衰的过程中，其社会制度和结构都是一个重要因素，而中国的现代化，从根本上说，取决于对社会制度和结构的变革。

一、土地国有和均配土田制

古代中国是以农业为主的，与农业文明关系最直接的社会制度，就是土地的所有制。20 世纪以来，那些套用苏联模式看待中国的历史学家、经济学家们，对我国古代的土地制度常常迷惑不解。他们套用苏联《社会发展简史》的说法，称之为"地主阶级所有制"，但又对其中某些情况解释不清。由这种说法而造成的混乱，也比比皆是。对于这个问题的认识，马克思关于"亚细亚生产方式"的论述，给予我们重要的提示。他写道：

在大多数亚细亚的基本形式中，凌驾于所有这一切小的共同体之上的总合的统一体表现为更高的所有者或唯一的所有者，实际的公社却只不过表现为世袭的占有者。因为这种统一体是实际的所有者，并且是公社的真正前提，所以统一体本身能够表现为一种凌驾于这许多实际的半个共同体之上的特殊东西，而在这个单个的共同体中，每一个单个的人在事实上失去了财产，或者说，财产（即半个的人把劳动和再生产的自然条件看作属于他的条件，看作客观的条件，看作他在无机自然界发现的他的主体的躯体）对这半个的人来说是间接的财产，因为这种

财产，是由作为这许多共同体之父的专制君主所体现的统一总体，通过这些单个的公社而赐于他的。因此，剩余产品（其实，这在立法上被规定为通过劳动而实际占有的成果）不言而喻地属于这个最高的统一体。❶

马克思的这段提示相当重要，虽然中国古代的土地所有制有自己的特殊性，但它是从属于"亚细亚生产方式"的，马克思所论述的"统一体"，在中国古代，就是封建王朝，即国家。"普天之下，莫非王土；率土之滨，莫非王臣。"（《诗经·小雅·北山》）土地所有者是国家。这种国家土地所有制，在周代还未形成，还是领主所有制，而到秦汉大一统之后，则形成并进一步充实和完善。

20世纪二三十年代，中国思想界曾有一场关于中国是否有奴隶制的论战，至今依然还在探讨。但从已有的考古和其他史料看，既不能充分证明中国曾经存在奴隶制，也不能证明其不存在。但明确而充分的史料，却证明了中国领主所有制和国家所有制的存在。中国的封建领主所有制，在形成时，似乎也是国家（君主）所有制。名义上，"天子"具有对全国土地的最终所有权，周初分封诸侯，诸侯国要受"天子"统治，但很快诸侯就各自为政，割据而兼并，最后，其中最强的秦国统一"天下"。至此，国家土地所有制得以建立，汉代又进一步发展了这种制度。以后虽朝代更替，但这种所有制依然保存，并成为官僚政治的基础。国家土地所有制和官僚制度，就是中国两千多年的主体制度。

领主所有制是以农奴制和井田制为基本内容的。农奴们只有土地使用权，人身依附于封建领主。领主们将自己的领地分为公田与份地，农奴要以相当一部分时间在公田上劳作，其收获全归领主，余下时间耕作份地，其收获中的剩余产品又要以贡赋形式上交领主，自己仅得必要生活资料。而国家所有制，将全国土地所有权统归国有，即以皇帝为首的官僚集权政府所有，任何个人，包括那些声名显赫的文臣武将，都没有对土地的所有权。国家以税赋的形式，向全国征收农业劳动的剩余产品。国家拥有土地的所有权，地主拥有土地的占有权。这种所有权与占有权相区别，是中国土地制度的高明之处。而农民，除从国家"均配"来的对少量土地的占有权外，就主要靠从地主那里租用土地的使用权。这样，就形成了国家、地主、农民在三个不同层次上所有、占有、使用土地的制度。这是在农业文明条件下，所能够形成的先进的制度，它也成为中国社会制度的主体。而中国古代官僚政治、地主经济、小农经济能够在简单再生产基础上得以延续，也取决于土地的国家所有制。

由于握有土地的所有权，国家就可以操纵社会的经济命脉，它有权力剥夺豪

---

❶《马克思恩格斯选集》，中共中央马克思恩格斯列宁斯大林著作编译局，第四十六卷上，人民出版社，1995：473.

绅们的土地占有权。没收田产，是皇帝及官家对违法犯纪者的主要惩罚手段。同时又以土地占有权作为奖赏的条件。在两千余年的封建制度下，历代王朝有效地利用土地所有权及其衍生的占有权，来管束臣民，缓解社会矛盾。几乎每更换一次朝代，都要重新分配一次土地的占有权。王土均田制既是国家所有制的直接体现，也是封建国家经济政策的核心。只要牢牢把住土地的所有权，并有效地利用土地的占有权，就基本上可以维护社会的稳定和秩序。中国历代统治者不断地修筑长城，似乎它可以保护自己的统治，但真正维系封建专制的，却不是这外围的城墙，而是王土均田体系。这是一个具有自我缓解功能的系统，它不仅制约着朝代更替，而又不从根本上改变社会制度。中国封建社会之所以能够长期维持，主要的原因就在于此。

均配土田作为土地国家所有权的表现形式，具有"平均"的外表，它又与儒家的"民本"思想相结合，并具有一定的灵活性和机动性，有利于统治者控制和调节社会秩序。我们看到，历史上几个比较开明的朝代，其官僚政府都是运用了这一机制，从而使经济达到相对繁荣，社会秩序相对稳定的。更重要的是，均配土田制是对大地主的土地兼并的限制，这就保证了大一统的官僚政治统治。在这种制度下，农民不再依附于地主，而是具有相对独立人格的经营者，对于生产力的发展，是有促进作用的。

土地的国家所有制和均田制，不仅取消了领主的特权，而且借助儒家学说，将平均和专制理想化。国家以相当系统而完备的官僚体系，来行使其对土地的所有权，因此，官也就带上"公"的假象，国家和官僚成了似乎超脱于社会之上的全民族利益的代表，忠君和爱国成了同义语。均配土田制度下，允许对土地占有权的买卖。这又为土地兼并提供了条件，相当一批自耕农由于天灾人祸而破产，只得将分给自己的少量土地的占有权卖给地主，自己则沦为佃农，即以剩余劳动的产品再从地主手里租土地的使用权。而当土地兼并成为普遍现象，大部分土地都集中于大地主豪绅手里时，就会激化社会矛盾，引发动乱。到这时，或者由朝廷出面强制实行重新对土地的分配，或者由农民起义推翻旧王朝，建立新王朝，由新王辑均本土田。这似乎成了一个循环的公式，中国的封建制度，就在这种循环中延续。

土地国家所有制是中国两千余年来社会矛盾和文明发展的基础，也是所谓中国社会"早熟"的主要标志。欧洲诸国到17、18世纪才开始消灭封建领主经济的过程，其完成基本上拖到19世纪末，而中国早在公元前就已完成了。土地国有制及与其配套的均田制，构成一个相对稳定的社会经济基础，它与农业文明相对应，但却不利于商品经济的发展，进而也就严重地束缚了由农业文明向工业文明的过渡。

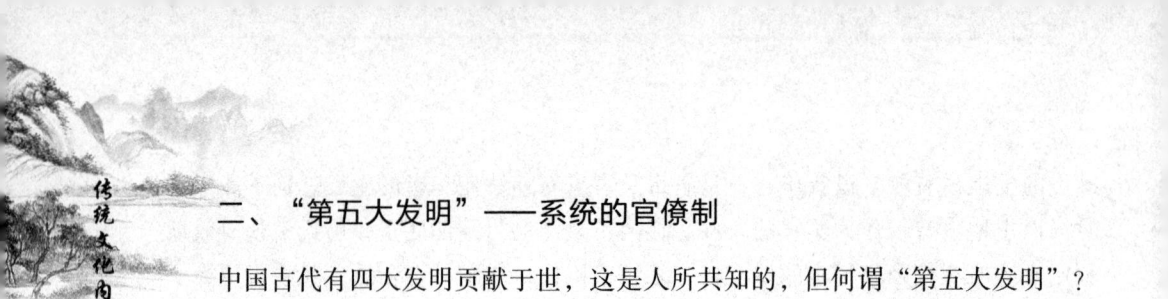

二、"第五大发明"——系统的官僚制

中国古代有四大发明贡献于世，这是人所共知的，但何谓"第五大发明"？笔者用它来表示中国人在两千多年前所创造，并通行的中国的官僚制度。若从其作用来说，官僚制度对人类文明的影响，是四大发明所不可比拟的，它不仅维系了中国两千余年的社会生活，而且对于近代欧洲及现代世界的政治起着重要作用。由于"四大发明"已成定论，权且委屈称之为"第五大发明"，以提醒世人注意。

（一）官僚制的流变

官僚制是中国自秦汉以来的政治制度，它是与土地所有制相对应，相辅相成的，这二者的统一，构成中国社会制度的主体。而官僚政治在中国的社会生活中，起着支配和主导的作用。当这种作用延续了两千余年，不仅对于经济，而且对整个社会生活都产生巨大影响时，它已成为制约并维系中国古代社会结构和社会秩序的重要因素。中国古代文明的兴盛与衰落，都与此有直接关系。

中国的官僚政治是世界上独一无二的，从秦至汉初，不过近百年的时间，不仅确立了大一统的中华，而且确立了土地的国家所有制和系统的官僚制度。这无疑是一个巨大的历史进步，是中国人的智慧在社会组织方面的结晶。今天的人们，往往因倍受官僚政治之苦，而极力谴责它，但在历史上，它所起的作用，却是不能抹煞的。这种系统的官僚体制，像一张大网，将分散如沙的人群织成一个系列。中国古代人类的存在是通过官僚体制而集中表现的。中国人于两千年前发明的这种制度，是维系中华和汉民族的内在条件，而欧洲和其他国家，只是到从领主贵族制向资本主义过渡时，才从中国学习了这种官僚体制，并经改造，成为其资本主义发展的重要条件。

一些研究中国历史的学者，习惯于将中国古代的政治制度称为"君主专制"，这不无道理，皇帝被视作"天子"，即神化了的自然的代表，他具有至高无上的权力，不仅全部土地名义上属他所有，而且，只要他有兴趣和能力，就可以决定所有政治、外交、军事。然而，这只是问题的一部分，一个环节。皇帝也是普通人，大多数皇帝的智力甚至低于中上等知识分子，不论是昏庸还是英明，能力都是有限的，他的权力，既可以自己运用，也可能被人所操纵。而皇帝的权力，并不源于他的英明，而在于政治上的官僚制度。如果说像秦始皇、刘邦、朱元璋等开国皇帝，是经过激烈的竞争才被人认可，并取得皇位的，而其余存在于历史上的 200 余位皇帝，他们的权威则主要取决于封建的官僚政治体制。系统的官僚制度是中国政治生活的主体，而皇帝则只是这种制度名义上的代表，是徽号和招牌。只有少数英明的皇帝，才能有效地通过官僚体制来行使自己的权力，而那些平庸之辈，则被强大的官僚体制所限制，不仅无所作为，甚至被箝制。即使那些有所作为的皇帝，也逃不开庞大官僚系统的制约，他只有在代表这种制度和官僚阶级的利益时，才能行使权力，而当他违背这种利益时，轻则会遭到抵制和反对，重则会被剥夺皇位，乃至丧生。

官僚制不仅是皇权的支柱和基础，也是一大批官僚的生存之本，从皇帝这个最大的官到宰相、尚书、封疆大吏，以至"从九品"及"未入流"的基层官员，和各级官员的随从、秘书之类，都是依靠土地的国家所有权而生存的。官僚制与土地国有制是统一的，是土地所有制的必要条件和政治表现。各级官僚们分层别类，以盘剥广大劳动人民的剩余劳动产品为业，世代相因袭。国家是全部土地的地主，虽然是以皇家为徽号（"天子"实为"地子"），但土地是属于整个官僚阶级的。官僚们视官僚制为利益之根本，并将其神化、权威化，共同保护这个制度。这个官僚制，在其发展初期，曾起过一定的积极作用，特别是在打破领主割据，统一全国经济、文化等方面，有助于社会和文明的发展。但随着文明的发展，这种官僚制的反动性也随之表现出来，成为马克思所说的社会的"寄生赘瘤"，它对文明发展的阻碍也越来越明显。中国的官僚制在不断的自我完善中膨胀，长期延续，成为一种强大的传统势力。

当法国资产阶级革命后，逐步引进并发展了官僚制的时候，马克思在《法兰西内战》中，对此进行了评价：

以其无孔不入而且极其复杂的军事、官僚、僧侣和司法机构象蟒蛇一样地把活生生的市民社会从四面八方网罗起来（缠绕起来）的中央集权国家机器，最初是在君主专制时代创造出来的，当时它是作为新兴的现代社会在争取摆脱封建制度束缚斗争中的一个武器。中世纪贵族的、城市的和僧侣的领主特权都转变为一个统一的国家政权的从属物；这个统一的国家政权以领薪的国家官吏代替封建显贵，把中世纪地主们的门客仆从和市民团体手中的武器转交给一支常备军队，以系统的按等级分工的国家政权的统一计划代替中世纪的互相冲突的势力所造成的错综复杂的（光怪陆离的）无政府状态。……由社会中分离出来并以国家利益的形式固定起来，成为独立于社会之上又与社会对立的利益，这种国家利益交由那些担任经严格规定的、等级分明的职务的国务祭司们管理。❶

这是对官僚制深刻的剖析，而中国古代的思想家和政治家们，早在欧洲之前两千年，就确立了这种制度，并意识到其特殊的功能。可以想见，这两千多年的官僚统治，给中国的社会生活和文明发展，造成了多么深远的影响。官僚政治已

❶《马克思恩格斯选集》，中共中央马克思恩格斯列宁斯大林著作编译局，第二卷，人民出版社，1995：408.

经演化为一种文化，即官文化，存在于中国社会的各方面和角落。

官，在中国是早就出现的，《周礼·王制》中写道："王者之制禄爵"，唐孔颖达疏曰："其诸侯以下及三公至士，总而言之，皆谓之官。官者管也，以管领为名。若指其所主，则谓之职。"官，不仅是主管所有社会生活的，也是社会的总代表，"官家"，即为"公家"，也是王家。僚，是官的附属，其本意是指服役事的人，《左传·昭公七年》写道："隶臣僚，僚臣仆。"《疏》曰："僚，劳也，共劳事也。"与僚相通者，也称吏。汉以前，吏与官可通称，汉后，将职位较低的官称为吏，至明清则称各官衙中书办等幕僚为吏，其本身并无俸禄，由所侍之官给养之。不论僚或吏，都是官僚制的必要组成部分。由于战争是维护官僚统治的必要手段，因而军队中也实行官僚制，军官体制是官僚制的重要组成部分。

（二）官僚制度的特点

中国的官僚制度和官僚政治，是一个严密的大系统，它有以下特点：

第一，延续期长。由简而繁，由粗到细，再到大系统，随着经济和文明的发展而沿革。在两千余年的时间内，中国的官僚制与土地国家所有制相生共长，官僚政治成了维护国家土地所有制和封建社会结构、社会生活的主要手段。

第二，包容面广。经营并运转了两千余年的中国官僚制，其包容面之广，远超过现代西方国家所达到的状况。几乎集中了历代中国知识分子主要智慧而形成的官僚制度，已伸向社会生活的各个方面，不仅要行使国家对土地的所有权，而且司法、军事、文化、教育、宗教等各个领域，也都设官置吏，全面系统的管理，最基层的村社，也有其组织。由上而下形成一大系统，其中又分为中枢系统、中央系统、地方系统、军事系统等子系统，其间相互勾联，相互约制。

第三，组织缜密。一些人说到古代中国社会时，常用"一盘散沙"来形容，这只是问题的一个方面，另一方面则是官僚制组织之缜密。为了有效地控制人们的行为和思想，官僚们从各个角度来编织自己的组织，且相互牵制，以维护其统治。当然，这种缜密的官管组织及其发挥的机制，又极大地限制了人们的相互交往，从而造成一盘散沙的状况，当遇到强大的外敌侵略时，就突出地表现出来。

第四，等级严格。官职即人格，官级即等级，官本位，官至尚，这是长期凌驾于社会之上的官僚阶级内部的原则。以明、清两代为例，计有文武官阶九品，各品又分正从两级，共十八级。每一级不仅地位、职权严格区分，连服装也有明显差别。官品之外，还有爵号，授予宗亲和立大功者，这基本是沿续领主制时期的公、侯、伯、子、男五爵，但已无领主的权势，而是官的变形。"官大一级压死人"。森严的官僚等级，是官僚政治得以维持，并不断僵化的原因。

第五，官源丰厚。中国古代的官僚体制，并不像西方领主贵族制那样，要以明确的门阀等级来确定家族地位，并据此而行使对社会生活的管理。相比之下，中国的选官制要"平等"得多，尤其是科举制的实行，为平民知识分子步入仕途提供了可能性。从而，读书做官，就成为中国知识分子的"正途"。不仅官僚们要其子孙读书应试以承祖业，就是土财主和商人们，也千方百计要子弟应试科举，以改换门庭，且也有极少数贫寒之士偶尔能"金榜题名"。这样，就使官场成了集合中国知识分子精英们的场所，从而在总体上保证了官僚阶层的来源。

如此庞大的官僚制，统治了中国两千余年，它不仅构成中国社会制度的重要方面，也成为制约中国社会结构和文明发展的重要条件。

第三节　"家国一体"的社会结构

一、社会结构

社会结构是社会经济和政治制度的具体体现，也是对文明主体的直接制约，研究中国现代化，必须对中国历史上的社会结构进行分析。

结构，作为一个科学范畴，近现代以来十分引人注目。以结构为主要对象，并以结构命名的一个哲学派别，在现代哲学占有相当重要的地位。而现代系统论的一对主要范畴，就是结构与功能。结构主义与现代系统论所研究的结构，都是一般意义上的，尤其侧重于生物学和语言学，但它毕竟为社会科学的研究提供了必要启示。不过，当我们从结构的意义上研究中国社会时，还要注重这个主体的特殊的矛盾性质。

社会的结构，与人体和其他生物体的结构一样，是客观存在的。在结构主义和现代系统论出现之前，甚至人们还不知道"结构"一词的时候，社会的结构就已经存在，它是随着人类社会的出现而出现的，它是内在地作用于社会生活的，是文明主体和其他社会成员间关系的集合，因此也是对文明发展制约的重要因素。社会结构是社会制度的具体化，它以社会秩序等形式，制约着人们的社会行为和社会生活。

中国古代的社会结构，是建立于发达的农业文明基础之上的，是官僚制度和小农经济的具体存在形式。秦汉以来，中国建立了皇族世袭的基本制度，而皇族内部的关系，又与民间的家族关系相统一。突破了先秦时的宗族封建，皇族的存在与作用仅限于掌握最高政治权力，并以此来维持本家族的地位和利益。由于在观念上和法律上皇帝及其家族有无上地位，因而形成一种表面现象，似乎官僚制度不过是皇权的工具，中国的社会结构，也就是君—官—民的三者关系。实际

上，皇帝不过是官僚体制中的一环，它的权力也不是绝对的，而是受整个官僚阶级的总体利益制约的。因此，从阶级关系上讲，中国古代社会结构的主要方面，就是官僚阶级与农民阶级。我们的分析，也先从阶级结构入手，进而探讨经济与政治方面的社会结构。

有一种习惯说法，认为封建社会的阶级结构主要由地主阶级和农民阶级构成，这是经不起考究的。此论是对俄国和欧洲封建社会阶级关系的中国式解说。欧洲的封建社会，并没有地主和农民两个阶级，它们所有的，是贵族领主与农奴两个阶级，这是明显的阶级对立关系。中国 20 世纪以来关于封建社会的定义，就源自俄国和欧洲。但中国从秦汉以来就不存在领主和农奴了，于是就用"地主"和"农民"两个范畴代替之，进而扩展为对整个人类封建社会的定义。这个定义，是不适用于俄国和欧洲的，同时也不能全面反映中国古代的阶级结构。诚然，古代中国的文明主体是农民，农民是被统治阶级，也没有疑问。但统治阶级如何规定？古代中国是有地主这个阶级，但他们并不掌握土地的所有权，只是拥有对土地的部分占有权。土地所有权归国家，而国家的主体是官僚制度，国家的土地所有权，也就是官僚所有权。官僚，在古代中国是社会的统治阶级，它以其阶级的整体，并以皇帝的名义，所有着全国的土地。而地主阶级，不过是官僚阶级的转化形式或后备军。从历代统治资料看，土地占有权在一个朝代初期的分布，主要是按均配土田的方式分给农民，地主由于人口少，所占有土地的比例也相对少，而此时地主的占有权，又主要归各级官僚或致仕官僚，所谓"员外"。纯粹意义上的地主，即非官僚或与官僚没有关系的地主（土财主），不仅人数少，而且所占土地量也很少。只是到王朝末期，土地兼并加剧，地主占有土地量才增加。从这种意义上，笔者认为中国古代社会的阶级结构，应由官僚阶级、地主阶级和农民阶级为主体，并辅之以手工业者阶级和士（知识分子）阶层。其中主要的对立双方是官僚阶级和农民阶级，前者依据对土地的所有权，以税赋等方式剥削农民的剩余产品；地主阶级作为官僚阶级的转化形式和后备，依据其对部分土地的占有权，对不占有土地或很少占有土地的农民出让土地的使用权，来剥夺税赋之外的剩余产品。

这种阶级结构，从秦汉到明清，基本上延续下来，中间虽有变化，只是量上的，而非质上的。这种阶级结构与中国古代的农业文明和官僚制度是相适应的，它在相当长的时期促进了文明的发展，但它同时也约束了中国社会的发展，尤其是对现代中国来说，它是我们所承继的巨大的历史传统之基础，也是现代化进程必须克服的主要障碍。

由官僚制度和官僚阶级与农民阶级对立的阶级结构，制约并形成了中国的政治结构，这是官僚政治的具体表现形式。中国的政治从其内在的框架看，呈金字塔型，即由最大的官——皇帝为塔尖，按品级依次排列，由一品至九品，其间各级又有从（副）品，而在各级官的身边，又辅之以相应的吏和僚，由此而构成庞大而有序的官僚体制。这个结构的外部表现，又是中央官制和地方官制两大系统。中央集权，是中国古代政治的主要特点，为了维护大一统的政治格局和利益格局，以皇帝和宰相为首的中央政府，集中了全国主要的政治、军事，经济权力，并以各种方式制约地方官，纵观中国历史，除个别时期有地方官脱离中央而"造反"外，中央对地方的控制都是有效的。地方官制的主要表现，就是以县为基层的行政区划制，这在各个朝代各有不同，先是州、郡、县，逐步演化到明清的省、道、州（府）、县。上级官员统辖下级官员，而且各级地方官都由中央任免，各级除主官之外，又有按中央的六部制而设立的相应机构。这样，既有各级地方政权的"块块"，又有从中央到最基层政权的"条条"，二者相互制约，从而使金字塔型的政治结构更为严谨缜密。

二、儒家天道观主导的政治结构

这个政治结构的建立，是以儒家的天道观为基础的，天道观则是农业文明条件下产生的世界观。依据天道观，官僚结构的最高代表皇帝，被视为天，他也自称为"天子"，是"奉天承运"的，以天的名义来行使对社会的统治。由皇帝而下的各级官僚及官僚机构，又是天子与平民之间的中介。官僚制度从总体上成了天与人合一的必要中间环节。国家体制是帝王权力的延伸，以君臣、父子为核心的人伦秩序代表着神圣的天道秩序，礼仪是天道秩序的再现。各级官吏从名义上说，都是皇帝的家臣，代皇帝行使各种权力，他们熟读儒家经典，但并不具备行政管理的专业知识，而他们的助手，即各种幕僚，则具体行使管理。中国古代的这种以家长制为特征的官僚结构，具有强烈的人伦色彩，其人治重于法治。各级官员对其统治 / 治理下的民众来说，是"父母官"，百姓则是他们的"子民"。而欧洲同时期的贵族封建制，则大体上与中国周朝时情况相同，诸侯只在法律上有对君主的效忠关系，但他们却可以在自己的领地上独立行使其政治权力。秦汉以后的官僚，都不是世袭，他们以功名而担当一定的行政职务，并受皇帝及上级官员的制约。这样的政治结构，相对于贵族领主政治，无疑是进步的，但它作为一个封闭性体系，又会束缚政治、经济和社会生活其他方面的进展。

中国古代的经济结构，体现了农业文明与官僚制度的统一，是土地国有制的表现形式。古代中国经济，以农业为主，手工业为辅，其经济关系与结构，基本上是依对土地这个主要生产资料的权利关系形成的。这种权利关系分所有权、占有权、使用权三个层次。国家，即官僚阶级，是所有权的拥有者，它据此而收取税赋，作为国家财政的主要来源；占有权分归地主和自耕农，王朝新建或政策变

更时，基本上是以人口来均配土地，此时大多数农民都是自耕农，他们直接与国家政权打交道，并在占有权的基础上，行使使用权；地主则根据对土地的占有权，而将其使用权出租给无地或少地的农民，这部分农民则为佃农，他们交给地主地租，地主则从中再拿一部分交国家税赋，以之为从国家取得占有权的义务。这种经济关系，是中国古代经济结构的主体。上述阶级结构，也是与此密切相关的。

与这个主体相适应，古代中国的经济结构中，还包括农业与工商业的关系，农村经济与城镇经济的关系。由于长期实行抑商政策，中国的工商业处于农业的附属地位。手工业是为农业生产服务为主的，同时也要满足官僚和地主阶级的消费；商业流通也以农产品为主，同时包括食盐等基本生活资料的贸易，以及少量的对外贸易。城镇经济是从属于农村经济的，它以工商业为主，由于城镇的特殊作用，其经济虽处于次要方面，但却比农村经济处于更有利的地位。城乡差别、农业与工商业之间的差别，古已有之，传至现代，越来越突出。

上述中国古代社会结构，只是其基本骨架，它不仅制约着古代的社会生活，而且对现代社会也有明显的影响。这是我们考察中国现代化时必须认真对待的。

第四节 "重本抑末"对古代文明发展的牵绊

社会的政治和经济制度及社会结构对文明发展的制约，集中体现于国家的政策上。在中国古代两千多年的历史上，发布并实行过许多政策，其中，"重本抑末"作为基本国策，贯穿于历朝历代，是各种政策的总纲。研究"重本抑末"作为基本国策对文明发展的制约，是认识中国古代社会矛盾的一个重要方面。

一、重农抑末的传统

目前，国内外学术界有一种说法，认为中国的落后就是因为没有资本主义，要摆脱落后，唯一途径就是发展资本主义。实际上，中国古代经济发展中的主要问题，以及摆脱中国落后的主要途径，都是商品经济。资本主义是商品经济的一种形式，一个阶段。就如欧洲没有经历官僚制的封建主义阶段，能够直接进入资本主义社会一样，中国也完全能够不经历资本主义这个商品经济的阶段，不采取这种形式，而高度发展商品经济，迅速普及和发展现代文明。为此，有必要对历史上中国商品经济的发展，以及官僚政治对商品经济的制约进行探讨，寻求发展社会主义商品经济的规律和途径。

中国古代虽然没有出现资本主义，但却有商品经济，而且历史相当久远。自有文字记载，就可以看到商品交换的存在。尤其在商代，商品经济已经相当发达。到周朝，商业已成为与农业、畜牧业共存的社会行业了。从据说是伏羲（距今五千年）所提出，周文王所系统化的《周易》中，可以看到多处关于商人及其活动的记载。在春秋、战国期间的大量文献中，更显示出商业的发达。从诸侯的领主所有制向国家土地制的转变，曾极大地促进了商业的发展，春秋、战国时期正是这种转变的过渡期。从春秋到秦之间，中国的商业达到了一个很高的程度。不仅本地区的商品交换相当普及，而且跨地区的贸易也很发达。齐相管仲以推广商业而强国，《管子》一书，集合了当时人们对商品经济的认识，其水平，已与两千年后欧洲重商主义者相伯仲。史书中记载了许多大商人，如郑国的弦高、奚师，孔子弟子中的子贡，越大夫范蠡以及秦国的吕不韦等，他们不仅拥有大量财富，而且以此而参与政治。商人们所经营的业务，从农、林、牧、渔产品，到采矿、冶炼、铸造、煮盐，再到居家、旅行及生活的日用杂品，无所不包；长途贩运，列肆买卖，囤积居奇，无所不能。"赍贷行贾遍郡国"，商品经济已成为华夏大地经济运行和交往的一个重要因素。这种在土地所有制变革中出现的商品经济，又促进了土地所有制的变革。中国古代文明的昌盛，与此时商品经济的发展，有着密切的关系。

在动乱、变革时代发达的商品经济，按说当全国统一、政治稳定后，应当有更大的发展，近代欧洲国家就是如此，然而，在中国的古代，却没能做到这一点。欧洲诸国于16、17世纪才开始发展商业和统一国家的过程，中国早在公元前几百年就在进行。然而，欧洲国家由此而变封建领主经济为资本主义经济，中国却在领主经济之后，步入土地国家所有的地主和小农经济。这其中，起主导作用的，就是重本抑末的基本国策。而自给自足的农业经济，也是在这种政策的保护下得以长期存在，否则，它是经不住商品经济冲击的。

一些人论及中国为什么未能出现资本主义经济制度时，往往将其归因于小生产的压抑。这是很难说明问题的。小生产或小农经济的普遍存在，与商品经济的不发达，同是一个原因造成的结果。虽然它们是相互制约的，但小生产是无论如何也不可能单纯地压制商品经济发展，尤其是抑制资本主义的。相反，小生产者自身又是产生资本主义的温床。法国大革命之后，曾在一定程度上效法中国的均配土田制，人为地制造了大批小生产者，但很快就被分化瓦解，形成资本主义经济。在中国也是如此，若没有更深刻的原因，小生产也必然滋生出资本主义经济。中国古代的土地国家所有制和中央集权的官僚体制，有能力在扶持小生产的同时，有效地压抑商品经济。这样，在两千多年的中国历史上，虽说朝代屡屡更迭，但重农抑商政策却一直延续，正是这个基本因素，严重地压制了中国商品经济的发展。

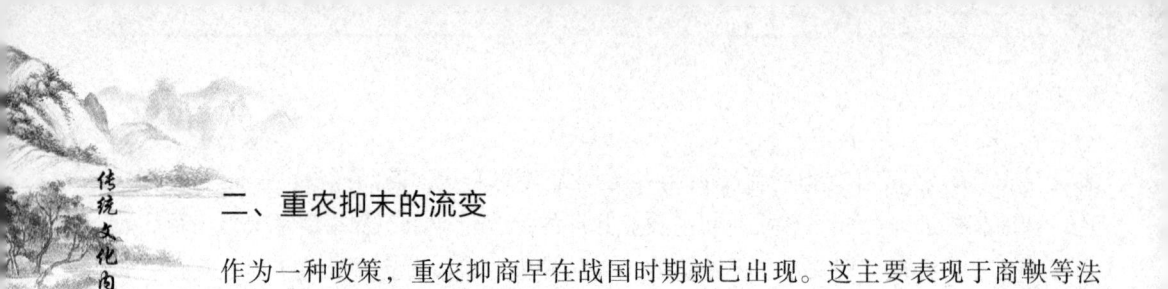

二、重农抑末的流变

作为一种政策，重农抑商早在战国时期就已出现。这主要表现于商鞅等法家改革派的思想和实践中。正是依据这种政策，秦在诸侯争霸中逐渐强大，最后统一全国。而农为本，商为末的观念，则早在春秋时期就已出现。管仲在公元前600年左右提出的"四民分业定居论"（《管子·小匡》），就将社会分成士、农、工、商四个阶层，而士是不从事经济活动的，经济活动中的三个阶层，即三个行业中，农业是本业、首业，而商业是末业。在管仲那里，尚无抑商政策，但经战国时期的演化，发展到汉朝晁错那里，则明确形成了重农贱商，以至抑商的思想，并逐步成为国家经济政策的原则。晁错认为，农业是为社会"开其资财之道"的，故应大重视，重农不应像商鞅说的那样只是手段，而应成为目的，甚至为了重农，可以轻视官爵。商业是妨碍农业的，应该轻贱，以至压抑。

在一个以农业为主要生产方式的国家，重农思想的出现是必然的，它与农业文明的发展密切相关，从管仲到晁错，重农思想的演变与重农政策的推行及完善，是统一的。秦帝国建立以来，就在全国实行重农抑商政策，汉朝进一步继承并发展了这一政策，甚至明令"贾人不得衣丝乘车，重租税以困辱之"（《汉书·食货志下》），其子孙也不许"仕宦为吏"（《史记·平准书》）。从重农发展到重农抑商，这既与中国的封建社会从领主所有制转变为国家所有制有关，也与儒家思想家占统治地位的意识形态有关。

由孔子创立的儒家学说，在其创始时，并不具有抑商的内容，但当董仲舒提出"独尊儒术"，并经汉武帝认可将儒家思想定为立国的指导思想以后，儒学者们为了维护官僚制和土地国家所有制，把孔、孟的"义""利""奢""俭"等思想，注入重农抑商的内容，从伦理道德上论证商业活动之不义，加以谴责，融原来法家某些经济思想于自身，形成了系统的维护官僚统治的思想体系。而历代的官僚，又都是以儒学"出身"的，在他们成为官僚之前，已经浸透了抑商思想，做官以后，现实的利益与官僚制的原则，更使之从思想和行动上贯彻重农抑商的基本国策。儒家思想又全方位地制约着社会各阶层的民众，包括商人在内，似乎也觉得自己所从事的是下贱行业。虽然大量的盈利使商人们获得了实际好处，但其社会地位却依然很低，而那些虽穷但在"务本"的农民，也往往会感到某种慰藉。

中国古代的封建统治者，之所以采取重农抑商这一基本国策，在于他们认识到，商品经济虽然会对国家财政收入有利，但却会破坏小农经济，进而破坏国家的土地所有制，破坏其统治，这是中国封建官僚制得以长期维持的内在条件，而欧洲近代的封建君主恰恰没有认识到这一点，为了眼下的财政收入，鼓励商业的发展，结果导致自身的灭亡。然而，文明的发展又要求商品经济相应地发展。商业作为社会的一个行业，是必不可少的，再强大的官僚政治，也不可能从根本上消灭商品经济，只能对之进行抑制。

长期处于封闭状态的中国封建统治者，依赖小农经济这个"本"生存；比较发达的文明，又使他们在环顾"四夷"时，觉得自高自大。在他们看来，人类的文明发展，在中国已达极限，因此，维护既有的社会关系和秩序，是其统治的目的，至于发展科学技术，发展生产力，则很少列入他们的议事日程。在许多正统思想家的心目中，人类的理想境界不是进步，不是未来，而是以往，以古论今，以古非今，是他们立论的根据。而他们所说的"古代"，最基本的一条，就是民风淳朴、小农经济，基本上没有商业。这种思想状态，充分反映了大一统的封建官僚统治者的利益。他们拥有全国的土地所有权，均田制又保证了全国的大多数人口从事农业，可以提供充分的赋税以供官僚、君王们享受。这样，稳定和维护现有的社会结构和秩序，就成了他们的根本利益，对于商品经济这个不稳定因素，他们当然要严加抑制了。

重农抑商，是历代封建统治者的"祖传验方"，对他们来说，这一点就是"治国之本"，虽然征战伐掠屡屡不断，但这一国策却不断地延续下来。以庞大而严密的官僚体制和正统的儒家学说综合而生的重农抑商政策，不仅具有延续性，又有强制性和"自觉性"。虽然两千余年中国的商品经济依然在缓慢发展，但总的说来，却一直在重压下委曲求全，未能发挥其对生产力和生产关系应起的促进作用，只是作为农业经济的一个补充。近代以来，面对迅速崛起的西方国家，更主要的是这些列强们的侵略，中国的先进分子意识到要发展现代文明，必须取消"重本抑末"的政策，以发达的商品经济，来实行中国的现代化。然而，我们也看到，这一新的思路在实践中，不断受到各种阻力和干扰。

第五节　古代社会矛盾的封闭性循环

一、"黑暗的中世纪"

由秦汉至明清，历时两千余年，更替十余个朝代，或汉人内乱而分裂，或外族入主中原，或农民造反而夺天下，可谓乱之极，变之至。与同期世界其他国家相比，无可与匹者！古代中国是一幕内容丰富的大戏，而别的国家几乎很少戏剧性情节，无怪乎欧洲人将其这段历史称作"黑暗的中世纪"。

朝代更替中，产生了众多英雄豪杰，他们各有特色，或武功或文略，弄计设

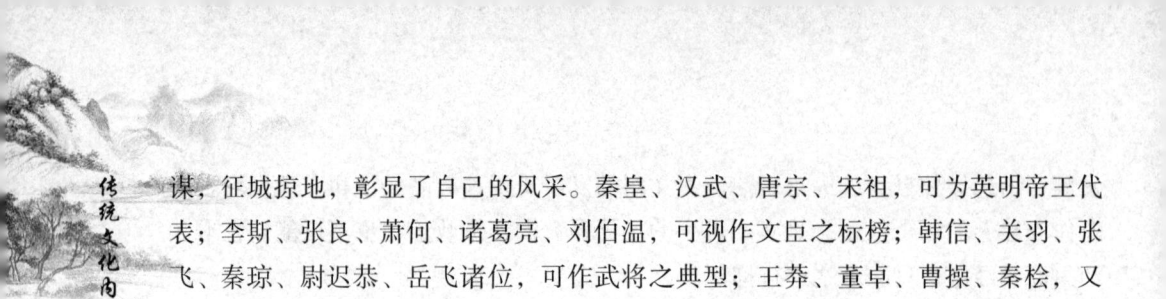

谋，征城掠地，彰显了自己的风采。秦皇、汉武、唐宗、宋祖，可为英明帝王代表；李斯、张良、萧何、诸葛亮、刘伯温，可视作文臣之标榜；韩信、关羽、张飞、秦琼、尉迟恭、岳飞诸位，可作武将之典型；王莽、董卓、曹操、秦桧，又是"奸臣"之集合。如此众多的"大腕"们，相继粉墨登场，认认真真，严严肃肃地在华夏大舞台上，演出一幕幕悲壮的历史大剧。帝王将相们的才智功业，不仅主宰着历史的表层，也成为现代中国人寻根思源的必要线索。

然而，史书及传说留给今人的，却主要是政治上的矛盾和斗争。以至《三国演义》的开篇《临江仙》词曰：

滚滚长江东逝水，浪花淘尽英雄。是非成败转头空，青山依旧在，几度夕阳红。白发渔樵江渚上，惯看秋月春风。一壶浊酒喜相逢：古今多少事，都付笑谈中。

罗贯中先生可谓深知中国朝代更替之奥秘，他用一句话概括为："话说天下大势，分久必合，合久必分。"

试看天下诸国，有哪个及得上中国有如此丰富的政治斗争？又有哪个出得来中国这样多的、这样高水平的政治人物？可是，如此尖锐复杂的政治斗争，如此雄才大略的帝王将相，却未能改变中国的社会制度和社会秩序，而是在朝代的更替中使社会矛盾在封闭的系统中循环。

中国古代的这种特殊现象，是值得认真思索的，个中规律，不仅关系历史的研究，更关系对现实矛盾的分析。

中国有文字记载的历史，可分为两大段，一是秦以前，是为封建贵族领主制，一是秦以后，是为封建官僚地主制。秦及汉在政治上的胜利，是一种历史的进步，而秦汉至明清的政治斗争，主要是在官僚政治领域，为争夺土地的国家所有权而进行的。因此，虽说能够缓慢地推动文明有所发展，但却不仅不能从根本上改变社会的经济和政治制度，相反，又用新的形式，来强化这种制度，使社会矛盾在封闭的系统中循环，从而给并不深知就里的西方学者，如黑格尔等辈一个印象：中国两千余年在那里停滞不前。

二、封闭式循环的内因

中国确实是停滞不前，如从社会制度的演进看，这两千年几乎没有实质性变化，但却不是死水一潭，众多英雄豪杰，在这两千多年的时间内，你争我夺，"搅得周天寒彻"。如此大而多的动乱，为什么没有对社会矛盾的根本性解决，只在量变！而无质变呢？

第一，就在于与农业文明相配合的土地国有制。马克思在论及亚细亚生产方式时指出：亚细亚的所有制是"公共土地所有制，而日耳曼的所有制是"自由的

小土地所有制"。经过比较，他认为，

> 亚细亚形式必然保持得最顽强也最长久。这取决于亚细亚形式的前提；即单个人对公社来说不是独立的，生产的范围仅限于自给自足，农业和手工业结合在一起，等等。❶

土地的国家所有制是政治斗争的基础，土地的国家所有权则是政治斗争的目的。这样，在土地国家所有制的制约下，所有的政治斗争，都未能提出改变这种制度的观念。不仅官僚阶级内部的斗争是如此，就连深受这种土地制度之害的农民起义，在推翻旧王朝之后，亦把巩固土地国家所有制，作为自己的斗争目标，至多不过是重新再均配一次土田而已。这在朱元璋所领导的起义建立明王朝之后的所作所为上，充分地表现出来。拥有了土地，也就拥有了天下，这是中国古代所有政治家们所深知的。土地所有权具有极大的引诱力，政治家们的壮烈斗争和精明算计，都只能像木偶们一样，受土地国家所有权的牵制，而上演一幕又一幕的争夺"天下"的历史剧。

第二，在土地国家所有制基础上建立的官僚制度及其意识形态——官文化，严重地束缚了中国的政治家和知识分子，他们的视野局限于维护或推翻某一王朝，而不是变革社会制度。他们认为，国家治理得如何，关键在于一个朝廷的政策及其实施，不是社会的制度。制度是"天命"的体现，不能变更。更重要的是，官僚制促使绝大多数政治家和官吏们，在"官本位"意识的指引下，将升官、保官作为第一目的，由官而富，由官而出人头地。虽然大家为争权夺利斗得你死我活，但都像蛐蛐在罐罐里厮杀一样，总跳不出官僚制和官文化的大局限。"胜者王侯，败者贼。"似乎已成一条定律。系统而严密的中国官僚制，确乎太系统、太严密了，它经两千余年众多知识分子的编织，已成为不可突破的太茧，不仅严重地束缚了文明主体，也严重地束缚了官僚和士子们。即令矛盾激化，斗争取得大变化，也只能是改朝换代而已。官僚制依旧，土地国有制依旧。

第三，中国古代的文明发展，并未达到要求并创建新的社会制度的程度，而文明主体依然是受官文化为骨架的封建意识形态制约的。这样，虽说文明主体在不堪忍受官僚统治的时候，能够起而反抗，甚至有可能达到改朝换代的目的，却依然不能改变社会制度。从汉末的张角，到清末的洪秀全，两千余年，中华大地上，农民起义风起云涌，大大小小的起义队伍，或局部，或全国，都能取得一些胜利。而农民起义队伍，在组织、发动时，又大都以"太平"为号召，这是农民传统的平均主义观念的体现。"杀富济贫""均配土田"，是农民起义的最初目

---

❶《马克思恩格斯选集》，中共中央马克思恩格斯列宁斯大林著作编译局，第四十六卷，人民出版社，1995：48.

第一章 中国古代的社会制度及结构原理

31

标。但是，也正因为这一目标并不能动摇封建制度，并为其"均配土田"占有权的体制所能包容，故农民起义或被镇压，或成为统治者间斗争的工具，或由起义领袖当朝做帝王将相，农民所能得到的，或是小范围的让步，或是大面积的重新分配土地占有权。土地国家所有制保留了，官僚制保留了。若干年后，矛盾又激化，农民又起义，或是由开明君主、官僚主动让步，分配一次土地占有权，或是再出现一个新王朝，一个新的土地所有者，把土地占有权再做一次新的配给。如此反复。

第四，异族入侵，建立其统治，不仅没有变革中国的社会制度，反面进一步巩固了这种制度。中国历史上，有两次少数民族入主中原，一是成吉思汗的蒙古族，他们建立了元帝国，二是努尔哈赤的满族，他们建立了清帝国。这两个民族，其自身文明发展和社会制度，都比汉民族落后一个阶段。蒙古族是以畜牧业为主的领主贵族制，满族则是猎牧农混合的领主贵族制。他们之所以能够战胜汉族统治者，并不是因为其文明和制度先进，而是由于宋、明末期官僚政治的腐败。按蒙、满统治者的初衷，是要在中原推广其社会制度的，蒙古人甚至要变中原为大牧场，满族贵族入关后极力实行八旗圈地，等等。但历史不能逆转，他们这种落后的制度和观念，不仅遭到汉族人民的抵制和反抗，而且连自己也意识到行不通。比较开明的君主和大臣们只得改变方针，努力学习汉族文化，实行土地国有制和官僚制。这对少数民族来说，无疑是一大进步，但对于汉民族来说，又等于延滞了其进步的时间。比较明显的，是在明末，当时已出现一些思想家，如以顾宪成、高攀龙为代表的东林党人所倡导的"实学"，黄宗羲对封建专制的抨击，戴震对理学的批判，等等。而经济生活中商业的发展，以及农业技术等方面的进步，表明当时社会变革是一种趋势。满族贵族入关，使这种趋势中止，政府所推行的"文字狱"，将知识分子禁锢于八股文和经学考据之中，同时也使相当一部人将注意力转向民族矛盾，从而严重地阻碍了社会变革和文明发展。现在一些人所盛赞的"康乾盛世"，充其量也不过是落后的清朝统治者，学通了中国的官文化，将封建官僚制度在它应该灭亡的时候，恢复并强化罢了。

第二章 中国古代伦理道德的基本框架及影响

第一节　道德典范：贵族阶层的周礼

一、以德为贵的周礼

周朝的道德主义政治思想含有比较浓厚的政治预期风险管理的色彩。政治预期风险的管理来自对政治过程的政治合理性、正当性以及政治失当的关注，是中国古代社会政治思想发展的重要表现。但在古代君主和皇权政治体制的制约下，它的政治矫治作用和有效性非常有限。

周初统治者对于汤武革命的论述虽然不尽如人意，但在当时的知识理性水平和社会心智环境下，对于君主政治的矫治还是有一定的现实作用的。其中，通过德的社会政治理性来论述汤武革命，有其独到之处。政治的可持续性问题，根本上不是外部原因造成的，而是与政治行为主体自身的德行和操守有关，比如政治行为主体自身的德行操守的堕落和政治道德违约导致的政治的社会友善性和社会公共性的缺失。也就是说，政治过程的合理性、正当性和种种政治失当问题，才是政治可持续性的真正敌人。这样，在客观上，周初统治者关于汤武革命的论述，有意无意地把中国古代社会的政治理性引向了自省、反省和自我检讨的方向。这在世界思想史上是比较独特的，是中国古代社会政治文化的重要特征和政治内敛性的思想基础。历史上中国古代社会的政治窝里斗，这种政治思想也难辞其咎。

周初统治者关于汤武革命的论述，使得汤武革命的社会政治理性有了王权和政权更迭的一般社会历史意义，并且构成了中国古代历代王朝更迭的政治学学理和社会政治准入条件。这样一来，周初统治者在为周武王革命进行政治辩护的同

时，也为自身的执政制造了有关的政治公共性危机。这种危机意识在周初统治者的文告中是显而易见的，如："弗吊天降丧于殷，殷既坠厥命，我有周既受。我不敢知曰厥基永孚于休。若天棐忱，我亦不敢知曰其终出于不祥。"（《尚书·君奭》）因此，如何应对这种危机便成了周初统治者不得不思考和面对的问题。

德是周朝政治权力的重要基础。从周初统治者对政权更迭的论述来看，德对于统治者的政治可持续性具有根本性的作用和意义，如果失德，就会失去其政治合理性和合法性。而基于天命可变性的理由，德的反面——不德、失德、丧德，或者明德的反面——昏德，就成了一种内容复杂多样的可预见的政治风险，进而产生了政治预期风险的管理和思想的政治教化。这样，周初统治者在自觉不自觉之中，完成了一项了不起的创造——一门从德的角度来考察、评价社会政治可持续性的政治预期风险管理学，并且以此改变了商汤约法关于统治者政治准入条件的政治学学理，对中国古代社会的政治思想和社会政治生态有着重大而深远的影响。

二、周礼中的德治政治思想

德在中国传统政治文化结构中是一个内容广泛而复杂的范畴。人们常说的"德高望重"，就是指人在某些方面有公认的比较突出的贡献和良好道德操守。所谓德，大体上可以解释为特定对象社会友善性的显示。那么，周初统治者进行了哪些德治政治思想的论述和政治预期风险的教化呢？

基于"惟命不于常"（《尚书·康诰》），以及德在社会政治过程中的必要性和重要性，如道德违约与先秦社会的政治变迁"丕显文武，皇天宏厌厥德，配我有周，膺受天命"（《毛公鼎》），周初统治者对德治政治思想作了如下的阐述：

（1）"勤用明德。"（《尚书·梓材》）保持政治开明，注意刑罚的使用，关爱无依无靠的人，即"克明德慎罚，不敢侮鳏寡"（《尚书·康诰》）。

（2）在刑罚使用上，要注意犯罪的人是否有悔过的态度和表现，如："敬明乃罚。人有小罪，非眚，乃惟终，自作不典；式尔，有厥罪小，乃不可不杀。乃有大罪，非终，乃惟眚灾，适尔，既道极厥辜，时乃不可杀"（《尚书·康诰》）。

（3）勤政爱民，关注民生。如："若保赤子，惟民其康乂。""……知稼穑之艰难。……知小民之依。……自度治民。祗惧，不敢荒宁。……怀保小民，惠鲜鳏寡。……无淫于观、于逸、于游、于田。"（《尚书·无逸》）

（4）了解民意，当知民众乃反道德压力的主要承受者和政治道德违约的受损群体，一旦民众忍无可忍，就会一发不可收拾。如："人无于水监，当于民监。"（《尚书·酒诰》）"天畏棐忱，民情大可见。"（《尚书·康诰》）"民之所欲，天必从之。"（《尚书·泰誓》）

（5）不要有非分之想，不要行为不轨、制造事端、制造民怨。如："无作怨，勿用非谋非彝蔽时忱。"（《尚书·康诰》）

周初的"无作怨"政治思想，与商汤约法"敬命""不道，毋之在国"相比，显然有所差别。"无作怨"比较注重行为活动的约束和道德违约的防范，在社会发展演变过程中，客观地滋长了家长制、长官意志和动辄先王之道的政治风尚，从而培养了不求有功但求无过的平庸和惰性的社会政治生态，利于守成，不利于进取。而"敬命"思想则强调，统治者要知道自己的政治本分，强调统治者的社会责任和社会政治道德，该做什么就要认认真真地做好，不能苟且。这样，无论是自觉还是不自觉，都更能发挥人的主观能动性、积极性和创造性。商汤约法作为统治者进入政治市场的条件，在周朝"任人唯亲"的体制中显然是难以做到的。因此，虽然在社会政治过程中什么事情都难免有利有弊，但从长远来看，商汤约法和君主贵族政治结构，与周初的"无作怨"道德主义政治思想和君主宗法政治结构相比，含有更多、更高的政治友善性和政治道德要求，更富有社会公共性和公信力，更有利于社会公共性的再生产和社会政治的可持续发展。中国古代社会的纠错与矫治功能的萎缩，社会公共性再生产能力的枯萎，始于周初的"无作怨"的德治政治思想，其影响不可低估。

（6）尊祖敬宗，昭事上帝。如："昭事上帝，聿怀多福，厥德不回。"（《诗经·大雅·大明》）

（7）"元恶大憝，矧惟不孝不友。……乃其速由文王作罚，刑兹无赦。"（《尚书·康诰》）

（8）"崇侯虎谮西伯于殷纣曰：'西伯积善累德，诸侯皆向之，将不利于帝。'帝纣乃囚西伯于羑里。"（《史记·周本纪》）"周西伯昌之脱羑里归，与吕尚阴谋修德以倾商政。"（《史记·齐太公世家》）

与商朝不同，农业在周朝社会经济中占有较高的比重。这样，孝悌的伦理关系在商朝的政治理念中，主要强调的是比较纯粹的家庭生产和社会保障功能，在周朝社会却掺入了许多宗法政治因素。《诗经》有这样的论述："孝子不匮，永锡尔类。"（《诗经·大雅·既醉》）如果人们的生活出现了问题，就要检讨自己孝不孝顺，有没有教导好子孙，从而把社会问题转移到个人和家庭身上，断定是个人和家庭出了问题，持续地刺激人性向自利的方向发展，造成人们对社会公共领域和公共利益的关注和维护的缺失。被后世社会视为儒家经典的《大学》所说的"一家仁，一国兴仁；一家让，一国兴让"，只不过是对宗法政治的过于乐观的想象。实际上，在礼法设计的结构性矛盾的作用下，它只会促使人们向伪善的方向转变。由此可见，以人伦代替理性、代替政治过程的合理性和正当性，使得周朝社会具有浓厚的泛政治化成分和倾向，以至于政治过度成了社会持续发展的严

重问题。它不仅造成中国古代社会德治政治含有深刻的结构性矛盾，而且弱化了社会的纠错与矫治功能和社会公共性的再生产能力。这在某种程度上说明，只有更高水平的社会政治理性和更有社会友善性的制度安排，才能实现社会公共性的均衡和最大化，才能促进社会善治的发展，提高社会善治水平。而封闭型的周朝政治理性，最终只能走向僵化，造成社会责任、政治道德的堕落和沦丧。因此，即使如周公之圣，作为周王朝初期的大家长，亦难以摆脱智者千虑必有一失的戒律。

一方面，如果剔除君主宗法政治的成分和政治体制的道德退化问题，周朝的道德主义政治思想和政治预期风险的管理教化，可以说是中国古代社会政治理性逐渐走向成熟的一个重要标志，具有划时代的历史意义；另一方面，正是君主宗法政治的介入，使得周初统治者的政治思想具有很大的自利性、怀柔性和安抚性，也使得商汤约法的刚性遭受了持续的蚕食，从而导致周朝的君主宗法政治存在严重的道德违约因素和社会友善性缺失问题，诸如公平、公正等社会要素成本变得殊为昂贵，宏观政治低效率、无效率。而社会责任和政治道德的严重缺失，则是周朝君主宗法政治的基本政治特征和社会政治昏暗混乱的根源。因此，所谓的汤武革命，应从更宏观的社会历史视角去观察、审视和检讨，不能简单地以成王败寇论之。

第二节　先秦诸子的政治和社会伦理主张

春秋时期政治伦理虽然以宗族为主，但是实质上以宗族为主的社会组织结构状态已经出现了松动，到了战国时期这种源自内部的松动和动摇越发剧烈，宗族政治伦理虽然没有完全灭亡，但是与纷乱的政坛对应，伴随着百家争鸣的学术纷争，多元迸发的态势在政治伦理领域开始呈现出要唯贤是举，但是实质上春秋阶段"亲亲"仍是作为管理选拔的重要原则，而此时每个社会阶层都有着自己独特的利益诉求和政治愿望，推动了唯贤是举的发展。最具典型代表的是秦，在秦崛起的过程中，有众多良士对于秦的崛起功不可没，公孙衍、张仪、甘茂、樗里疾、魏冉、范雎、蔡泽、吕不韦、李斯等等。这些人在各个不同时期对于秦的改革和崛起立下了汗马功劳，但是细细审视这些人的出身便会发现，秦的宗室之者只有樗里疾，其他人都是所谓的异姓客卿，并不是秦的血缘宗亲。异姓客卿在其他各国虽然没有像秦这样鼎盛，但也广泛的存在着，异姓客卿的历史作用严重地冲击着宗族政治。齐国姜姓宗族为了国家发展，大力任用异姓宗族，导致田姓家族的迅速崛起，以至于最后完全取代了姜氏宗族，执掌齐国政权；三家分晋之后，魏国任用李悝大刀阔斧改革，但李悝却不是魏国的宗族血亲之人，而是卫国人；韩国任用申不害在韩国变法，但是申不害却是郑国人；赵国的公孙仲连变法虽然中途夭折，但也反映出了宗族政治已经不适合于当时的政治需要；楚国任用吴起变法，但吴起却是卫国人；燕国变法动静不大，却也任用剧辛尝试了一次，而剧辛却是赵国人。唯贤是举现象的产生与当时的时代大背景有着密切的关系，宗族有自身的优越感，但大大缩小了人才的选拔范围，而在那个大动乱的时代，没有人才难以生存，故历史发展到战国时期，人们已经能够广泛接受异姓客卿进入政治高层主掌政事，也就是说宗族政治伦理已经不能够一统天下了，开始逐渐瓦解、破碎，移出人们的世界观。

任何事物的灭亡均是一种合力作用，宗族政治伦理式微也是综合力量作用的结果，除了上述的经济、人口、政治需求等政治主体性要素之外，另外一个更为主要的直接的客观现象的出现，直接冲击了宗族政治，那就是郡县制的普及。

郡县制其实在春秋中期就已经出现了，但是到了战国时才得到普遍推广，当年燕国攻克齐国城池七十余座，"尽郡县之"（《战国策·燕策三》），秦在商鞅变法后"集小乡邑聚为县"（《史记·商君列传》），可见当时郡县制较春秋时期已大有不同。这是因为战国时期社会变动急剧，作为国君如果继续执行宗族性质政治制度，很难进行政治统治。比如战国四大君子的赵国平原君赵胜，拥有大量的土地，管理人员多至九千，光食客就号称有三千人，但是却不给赵王缴纳田租，就是因为宗族制的问题，赵胜是赵国的宗族血亲，谁都拿他无可奈何。这种宗族政治带来的恶果在各国普遍的存在着，既不利于君主的集权统治也不利于直接剥削和控制广大农民，而郡县制并不是依据宗族血缘关系而制定的，郡县长官不是世袭的，完全由君主任命，就避免了类似平原君的宗族血亲之不良后果。而君主在选用郡县长官时往往都能够有效地避开宗族血亲影响，如《左传·昭公二十八年》记载晋国任用魏献子管理朝政期间，就同时任命了十位县大夫，但是仅有四位是卿大夫之子，还是庶子，其余六人都是按着非亲原则选用的，完全摒弃了宗族政治的做法。

郡县制是以地缘为主导的政治格局，这种政治格局的广泛推广，给以血缘关系为纽带和基本原则的宗族政治带来了致命的冲击和影响，与郡县制相对应的是官僚制，官僚制依靠功禄进行选拔任用，而宗族政治则是依靠血缘关系进行任用官员。郡县制和官僚制的广泛存在和推广，直接促成了宗法政治的逐渐衰落和最后走向崩溃，这是历史的必然趋势。诸侯国在战国时期想要生存必然会淘汰那些阻碍进步的势力，也验证了变则通，通则久的道理。

概言之，当历史进入到了战国的历史阶段时，在这个社会转型的关键时刻，新旧势力之间、各阶级、各阶层之间的斗争纷乱复杂，激烈异常，各阶级和各阶层都在积极寻找自己的理论代理人，而各时代精英们也都各自按着本阶级的利益要求，对社会万象做出了各种各样的不同解释和主张，在文化领域呈现出后世称之为"百家争鸣"的局面，宗族政治伦理逐渐地失去了存在的土壤，诸子百家开始你争我夺挤上了政治舞台。

一、诸子政治伦理学说的纷争

战国时期是我国历史发展的一个重大转折点，在这一时期奴隶社会开始向封建社会过渡，社会结构的变革导致了社会各个层面激变现象发生。在道德文化领域，历史上沿承下来的宗族政治伦理受到了新兴伦理文化的强烈冲击，致使其开始走下坡路。

战国较春秋而言，最大的变化则在于人口，战国时期人口大增，范文澜在《中国通史简编》中对于春秋和战国的人口做了直接对比：过去城不超三百丈，人不过三千家，但是战国时一千丈的城和一万家的城邑随处可见。这种人口方面的成倍增长，农业、手工业等产业形式在这种人口刺激下迅速发展，生产力水平在短时期内获得极大的提升。根据考古发掘可知，战国时期铁制品已经被十分广泛地应用于生产和生活中，生铁、熟铁的冶炼技术已经十分成熟，农业和手工业工具出现镰、锄、插、斧、锯、针、锥等专业性极强的铁制器具，农业、手工业、商业等产业形式在这种强大的刺激之下迅猛发展。更为主要的对于铁血政治而言，出现了连珠弩箭——战国时期的战争较春秋而言更为激烈，真正的具有了所谓战争的规模，长平之战赵国一役投入40万人，较春秋时期数百上千人的战争而言很显然宏大了许多。

人口的激增势必造成人事的复杂，战国时期社会阶级出现多元化发展趋势。按范文澜的观点，作为社会的统治阶级主要有领主、地主、士、大商贾，作为被统治阶级主要有农民、工商业者和奴隶。社会构成成员较春秋时期复杂很多，于是这些复杂的人群也衍生了人际关系的复杂化。

战国时期动荡的社会现实激发出了浓郁的思想火花，在中国历史上出现了前所未有的、空前绝后的思想大碰撞、大爆发，德国学者雅斯贝尔斯称之为中华文明的"轴心"，荀子称之为"百家之说"，司马迁则将诸子百家之言称之为"百家之术"，后世所说的"百家争鸣"局面在战国期间出现了。

在政治伦理学说的理论层面，虽然诸子百家鲜有专门的论述，但是对其思想进行抽丝剥茧还是能够整理出体系完整、观点突出的政治伦理思想的，因诸子百家太过于稠密，文章仅举儒、墨、道、法等几个对后世政治生活影响较大的政治伦理思想进行梳理和展示。

（一）儒家以"德"为核心的政治伦理

儒家最典型的代表人物是孔子，孔子的实际生活年代是春秋末期，但是孔子去世后仅 3 年，即公元前 476 年后世通识意义上的战国便开始了。因此严格意义而言，作为个人思想研究，孔子以及孔子思想应隶属于春秋，但是儒家政治伦理作为一个学派的整体性出现，将孔子政治伦理思想纳入战国阶段的诸子百家争鸣之中还是可行的。

1.德治与礼治

先秦儒家思想主要集中体现在《论语》《孟子》《荀子》《大学》《中庸》《易传》等著作中，但是这些著作中的政治伦理思想各有侧重。《论语》的政治伦理取向更加侧重于体现用仁德的礼来治理国家，《大学》和《中庸》的政治伦理更加侧重于个人的政治修养，认为修身养性才是政治安稳的有效途径，《孟子》思想重在法先王、行仁政，把性善、道德和政治一体化，《荀子》从性恶出发侧重于隆礼治国的政治伦理取向，《易传》的政治伦理则偏向天人的统一性，企图用天人合一来论证当时社会政治结构的必然性。但是详细梳理这些儒学经典著作之后，便会发现它们虽各有侧重，却能够在各自的思想火花背后找到相同的伦理支撑点——于政治伦理而言，儒家政治伦理的核心是"德"，把德看作是政治生活的伦理根本，具体来说大致可分为德治、礼治两个层面。

（1）德治。

这一时期儒家的德治伦理包含和体现在德政和德教两方面的政治思想和政治举措之中。

德政意指统治者，要求统治者必须进行个人的政治道德完善与修养，强调"为政以德，譬如北辰，居其所而众星拱之。"（《论语·为政》）孔子在这里表述的政治伦理尚德不尚力。孔子认为政治统治的关键在于统治者个人，人的道德修为对于政治统治是否安稳、是否长久都是至关重要的，政治统治者个人即传统政治伦理中所讲的"表率"的重要性。"正人先正己"是儒家政治伦理的一贯主张，这种表率的主张在这一时期的儒家思想中就已经有了丰富的内容，"政者，正也。子帅以正，孰敢不正？"（《论语·颜渊》）孔子在这里被季康子问政于之时如此回答。"其身正，不令而行；其身不正，虽令不从"、（《论语·子路》）"君仁莫不仁，君义莫不义，君正莫不正，一正君而国定矣"，（《孟子·离娄上》）都是这一时期儒家关于君王表率的经典表述，这种君王表率的伦理取向成为后世政治伦理的一个主要内容。

君主的正与不正很大程度上取决于君主是否具有仁心。仁是这一时期先秦儒家一个重要的政治哲学范畴，它强调的是"己欲立而立人，己欲达而达人"、（《论语·雍也》）"己所不欲，勿施于人"，（《论语·颜渊》）也就是由己及人的政治主张，要求作为君主必须设身处地为他人着想，君主自己不情愿做的事情也不能强迫别人去做，这样才能做到所谓的为政以德。要修炼成这一仁德，在伦理修养路径上是需要一个过程的："修己、克己、复礼、达仁"，而修己又需要以"自讼""自省""自责""慎言""慎行"等修炼方式为主，只有这样才能将统治者内心所包含的人伦道德完全发挥出来，所谓"尽其心者，知其性也。"(《孟子·尽心上》)

在做足这些政治伦理准备之后，统治者就需要按着这些政治伦理的指引做出实际政治行为了。符合儒家伦理的政治行为对上需要法先王，对下需要恩惠百姓。

儒家有祖述尧舜的政治伦理的偏好，子贡回答卫国公孙朝问政就说，"文武之道，未坠于地，在人……夫子焉不学？而亦何常师之有？"(《论语·子张》)孟子更是旗帜鲜明地提出了法先王的论调，"为政不因先王之道，可谓智乎？尊先王之法而过者，未之有也。"(《孟子·离娄上》)也就是说儒家希望统治者以历史上的尧舜等明主作为楷模进行伦理道德修炼，以期通过政治伦理道德的内塑来实现政治统治长治久安。政治统治的长治久安就需要对下恩惠百姓，孔子讲"养民也惠"，(《论语·公冶长》)对待老百姓需要"富之"，(《论语·子路》)而具体措施则是"施取其厚，敛从其薄。"(《左传·哀公十一年》)在税赋、耕种等方面需要对百姓施以恩惠，坚决杜绝"庖有肥肉……民有饥色"(《孟子·梁惠王上》)的现象发生，实现这一目标需要做足很多工作，其中重要一条便是任用贤人，这就需要听贤，唯贤是举。

这一时期的儒家主张德政，同样并不是完全否定了刑罚，而是认为刑罚与道德是"宽以济猛，猛以济宽"((左传·昭公二十年》)的辩证关系，而且孔子历任官职从中都宰到大司寇均以刑职为主，但是儒家还是强调对待百姓需要以德教为主，《颜渊》篇中有这样的表述："听讼，吾犹人也。必也使无讼乎！"孔子在这里是说我和大家在断案上大致相同，只是我能使类似的案件不再发生，也就是将断案之类的刑罚不当做一种制裁的手段，而是当作教育手段，不得不承认这在当时是一种了不起的新思想、新贡献，传递了德主刑辅的政治伦理取向。"道之以政，齐之以刑，民免而无耻；道之以德，齐之以礼，有耻且格。"(《论语·为政》)这一辩证的表达，将儒家德主刑辅的政治伦理价值观表达得淋漓尽致，其实质是在主张教育人、感化人必须通过道德的途径，认为无论人性善恶都有方法通过教化得到改善，而且这种源自内心的改善方法，是具有积极意义的最彻底、最根本的方法，其效果是法律刑罚所不能够达到的。

（2）礼治。

德与刑作为政治统治的车之两轮、鸟之双翼，是任何国家都不能抛弃的政治统治手段。但是，德是精神性的说教，在现实社会中不具备现实的约束力，在现实生活中面对活生生的物欲利诱很难发挥真正的约束作用，而刑能够发挥强制性的约束作用，却又具有一定的危害性，极易给人带来恐惧感，何况儒家又是主张德主刑辅的。为了解决这一难题，先秦儒家传承前人所创，在德与刑之间植入了一个既不是德也不是刑的制度性规范——礼。当人们的行为违背德的精神旨意却没有达到罪的层面时，则由礼来规范，只有当这种行为达到罪的层面时才由刑出面解决，所谓"礼度既陈，五教毕修，而民犹或未化，尚必明其法典，以申固之。"（《孔子家语·五刑解》）这样就既克服了德的软弱无力，又避免了刑的恐怖。换言之，礼在儒家政治伦理体系中具有重要地位，扮演着重要角色。

毋庸置疑的是，礼是传统社会秩序得以维持和巩固的一个重要的手段，儒家基本目的之一就是传承周礼，但是孔子援仁入礼，不但使儒家之礼具有了鲜活的内容，而且还将周礼从世俗之礼中解放出来，专注于政治统治建设，成为政治统治的得力助手。孔子就曾劝诫贵族们放弃争斗相互克制"礼让为国"，（《论语·里仁》）荀子更是礼学的集大成者，主张政治方面的隆礼之为，希望通过隆礼来健全各项政治制度，认为只有通过隆礼才能够达成政治统治的安定。在他的政治伦理世界观中，礼是与国家命运息息相关的，"人之命在天，国之命在礼"、（《荀子·强国》）"国家无礼则不宁"。（《荀子·修身》）即，如果国家的政治统治离开了礼治，那么就不可能很好地进行统治了，所谓"礼之所以正国也，譬之犹衡之于轻重也，犹绳墨之于曲直也，犹规矩之于方圆也，既错之而人莫之能诬也。"（《荀子·大略》）儒家在政治方面的伦理尺度是追求安定团结的政治统治，这就需要有着贵贱、尊卑、长幼之分，而只有具有贵贱不同、尊卑不同、长幼不同之人在处理各种社会关系时都能恪守其礼，才能使儒家宣扬的社会人伦关系达到理想状态，一个爱有差等的和谐共生的理想社会才会出现，这就是儒家政治伦理的价值目标所在。

由上可见，儒家基本政治出发点是教化百姓安分守己，以便利于统治者的统治，其基本目的和功能便是站在统治者立场为其出谋划策，荀子和秦昭王的一段对话将儒家这一立场展示得淋漓尽致："儒者法先王，隆礼义，谨乎臣子而致贵其上者也。人主用之，则势在本朝而宜；不用，则退编百姓而悫，必为顺下矣。虽穷困冻馁，必不以邪道为贪；无置锥之地而明于持社稷之大义；呜呼而莫之能应，然而通乎财万物、养百姓之经纪。"（《荀子·儒效》）荀子在这里对秦昭王说道，崇尚礼仪、效法古代圣贤君主、想方设法让臣下们遵守职责并孝敬君主的人就是儒者，这些人如果得到君主需要、重用，朝政的政事处理中便会看到他们的身影，如果不能得到君主的任用，君主不需要他们，便会争取做个良民隐身于普通百姓之间，即便在普普通通的生活中饱受各种困苦灾难，也不会选用不恰当的方法去谋得生存，甚至是当没有了一定的立锥之地，深明国家大义的他们也会恪守大义的，他们的深明大义还体现在精通事理，即便没有人能够响应他们的呼吁，也会遵事而为，以教化普通人民为纲要。

2. 亲亲尊尊与五伦

儒家的社会伦理主要由两类基本内容构成：人际关系伦理和群己关系伦理。在人际关系上，儒家关注的是五伦，即五种人际关系：君臣、父子、夫妇、兄弟、朋友。这五伦关系，孟子认为处理其相互关系的总原则是："父子有亲，君臣有义，夫妇有别，长幼有序，朋友有信。"（《孟子·滕文公上》）在这种人际关系中，尊尊和亲亲是贯穿于其中的基本原则。《礼记·丧服小记》说："亲亲、尊尊、长长、男女有别，人道之大者也。"这是秦汉时期的儒者对先秦儒家血缘宗法伦理思想的基本原则所做的一个概括，其中以亲亲、尊尊两项原则为首，可见它们最为重要。亲亲体现了血浓于水的思想，既强调了在血亲范围内人与人之间的互爱互助应被作为一种义务和能够享有的权利，同时又划定了亲疏的界限，将亲情限制在以血亲为基础的宗族或家族的范围之内。在血亲范围之内，它体现了和与同的精神，在血亲与非血亲的关系上体现了别与异的精神。因此，亲亲表现出来的是一种在同胞之内的手足之情和在同胞之外的差等之爱。尊尊，单独地讲体现了人类社会中权威与非权威、统治与服从的关系，是对人类社会中自发形成或人为创造出来的人与人之间的等级关系的一种确认。因此，亲亲与尊尊是人类社会中普遍存在的处理人与人之间关系的一种现实的道德原则，它们各自独立地运用时并不能视之为宗法伦理，只有当它们相互结合、相互支持时才能视作为宗法伦理。在传统的儒家伦理中，《礼记》中所概括的亲亲、尊尊、长长、男女有别的原则是互相渗透、结合为一体的。因此，传统的儒家伦理才可视之为血缘宗法伦理。儒家在处理人与人之间的五伦关系上，除了上所述的四项原则之外，还有其他许多原则，我们将在下文中一并加以分析。

传统社会中的群己关系，即社会与个人的关系，大体上可分解为三个层面：个人与家庭、宗族的关系；个人与国家的关系；家庭与国家的关系。在个人与家庭、宗族的关系上，儒家主张个人服从于家庭、宗族；在个人与国家利益上，儒家主张个人服从于国家；在家庭利益与国家利益发生冲突时，儒家的态度是极力避免其冲突的一面，强调其同一的一面，但是，当两者不可调和时，倾向于主张家庭利益服从于国家利益。《大戴礼记》认为："忠者，其孝之本与。"（《曾子本孝》）"孝子善事君，悌弟善事长。君子一孝一悌，可谓知终矣。"（《曾子立孝》）《小戴礼记》认为："门内之治，恩掩义。门外之治，义断恩。资于事父以事君，而敬同。贵贵尊尊，义之大者也。故为君亦斩衰三年，以义制者也。"（《丧服四制》）在此，儒家强调在家族家庭内部，亲亲原则应置于首位。在家族、家庭外部，处理臣与君的关系时，强调以义合，即尊尊贵贵的道德原则首先应该得到遵循。由此可见，在体现"亲亲"原则的孝同体现"尊尊"原则的忠发生冲突时，儒家更强调孝应该让位于忠，因为"忠为孝之本"。"尊尊"的原则高于"亲亲"

的原则，尽管两者各自适用于不同的领域。因此，在群己、个人与社会关系上，儒家坚持以群为本，以社会秩序为本，是一种社会秩序本位的伦理学。

（二）墨家以兼爱为核心的政治伦理

儒家政治伦理是向西周靠拢的，而墨家学派的政治伦理思想则是向夏靠拢的。夏朝历史较早，民风尚为淳朴，加之又有洪水泛滥的灾难，自然会上下一体、团结一致、不分你我，与后世此疆彼界大不相同。墨家政治伦理推崇夏朝，自然向往和敬仰夏团结一致、不分你我的政治现实，按着这个内在的逻辑顺序推衍，就可以知道"兼相爱""交相利"能够成为墨家所有思想核心范畴的原因了。墨家的这种兼爱伦理反映到政治层面，就是对内贵俭，对外非攻。

1.贵俭

墨家也是出世显学，认为发展生产才是富天下的根本途径，因此为政者就要鼓励生育以增加劳动力，发展生产。从此思路出发，墨家伦理不支持统治者的奢侈浪费，主张节用、节葬、节乐。

墨子对当时统治者的奢靡生活进行了批判，认为统治者的奢靡生活就是对平民百姓的盘剥，"暴夺民衣食之财，以为宫室台榭曲直之望、青黄刻镂之饰。"（《墨子·辞过》）而这种残酷剥夺百姓财富的行为很显然是不利于政治统治的，所谓"以此求众，誓犹使人负剑而求其寿也。"（《墨子·节葬下》）因此统治者需要节用以充裕民生，并从衣食住行等具体方面对统治者的用度进行了规劝，认为饮食能够强身健体即可，衣服则冬服给絅、夏服稀络即可，不必铺张浪费。但是，墨子所主张的节用并非是以省费用为唯一原则，而是强调需要免除无益之消耗。统治者的节约用度很大程度体现在节葬和节乐方面，认为"繁饰礼乐以淫人，久丧伪哀以谩亲"、（《墨子·非儒下》）"衣三领，足以朽肉"，（《墨子·节用中》）不必厚葬久丧，认为厚葬久丧是儒家丧天下的罪行之一。

至于礼乐，墨子在《非乐》上篇中罗列了作乐的六点不当：认为作乐必有乐器，做乐器比损民财；民饥寒的同时却要为王击钟撞击；作乐不足以禁止暴乱；作乐必有乐工，乐工不从事生产，减少了劳动力；听乐必然会慢怠工作；古代圣王不作乐。因此，墨家政治伦理中已没有儒家所谓乐教的位置，也正因为这些伦理道德观念，墨家与儒家政治伦理在现实指向上出现了一定程度上的冲突，墨家从此视角出发批判了儒家的礼乐制度。

2.尚贤、尚同

这只是墨家贵俭的政治伦理思想，要实现这些理性的节俭行为，墨家认为就必须有现实的保障手段，最为直接的保障手段就是政治层面的尚贤、尚同，只有做到了尚贤、尚同才能真正地保障和实现政令清明，施政有效。战国初期处于社会下层的士要求参与政事，但是政权受到传统贵族的垄断，这是与经济发展不适

应的，墨子及时提出了"不党父兄，不偏富贵"、(《墨子·尚贤》)"官无常贵，而民无终贱"(《墨子·尚贤》)的口号，主张唯贤是举，认为"有能则举之，无能则下之"(《墨子·尚贤》)才是政治治理的王道之一。实质上是对血缘宗法统治提出了挑战。不但如此，墨子还对为政者是否贤能提出了对上美善、对下安生等十项判断标准，而且还对贤良之士的政治人物做了总结，指出政治改革是所有贤良之士必须拥有的政治责任，以巩固统治秩序，还必须"富万民""正诸侯"。

政治统治者是否能够做到尚贤，一个重要标准便是是否做到了尚同，墨家认为天下之所以混乱的根源在于存在大量的"异义"，因此提倡尚同，主张在政治上打破亲亲有等的等级制，废除贵族专权制度，国家各级官吏都需要择贤而用。不但是国家的各级官吏需要择贤而任，还强调"上同而下不比"，(《墨子·尚同》)也就是说要求在思想上下级要与上级保持一致，政治等级之间的上下顺畅，只有通过这样的途径才能够得以保证。墨家这些对内而言的政治伦理具有一定的进步意义，符合了当时的社会发展和人民的愿望，但是墨家政治伦理受时代局限，所主张的尚贤是由"上"来尚贤，并不是由人民来选贤，"尚同"也不是以人民为标尺，而是以统治阶级为统一的标杆。

3. 非攻

墨家伦理思想内核为兼爱，所以衍化出政治上对内要节用、节葬、非乐、尚贤、尚同，对外与伦理内核相对应则从"交相利"原则出发提出"非攻"理念。

战国初期就已经显示除了诸侯们之间的兼并趋势，墨子认为这种兼并战争有害而无利，因为这种行为和小偷不劳而获是一样的行径，不属于义的范畴，"不与其劳，获其实，已非其有所取之故"，(《墨子·天志下》)而且长途出师"计其所得，反不如所丧者之多"，(《墨子·非攻中》)所消耗的辎重财富远比获得的利益要多得多，更何况战争对于百姓来说百害无一利，百姓会因为攻夺战争而流离失所，荒废庄稼。但是墨子并不是否认一切战争，众所周知墨家子弟特别擅长守城，积极地参与到各种战争中，他只是否认不合乎义的兼并战争，对于那些合乎义举的正义战争他是支持的，并将这种战争称之为"诛"。禹征苗、汤伐柴、周克商都属于这种合乎义举的诛，是值得赞成的。如果没有看到攻与诛之间的差别，就不会真正理解什么是墨家所谓的非攻。

4. 儒、墨冲突

墨家的这种政治伦理倾向作为世之显学出现，很显然会与儒家政治伦理发生一些冲突。《墨子》中随处可见对儒家政治伦理的批判，除了上述的节葬、非乐等一些政治细节上的异议之外，从理论深度而言，墨家对儒家的"正名""仁"等著名政治理念进行了批判。

因为墨家思想有着功利主义的伦理潜质和文化基因，所以墨家政治主张看重于对客观现实的把握，不赞同儒家"以其名"的观念系统。《墨子》中描绘了这样的一个场景：公孟子曰："君子必古言服，然后仁。"子墨子曰："昔者商王纣、卿士费仲，为天下之暴人；箕子、微子、为天下之圣人。此同言，而或仁不仁也。周公旦为天下之圣人，关叔为天下之暴人，此同服，或仁或不仁。然则不在古服与古言矣。"（《墨子·公孟》）就是说墨子认为判断政治人物好不好需要从本质与行为上去判断，而不要只是看重形式的外表。这与儒家政治伦理所强调礼仪的重要性有着很大不同，儒家用"名"来订正和标识社会变革中的事物，强调"名分"的重要性，例如孔子的一个学生宰予曾经反对过儒家一贯主张的三年之孝之事，孔子从为了维护"父父子子"的名分立场出发，痛骂宰予为"不仁"，而墨子则认为儒家所谓的这些"名不正，则言不顺；言不顺，则事不成；事不成，则礼乐不兴；礼乐不兴，则刑罚不中。"（《论语·子路》）名分之说只是繁文缛节，既会给人的身体带来现实性的伤害，还会给人的精神带来长久的痛苦，这种双重伤害能够实证名分之说实质上是一种没有"义"的假仁，真正的符合"仁义"的政治行为需要从现实出发去解决现实问题，而不要停留在形式上。可见，墨家政治伦理与儒家政治伦理有着很大的区别，儒家政治伦理很大程度上是一种道德理想主义，而墨家政治伦理具有浓郁的现实功利主义色彩，这也便是儒墨两家在政治上冲突的根源所在。孟子曾强烈抨击墨子："圣王不作，诸侯放恣，处士横议，杨朱、墨翟之言盈天下。天下之言不归杨，则归墨。杨氏为我，是无君也；墨氏兼爱，是无父也。无父无君，是禽兽也。"（《孟子·滕文公下》）从语气上，孟子对这样的社会状况大为愤慨，大骂杨朱、墨翟是"无父无母"的"禽兽"，但最终还是无可奈何，因为战国时代的社会境遇并不是凭借个人喜好来决定的，而是那个时代的价值取向与伦理诉求所决定的。

墨家政治伦理与儒家政治伦理的不同，还体现在力命观上，一方面，儒家政治伦理承认命运的存在，"死生有命，富贵在天"、（《论语·颜渊》）"有天爵者，有人爵者……古之人修其天爵，而人爵从之。"（《孟子·告子上》）另一方面，又强调人的主观努力，所谓"君子之仕也，行其义也；道之不行，已知之矣。"（《论语·微子》）即道义行不通也不能因此而放弃了主观的努力。可以说儒家这一政治伦理思想观点是一个典型的辩证思维方式，所以在后世的力命观中孔孟立命观也是影响最大的。而墨家的力命观则是一种单向度的伦理，认为决定社会发展的是力而不是命，在《非命》篇中墨子就指出"强必治，不强必乱；强必宁，不强必危。"（《墨子·非命下》）认为强力是人类发展的根本动力，而强力的获得却不是听天由命的，人是可以通过个人的后天努力改变命运的，极力否认命定论，认为一旦认可命定论，就会出现"王公大夫怠乎听狱治政，卿大夫怠乎治官府"（《墨子·非命下》）的政治乱象。墨子的这种政治伦理思想对于政治统治者来说

意义重大，他告诫政治统治者在施政治国之时需要有一种积极的为政态度，需重人为而不消极认命。毋庸置疑，这是一种积极向上的政治伦理倾向。

其实墨家的政治伦理倾向究竟是什么，学界有着不同的看法，虽然墨家与儒家有着些许冲突，但是墨家同样也认定王公贵族的统治和对农民的剥削既是必要的也是合理的。但是墨家学派否定陪葬等惨无人道的政治行为，反对过分的剥削农民或者将农民变为奴隶，主张上下和通、相爱一体。墨家这种基于"兼爱"伦理情节之上的政治伦理主张，实质是墨家人士站在劳动人民立场，试图通过"交相利""兼相爱"来缓和阶级矛盾，进而来巩固当时的封建统治。这种政治伦理本身就蕴含了一个悖论：站在劳动人民的立场，却又不去反抗统治阶级。或许也正是因为这一理论上的逻辑悖论，导致墨家政治伦理最终不能自圆其说，丧失了政治市场，最终走向没落，以至于消亡。

（三）道家以法自然为核心的政治伦理

道家学派在诸子百家中是以一个特立独行的姿态展现出来的，以强烈的自我意识为理论特征，道家强调道和因道，"无为而治"，是道家政治伦理的基本思想核心，明显的区分于其他学派。在道家学派演绎的过程中，《老子》和《管子》中的道家思想篇章都是更加侧重于政治哲学的分析论述，杨朱和《庄子》则更加极端，对一切的政治统治进行了猛烈的抨击，进而反对一切政治性行为，强调个人的独立价值。但道家思想对于政治统治者而言，道家政治伦理其实更为主要的是扮演着政治哲学的角色，成为中国传统政治伦理中的一道靓丽风景。

道家政治伦理是一种典型的无为政治。《老子》认为"有"生于"无"，"无"是万物的本源和本性，因此"无"是长久的，而"有"只是短暂的、暂时的。因此，"圣人处无为之事，行不言之教"，（《老子》二章）这是要求政治统治者必须坚守住"无"，"爱民治国，能无为乎？"（《老子》十章）只有真正地做到"无为"了，才能真正地做到"无不为"，所谓"无为无不为"，（《老子》三七章）政治统治只有这样才能真正地立于不败之地。因此道家政治伦理主张减少政事活动，认为治理国家就像烹饪小鲜鱼一样，不能在烹制的过程中频繁翻动，国家也如此，应该少一些政事活动，多一些清净无为。而老子主张的"无为"最终达到的目的是治。对君主乱政的行为给以严厉的批评："百姓之不治也，以其上有以为也，是以不治。"（《老子》七十五章）意思是百姓之所以会乱，是因为他们的君主总找些事情来折腾他们，所以百姓才不得安宁。与号召统治者清净无为相对应，道家还主张使民众陷入无为之地，使百姓不能为，最好是根本不想为。为达成这一目的，庄子主张消灭智慧、不能尚贤，因为有了智慧有了尚贤的制度，人们便会争风斗智。

总之，政治统治无为至上，但是道家主张的无为政治并不是要取消一切政治，特别是在老子阶段，他只是让统治者放弃权利之争，让老百姓放弃利益之争，是在用无为这种迂回的策略，来实现治世的目的。老子的柔弱不争，并不是真的不争，而是在希望通过谦下守雌、知雄守雌等途径养成敬重自胜宽容大度的胸怀，通过守弱用柔的方式来达到出其不意的胜利，其目的是通过"天下之至柔，驰骋天下之至坚。"（《老子》四十二章）

正是基于这样的伦理动机，道家不但对于统治者提出了如上的诸多建议和要求，对于惠泽百姓层面也提出了许多建设性建议，比如老子就提过"去甚"，（《老子》二十九章）也就是减税收、轻摇役、慎用兵刑、崇尚节俭。另外，在动荡的年代，唯独道家学者也不是寝兵主义者，充分体现出了其无为政治的特点，指出"大军之后，必有凶年"，（《老子》三十章）宣称不动干戈才是最好的状态，表达了对战争的厌恶痛恨。

道家拥有这样的政治伦理方面的价值取向，小国寡民才成为道家所期待的理想国度。"使有什佰之器而不用；使民重死而不远徙。虽有舟舆，无所乘之；虽有甲兵，无所陈之。使民复结绳而用之。甘其食，美其服，安其居，乐其俗。邻国相望，鸡犬之声相闻，民至老死不相往来。"（《老子》八十章）道家政治伦理认为老子所描绘的这样一种理想化的、原生态的社会形态才是最佳的国度。在这个纯粹生物化的国度里，自然是不需要仁义礼智等道德规范了，于是道家对于儒家政治伦理所御用的仁、义、礼等道德规范进行了批判。

例如老子就认为上德之人能够完全按着本性行事，不必追求那些破坏淳朴本性的、造作有为的德性，而那些下德之人刻意去追求德性，修养仁义礼智，破坏了人性的质朴，反而将最为纯真的本性丧失了，所谓"荣辱立，然后睹所病。"（《庄子·缮性》）庄子还举了一个混沌被凿七巧而死的故事来说明慎勿好知的重要性，好知有欲便是一切祸乱的开端，即"上德不德，是以有德。下德不失德，是以无德。"（《老子》五十一章）因此，道家政治伦理反对提倡仁义礼智等道德规范来进行政治统治，认为舍弃这些人为造作的伦理道德，回归到朴素的小国寡民才是政治统治的最佳境界。

道家政治伦理之所以有这样的主张完全源自于道家的政治哲学基础，即道家政治伦理的一切出发点都是"道"，道家"道"的哲学根基决定了道家政治伦理的一切主张。道家哲学认为万物的本源是道，"有物混成，先天地生。"（《老子》二十五章）道生万物又内在于万物，万物是道的表现形式，人们只有在有形的万物中观察道的表现，也就是只有这样才可以察觉到事物之间的本质规律。因此道家推崇"尊道而贵德"，（《老子》五十一章）从政治伦理角度看就是要求统治者的德行必须符合于道和人性。在道家世界观中，道生万物时万物都得到道的一部分作为自己存在和发展的根据，这就是德。当德不复存在之际便是仁礼方生之

时，所谓"故失道而后德，失德而后仁"，(《老子》三十八章) 所以历史的每一步进步都是"道"和"德"的进一步丧失。

这种否定历史进步的政治伦理，很显然不具有理性色彩，但是也有着一定可取之处，道家在这里把道扩大到政治生活上来，是要求按着道即自然而然的状态来建构政治，这就本质而言是对"有为"政治提出的挑战，实质是对于当政者恣意妄为、乱政乱民的一种批判。与其乱政，不如无为，民以自化。

道家的另一个代表人物是庄子，二人并称为"老庄"，老子侧重于社会政治学说，而庄子（包括杨朱）则侧重于个人的独立价值。

在庄子看来，天地万物的差异本就是人们自己想出来的，因此没必要去追究它们，完全可以从主观上加以泯灭。从齐物论出发，庄子导出了他的不可知论，"我若与人具不能相知也"，"弗知乃知乎！知乃不知乎！孰知不知之知？"(《知北游》)"吾生也有涯，而知也无涯，以有涯随无涯，殆矣"，(《养生主》)因此，干脆放弃学习。不过，庄子要消除的是"小知"，目的是获得"大知"，即"得道"后的"真知"，是无穷尽的："是亦一无穷，非亦一无穷也。故日莫若以明。"(《齐物论》) 最终达到"无以人灭天""反其真"(《秋水》)的目的。

庄子提出了著名的齐物论。是要从主观上消除万物的一切差异，最后达到"天地与我并生，而万物与我为一"、与大自然融为一体的目的，这就是得道了。"道"在庄子那里已经不是老子的自然之道，而是一种自由的、主观的、最高最理想的精神境界。庄子认为得道以后的人是"真人"，他们可以自由穿梭往来于天地之间，"乘云气，御飞龙，而游乎四海之外"，(《逍遥游》)"登高不栗，入水不濡，入火不热……古之真人，其寝不梦，其觉无忧，其食不甘，其息深深"，(《大宗师》)"独与天地精神往来""上与造物者游，而下与死生无终始者为友"。(《天下》) 可见，这是一种逍遥自在、无拘无束、放任自由、可以随心所欲地穿梭往来于天地之间的精神幻象境界，在这一境界里。天地万物可以人化。人也可以物化为天地万物、超越时空、突破形体。无限地扩展自己的精神空间，最终超凡脱俗，使自己的精神达到最完美的净化。《齐物论》中"庄周梦蝶"的故事就是在这种逍遥无羁的最高自由精神境界里人的物化和物的人化，其实只是一种精神活动。这种人生态度和精神境界千百年以来一直是道家独特的风骨神韵，滋养着中国人形成了平和宽广的精神境界和抗拒逆境的精神力量。如何才能达到呢？方法就是"心斋"和"坐忘"，即"唯道集虚。虚者心斋也"，(《人间世》)"坠肢体，黜聪明，离形去知，同于大通，此谓坐忘"。(《大宗师》) 意思就是保持心的虚静、坠肢端坐，浑忘一切物我和是非差异，然后旷然与万物融为一体而无所不通，修得妙道，达到逍遥无羁的自由境界的高度。显然与老子的方法差不多并有所发展。庄子的学说拉开了与世俗社会的距离，远离尘世，专注于个人精神纯度的修炼。为以后士大夫们的精神归宿提供了栖息之地。也是后世的文学艺术的主要表现内容。

儒、墨、道、法、农、杂、兵、名、阴阳、纵横、小说、医家等诸子伦理纷纷活跃于历史舞台，政治伦理开始以多元化姿态展现在中国历史舞台上，诸多政治伦理也彼此进行着激烈的博弈，汝进吾退此消彼长。面对这种多元的政治伦理格局，可以断言中国政治伦理进入到了多元呈现的迸发期。法家在这一时期一家独大，成为政治伦理的主流。法家伦理入主战国政治舞台表象看起来，是适应时代发展需要，在短时期内迅速崛起的。但是法家政治伦理作为理论系统却不是一蹴而成的，就法家政治伦理本身而言也是存在着一个形成和发展过程的。

二、法家政治伦理的一家独大

（一）法家政治伦理发展历程

春秋时期的子产、管仲思想深处都有着法家情结，但是他们只是有零星的法家政治伦理思想和为官的政治事件，并没有系统的法治思想，因此如果伦理法家真正意义上的创始人，子产和管仲还不能胜任。但是他们的法治思想为后世的法家政治伦理的正式形成奠定了基础和前提。作为一种理论形态的法家应该说是从李悝开始的。因为他不但进行了立法和变法活动而且还提出了系统性的法治理论。

在法家政治伦理发展历程中，在理论梳理方面，有着这样一条演绎线路：李悝—商鞅—申不害—慎到—韩非。李悝著《法经》，对后世影响甚巨，"秦汉旧律，其文起自魏文侯师李悝"（《晋书·刑法志》），只是《法经》已经失传，从零星的材料中可以看到李悝主张变法，强调以法治国；商鞅作为秦国变法的执行者，秦国的律例基本都由商鞅制定，而秦国律例的严厉，甚至可以说是残酷，是赫赫有名的，这都能说明商鞅强调律例严苛、重耕战，其政治伦理以法为主；申不害受道家思想影响，强调君主的南面之术，兼论法、势，其政治伦理以术为主；慎到用道家关于道的理论对势、法进行论证，但以讲势为主，其政治伦理以势为主；韩非吸收其他一切法家代表的优势传统，是法家的集大成者，其政治伦理表现得特别突出，集法、术、势于一身，是历史上法家诸多代表中最负盛名的人物，可以说法家政治伦理到韩非之处已经到了最佳境界，以至于也是法家人物的李斯嫉妒韩非的理论才能、害怕韩非的上位，设计害死韩非。

在法家政治伦理的发展过程中，其他诸子伦理伴随着战国各诸侯国的战乱也各显神通，但是一个基本的事实却是历史只筛选出了七个主要的国家：齐、楚、燕、韩、赵、魏、秦，而战国七雄的雄起和壮大都源于改革和变法：齐国有邹忌在努力；楚国有吴起变法；燕国有乐毅变法；韩国有申不害变法；赵国有公孙仲连和赵武灵王改革；秦国有商鞅变法；魏国有李悝变法。将这些改革和变法做以

简单的梳理和对比，就会发现他们大多数是向法家无限接近的，甚至有的本身就是直接执行的法家政治伦理：申不害、李悝、商鞅、乐毅、邹忌、吴起、公孙仲连这七位对战国七雄崛起起着至关重要的人物，或者本身就是法家人物的典型代表，或者自己兵法两家。这说明战国时期混乱的诸子政治伦理纷争中，只有法家政治伦理适应了当时时代的发展。《史记·商君列传》记载商鞅三见秦孝公，第一次谈王道，第二次谈礼治，皆不用，只有第三次谈法治，始用。这些历史事实都已经证明法家政治伦理当时已经成为诸子伦理中的佼佼者，为各明智的诸侯所选用。

这个时候虽然诸子伦理以稷下学宫等为平台还在广泛地辩争，但这只能是一种学术意义上的纷争了，因为在现实生活中，特别是政治层面法家政治伦理已经成为不二之选，诸子政治伦理经过时代筛选最后开始向一家独大转变，而且最后由秦的一统天下给这个一家独大的历史性选择做了个肯定性的答复。

秦的强大始自商鞅变法，原本秦也是一个大国，但地处边陲，国家整体实力并不是特别突出，秦孝公曾经深深感慨道："诸侯卑秦，丑莫大焉。"（《史记·商君列传》）秦的历史转折在于法家政治伦理入主秦政治舞台，即是在商鞅变法之后秦才开始真正的出现了发展拐点。商鞅变法最大特色是疾风暴雨般的实行了二十等爵制、改革户籍、推行县制、废世卿世禄制、实行连坐等改革，而这些改革矛头直指传统宗族政治伦理。虽然最后商鞅被守旧贵族车裂，但是"及孝公、商君死，惠王即位，秦法未败也。"（《韩非子·定法》）说的是，商鞅虽然死了，但是在秦国的灵魂深处已经深深地植入了商鞅提倡的法家政治伦理精神，这个法家的价值取向并没有因为商鞅的死亡而出现中断。这种法家政治伦理后经惠文王、悼武王、昭襄王、孝文王、庄襄王等人的不断实践，直到嬴政运用它打败六国，统一中国。概言之，法家政治伦理一直伴随着秦统一历程的一百多年中，可以说秦的崛起和强大的功劳完全是在法家政治伦理。

透过如上所述的纷纭复杂的历史事实，我们可以看到期间政治伦理的运行轨迹：由早期的神教宗族政治伦理发展到后来诸子政治伦理混争，到战国中后期开始向法家政治伦理归一，法家政治伦理开始一家独大，即中国传统政治伦理主线此时正式开始向法家政治伦理转变。

法家政治伦理在诸子伦理纷争中之所以能够完胜，换言之法家政治伦理之所以能够适应战国乱象是有着深刻理论根源和现实根源的。

法家伦理坚信人性好利，认为人性好利是人的本性，所谓"好利恶害，夫人之所有也。"（《韩非子·难二》）"用人之为，不用人之为我。"（《慎子·因循》）也就是说法家认为人是自私的，人的一切社会关系都是建立在这种自私自利基础上的，人类所有的社会关系无非都是利害关系的变种，包括君臣关系也是这样，

"主卖官爵，臣卖智力。"（《韩非子·外储说右下》）君臣的政治关系不像儒家所言及的那样是有义的，而是一种互相之间的利用、买卖和争夺关系。这种好利的本性不但人皆有之，而且无法更改也无须更改，"性命者，非所学于人也。"（《韩非子·显学》）"渔者持鳝，妇人拾蚕，利之所在。"（《韩非子·说林》）统治者的任务不是要去改变不能改变的人的本性，而是要去适应人的本性、利用人的本性，强调"凡治天下，必因人情。"（《韩非子·八经》）这些政治论调，在当时的的确确触动了政治统治者的心扉，也真正的赤裸裸地揭露出了当时的政治现状，所以马上为各国君主所信奉和采纳，因为各国君主都知道儒、墨、道等其他政治伦理不是没有道理，但是面对弱肉强食的乱世，急需的是解决问题，所以他们不约而同地选择了法家政治伦理作为政治信仰。

法家政治伦理这种学理上的思考，在现实社会上实行起来直接出现了三个后果。一是废井田开阡陌，将国民经济搞活。井田制在很早的奴隶社会诞生，强调的是耕地国有，而法家"决裂阡陌，教民耕战"，（《战国策·秦策》）将耕地私有，然后国家收取赋税，极大地刺激了生产积极性，而且在极端功利和自利人性论指导之下，法家还主张将农田以外的土地包括山川河流以及盐铁等涉及国计民生的产业收归国有，这样也可以极大程度的增加国家的经济实力。二是官僚阶层的出现和任用，直接冲击贵族政治。前文有述，宗族血亲政治伦理强调的是贵族统治，所有官职均由世袭而成，一些贵族依仗先天的血统高贵而人浮于事，而且作为国君面对贵族政治体系很难进行国家层面的管理，上文提到的平原君不交税不纳征就是一个典型，而任用官僚则"不比周，不朋党。"（《荀子·强国》）客卿是个干干净净做事的阶层，因为不是贵族，平时只能"出于其门，入于公门，出于公门，归于齐家，无有私事也。"（《荀子·强国》）这种任用客卿的官僚制的工作绩效，是旧贵族所远远不能期冀的。三是强军政治再次强化，出现真正职业化的军队。春秋战国时期的政治本身其实就是一种铁血政治，依靠的是强权，强权依靠的就是军队，但是很久以来很大程度上各国都是寓兵于农的，战时是士兵，闲时是各种职业工作者，这种看似机动灵活的兵役制度，实则对于战斗力来讲是大打折扣的，法家强调耕战，要求耕有耕者战有战者，将职业进一步细分，以吴起组建的魏武卒代表了职业军队开始出现，极大地提高了军队的战斗力，这对于当时热衷于争霸的各国君主来说无疑是件天大好事。

法家这种由极端自利人性论演绎出来的这三个现实性治国策略，对于当时战国中各个国家的发展都起到了关键性的推动作用，而且事实也证明及早和彻底采纳法家这些策略方案的国家便是迅速崛起的强国，战国七雄之所以能够迅速从诸多诸侯国中脱颖而出，很大程度上都是这个原因，所以法家政治伦理在诸子伦理论证的过程中能够完全胜出也是一种必然。

（二）法家政治伦理的主要内容

法家政治伦理除了由内到外、由学术到现实，除了上述所演绎出来的三个主要现实改变之外，还有很多很多，但是每个国家具体执行方案都有所不同，不易于一一梳理对比，就政治伦理本身而言，法家在理论指导上就有着诸多的一致性方案。

1.法

其实法治的思想在春秋时代管仲就已经有大量论述，但是战国时期所表现出来的法家思想更具代表性、更加集中，所涉猎的范围更加广泛，其关于法的思想大约可分为三大类，我们可以从中管窥一下战国期间法家的政治伦理。

法家首先认为应该广泛传播法律知识，让被统治者知晓、了解法律知识。《管子》一书中有布宪施教之说，战国法家代表商鞅、韩非等都传承了下来，商鞅就说："万民皆知所避就，避祸就福而皆以自治。"（《商君书·定分》）就是说被统治者知道了法律之所要求，就会躲避开所不允许的，做允许做的，就能够避开祸端迎来福瑞了，国家也就很容易达到了能够自治的良好局面。为达成此等目的，法家认为还必须在各诸侯郡县设立相应的官员，所谓"天子置三法官"，（《商君书·定分》）这些法官和吏的作用之一就是负责解释和宣传法律。韩非对这一观念总结道："法莫如显"、（《韩非子·难三》）"以吏为师"，（《韩非子·五蠹》《史记卷六·秦始皇本纪第六》）淳于越建议效法过去，但是李斯认为可以效法过去但是不是从书本上学来，书籍要焚烧，学习要以吏为师，这种建议得到帝王的许可，其实就是法家"以吏为师"的具体实施。

在如何保证法律有效性方面，法家认为应该以赏罚作为后盾和保障，这是法家重法的第二个表现。《说苑》中谈到李悝曾强调："为国之道，食有劳而禄有功，使有能而赏必行、罚必当。"（《说苑·政理》）就是说主张用人时反对无功受禄，看重赏罚二柄。韩非也强调"赏厚而信，罚严而必"，（《韩非子·内储上》）战国法家的可贵之处不在于将赏罚作为法治得以有效实施的有力保障，还在于提出了重赏严罚不必与功罪相抵，功是功过是过，泾渭分明，认为判断是非善恶的标准不是仁义礼治等道德规范，而是法，合法这便为善，不合法者便为恶。在这一思想指导下，法家其实更注重的是罚，"刑重者，民不敢犯，故无刑也"、（《商君书·画策》）"藉刑以去刑"，（《商君书·靳令》）所以《史记·商君列传》中记载了"弃灰于道者被刑"名句。在法律执行过程中也涉及法律精神是否能够完全地得以彰显的问题，法家为此强调"法不阿贵，绳不挠曲"，（《韩非子·有度》）后世曾这样评价商鞅："法令必行，内不私贵宠，外不偏疏远。是以令行而禁止，法出而奸息。"（《史记集解·新序》）"法不阿贵"是对贵族政治伦理发出的强烈挑战，这是一种至上的气魄。

2.耕战

法家的逻辑思路是这样的：人性是自利的，国君作为国家的代表要想强大，就必须使国家拥有力量。现实的力量来源在战国时代无非是两种途径：一是耕种，以保障食粮的供给；二是战斗，以保障征战的胜利。所以法家诸代表无一例外的主张耕战，这一政策在商鞅变法中体现得最为明显，在秦征伐六国中运用得最为明显，在商鞅的办法策略和秦征战过程中，我们可以窥探一下法家的这种铁血伦理。

首先，关于耕种。法家代表知道耕种是辛苦的，商鞅就说"民之所苦者无耕"，（《商君书·慎法》）其实老百姓也不是非常喜爱从事辛苦耕种活动的，那么为了促使国家粮食经济储备上升，法家采取了"劫以刑"（《商君书·慎法》）和"驱以赏"（《商君书·慎法》）的办法。"劫以刑"就是说种地不是很苦吗，但是不种地官方治你罪，给你刑罚，相比之下，人们很显然会愿意去种地了，这是一种正题反作的消极做法。"驱以赏"是法家想出来的一套别出心裁的激励办法，就是说根据种田者上缴粮食来授予种田者爵位，所谓"民有余粮，使民以粟出官爵"，（《商君书·靳令》）用粮食来换取官位，"官爵必以其力，则农不息。"（《商君书·靳令》）种田和缴纳粮食虽然很苦，但是有了官爵的激励，就会增加人们耕种的积极性，这是法家的一个创举，虽然这种做法在法家内部也有争议，诸如《管子》和韩非就认为这是亡国之道，但是不得不承认的是，这种做法在后秦一统江湖时，为越拉越长的前线作战提供了充足的供给，当然这其中还有价格、税收和强制化的行政管理的贡献。

其次，关于战争。耕种是件苦差事，但人们比耕种更不愿意做的是战争，"危者无战"。（《商君书·慎法》）但是纷乱的世道没有战争是不可能的，而且要立足于世，不但要战而且还不能战败，为了激励人们参与战斗，法家人物同样别出心裁的想出来用战争换爵位的激励方法，具体讲就是用人头来换军爵，《韩非子》中记载商鞅变法细节："斩一首者爵一级，欲为官者为五十石之官；斩二首者爵二级，欲为官者为百石之官。"（《韩非子·定法》）可见法家眼里杀敌的确有奖，不但有官做而且行军伙食也与杀敌数量有关。不但如此，勇猛杀敌还有更好的待遇："能得爵首一者，赏爵一级，益田一顷，益宅九亩，一除庶子一人。"（《商君书·境内》）由此便可理解秦军为何作战骁勇无敌了，秦战将白起一役坑杀赵降卒四十万人，完全是此策作怪。作为普通的秦国人要想有所作为，在仕途上有所发展，只有两条路可走，一是耕种，二是作战，除此之外别无他路，所以在法家政策指导之下，一个强势的嗜血国家必然所向无敌。

战国是个争高低、分上下的年代，战争是不可避免的，关于如何去战争，怎样去战争，诸子百家各有说法，有主张寝兵的、有主张义兵的、有主张以德服人的、有诅咒战争的，但是只有法家的做法才是最有效的，法家伦理将耕战与个人的未来发展紧密挂靠，通过耕保障经济供给，通过战保证军事上的胜利，通过以战养战、以农养战、农战交用等策略，为各国提供了称霸的最现实最有效的路径。

3. 强调君主集权与专制

法家提倡建立中央集权制度，主要表现在三个方面：

首先，法家明确主张君主世袭制，《韩非子·亡征》篇所谓"轻其适正，庶子称衡，太子未定而主即世者，可亡也"即为明证。按照韩非子的想法，君主去世，太子即位本是十分自然的事情。《韩非子·难势》篇也强调政治制度的设计应该充分观照"生而在上位"的绝大多数君主是"中人"的政治现实，也透露出了韩非子赞成君主世袭。这与君主专制政体有其契合之处。

其次，加强君权，强调中央权力相对于地方政府以及君主权力对臣民的有效支配和绝对统治。法家将中央权力的稳定性视为社会秩序稳定的基本现象，主张加强君权，强调君主相对于臣民的绝对支配权和统治权。如何维护君主权势自然成为法家思考的一个重要课题，同时也是他们为重建政治秩序提供的一个有效途径。《慎子·德立》篇突出强调了君臣伦理的重要性，反对君臣易位、尊卑失序："臣疑其君，无不危国。妾疑其夫，无不危家。"《商君书·定分》在强调确定"名分"重要性的基础之上维护君主权势，以此来稳定社会，否则，如果名分不定，君主权势就存在被褫夺的危险而有亡国灭社稷之虞："夫名分不定，尧舜犹将皆折而奸之，而况众人乎？此令奸恶大起，人主夺威势，亡国灭社稷之道也。"因此，法家"事在四方，要在中央。圣人执要，四方来效"（《扬权》）体现的更多是一种大一统秩序之下的政治生态，而非为了满足一人私欲而设计的专制政体。

最后，法家明确反对君主权力凌驾于法律之上，更反对君主为所欲为地滥用手中权力，这是法家中央集权制度与近代君主专制政体的根本区别所在。法家要求君主守法、君主不得凌驾于法律之上的观点俯拾皆是。《管子·任法》曰："君臣上下贵贱皆从法，此谓为大治。"《慎子·君人》明确反对君主"舍法而以身治"，韩非子亦说"释法术而心治"。（《用人》）

法家学说为后来的君主集权与专制提供了理论上的支持，并成为当政者隐而不显的实际的精神依据。

第三节　秦制对中国古代政治制度和伦理道德的影响

中国历史上三次制度设计中，秦朝的制度设计，是一次划时代的制度设计。由于秦朝的制度设计，因而秦朝被称为"古今之界"。"是故秦者，古今之界也。

自秦以前，朝野上下所行者，皆三代之制也；自秦以后，朝野上下所行者，皆非三代之制也"《三代因革论》。秦制的核心内容之一是郡县之制，"垂两千年而弗能改矣，合古今上下皆安之，势之所趋，岂非理而能然哉！"秦朝制度设计奠定了帝制中国的基本政治架构。秦始皇由此被称之为"千古一帝"。秦国在统一天下的过程中，涉及了制度的设计。秦朝的制度设计主要有两次：一次是秦始皇二十六年（公元前221年），"秦初并天下""命为'制'，令为'诏'，天子自称曰'朕''朕为始皇帝'。后世以计数，二世三世至于万世，传之无穷"。在设计皇帝制度的同时，也涉及分封制和郡县制的选操相（王），"诸侯初破，燕、齐、荆地远，不为置王，毋以填之。请立诸子，唯上幸许"。（《史记·秦始皇本纪》）对于这一问题，秦始皇采取了廷议的方式予以定夺：

始皇下其议于群臣，群臣皆以为便。廷尉李斯曰："周文武所封子弟同姓甚众，然后属疏远，相攻击如仇雠，诸侯更相诛伐，周天子弗能禁止。今海内赖陛下神灵一统，皆为郡县，诸子功臣以公赋税重赏赐之，甚足易制。天下无异意，则安宁之术也。置诸侯不便。"始皇曰："天下共苦战斗不休，以有侯王。赖宗庙，天下初定，又复立国，是树兵也，而求其宁息，岂不难哉！廷尉议是。❶

此次廷议，秦始皇采纳了李斯的建议，分天下以为三十六郡。一次是秦始皇三十四年（公元前213年），秦始皇置酒咸阳宫博士齐人淳于越进曰："臣闻殷周之王千余岁，封子弟功臣，自为枝辅。今陛下有海内，而子弟为匹夫，卒有田常、六卿之臣，无辅拂，何以相救哉了事不师古而能长久者，非所闻也。"（《史记·秦始皇本纪》）这次旧议重提，秦始皇也采取了廷议的方式"始皇下其议。丞相李斯曰：'五帝不相复，三代不相袭，各以治，非其相反，时变异也。今陛下创大业，建万世之功，固非愚儒所知。且越言乃三代之事，何足法也？'"实际上这是儒家和法家在制度设计上"师古"与"师今"的冲突，应当说儒法在缔构家天下政治的口径是一致的。从廷议看，对皇帝称号是不存在争议的；争议的焦点在于分封制和郡县制的选择，而且分封制"群臣皆以为便"，只有李斯一人主张采用郡县制，得到皇帝首肯，秦朝推行郡县制。秦始皇采用廷议的方式虽体现了"坐而论道"的精神，但作为制度设计者，秦始皇有独断之机"皇帝临位，作制明法，臣下修饬"。❷

从秦朝制度设计层面看，在制度选择上，存在郡县制和分封制两种不同的意见，而分封制作为周代的制度设计，为周代制度设计的重要内容之一。由此可以推断，秦以前对中国历史产生重大影响的制度设计，应是周公的制度设计。王国

❶《史记》（西汉）司马迁.丁华民，郭超校.1卷1—6吉林文史出版社，2006:180.

❷《史记》（西汉）司马迁.丁华民，郭超校.1卷1—6吉林文史出版社，2006:180.

维在其《殷周制度论》一文中，分析了在殷周之际制度上的变化，从圣的角度阐释周公的制作，认为周代制度大异于商代的主要有"立子立嫡之制""庙数之制"和"同姓不婚之制"三端，其中核心制度是针对家天下政治的"立子立嫡之制"，即关于最高权力产生方式的制度。这一观点虽然囿于其史观的局限，但"其旨则在纳上下于道德，而合天子、诸侯、卿、大夫、士、庶民以成一道德之团体"，这一认识，体现了王和圣的两个层面，显然受儒家思想影响。而"立子立嫡之制"作为周异于商的第一条，"由是而生宗法及丧服之制，并由是而有封建子弟之制、君天子臣诸侯之制"。

一、政治的高度集权、家国化和社会资源的高度集中

秦王朝的统一是战国之际数百年演变的必然结果，然而统一的得来，主要与秦始皇十年兼并战争分不开。中央集权制的创立，书同文字，统一度量衡等，是统一战争的直接结果。秦消灭了六国，从关西一隅迅速扩展到全国，是政治格局上的辉煌演变。在中国历史上，开辟了由单一君主直接统治全国的局面。对于政治上的这种巨大变化，秦朝统治者的认识是清楚的，措施也是得力的，在政治意识上，也充满了自豪感。

反映这种自豪情绪的，首先表现在中央政治制度的确立上。秦王从一个诸侯演变成为专制君主，政府承担的职责同时也发生了很大的变化。秦始皇自号皇帝，大臣们认为："海内为郡县，法令由一统，自上古以来未尝有，五帝所不及"。并积极将郡县制推广到全国，完成了封建国家的地方行政组织。对这一系列的成果，秦朝统治者们充满了历史自豪感，泰山石刻记述说："初并天下，罔不宾服。亲巡远方黎民，登兹泰山，周览东极。"体现出秦朝统治者们对中央集权政治制度的自信心。

然而，对是否创建一个大一统帝国，确立中央集权制的政治制度，在长期的统一战争中，这个问题并未很好解决。范雎游说秦昭王，提出各种主张，昭王采用的是霸王之术，而不是大一统方略。对直接统治全国，秦国当初并未有这样的抱负。秦夺取汉中，张仪主张将它归还楚国，理由是："地大者，固多忧乎！"秦始皇喜好韩非的著作，而韩非子的《初见秦》，提出的也仅是称霸，并未主张中央集权。在十年兼并战争中，秦始皇每灭一国就推广郡县制，对中央集权制也未做具体的设想。可见在秦统一过程中，对未来的中央政权体系是十分不明确的。

等到统一已成定局，六国已经消灭时，政治上再用称霸来总结，已经十分荒唐了。大一统中央王朝迅速出现在人们的面前，为统一做出贡献的政治家们顺乎形势，果断采用了中央集权制。历史上首次出现了君主和中央政府向万里以外

的基层下达政令的情况。而旧六国，如三晋、楚都曾经历了相当长时期的独立发展，在文字使用、风俗习惯、政治传统上都各自形成了独特的风格。秦灭六国，凭战胜者的地位，强行推广秦国的制度，中央的权威首先来自于战胜者的地位，而不是出乎人民自觉的服从。中央集权的新体制能否在和平情况下被人民接受？能否长治久安？对此，秦朝的统治者深感困惑，尤其在苛政的高压下，人民不断出现反抗的情况下，就更是如此。

对中央集权制能否在全国范围内得到巩固，秦朝统治者还是心存疑虑的。这种矛盾的心理，待统一战争胜利情绪逐渐冷静后，得到明显的表露。秦始皇东巡，琅琊石刻记述说："维秦王兼有天下，立名为皇帝，乃抚东土，至于琅琊。"这段话的实际含义是，身列诸侯之一的秦王，灭掉齐国，创建了中央王朝，成为显赫的皇帝，齐国的百姓，你们应该服从。这种文告，实质上表现了秦统治者内心的困惑，对中央能否有效地统治遥远的地区还存有疑虑。

任何政治制度的稳定，必须有大众自觉的服从。而作为征服战争成果的中央集权制，能否稳固，并不能以暴力镇压维持。在人民遍布不满情绪的秦朝，秦统治者的困惑感也是正常的，不足为怪。

"家国同构"虽然是对封建社会现实的反映，但它反过来确对中国传统社会尤其是政治发生了一系列影响。

第一，它促进了封建专制主义的强大和稳定，将封建政权的"合法性"建立在情感基础上。封建政权的剥削阶级本质预设了它的"合法性"论证的艰难性难题，惯用手法不外乎是两种：一种是"君权神授"理论，这种建立在虚无的鬼神基础上的理论必将随着社会的进步而暴露出其荒谬性和欺骗性；另一种就是这里要说的借用人类最朴素最自然的情感——孝。前面讲过，"家国同构"的实质是"忠孝一体"。在这里，我们不妨先对忠和孝的内涵做一界定："忠，敬也，孝，善事父母者也。"由此可知，忠是政治关系上的等级，孝是血缘关系上的等级；忠基于更多的理性判断，孝注入了更多的情感内涵；忠反映下级对上级的单向服从，孝反映上下互动的脉脉温情，而基于情感的孝与基于理性的忠的一体化正是理解"家国同构"观念的最重要的切入点。

现代人性论认为：人是理性与非理性的统一，情感含有非理性的一面，它与作为非理性信仰的宗教一样，能够无条件地保证其自身的绝对正确性。在情感的世界里，理智甚至是睿智都是无能为力的。一旦孝的自然情感被政治利用，与忠结合，那么它的政权"合法性"就不再仅仅是建立在虚幻的神和天道之上，而有了实实在在的情感基础，在君主的身上体现了君权与父权的统一，要求臣民对君主不仅要做理性上的绝对服从，而且还要做感性上的父权认同。封建专制政权大厦因而也更加牢固。

笔者认为这正是"家国同构"观念的意义所在，也是中国封建政权的特色之一。在实践中则表现为皇权主义，人们认为君主总是完美无缺的，忠君是毫无条件的，而将怨恨诉诸于地方官僚。

第二，封建专制本质决定"家国同构"观念不仅不能促进家与国的良性互动，反而使两者拉开了距离和走向对立。这一观念在本质上是为封建剥削政权服务的，这是毫无疑问的。一方面，它强化了国的力量，"普天之下，莫非王土，率土之滨，莫非王臣"（《诗经·小雅·北山》），天子的权威无处不在，活脱是一个"家天下"。另一方面，它又弱化了社会的力量，因为它阻碍了家庭独立观念的形成，家成了国的附庸，国对家表现出来的是控制和主宰，由此以家庭为基本元素的社会也必然处于软弱和分散状态，缺乏活力和凝聚力。这正是君主权威控制社会的前提条件和君权强大的保证。同日本和西欧相比，中国的封建专制尤其牢固和漫长，与"家国同构"观念带来的影响不无关系。

第三，"家国同构"观念对中国传统政治的发展起了一定的阻碍作用，它促进了政治伦理化。在这种观念的裹挟下，政治的独立发展受到影响，衡量人们政治行为的标准是忠孝之道，家与国是相通的，称国家为社稷。只有治道，没有政道，只关注权力的功能和效用，有丰富的治人和治于人的政治思想，而对权力本身的运用和分配及其矛盾和如何协调的认识浅陋，极难上升为政治理论，缺乏对政治本质的真知灼见。

二、世俗化伦理与"差序格局"相适应、适配

世俗化伦理主要体现为在大传统的道德理想与小传统的道德实践之间公与私、内与外、阴与阳的相容相克、亲和却又紧张、"暧昧而不明爽"的特征。大传统所倡导的普遍原则总是消失在具体情境中，实践往往否定了自己所依据的理论。

1.公与私

道德二重性在中国传统的道德体系中，"公"的理想和价值备受推崇和肯定，而"私"作为"公"的对立面则受到贬抑。"崇公抑私"或"立公弃私"在传统道德中占主导地位。自古以来，中国文化的大传统赋予"公"以伦理优先性和正当性。《吕氏春秋·贵公》云："昔先圣王之治天下也，必先公。公则天下平矣……天下非一人之天下也，天下之天下也。阴阳之和，不长一类；甘露时雨，不私一物；万民之主，不阿一人。"《礼记·礼运》曰："大道之行也，天下为公。选贤与能，讲信修睦。故人不独亲其亲，不独子其子。"《汉书·贾谊传》载："为人臣者，主耳忘身，国耳忘家，公耳忘私。"宋明理学甚至将天理与人欲截然对立起来，主张"存天理，灭人欲"，"凡一事便有两端，是底即天理之公，非底乃人欲之私"。近代之前的农民起义几乎均将"崇公抑私"作为组织动员的策略。

近代康有为的"公羊三世说"、孙中山的"三民主义"、毛泽东的社会主义观等也无不渗透着大同理想和"崇公抑私"的思维。但不可否认的是,"公"的道德理想并未完全体现在中国人的日常行为之中,反而是"私"成为其主导性行动逻辑。"各人自扫门前雪,莫管他人屋上霜""人不为己,天诛地灭"成为较为普遍的为人处世信条,如费孝通所说:"私的毛病在中国实在比了愚和病更普遍得多,从上到下似乎没有不害这毛病的。"❶

表面上,公与私是中国两种道德系统的核心,二者决然相对,而实则常常背反统一于中国人的道德实践中。差序格局中的"己"背负道德二重性:一是有个己而无他人的自我主义,二是有他人而无自我的克己主义。"重己"与"无我"成为中国人的双重伦理结构。中国人的道德选择陷入了"公"与"私"的紧张,但这种紧张因差序格局的伸缩性而得到一定程度的化解。费孝通认为中国人的公私观念与西方人不同,中国人的公私观念具有相对性,站在差序格局的任何一圈里,向内看可说是公、是群,向外看则是私、是己。为家牺牲族是为家之公,为小团体牺牲国家是为小团体之公。正是由于公与私没有清晰的界限和明确的标准,公私浑融、公私转换常常成为中国人道德实践中的行动策略。"崇公抑私"的大传统在实践中则可能沦为损公肥私、假公济私、化公为私等行为。同时也应看到,公与私在中国文化中是一对此消彼长、相生相克、背反统一的关系,这种文化的深层张力既可能孕育出一个个为国为民舍生忘死的"君子",也可能培养出无数个见利忘义、卖国求荣、损人利己的"小人"。为大传统所化越深之士越可能陷入公与私的道德紧张之中,紧张之源在于"公"之道德理想试图"忽略我""否定我""压抑我",而"我"却是生活在社会之中具有现实的物质利益欲求的个人。中国历史上的农民起义几乎都是在反对皇帝"一人之私"与主张万民之私所实现的"公"之间展开。

2. 内与外

规则二重性差序格局既是一种社会关系的格局或伦理道德的模式,也是一种对社会中的稀缺资源进行配置的模式或格局。由于"每一个网络有个'己'作为中心,各个网络的中心都不同",自己人/外人的区隔不仅成为差序格局的边界,也是维系差序格局的策略。所谓"自己人"是指以自我为中心建构的社会圈子之中的人,不在圈子之内的则是"外人"。这种内外有别以相应的特殊主义伦理和规则意识予以确认和强化。《论语·子路》就说:"父为子隐,子为父隐,直在其中矣。"说明"亲亲相隐"这种特殊主义伦理和规则意识为大传统所倡导。在实践中,一个人痛骂他人贪污却为自己父亲贪污隐讳甚至合理化,这种矛盾在费孝

❶《乡土中国》,费孝通,人民出版社,2008:25.

通看来是因为"中国的道德和法律,都因之得看所施的对象和'自己'的关系而加以程度上的伸缩","在这种社会中,一切普遍的标准并不发生作用,一定要问清了,对象是谁,和自己是什么关系之后,才能决定拿出什么标准来"。上述可见,中国人的规则意识是一种特殊主义而非普遍主义,其规则尺度具有相当的伸缩性和可转换性。但这种"要看对象是谁"的规则意识并不是一以贯之、始终统一的。"亲亲相隐"和"包公情结"反映出中国人一方面秉持特殊主义规则意识,另一方面渴望规则面前人人平等,陷入了特殊主义与普遍主义的规则困境。

不独道德和法律,权威性资源和配置性资源的分配也是遵循着"内外有别"的规则。在帝国时期,官员能否获得职务晋升、荣誉嘉奖并非完全取决于其政绩与政声,反而在很大程度上取决于该官员是否进入某一派系。黄仁宇的研究发现,出生于一省一县所缔结的"乡谊"、同一年考中举人或进士的被引为"年谊"、婚姻关系所形成的"姻谊",这多种的"谊"所形成的文官派系在内部有互帮互助之责,其派系核心人物负有提拔新进、解决危困、文过饰非等义务。在中国历代官场,小团体的盛行可谓是这一传统的延续。在经济社会领域,中国人一般深谙拉关系和攀交情之道,并利用这种高度个人性的关系建构来保证社会资源能够用于达成特定的目标。在相当长的一段时间内,"关系经济"不仅在中国经济中占有相当大的比重,且作为工业化的一种必要恶,扮演着推进的角色。之所以存在上述现象,根源于中国文化中"内外有别"的规则二重性。差序格局不仅是一种社会结构,也是一种心智结构,这就意味着中国的规则体系具有二重性:一种是公开的和制度化的规则,或曰正式规则;另一种是隐匿的和非制度化的规则,或曰潜规则。表面上,正式规则是一种普遍主义规则,而潜规则是一种特殊主义规则。但在实践中真正发挥作用的有时却是潜规则,一定程度上可以说潜规则的有效性解构了正式规则的普遍性。在这个意义上,两种规则的并行是公与私相容相克的结果。在中国社会中,人情、面子、关系的运作试图通过"内外有别"的逻辑绕开正式规则,通过潜规则实现资源获取的便捷性和最大化。

3. 阴与阳

行动二重性在以儒家伦常为核心的差序格局中,利他之"义"在价值层面上对于个体之"利"具有优先性,而在日常生活中个人之"利"的实现常常通过他人"义"之实践来曲折达成。"义""利"之间这种既紧张又交融的混合性特征实质上正体现了中国传统文化独特的阴阳思维与社会实践。在某种意义上,大传统意义上的差序格局与小传统意义上的差序格局的相生相克形成了中国人阴阳两面的思维与实践。鲁迅在年轻时即对中国人的阴阳思维与实践做过批判,"口号只管很好听,标语和宣言只管很好看,书本上只管说得冠冕堂皇,天花乱坠,但按之实际却完全不是这回事"。费孝通发现:"在长老权力下,传统的形式是不准反对的，但是只要表面上承认这形式，内容却可以经注释而改变。结果不免是口是心非。在中国旧式家庭中生长的人都明白家长的意志怎样在表面的无违下，事实上被歪曲的。虚伪在这种情境中不但是无可避免而且是必需的。对不能反对而又不切实用的教条或命令只有加以歪曲，只留一个面子。面子就是表面的无违。"中国文化具有阴阳两面性，也就是文化的表象和内心深处的价值倾向、利益之间的博弈，阴与阳的紧张导致中国人的行动逻辑具有二重性。在阳的层面，仁、义、礼等是人们公开宣称的行动取向；但在阴的层面，人们在行动上与公开所宣称的内容并不完全一致甚至截然相反。阳奉阴违因此成为传统中国人的行动策略之一，计策或谋略在中国人的社会行动中占有重要地位。黄仁宇研究明朝政治时发现，在帝制中国以德治国实乃以道德弥补技术之不足而做出的策略选择，而这种策略又需通过调和阴阳来达成。儒家伦理崇公抑私，文官集团的行动表面上恪守"公"之伦理而实则常常假公济私。海瑞的悲剧在于他不懂得调和阴阳而把儒家伦理在现实中绝对化，终为皇帝和整个文官集团所不容。

第四节　董仲舒、韩愈、宋明理学对社会政治和伦理的影响

一、后世儒家与荀学、孟学的接续关系

自从孔子开创儒家以来，几千年的中国古代社会，儒学逐渐成为中国传统思想的主流。虽然儒学的整体发展道路是曲折的，各阶段的儒家思想又各有特点。但是，以儒学为主体的中国传统思想在每一阶段的发展都具有一个共同的特征：由心理原则或伦理原则走向哲学。

中国长期的古代社会，虽然各种经济政治制度不断地变迁，但是社会的生活结构，始终是以血缘宗法为纽带、农业家庭小生产为基础来维系的。这种社会生活结构，在长期的发展中逐渐成为一种具有自我完善、自我稳固功能的牢固的系统。在这个系统内，一切传统礼制，一切外在的规范约束，都可以归结为生活情理，都可以用心理情感原则和伦理道德原则来加以解释，而不需要超出系统之外去寻求宗教神学的解释。由这种心理原则和伦理原则出发，完全可以构筑起较为完善的以实用理性为特征的哲学体系——儒学。因此，中国儒家思想的产生、形成，是源于充满血缘关系的生活情理，源于日常生活的心理系统、伦理道德系统，它首先考虑的是心理欲求与伦常秩序，如果符合正常人的一般情感与思维，符合血亲关系的尊卑要求，则可以升华或提炼为思想理论和哲学观念、辩证法等

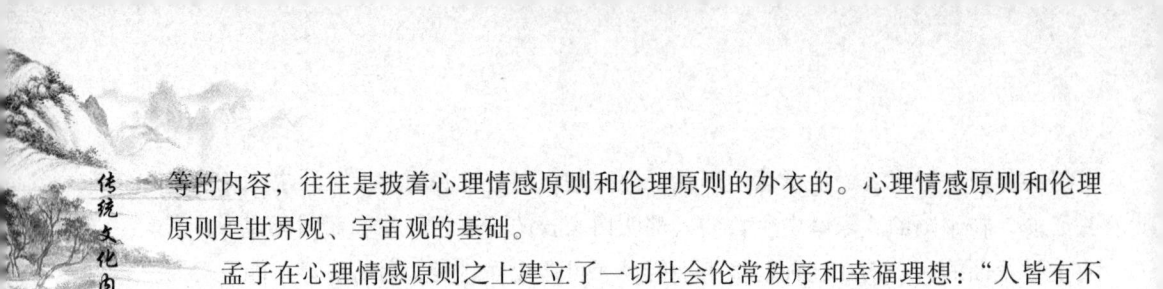

等的内容，往往是披着心理情感原则和伦理原则的外衣的。心理情感原则和伦理原则是世界观、宇宙观的基础。

孟子在心理情感原则之上建立了一切社会伦常秩序和幸福理想："人皆有不忍人之心，先王有不忍人之心，斯有不忍人之政矣。以不忍人之心，行不忍人之政，治天下可运之掌上。"（《孟子·公孙丑上》）老吾老，以及人之老；幼吾幼，以及人之幼。天下可运于掌。《诗云》："刑于寡妻，至于兄弟，以御于家邦。言举斯心加诸彼而已。故推恩足以保四海，不推恩无以保妻子。"（《孟子·梁惠王上》）孟子在"不忍人之心"的基础上建构了"不忍人之政"的思想体系，建立一切社会的伦理道德。因此，孟子在心理原则的基础上进一步高扬了伦理原则，并赋予先验性质，建立了绝对的伦理主义。孟子的绝对伦理主义具有两重特性：一方面，强调伦理原则、道德规范的先验普遍性、绝对性（例如他指出"恻隐之心，仁之端也，羞恶之心，义之端也，辞让之心，礼之端也，是非之心，智之端也"）。（《公孙丑·上》）的"四端"说的"人性之善也，犹水之就下，人无有不善，水无有不下"《孟子·告子上》）的性善论，认为具有先验的仁、义、礼、智这四种内在的品质是人区别于禽兽的关键）。另一方面，也是重要的一方面，把这种先验普遍性与经验世界的人的情感（主要是他所说"恻隐之心"）直接联系起来，把伦理原则建立在这种心理情感的基础上。孟子说："仁义礼智非由外铄我也，我固有之也。"（《孟子·告子上》）"仁义礼智根于心。其生色也，睟然见于面，盎于背，施于四体，四体不言而喻。"（《孟子·尽心上》）

可以说，孔孟儒学是以将外在社会规范化为内在自觉意识为主题的。它把伦理原则建构在心理原则之上，再赋予伦理心理以空前的哲学深度。由心理、伦理到哲学，孔孟开辟了这一传统思想的道路。

荀子是儒家思想的重要继承人。虽然他在遵循儒家传统中，做了一些变通，但他仍是沿着儒学传统道路前进的。荀子也主张"亲亲""尊尊"。例如，他在《荀子·王霸》中说："行一不义，杀一无罪，而得天下，仁者不为也。"孟子曾说"人皆可以为尧舜"，而荀子说"涂之人皆可以为禹"，他们同样把本是现实社会政治体制的东西，变成意识形态中的伦常道德精神，总是企图把自己的世界观、宇宙观建立在心理或伦理原则之上。所不同的是：孟子是从内在心理方面立论，而荀子是从外在规范方面来立论。

荀子虽然大讲用兵打仗之事，但他却贯穿着仁义道德："彼仁者爱人，爱人故恶人之害之也。""彼兵者，所以禁暴除害也，非争夺也。"（《荀子·议兵》）荀子强调并发挥了孔子仁学中的人道主义因素，强调并发挥了治国平天下的群体秩序规范。荀子从生物族类、人类整体上突出了社会制度、伦理道德规范、共同秩序这些方面，认为一切社会秩序和规则都是人作为特殊族类存在所必需的。孟子强调的是先验的内在道德心理，而荀子强调的是外在的社会规范。荀子的高明之处在于，他不是盲目地沿着孟子走向神秘主义，而是赋予自己的伦理原则以现实的社会内容。荀子反对讲"性善"，主张性恶论。他认为："其善者，伪也。"（《荀子·性恶》）荀子从现实的群体规范秩序出发，认为人本性恶，因此必须自觉地用现实社会的伦理道德和秩序规范来改造自己。

荀子在解释他的核心观念礼时，在伦理原则基础上达到了世界观高度。他说："礼者，法之大分，类之纲纪也。"（《荀子·礼论》）荀子认为，人类是为了维持自己的生存发展，才结合而为群，来与自然界斗争的，由这种结合而产生礼。礼是为了使群体能够存在和延续而建立起来的社会规范秩序。这种外在的规范秩序是约束内在的人性的。能够自觉地用这种社会伦理规范来约束和改造自己，就能够在顺天的前提下"制天命而用之"使人能利用自然规律而得到生存和发展。

秦汉时期，以董仲舒为代表的儒家，则把孔孟儒家的基本理论发展成天人宇宙论。董仲舒用阴阳五行宇宙论来安排一切，认为人事政治伦常规范与自然规律是同一构造。他说："君臣、父子、夫妇之义，皆取诸阴阳之道。君为阳，臣为阴，父为阳，子为阴，夫为阳，妇为阴。"（《春秋繁露·基义》）他说："王者配天，谓其道，天有四时，王有四政，四政若四时，通类也。天人所同有也。庆为春，赏为夏，罚为秋，刑为冬。庆赏罚刑之不可不具也，如春夏秋冬之不可不备也。"（《春秋繁露·四时之副》）他还说："人有喜怒哀乐犹天之有春夏秋冬也。"（《春秋繁露·如天之为》）

董仲舒在宇宙论高度上来确立伦理道德秩序，因此人们日常生活中的伦理道德，社会政治中的秩序，都变成了宇宙间的五行秩序。人们的日常生活，必须符合"王道之三纲"，他强调"君为臣纲，父为子纲，夫为妻纲"，认为这"三纲"是上天安排的，"王道之三纲，可求于天"（《春秋繁露·基义》），这是永恒不变的道德规范。君主施政，必须顺着五行特性，符合宇宙伦常秩序，才能达到人间太平，才能风调雨顺；否则，就会出现一系列混乱，天下多事，自然界出现灾祸变异，宇宙秩序遭到破坏，并且人的正常生活秩序也会被打乱，社会伦理也将遭到破坏，王朝也就危险以至覆灭。董仲舒的这套宇宙系统，主要是为了确定君主的封建专制权力和社会的封建专制秩序，而用自然的变异，来警诫人们，并借此确定人间的伦理原则。他把这整套系统，安排在谁也不能超越的五行图式的普遍模型中，从而把应由人自觉遵守的伦理规范，变成人们必须服从他所强调的天道，把主体的道德论伦理，变成客体的宇宙论系统。由此他提出"天不变道亦不变"，使"天人感应"具备了理论系统。从而也使儒家思想成为一个具有完善结构的封闭式的系统。

到了宋明时期，以朱熹、王阳明为代表的宋明理学，进一步加以发展，更明显地体现了儒家思想的传统道路。朱熹把伦理提高为主体，捏合了伦理学与宇宙论。王阳明把心理与伦理融合在一起，两者合成为心，以心为本体。

在朱熹那里，伦理原则就是宇宙法则，伦理原则是先验的规范，是去掉感性欲求的普遍必然，是一切人世伦常和包罗万象的理（这个就是必然）。他说："至于天下之物，则必各有其所以然之故与所当然之则，所谓理也。……既有是物，则其所以为是物者，莫不各有其当然之则而自不容已，是皆得于天之所赋，而非人之所能为也。"（《大学或问》）他又说："天理流行，触处皆是：暑往寒来，川流山峙，父子有亲，君臣有义之类，无非这理。"（《朱子语类》卷四十）朱熹所说的"当然之则"，是指人们应该遵循的规范、准则，首先是先验的伦理道德准则。他认为自然界的事物都有"当然之则"，人的活动也同样要遵循客观性的"当然之则"。朱熹还认为理到处皆是，无处不在，"理一分殊"如"月印万川"，"如月在天，只一而已，及散在江湖，则随处可见"，（《朱子语类》第十八卷）朱熹极力把伦理道德高扬到本体论宇宙论。

在王阳明那里，心理原则和伦理原则合为一体，道心（天理）和人心（人欲）都是心，把理性与感性变成一个东西而纠缠不清。他曾企图把心、良知、灵明等说成超实在超道德（善恶）的本体境界，认为无善无恶是心之体。然而，心毕竟不同于理，它总与感性的物质相关联。王学的发展，却使伦理道德（理）与情感心理（心）混杂在一起，"所谓汝心，却是那能视听言动的，这个便是性，便有天理。"（《传习录·上》）他所说的心即理，无非说心理即伦理，外在的天理、规范、秩序变成内在的情感欲求。最后，心变成了主宰，而理变成了派生物。所以，王阳明强调主体性，突出个体主观精神。这在客观上为近代的思想解放打开了大门。王阳明完成了伦理到心理的转变，建立起主观唯心主义世界观。儒学的发展，大体上是沿着心理情感、伦理到哲学这条道路行进的。中国以血缘宗法为纽带的小农业家庭生产的社会，为以心理情感和伦理义务为原则的儒家思想提供了保存和延续的坚实的根基，使儒学成为中国传统思想发展的主线。虽然在儒家传统思想的长期发展过程中，偶尔也发现有背离儒家的所谓离经叛道思想，也曾被外来思想所冲击，受到外来所谓异端的思想所影响。但是，由于儒学具备了强大的坚实的基础和本身逐步系统化的特性，加以历代封建统治者运用强权来竭力维护，所以儒家不仅能够排除离经叛道之说的外来异端思想，而且能够吸收它们的有用儒学的部分，以充实自身，使自身得以保存这种发展，并维持其统治思想地位。所以，中国传统思想始终以儒学为主流，沿着心理、伦理走向哲学的艰难道路发展，并统治中国人的思想达数千年之久。

二、对于此后社会生活的主要影响

儒家文化提倡的仁、义、礼、智、信等价值观对中国人当今的文化意识、行为准则等方面的深刻影响是普遍认同的。而这些价值观背后的思想内核"仁爱",更是构成了国人情感、思维的文化内核,儒家文化的精神特性可以概括为道德理想主义、普遍和谐、自律和内在超越三个方面。普遍和谐是指自然界与人、人与人、人自身的身与心等多重方面的和谐,从而提出了"天人合一"的思想。而这种和谐思想也间接促成了中国文化中的注重家庭和社会整体,强调集体利益传统思想的形成。对中国传统儒家文化有着巨大的影响。

1. "和而不同"和谐统一论

孔子说:"君子和而不同,小人同而不和。""和而不同"这一理念的最初要求,是在有道德的君子之间建立一种彼此尊重个性和意见的健康关系,后来便扩大运用于各种事物的相互关系中,成为一个普遍性的原理。"和而不同"的理念包含着平等精神、宽容精神和多样性原则,倡导文化、理念和生物多样性的和谐统一。"天人合一"思想亦认为人与自然不是相对的,而是具有不可割裂的关系,即肯定人与自然的统一。所谓合一指对立的统一,即两方面的相互依存的关系。人与自然既有区别又有统一的关系,人可以认识自然并加以改变调整,但不应破坏自然。近年来,各企业或产品纷纷打出绿色、健康、环保的主题便是对"天人合一"与"和而不同"中人与自然和谐发展思想的体现。现实生活中很多现象,看似不以为然,却体现了人、自然与社会的和谐统一。

2. "仁爱万物"的生命价值观

孔子思想体系的核心就是"仁",孔子思想的各个组成部分都是围绕着仁而形成一个整体的。"仁"的最初含义是指人与人之间的亲善关系。从先秦古籍记载中看"仁",它还是统治者或者君子们专有的美德,只有君子才能讲"仁"行"仁"。有时"仁"还包含着爱亲、爱人与爱国的意义。而孔子在继承前人的基础上,把仁的含义进行了创新的解释,认为"仁"具有两重含义:一是以协调人与人、人与社会之间的相互关系为旨归;二是重视发挥人的主观能动性强调人的内心修养。必须实行忠恕之道即:一方面,要"己欲立而立人,己欲达而达人"(《论语·雍也》)这便是忠;另一方面,要"己所不欲,勿施于人"(《论语·颜渊》)这便是恕,忠恕之道就是主张帮助人、关心人、尊重人和体谅人。

3. "人无信不立"交际观

子曰:"人而无信,不可知其可也。大车无輗,小车无軏,其何以行之哉。"(《论语·为政》)这是对人的品性提出了"诚信"的要求,表示讲信用是一个人

的基本品质，又说："其身正，不令而行。其身不正，虽令不从。"(《论语·子路》)并说："言忠信，行笃敬"(《论语·子张问行》)，认为只有有了责任感，才能最终取得别人的信任而自立于社会之林。随着社会的发展，人的信誉在商品经济日渐发达的人际交往中，非但没见削弱其丝毫作用，反而愈益迸发其固有的作用和力量。但是应当看到，还是有很多人为了一时的利益而置诚信于不顾，大打虚假广告欺骗消费者，这就需要在全社会推广诚信行为，发扬儒家文化的精髓。现在，越来越多的企业已经认识到这一点，所以在经济运营过程中对信誉的奖励和维护显得更为注重。需要优秀的文化为依托才更有内涵、更有生命力。相信儒家文化在更加宽广、更为自由的发展平台上，能够运用自己独有的表达语言书写未来的发展历程。

三、中国传统儒家文化对社会公德建设的影响

1. 儒家提倡的个人道德修养和社会公德建设的关系

社会公德是在一定的社会生活中的一些最简单的、最起码的公共生活准则。公共生活准则是整个社会道德建设的基础之一。文明礼貌、助人为乐、爱护公物、保护环境、遵纪守法这些都属于社会公德的范畴。公民个人道德意识的提高，最终反映的是一个社会整体道德水平的提高。国家一再强调提高社会公德的建设，社会公德的建设依靠的是每一个公民的具体行为，只要个人素质提升到一定的层次，就能够自觉地而不是被动地去遵守社会公德。我认为中国传统儒家的文化中就有很多可以借鉴的思想，同时这些思想也对当今的社会公德建设起到了一定的影响。

2. 儒家文化对社会公德建设方面的积极影响

中华文明以中国优秀传统文化为基础，以儒家思想为主流意识，体现以人为本的价值观。中华文明的核心就是怎样做人。"仁"是孔子的思想核心，孔子主张"仁"对人提倡"仁者，爱人"(《论语·八佾》)。对己要求"克己复礼"为"仁"(《论语·颜渊》)。作为公民的最基本的素质要求，对待别人要相亲相爱，对自己要求"克制自己，使自己的行为符合社会礼仪"。"道之以德，齐之以礼，有耻且格。"(《论语·为政》)儒家认为，无论人性善恶，都可以用道德去感化教育人。这种教化方式，是一种心理上的改造，使人心良善，知道什么是耻辱，自觉地去改过。信用在社会公德的建设中，也起着重要的作用。在正常的社会体制运行中，离不开人和人之间的互相信任、企业和企业之间的互相信任。子曰："人而无信，不知其可也。大车无輗，小车无軏，其何以行之哉。"(《论语·为政》)也就是说，人人不讲信用，这个社会怎么运行。诚信是社会伦理基本的构成要素——不管这种诚信是发自内心的"自律"还是外力施加的"他律"。儒家的很

多思想和理念都是和做人分不开的，儒家教育人们怎样做一个有道德的人。儒家的这些理念对于当代社会加强社会公德建设是非常有益的，有着积极的影响。

四、儒家文化中的义利观对近代中国商会的影响

1.传统义利观对商人思想行为也产生了深刻影响

一是产生"以末致富，以本守之"的思想。许多商人发迹之后，不是继续将资本投入商业中，而是回到家乡买地，收取地租。二是随着封建统治者捐纳制度的实施，工商业者为了改变低微的社会地位，买官进爵。这是因为商会会董不仅是工商业的经营者，更是商会组织的管理者，作为管理者就应该具备良好的道德修养，是"为各商推重居多数者"，可以判断出商会会董应该能够具有以德服人的品质，这显然是家文化中道德至上的影响使然。

2.儒家"兼济天下"的忧患意识及对商会的影响

《大学》中谈到"修身、齐家、治国、平天下"的理念，并由此逐渐形成一种传统，即心系天下的普遍关怀，勇于承担的使命和奉献意识。儒家这种"兼济天下"的忧患意识深深影响着中国士人的思想。以儒家文化为基础熏陶出来的中国人带着"以天下为己任"的忧患意识，一方面，要求抵制西方列强的侵略；另一方面，积极学习西方先进的文化。从"师夷长技以制夷"到"求富求强"，从"商战"再到"实业救国"等思潮不断涌起，激励着中国人民的爱国热情。对中国商民而言，西方列强如潮涌般的商品输出和资本输出，打破了中国传统的工商业结构，这一不可逆转的形势直接冲击着中国商民的思想和利益。他们经营商业，并积极兴办实业，同外国竞争，以挽回利权。在认识到集体力量的作用后，他们有了团结起来的愿望和行动。在政府的倡导下，他们积极模仿西方国家商会的制度模式组建本土的商会组织，将本区域的商民组织起来，加强团结合作，增强与外国商战的实力，力争利权。这无不体现着中国商民受中国传统文化影响而形成的爱国情怀。

第五节　儒家"内圣外王"的人生理想和精神要求

内圣外王、经世致用是儒家经邦治国的指导思想。儒学的"内圣外王"之道，"内圣"指修己之道，"外王"即指经世致用之学。经世致用与内圣外王两者最终统一于维护封建统治秩序与伦理中。

一、内圣外王之道

儒家的"内圣外王之道"反映了儒家的人生价值追求，"内圣"是对个体道

德修养方面的要求，强调个人必须通过主体自身的心性修养达到"仁""圣"的境界；"外王"是对群体政治伦理方面的要求，强调的是群体必须通过社会公众的政治教化达到"王道""仁政"的目的，体现了道德与政治的高度统一。与道家和墨家相比，儒家的"内圣外王之道"具有自身的特色和优势，因而在中国封建意识形态中长期居于主导地位。儒家的"内圣外王"学说盛行于封建社会，它在当今社会已经不合时宜了，但其中却又包含了不少积极的精神，值得我们去批判地继承。

儒家学说可以概括为"内圣外王之道"。儒家"内圣外王"的传统内涵可以"成己成物""修己治人"和"明体达用"三个方面来表达，儒家"内圣外王"的基本特征也主要表现在这三个方面。

（一）儒家内圣外王之道体现了自我价值与社会价值的统一

儒家很注重人的社会本性。荀子说："人生不能无群。"（《荀子·王制》）邵雍说："为人须是与人群，不与人群不尽人。"（《击壤集·为人吟》）张履祥说："人不可孤立，孤立则危。"（《训子语》）个人不能脱离社会群体而生存，而要生存，就必须处理好个人与社会的关系。儒家"内圣外王"的理想人格，正是建立在个人与社会密切关系的基础上。这一理想人格乃是个人价值与社会价值的统一。

首先，个人价值与社会价值的统一表现为受尊被爱与爱人敬人的统一。每一个人都有受尊重被爱的需要，希望别人尊重和爱护自己。但在儒家看来，爱人敬人是受尊重被爱的前提，要想得到别人的尊重和爱护，就必须先尊重和爱护别人。故孟子说："爱人者人恒爱之，敬人者人恒敬之"（《孟子·离娄下》）；荀子也说，仁者"爱人"而"使人爱己"（《荀子·子道》）。而爱人敬人又必须从自尊自爱做起，不能自尊自爱，何以能敬人爱人呢？故荀子说："仁者自爱。"（《荀子·子道》）扬雄说："人必自爱也，而后人爱诸。"（《法言·君子》）王安石说："爱己者，仁之端也，可推以爱人也。"（《王安石全集·荀卿》）只有自尊自爱，才能将心比心，更好地去爱人敬人；只有爱人敬人，才能得到回报，使别人也爱己尊己。

其次，个人价值与社会价值的统一表现为自我满足与满足社会的统一。孔子说："夫仁者，己欲立而立人，己欲达而达人。"（《论语·雍也》）自己立身、通达了，也不要忘记使别人也能立身、通达。也就是说，在满足自身需要的同时，也要满足他人的需要。两者都满足了，才是一个真正的"仁者"。立己、达己是基础，立人、达人是归宿。

最后，个人价值与社会价值的统一突出地表现为成己与成物的统一。《中庸》云："君子诚之为贵。诚者，非自成己而已也，所以成物也。成己，仁也；成物，知也。性之德也，合外内之道也，故时措之宜也。"真诚的人不仅使自我人格完美，还要使他人的人格也完美，使物类完成其生长发育的自然本性。能自我完满、自我实现的人称"仁人"，能使他人和万物都成就其本性，就是"智者"。既有高尚的品德，又有超凡的智慧，也就进到圣人境界了。

人的自我价值与社会价值本质上是统一的。自尊自爱、自我满足和自我完善，与敬人爱人、满足社会和成就万物相互促进，共同发展。相比之下，人的社会价值才是真正的归宿。自我价值只有转化为社会价值，才更有意义。社会价值的实现，也就是自我价值的实现。也就是说，"内圣"只有落实到"外王"才有意义；"外王"实现了，"内圣"才最终完成。

（二）儒家的内圣外王体现了道德与政治的统一

儒家无不讲道德，也无不谈政治，认为政治只有以道德为指导，才有正确的方向；道德只有落实到政治中，才能产生普遍的影响。没有道德做指导的政治，乃是霸道和暴政，这样的政治是不得人心的，也是难以长久的。

首先，道德与政治的统一表现为"圣人最宜于作王"。先秦儒家普遍认为，只有道德高尚的人才能做统治者。《中庸》从"舜其大孝也，德为圣人，尊为天子，富有四海之内"这一史实中推导出了"大德必得其位，必得其禄""大德者必受命"的结论。荀子也认为，天下至大，"非圣人莫之能王。"（《荀子·正论》）他甚至认为，只有"大儒"才能担负起"天下为一"（《荀子·儒效》）的使命，只有儒化的"圣人"才配做未来天下的主宰。不过这种"圣人最宜于作圣"的思想在统一的封建国家形成以后就不再被提倡了，也是行不通的。因为在封建专制制度下，谁一旦登上帝王的宝座，比他再圣明的人也不能称王了，取而代之的是"因王而圣"。

其次，道德与政治的统一主要表现为修齐治平的形态。《大学》说："身修而后家齐，家齐而后国治，国治而后天下平。自天子以至于庶人，壹是皆以修身为本，其本乱而末治者否矣。""修身"是政治的根本，从上层统治者到普通百姓，都要以"修身"为本。

孔子提倡"内省""修己"，主张"躬自厚，而薄责于人"，认为"君子求诸己，小人求诸人"。其弟子把"忠信"作为反省自己道德修养的标准在日常生活实践中反复内省自律，正如弟子曾参所概括的，"吾日三省吾身：为人谋而不忠乎？与朋友交而不信乎？传不习乎？"孟子也大力提倡修身养性，认为人性本于善端，然而接触大千世界，接受物欲的引诱，也可能丧失善端而变恶。所以，人就应当不断地整饬自己，即所谓修身养性，培养和完善自己的人格。孟子说："存其心，养其性，所以事天也。夭寿不贰，修身以俟之，所以立命也。""养心莫善于寡欲。"养心的方法最好是"寡欲"，"寡欲"也就是"克己"。《礼记·大学》曾对儒家的修身养性做过最系统的理论概括，提出修身养性之道在于正心、诚意，"心正而后身修，身修而后家齐，家齐而后国治，国治而后天下平。"并说

"自天子以至于庶人，壹是皆以修身为本。"从而提出了完整的正心、诚意、修身、齐家、治国、平天下的理论，概括了儒家伦理学说的精髓。

对于统治者来说，必须先要端正自己的德行，做臣民的表率。孟子说："其身正而天下归之。"（《孟子·离娄上》）统治者不仅自己要修养德性，还要对天下百姓施行仁义。孔子说："为政以德，譬如北辰，居其所而众星拱之。"（《论语·为政》）政治家出自道德家，统治者只有先致力于圣人之道，然后才能成为天下人所爱戴的圣王，只有"尽伦"，才能"尽制"，只有先成为一名道德家，才能成为一个合格的政治家。对于各级官吏来说，必须做到"诚以相君，正以持身，仁以恤民"，上对帝王负责，下对百姓负责，做一名深得百姓拥护和爱戴的官员。对于士大夫来说，也要修养德行，以求成圣成贤，并通过自己的德行和知识来影响社会，移风易俗。他的使命是："为天地立心，为生民立命，为去圣继绝学，为万世开太平。"（《张载集·语录中》）

最后，道德与政治的统一表现为政教合一的形态。政治离不开教化，教化是实现理想政治的重要手段。孔子说："道之以政，齐之以刑，民免而无耻；道之以德，齐之以礼，有耻且格。"（《论语·为政》）孟子也说："善政不如善教之得民也。善政民畏之，善教民爱之。善政得民财，善教得民心。"（《孟子·尽心上》）儒家施行教化的主体是知识分子，教化的对象主要是下层百姓，教化的工具主要是礼乐，行政为辅，教化的目的是使人"明人伦"，教化的效果是稳定民心，移风易俗。

道德与政治的统一，也就是由"内圣"直接开"外王"。"内圣"是"外王"的前提和基础，"外王"是"内圣"的自然延伸和必然结果。"修己"自然能"治人"，"治人"必须"修己"。

（三）儒家的内圣外王体现了体与用的统一

儒家的"体用"范畴内涵非常丰富，而作为"内圣外王"的体用范畴主要表现在本体与工夫、学问与事业、理论与实践的关系上。

从本体与工夫来看，本体是指人先天具有的内在道德本性，工夫是指人们将先天道德本性显示出来的修养活动。本体如镜之光明，但在其显现功用的时候，容易沾染世俗的尘垢。工夫就是要去除世俗的尘垢，使本体重现光明。本体是至善的，无偏全、纯驳之分；工夫则有偏全、纯驳之分。本体无积累之渐，工夫则有积累之渐。本体与工夫本是"一源"，显微无间，即本体即工夫，即工夫即本体。本体显现处，即是工夫发用处；工夫发用处，即是本体显现处。高攀龙说："欲修者，正须求之本体；欲悟者，正须求之工夫。无本体无工夫，无工夫无本体也。"（《杂著·冯少墟集序》）"本体"潜藏着"内圣外王"的势能，"工夫"显示出"内圣外王"之本色。当工夫用在修己上，则表现为"内圣"；当工夫用在事业上，则表现为"外王"。

从学问与事业来看，学问是"明体"，事业是"达用"。"明体达用"也就是"经世致用"。一方面，儒家强调学习经典理论，以认识古代圣贤修己治人之道；另一方面，儒家又强调运用经典理论来指导现实，发于事业，实现人格理想和政治理想。孔子既言"不学诗无以言"，"不学礼无以立"；（《论语·季氏》）又言："诵诗三百，授之以政，不达；使于四方，不能专对，虽多，亦奚以为？"（《论语·子路》）道在六经之中，通经在于明道。明道在于达用，不能废用以立体。

二、经世致用之学

尊奉经典是儒家的一贯传统，违背和抛弃儒家经典就会被儒家斥之为"异端邪说"。而儒家学者研习经典的根本目的在于经世致用，也就是要把学到的经术运用到社会现实中，以求开物成务、利国利民。孔子奉《六经》为儒家经典以来，学习、研讨和运用经典就构成了儒家治学的基本要求和根本方向。

（一）明代之前的经世致用倡导

孔子不仅整理了《六经》，而且也开了经世致用之先河。他以《六经》来指导现实、变革现实，以实现他的政治理想。他曾说："诵诗三百，授之以政，不达；使于四方，不能专对；虽多，亦奚以为？"（《论语·子路》）这就道出了"穷经所以致用"的道理。它是孔子对自己治经、用经经验的总结。而孔子以《六经》指导现实，是为了恢复正在崩溃的"周礼"，维护宗法等级制度。

封建制度确立以后，儒家开始把治经与培养符合封建地主阶级所需要的理想人格和完成平治天下的大业结合起来。产生于秦汉之际的《大学》系统地展示了经世致用的过程："大学之道，在明明德，在亲民，在止于至善。"这就把个人的治学与道德修养和治国平天下统一起来了。

自汉武帝独尊儒术以后，儒家经世致用又有了新的特点：以经术指导政治。在经学传授方面，汉武帝设立五经博士，又实行明经取士制度。汉明帝还亲自讲经。在经术应用方面，从皇帝诏书，到群臣奏议，莫不援引经义，以为依据。朝廷有政议，则咨询经师；国有大疑，则引经为断。如平当以《禹贡》治河，董仲舒以《春秋》决狱，夏侯胜以《洪范》察变，王式以《诗》做谏书。所以一经皆有一经之用。可见，从皇帝亲自讲经到经师授经，从皇帝以经术指导政治到官吏以经术饰吏事，这一切都是在统治者的操纵和主使下进行的。汉代尊经、用经乃是出于统治阶级的需要。此外，今文学家重《公羊春秋》，古文学家重《左传》，都是为了替汉朝统治或王莽新政制造合法依据。这是经世致用的一种特殊表现。

汉代由上层统治者亲自主持下的经世致用方式，一直延续到唐代。但到宋明时期，由于政局长期动荡不安，特别是国难当头，牵动着"自天子以至于庶人"

的心，于是出现了士阶层的经世致用思想。王安石撰《三经新义》为其变法革新制造理论依据，胡瑗立"经义"斋以明其体，立"治事"斋以达其用，这都反映了宋初儒家的经世精神。在理学家那里，"通经致用"仍是他们的信条。二程主张"穷经将以致用"，（《河南程氏遗书》卷四）反对"滞心于章句之末"。张载主张"学贵有用"，"大中至正之极，文必能致其用。"（《正蒙·中正》）胡宏说："学道者正如学射，才持弓矢，必先知的，然后可以积习而求中的矣。"（《知言》卷四）又说："圣人之道，得其体，必得其用，有体而无用，与异端何辨！"（《五峰文集·与张钦夫》）陆九渊说："所谓读书，须当明物理、揣事情，论事势。"（《陆九渊集·语录下》）王守仁强调"着实躬行"，反对"悬空思索"。（《传习录》下）所以这些宋明理学大师都主张学以致用，反对读死书，做无用学问。从他们的政治抱负来看，张载致力于三代之治，政事上以"敦本善俗"为先，军事上提出了守城、积蓄、择帅、用将、养兵等抵御外侮的方案。程颢提出了"师傅、六官、经界、乡党、贡士、兵役、民食、四民、山泽、名教"十事。吕祖谦提倡"讲实理，育实材，而求实用"，并主张抗金和改革弊政。朱熹主张设"社仓"、制"经界"，抗金复仇。陆九渊在荆门严边防、改弊政、修郡学，颇有政声。王守仁以镇压农民起义和平定"宸濠之乱"而战功赫赫。所以，他们都不是两耳不闻窗外事，一心只读圣贤书的迂腐之辈，而是有其济世报国抱负的志士。而且，他们在理论上都提倡"实学"，反对空虚无用之学。程颐说："治经，实学也。"（《河南程氏遗书》卷一）陆九渊说："吾平生学问无他，只是一实。"（《象山语录》）陈献章说："文章功业气节，果皆自吾涵养中来，三者皆实学也。"（《陈献章集·题跋》）所以，他们都自称自己的理论是"实学"，而不是虚无之学。

那么理学家几乎都提倡经世之"实学"，为什么又被后人斥之为空疏无用之学呢？这是因为，一方面，从理学家的理论本身来看，他们重视的是内圣成德之学而不是外王事功之学。内圣成德与外王事功不仅是先后本末的关系，甚至是相互对立的关系。二程说："学莫大于知本末终始，致知格物，所谓本也，始也；治天下国家，所谓末也，终也。"（《河南程氏粹言》卷一）张载说："既学而先有以功业为意者，于学便相害。"（《经学理屈·学大原上》）朱熹说："今自家一个身心不知安顿去处，而谈王说霸，将经世事业别做一个伎俩商量讲究，不亦误乎！"（《答吕子约》）陆九渊说："学问须论是非，不论效验。"（《陆九渊集》卷三十五）陈献章说："若心心念念只在功业上，此心便不广大，便是有累之心。"（《与谢元吉》）从这些理学大师的言论中我们不难发现，他们所讲的"实学"虽然也是"内圣外王"之学，但却因将"内圣"与"外王"看作是先后、本末，甚至是对立的关系，从而倒向了"内圣"一边。所以，从实质上说，他们所讲的"实学"只是道德的学问，而不是事功的学问，只是陶铸道德型人格，而不是培养事业型人格。正因如此，若把它运用到人格修养上，确实能培养出忠孝节义之士。但若把它运用到治国安邦上，则会被帝王斥之为"迂腐不实"；若把它运用到解救国难上，则会被事功派斥之为"空疏无用"。故他们的"实学"理论与他们的经世愿望是相矛盾的。另一方面，由于他们的后学各自为是，各执一端，不求圣人之志，不去理解老师们的苦心孤诣之所在。这就使得这些理学大师的经世意识在他们的后学中磨损殆尽，甚至荡然无存了。特别是明代中后期的理学学者，整天陷入空谈心性之中而不能自拔，越来越脱离实际，完全背离了其师的经世意旨。他们把经由帝王提倡的先师学说当作不可违抗的圣经和猎取功名利禄的工具。僵化、庸俗、迂腐就成了理学末流的特色。所以，在理学初创时，其经术与政事还是紧密相连的，但随着理学不断走向成熟，它逐渐地脱离政事，而成为一门以培养德性人格为中心的独立的学问。而随着这门学问走到它的尽头，它的生命力也随之丧失，成为社会发展的障碍。

（二）明清时期经世致用学说的大发展

1. 明代中叶

中国的封建社会已经到了"病革临绝之时"（王守仁：《答储柴墟二》）。就在这腐朽没落的封建母胎中正孕育着资本主义的萌芽。与新的生产方式相适应，在思想领域出现了新的经世致用思潮。而这一新的经世致用思潮的开启者，正是为拯救理学而费尽心机的王守仁。王守仁在经世致用方面有两点值得注意的地方。第一，与朱熹的道问学之教仅仅局限于士大夫阶层不同，王守仁把"致良知"之教推及下层百姓之中，使愚夫愚妇都能听懂，使"卖柴人亦是做得"，（《传习录》下）从而使"满街都是圣人"。故清代学者焦循说："紫阳之学所以教天下之君子；阳明之学所以教天下之小人。"（《雕菰集》卷八）焦循虽对王守仁之学持鄙视态度，但却道出了王守仁心学的平民特色。第二，与以往的价值观念不同，王守仁则强调士农工商"异业而同道"。他说："士以修治，农以具养，工以利器，商以通货，各就其资之所近、力之所及者而业焉，以求尽其心。"（《阳明全书》卷二十五）他甚至认为，士只要摆正"讲学"与"治生"之间的关系，不汲汲于营利，"虽终日做买卖，不害其为圣为贤。何妨于学？学何贰于治生？"（《传习录拾遗》）王守仁的这些新观念，恰恰是调和反映资本主义萌芽的价值观念与代表封建正统的价值观念之间矛盾冲突的产物，它在明代中后期产生了巨大的影响。泰州学派正是将王守仁的经世思想付诸现实的，王艮就提出了"圣人经世，只是家常事"（《王心斋先生遗集·语录》）的观点，他自己做过灶丁，经过商，门下既有官吏、士大夫，也有樵夫，陶匠、田夫等。李贽为"作生意者但说生意，力田作者但说力田"（《答耿中丞》）的"市井小民"唱赞歌。吕坤主张学术应以"国家之存亡、百姓之生死、身心之邪正"为目标，治"有用之实学。"

（《去伪斋集·杨晋庵文集序》）为此，他建议学者："道理书尽读，事务书多读，文章书少读，闲杂书休读，邪妄书焚之可也。"（《呻吟语·问学》）为了挽救明王朝的社会危机，他主张"拆洗乾坤，一新光景"，（《呻吟语·治道》）通过采取一系列措施来"鼓舞天下人心"，以"整顿世界"，（《呻吟语·治道》）使明王朝重新恢复安治局面。东林学派在学术上痛斥王学末流奢谈"本体"，不讲"工夫"，崇尚空谈，不切实际。高攀龙说："不患本体不明，只患工夫不密。"（《明儒学案》卷五十八）钱一本说："做得工夫是本体，合得本体是工夫。"（《明儒学案》卷五十九）"本体"与"工夫"是密不可分的，"本体"只有通过"工夫"才能体现出来，离开"工夫"，"本体"就成为空洞的东西，离开躬行践履，一切都是空谈。在政治上，东林学者复兴了宋初儒家以天下为己任的经世精神，讽议朝政，裁量人物，主持清议，抨击阉党，关心国事和天下事。

无论是程朱陆王之学，还是吕坤、高攀龙的思想，基本上沿着《大学》所设计的"修齐治平"模式去体现经世致用的。尽管有的经世感强，有的经世感弱，但他们的用心都在于维护封建秩序，巩固封建君主专制制度。虽然王学中包含了某些反映资本主义萌芽的因素，但在他的整个思想体系中并不占有多大地位，也没能在社会上造成与西方近代新教相媲美的气势。

2. 明末清初

由于王学的式微、朝代的更新和资本主义萌芽的不断滋长，使得这一时期的经世致用思想不仅形成了一股风气，而且注入了新的内容。

第一，明末清初学者在学术上强调通经致用，将学术研究、道德修养与解决社会实际问题统一起来，从而建立了以"实用""实功""实理""实行"为核心的思想体系。王夫之提出："尊经穷理以为本，适时合用以为宜。"（《噩梦》）顾炎武认为自己写《日知录》，只是为了"明学术，正人心，拨乱世以兴太平之事"。（《亭林文集》卷二）朱之瑜强调为学当"有实功，有实用"，"近裹着己，有益天下国家"。（《朱舜水集》卷八）颜元主张为学应在"三事、六府、六德、六行、六艺"这些"实学"上下功夫。他说："读尽天下书而不习六府、六艺，文人也，非儒也。"（《四存编·学辨一》）这种经世学风是对宋明理学空谈心性、耻言事功的空疏学风的有力冲击。但他们在经世致用的形式上不尽相同，顾炎武重考据、王夫之重哲学、方以智重质测之学、颜元重教育学、黄宗羲重史学。明清之际学者仍奉《六经》为经世之具，黄宗羲以"六经"为"先王之法"，提出"经术所以经世"；王夫之提出"六经责我开生面"，顾炎武言治学要把"六经之旨"与"当世之务"统一起来。这些都说明他们的经世致用观仍然要以《六经》为根底，以经术治世。不过，他们所讲的"实学"与宋明理学家所讲的"实学"迥然有异，前者主要以《四书》为根底，以《语录》为权威，以心性义理为核心，表现为"通经以明道"的治学宗旨；后者主要以《六经》为根底，以事实为对象，以事功为目的，表现为"通经以致用"的治学宗旨。

第二，明末清初学者在经济上有着强烈的经营意识，他们一反宋明理学家的义利、理欲之辨，强调治生和兴商的合理性。他们肯定自私自利是人的本性。黄宗羲说："有生之初，人各自私也，人各自利也。"（《明夷待访录·原君》）顾炎武说："天下之人各怀其家，各私其子，其常情也。"（《亭林文集》卷一）陈确说："古之所谓仁圣贤人者，皆从自私之一念，而能推而致之以造乎其极者也。"（《陈确集》卷十一）他们要求政府满足人的私利本性而不是加以遏制。为了满足人们的物质欲求，政府要以工商为本，个人要以治生为荣。对于前者，黄宗羲主张统一货币，使其"统转无穷"，开设银行（宝钞库），发行钞票，以便利"仕官商贾"。（《明夷待访录·财计》）对于后者，全祖望的父亲原引元儒许衡的话说："为学亦当治生。"（全祖望《先仲父博士府君权厝志》）陈确也说："唯其志于学者，则必能读书，必能治生。天下岂有白丁圣贤，败子圣贤哉！岂有学为圣贤之人而父母妻子之弗能养，而待养于人者哉！"（《陈确集》卷五）治生的重要途径就是经商。唐甄认为，"以贾为生"并不是辱身丢人的事情。（《潜书·养重》）儒贾的出现，一方面，以其"贾法之廉平"而能改变商界风气；另一方面，以其能挣钱财，既可振兴家业，又可向国家贡税，于家于国皆有好处。

第三，明末清初学者在政治上都有一定的民主意识。他们都经历了天崩地裂的封建衰世，深刻认识到封建君主专制的残酷性。因此他们从心系君国、讥切时政、匡救时弊转向探求国家兴亡、民族盛衰之大原；从维护封建王朝的长治久安的御用儒生变为批判君主专制制度、变革社会现实的封建叛逆者。黄宗羲揭露封建君主"视天下为莫大之产业"，"屠毒天下之肝脑，离散天下之子女"，指出君主是"天下之大害"。他所提倡的是"天下为主，君为客"的民主政治。在这种政治中，君主毕生经营的事业是"兴天下之公利，除天下之大害"（《明夷待访录·原君》）。为维护天下人民之利，实现国家之乱，必须制定法律制度，"有治法而后有治人"。（《明夷待访录·原法》）他还主张建立宰相理政、学校议政的制度，以监督和限制君主的权限。王夫之指斥历代帝王"擅天下之土"，以天下为"一姓之私"，主张"天下共同的意见，必将是公天下之前途；天下将不是一姓所私有"。（《读通鉴论》）人类最终必然走向民主社会。吕留良主张君与臣是平等的"同志"关系，以"义"合。（《四书讲义》卷三十七）虽然每一个人的分工不同，但都是在"代耕"，即为社会尽义务，因而都是平等的。唐甄指出，"自秦以来，凡为帝王者皆贼也"，"若上帝使我治杀人之狱，我则有以处之矣"。（《潜书·室语》）足见他对君主专制制度深恶痛绝。他说："人之生也，无不同也。"（《潜书·大命》）按照现在的话来说，就是"人生而平等"。他主张国家

应以民为主，指出："国无民，岂有四政，封疆，民固之；府库，民充之；朝廷，民尊之；官职，民养之。"（《潜书·明鉴》）他还幻想君主的家庭结构平民化："缝纫庖厨，数妾足以供之；洒扫粪除，数婢足以供之；入则农夫，出则天子；内则茅屋数椽，外则锦壤万里。"（《潜书·去奴》）

总之，事功意识、经济意识和民主意识，构成了明末清初学者经世理论中相互联系的三部曲。尽管他们的经世理论仍然依据历代圣贤的大经大法，还未彻底跳出传统儒家的藩篱，但在资本主义萌芽不断滋长的影响下，他们的思想观念或多或少地流放出时代的气息，注入了时代的新内容。他们的经世理论既是对宋代以来儒家事功意识的扬弃，又是为资本主义萌芽的进一步发展提供理论依据。

然而，清王朝毕竟是封建政权的延续。清朝统治者为了维护其封建统治，不可能为这种带有叛逆性质的经世理想提供实施的土壤。乾隆皇帝就把宰相"以天下之治乱为己任"看作是"目无其君"。要是在这样的专制社会去宣扬事功、实现民主，那更是天方夜谭了。当考据之风笼罩全国的时候，这种经世致用观念也就基本上被淹没了。尽管汪中提出"推六经之旨以合于世用"，尽管章学诚主张"史学所以经世"，尽管戴震主张让人民"各自经纪"，以"体民之情，遂民之欲"，但在他们埋首考证的枯燥生活中，是难以找到这种经世精神的。所以，钱穆评价清代这一段学术历史说："惟东林诸贤之所重在实行，而其后世变相乘，学者随时消息，相率以实学为标榜，而实行顾非所重……盖清初诸儒，尚得东林遗风之一二。康雍以往，极于乾嘉，考证之学既盛，乃与东林若渺不相涉。"❶

（三）19 世纪上半叶的经世致用倡导

明末清初经世致用之学风在清政府的压抑之下沉睡了一个多世纪以后，又在19 世纪上半叶复活。这种"经世"之风首先在陶澍等部分官员中得到提倡。陶澍督办海运，整理两淮盐务，颇有成效。李瑚认为，陶澍"上承王夫之经世致用思想遗风，下启林则徐、魏源等务实变革思想新潮，成为江南地区领袖群伦的中心人物。"❷ 在他的带动下，19 世纪初出现了贺长龄、包世臣、林则徐等一批经世之才。道光六年（1826 年），贺长龄发起，由魏源编纂的《皇朝经世文编》问世，内中按学术、治体、吏政、户政、礼政、兵政、工政，分类编纂，"志在措正施行"，以备"经世"之用。（《魏源集·皇朝经世文编五例》）不过，在这部巨著中，所提供的仍然是"基于传统的解答"的方式。❸魏源和龚自珍又借"今文经学"之名来议论时政，阐发其改革主张。他们把"经学"与"经济"相结合，在中国

---

❶《中国近三百年学术史·引论》，钱穆，商务印书馆，1997.

❷（清）《陶澍集》，陶澍，岳麓书社.1998.

❸《中国十九世纪思想史》（上），韦政通，东大图书股份有限公司，1991：51.

近代史上首开经世致用之风气。梁启超称赞说：

今文学之健者，必推龚魏……虽言经学，而其精神与正统派之为经学而治经学者则既有以异。自珍、源皆好作经济谈，而最注意边事……故后之治今文学者，喜以经术作政论，则龚魏之遗风也。（《清代学术概论》）

近代广东出现了东塾学派和九江学派，而这两派的开创者都提倡经世致用的学风。陈澧说："唯求有益于身、有用于世、有功于古人、有裨于后人，此之谓经学也。有益有用者，不可不知；其不甚有益有用者，姑置之；其不可知者，阙之。此之谓经学也。"（《东塾集·与王峻之书》）朱次琦也说："通经将以致用也，不可以执一也，不可以嗜堞也。学之而无用者，非通经也。"（简朝亮编：《朱九江先生讲学记》）而康有为、梁启超正是从这两大学派中走出来的，他们继续沿着龚魏所开的"经世致用"之路向，开展维新变法活动。由于近代儒家的"经世致用"观是与救亡图存的民族意识联系在一起的，同时又受到西方资本主义先进文化的影响。从龚魏"师夷之长技以制夷"到康梁学习西方的民主宪政，这些经世思想逐渐突破了传统经世之学的藩篱，而呈现出近代特色。

现代新儒家仍然坚持经世致用精神。马一浮说：

今日欲弘六艺之道，并不是狭义的保存国粹，单独的发挥自己的民族精神。而只是要使此种文化普遍的及于全人类，革新全人类习气上的流失，而复其本然之善，全其性德之真，方是成己成物、尽己之性尽人之性，方是圣人之盛德大业。（《泰和会语》）

他显然是要把儒家"六艺"运用于解决现代社会问题，为全人类道德水平的提高指引方向。

钱穆认为史学研究有两个方面的特殊使命："一者必能将我国家民族已往文化演变之真相明白示人，为一般有志认识中国已往政治社会文化思想种种演变者所必要之知识；二者应能于旧史统贯中映照出现中国种种复杂难解之问题，为一般有志革新现实者所必备之参考。前者在积极的求出国家民族永久生命之泉源，为全部历史所由推动之精神所寄；后者在消极的指出国家民族最近病痛之征候，为改进当前之方案所本。"❶他自称著《中国近三百年学术史》，是为了"明天人之际，通古今之变，求以合之当世，备一家之言。虽不能至，心向往之。"（《自序》）马一浮与钱穆的这些观点，是对古代儒家通经致用和史学经世传统的继承和发展。而现代新儒家的"返本开新"说更明显地表现出经世致用的色彩，而且现代新儒家的经世观已经超出了国界，而表现出对全人类的忧患意识。

总之，经世致用是历代儒家所奉行的治学方针，从先秦儒家追求王道德政，

---

❶《国史大纲》，钱穆，商务印书局，1996.

到汉唐儒家以经术指导政治、宋初儒家改革事功、宋明理学家修齐治平、明清之际儒家治生议政、近代儒家师夷长技、变法革新、现代新儒家对世界前途的忧患意识，体现了儒家经世致用思想在内涵上的不断深化和在外延上的不断扩展。

三、中国古代儒家伦理中的悖论

在儒家伦理中，血缘群体利益对社会公共利益、个体利益具有压倒性的优势，因此儒家文化熏陶下的人格既缺乏公共社会性又丧失个体独立性，"以礼入法"的法律儒家化实践，将专制由生活领域引向政治领域，助长了封建专制主义，儒家博大精深的和谐思想、包容精神有助于世界和平与发展，但专制的封建社会环境使其和谐思想更多停留在观念层面。

首先，儒家伦理始终主张人们应该以血亲私德为本根、实现恻隐仁爱的社会公德，如孔子要求"弟子入则孝，出则弟，谨而信，泛爱众"，（《论语·学而》）有子强调"孝弟也者，其为仁之本与"，（《论语·学而》）孟子把"仁义礼智"的实质性内容归结为"事亲""从兄"（《孟子·离娄上》）等。这样，对于儒家伦理来说，把社会公德建立在家庭私德的基础上，肯定"孝"在伦理领域的首要意义，便成为将二者联结起来的关键。

其次，为了突显家庭私德作为本根的首要意义，儒家伦理又进一步赋予它以至上性。这一点集中体现在儒家始终坚持的"爱有差等""爱莫大于爱亲"的原则中，尤其体现在孟子的下述命题中："事孰为大？事亲为大。"（《孟子·离娄上》）"孝子之至，莫大乎尊亲。"（《孟子·万章上》）显然，根据这些命题，在道德生活中，只有事亲尊亲的血亲私德才能占据至高无上的地位，相比之下，恻隐仁爱的社会公德只是处于派生从属的地位，不可能在道德规范体系中享有"为大"的终极意义。

儒家伦理处理公德与私德关系的这种方式，已经蕴含着凭借血亲私德压抑社会公德的负面效应。这一点集中表现在：由于儒家伦理赋予孝悌私德以远远高于仁爱公德的终极意义，结果，在它倡导的道德规范体系中，只有血亲私德才能构成占据主导地位的核心内容，而处于依附地位的社会公德则必然受到前者的束缚限制，以致丧失自己的自律意义，难以获得充分发展。例如，孟子便把"人之大伦"仅仅归结为"父子有亲，君臣有义，夫妇有别，长幼有序，朋友有信"；（《孟子·滕文公上》）《中庸》也把"天下之达道"仅仅归结为"君臣也，父子也，夫妇也，昆弟也，朋友之交也"。换句话说，在儒家伦理看来，人类道德生活的根本内容，主要就是人们在某些特殊性人际关系中应该遵守的团体私德，尤其是家庭私德；相比之下，人们在普遍性人际关系中应该遵守的社会公德，包括孔孟自己提倡的仁爱、恻隐、诚信、正直等等，反倒无法在儒家伦理特别推崇的"人之大伦""天下之达道"中占据一席之地。

"仁"与"孝"之间发生冲突以致出现二者不能两全的局面，依据儒家伦理的基本精神，人们还应该不惜放弃派生从属的社会公德，以求维系本根至上的家庭私德。倘若借用孟子的名言来表述，如果说在仁义理想与个体生命"不可得兼"的情况下，按照"杀身成仁"的儒家精神，人们只应该"舍生以取义"、而不应该"舍义以取生"，那么，在私德与公德"不可得兼"的情况下，按照"事亲为大"的儒家精神，人们也只应该"舍仁以取孝"、而不应该"舍孝以取仁"。结果，尽管孔孟本人的自觉意愿的确是试图在家庭私德的本根基础之上实现社会公德、亦即以儒家的方式将私德与公德统一起来，但事与愿违的结局却恰恰是在出现冲突的情况下，他们最终会凭借家庭私德否定社会公德，从而导致儒家伦理陷入难以摆脱的悖论。

四、佛老与儒教三教合一

儒教成为统治的正统思想的同时，佛道二教流行不衰。虽然并未从政治上打破儒教一统天下的格局，但三教并存的现象却使中国文化呈现异彩。在儒家文化之外，又出现佛教文化与道教文化。在中国人的心目中，除了儒家的大同世界而外，至少又多了个西方极乐世界与神仙世界。而且从哲学上说，中国人也知道除了儒家的治国平天下之道的思维模式外，至少还有另外两种思维模式或人生观。尽管正统的经学家们大力排斥诋毁佛老之学，以维护尧、舜、禹、汤、文王、周公、孔子至于孟子代代相传的道统，但也抵挡不住儒、佛、道三家之学互相影响，互相渗透，互相融合的大势所趋。事实上。从魏晋以来，三教合流的文化现象就出现。比如说，在许多著名文人如陶渊明、李白、王维、白居易、苏东坡等人身上，我们都可以发现多元文化的思想结构。在这种文化潮流的大势所趋之下，经学家们不得不扬弃阴阳五行化了的汉代经学传统，吸取佛道哲学中的某些思想成分与思想方法，来对儒学进行第二次大的哲学改造。于是就产生了宋明理学。这就是中国哲学史上所谓的"三教合一"。

道家哲学的最高哲学范畴是"道"，"道"是宇宙万物的本体，看不见摸不着，但又无往而不在。佛教禅宗则有"一法遍含一切法"的说法，宋明理学吸取了这种思辨形式，也企图寻找出一个包罗万象、至高无上的哲学本体。周敦颐的《太极图》即来自北宋著名道士陈抟的《无极图》。所谓太极就是世界的本体，也就是后来程颐所说的"天理"。朱熹认为："万物皆有此理，理皆同出一源，但所居之位不同，则其理之用不一，如为君须仁，为臣须敬，为子须孝，为父须慈。物物各具此理，而物各异其用，然莫非一理之流行也。"他喜欢借佛教常用"月印万川"的比喻来说明这种"理一分殊"的道理：虽然具体的理千千万万，

它们都只是天理的具体体现，正如天上本只有一个月亮，但映照在江湖中，却可见千万个月亮。这就是禅宗所说的："一性圆通一切性，一法遍含一切法；一月普现一切月，一切水月一月摄"，也就是法严宗所说的"一即一切"。理学的这种思维模式当然更具哲学意味。而且没有阴阳五行化的汉代经学的神秘色彩。我们今天的哲学家们不也是企图在世间万物的，各种具体规律中去总结发现其总的规律吗？这实际上也就是从个别到一般或从一般到个别的思维模式。同时，理学家还接纳了道家的"清心寡欲"，佛教的"渐修""顿悟""明心见性"的修养方法，只是其目的并非得道成仙或见性成佛，而是做一个具有完美人格的圣人。总之，宋明理学是以儒家学说为内容，只是兼收佛道二教的思维模式与修养方法，从形式上改造儒学。朱熹说"释氏只见得个皮壳，里面许多道理，他都不见。他皆以君臣父子为幻妄"，表明了理学家对佛老之学的批判态度。所以说，宋明理学是在三教规律性合流的文化背景下，以儒学为本，以异教异端为用而形成的一种杂交的哲学体系。

第六节　超然物外：佛老学说

一、世界轴心时代的精神高峰

古希腊的斯多葛学派。

伊壁鸠鲁的形而上学是来源于德谟克利特的原子论的，这种唯物的观点催生的是伊壁鸠鲁对于秩序的否定。与之不同，斯多葛主义的形而上学有很大程度上是来源于赫拉克利特的流动的火，这种变化的观点催生的却是斯多葛主义对于秩序的肯定。斯多葛学派在前人的基础上，构筑了他们的宇宙观。

首先，他们使用了赫拉克利特对于物质是由火、气、水、土这四种元素构成的，这一"四元素"说的整体框架。但同时，他对赫拉克利特的观点加入了亚里士多德式的解释，也就是为物质其本身赋予了亚里士多德的动力因，但这个动力因不同于亚里士多德的是，它是事物本身，在构成它的元素中所固有的。

亚里士多德的思想关注于生成，赫拉克利特的思想关注于变化。斯多葛主义的关注点更多的是继承了赫拉克利特的思想，他们同样关注变化，他们同样对于"火"这种元素所能体现的，他们认为是体现了事物的本质规律的变化，给予了火一样的热情。火，在他们的世界里，就是世界的主宰。火，作为组成事物的基质，它无所不在，同时，火，又是事物变化的原因，或者说，火就是事物的灵魂，就是世界的灵魂。

伊壁鸠鲁是唯物主义者，他所认识的万物的生成，是由于原子们无意中撞个满怀；斯多葛主义也可以说是唯物主义者，但他们所认识的万物的生成和变化，则是有赖于"火"，这一变化的灵魂所规定的秩序。事物，在他们那里不再是伊壁鸠鲁的偶然邂逅，而是冥冥之中的天意注定。这种区别，也就必然地导致了斯多葛学派与伊壁鸠鲁表现出了截然不同的人生立场。

斯多葛主义在很多问题上都与伊壁鸠鲁有着相同的出发点，但结论却截然不同。对于知识，他们都认为来源于感官的体验，伊壁鸠鲁将感官体验所带来的痛苦和快乐直接作为判断知识的依据，而斯多葛学派则将感官的体验上升到了理性。我认为，其中的原因就在于，在斯多葛主义的形而上学中，在唯物主义的立场上进一步将"火"作为了理性和秩序的根本。因为火的无处不在，甚至在灵魂之中，使得斯多葛主义必然得出人类的理性能够跟宇宙的理性根本相通，因为它们有共同的源头的结论。

斯多葛学派与伊壁鸠鲁在伦理学方面的区别可以用我们当今对于道教的理解的两个关键词来表示：伊壁鸠鲁是少私寡欲，斯多葛主义是顺其自然。

尽管，斯多葛学派与伊壁鸠鲁在伦理学方面的要求很相似，都是对欲望的控制，都是对现实和现状的妥协，但伊壁鸠鲁是通过自虐式的减少欲望来让自己满足，而斯多葛学派则更多的是通过知足常乐的心理暗示来逃避对现实的些许不满。

斯多葛学派顺其自然的人生态度，亦是建立在他们的秩序世界的形而上学的基础上的。

斯多葛学派充分相信人类的理智，他们认为人类的理性、人类的善能够与整个世界的理性、整个世界的善得到统一。但这绝不是盲目的自信，对他们来说，这是逻辑的必然。因为，人类的理性和善，整个世界的理性和善，都来源于同一样东西，都来源于火——这一世界万物的本原所内秉拥有的理性和善。我们应该，也能够用我们的理性寻找到善，并且过善的生活。善的生活基本上也就是理性的生活，也就是我们的理性能够寻找到的生活。这种生活，还是像古希腊的正义观所要求的，就是每个人都要履行他所处的位置所对应的职能。当每个人都履行了他的职能时，正义所规定的整个宇宙的和谐与秩序，亦即德性，就能够完美地实现了。（在正义这个概念的使用上，斯多葛学派不同于伊壁鸠鲁的实用性立场，更强调它的秩序性。）

斯多葛学派认为，我们的人生就是在一出已经被安排好了的戏剧中扮演我们被安排好扮演的角色。这个角色的命运已经被注定，所以我们要做的就是尽力演绎好也许是我们并不喜欢的角色。每个人从本质上来说是一样的，是无差别的。他们在宇宙中所处的不同的位置所要履行的不同的职能就仅仅是革命的分工不

同。我们只是在宇宙的秩序安排好的秩序中为了能使秩序完美运行的一分子。从这一点来看，斯多葛学派既是泛神论同时又是决定论。但我们并非没有丝毫的自由，我们的自由在于选择，选择宽忍、从容、坚韧的胸怀和生活态度和生命价值观念。

在政治上，斯多葛学派则要积极和有益得多。既然只有一种在整个宇宙和人类的灵魂都相通的理性，所以，我们，如果有理性的话，都是大同社会的一员。我们每个人都应当完成自己在社会中的应当承担，并且是已经被冥冥天意所赋予了的职能。这种大同社会的国家，只有一种法律、一种权利，那就是天赋的法律和天赋的人权。

斯多葛学派的伦理和政治多少有些与其说是矛盾不如说是不同。在伦理上，他们更偏赖于古希腊的正义观，因此要求人们各安其位，要求人们承认不同，接受不同；而在政治上，他们则更偏赖于赫拉克利特的火本原哲学，尽管这是为了他们的天赋的法律、至善的道德信仰寻找的依据，但以此所规定的人与人之间的关系则是一个无差别人权的大同社会的框架。

斯多葛学派前后约600年的历史，经历了古希腊城邦到罗马帝国的跨度。其中，各时期的代表人物的思想并不完全相同。

芝诺被看作是斯多葛学派的创始人，从流传至今的他所提出的诸多悖论，我们可以强烈地感受到他注重理性思辨远胜于感观体验。他认为人的本性，包括理性，是自然理性的一部分，而自然理性，或者说自然法则，则是控制着宇宙万物，同时当然也包括人及人类社会的规定性。因此，芝诺建立了一个由自然法而至世俗法的理论架构。

斯多葛学派的中期，约公元前2世纪左右，正值罗马共和国对外扩张日益壮大的时期。这一阶段的斯多葛学派更多关注在对罗马国家的政体的理论分析上，因此，对混合政体的论述占有比较重要的地位。关于混合政体，笔者将在稍后就波利比乌斯（Polibius）的政体演变论做进一步的展开。

在斯多葛学派的后期，它成为显学。它的很多学者都曾参与到罗马的政治事务中。也许是这个原因，他们对于统治者的作为统治者的德性的关注要多于对于政体的关注。

塞内卡仍然秉承着自然法是神圣的必然法则这一斯多葛学派的传统。但是他把皇帝作为了自然法则，或者说神在人世的代理，是神的镜子。他认为皇帝是国家的生命，皇帝是民众的父亲，好的皇帝从本质上讲就是一家之长。好的皇帝施惠于社会而不求报偿，实施正义、恩惠与仁慈，才能赢得民众的敬爱与尊崇。

爱比克泰德则是从批评暴君的权力欲和名誉心入手，将为民众带来了福利而非为自己赚得了好处作为评判君王的伦理合法性的指标。

粗略而论，斯多葛学派的政治学是建基于它的形而上学之上的。既然事物都是由几类相同的元素所构成的，那么，由此所构成的人则由此而具有了平等的地位。至少在本质上，在精神上人是平等的。平等的人成为斯多葛学派的政治学中实体部分的基础。国家、君王的不同之处体现在他们在这个世界上所扮演的角色不同。他们存在的正当性是需要形而上学中的自然法所要求的秩序成分来检验的。

斯多葛学派和佛道学说有很多共通点，两者都主张遵从自然而无为，净化内心，相信存在即合理，很消极的唯心主义。但正由于此而非常高尚，与世无争，内心纯净。儒学派前期也是遵从自然，后期变得非常随意，无底线了，无动于衷，这是有深刻原因的。其实，所有的学说最初都是感受自然的，然后才有深刻的领悟学说，即"万法自然"。有意思的是，他们都产生于轴心时代，对人类有普遍性意义。

二、佛老思想

在儒教成为封建王朝正统的同时，佛老同样伴随其中，并在历史进程中呈现此消彼长的趋势。儒家宣扬积极入世，为朝廷效力。在现实中受阻或是努力无果的时候，往往就会去寻求出世的慰藉以及精神的栖息地，这是大多数士人的选择，而佛老思想正是出世的最好体现。对于战争年代，连年的战火导致生灵涂炭，而人们面对不堪的现实，急需精神上的慰藉，而佛老思想正符合人们的诉求。加上一些统治者极力推崇佛老，使得它与儒教长期并行于精神领域。

（一）佛教"出世无我"的思想

相传在东汉永平七年（64年），汉明帝夜梦金人在宫中飞行。次日，他询问大臣梦中所见金人的来历，太电传毅答道：四方有一位名叫"佛"的神仙，陛下梦见的金人恐怕就是他。于是，汉明帝就派人西行求法。佛教就这样传入了中国。佛教与基督教、伊斯兰教并称世界三大宗教，由古印度的净饭王子释迦牟尼创立。

1.古印度的佛教

印度佛教产生并流传于古印度，时间大约在公元前6—5世纪。创始人为悉达多（公元前565—485），母系族姓为乔达摩，释迦牟尼是佛教徒对他的尊称，意为"释迦族的圣人"。佛教兴起的时候正是印度奴隶制经济急剧发展的时期。当时印度次大陆社会经济发展极不平衡，大部分地区进入奴隶社会，但有的地方还保持着氏族公社的残余；在某些经济发达的地区，生产力已经有了很大的提高，农业是生产的主要形式，手工业已经从农业中分化出来；随着商品经济的发展，一批批以城镇为主的奴隶制国家开始建立起来。当时各国之间相互征伐，雅

利安人等外来的部族和土著民族矛盾重重，阶级矛盾十分尖锐。

在佛教兴起前，婆罗门教是印度的主要宗教，婆罗门教思潮占有统治的地位。婆罗门教主张吠陀天启、祭祀万能和婆罗门至上三大纲领，但是随着奴隶制国家的出现和发展，这种思潮已不能完全适应新兴的刹帝利贵族的统治需要，于是，出现了自由思想家提倡的沙门思潮。据佛经说这些思潮有"六师"和"九十六种外见"，其中主要的有顺世论、耆那教和生活派（又称邪命外道）等等，佛教也是其中主要的一派。在当时的奴隶制国家中，摩揭陀国和侨萨罗国都是佛教流行较早的地区。

佛教在印度经历了 1800 年的历史，其过程大致可分为 4 个时期：原始佛教时期（公元前 6 或前 5 世纪—4 或 3 世纪）、部派佛教（公元前 4 或前 3 世纪到公元元年前后）、大乘佛教（公元元年前后—7 世纪）和密教时期（约 7—13 世纪初）。在后三个时期中还出现了很多在理论和修持上不同的派别。

从 3 世纪下半叶开始，佛教就开始不断向古印度境外传播，逐渐发展成为世界性的宗教，而在印度本土则由于 8 世纪到 9 世纪以后印度教的兴盛，加上佛教内部派系的纷争和僧侣的腐败，以及外族频繁的入侵，特别是伊斯兰教徒的武力征服，不少僧侣被杀戮，很多重要的寺庙和文物遭到破坏，因此印度佛教开始衰微，到 13 世纪初趋于消亡，直到 19 世纪后才稍有复兴。

原始佛教是部分西方部派佛教学者提出的概念，指称释迦牟尼创教及其弟子相继传承时期的佛教。并认为自己所在部派的佛教即是正宗原始佛教。由于年代过于久远，而古印度的书面佛经记载在印度现也基本消灭殆尽，佛陀时代的书面记载更没有发现，目前，系统保留下的佛经最完整的是中国的三藏经典。佛陀在印度的在世年代可能为公元前 6 世纪—前 5 世纪（佛陀的在世年代尚有多种版本的争论）。佛陀的教导最初在印度都是由各派口口相传的。佛灭度后，为了便于记忆，佛弟子们采取偈颂的形式，后来编集为由经、律、论组成的"三藏"。按照各派的记载来看，佛涅槃后第一次佛经的集结，就分为了窟内的上座部集结（四阿含）和窟外的大众部集结（含部分菩萨藏等大乘经典）。此即后来的大、小乘二派佛教的开始。佛教的基础教义是"四谛""五蕴""八正道"和"十二因缘"，"三十七道品"等，这些都是大小乘各派所认可的。其中最重要的是佛从缘起思想出发，指出了"诸行无常""诸法无我"和"涅槃寂静"的学说，称佛法的三法印，此是佛法的最重要标准。一些小乘学者把原始佛教的修持，概括为戒、定、慧三学、慈悲喜舍四无量心以及四念处、四正断、四神足、五根、五力、七觉支等三十七菩提分法，这实际是佛教的一些基础理念和原则而已，并非即是"原始佛教"，而无视北传佛教尤其最重要的汉传佛教保存的大量佛典记载，单以个别部派佛教的说法为标准，则显然是狭隘和荒谬的。佛陀在世时反对婆罗门教四种姓的不平等制度，因此，在他所创立的僧团中允许各个种姓和贱民参加。另外，还容许教团中包括在家生活的男女信徒，称为优婆塞、优婆夷或在家二众。

2.佛与禅文化的盛行

据说，释迦牟尼因为看到众生的生老病死诸种苦相，决心出家求解脱诸苦的方法。一天，他在菩提树下独坐冥想。经过若干昼夜，忽然觉得自己已经成就了无上正觉，即所谓成佛。佛的原意是觉悟。觉悟到人生的究竟，超脱出来，大彻大悟。这就算成佛。佛教的基本思想也就是人生如苦海，只有看破红尘，摆脱一切生的烦恼，超脱于生死之外，才能达到涅槃的无上妙境。人生在世，无论是贵为天子，还是平民百姓，总各自有各自的烦恼与痛苦，在生老病死面前，人人都是平等的，而人总想摆脱这些烦恼与痛苦，总想找到一种心理上的安慰。宗教的产生正是人类心理的需求，而对它的信仰正是人类的一种精神寄托。所以，当佛教一传入中国，立刻流行开来。尽管正统的儒学家对它大力抨击、排诋，说它"无父无君"，但它却风行全国，从皇帝到平民，都有它的信徒。南朝的梁武帝萧衍是虔诚的佛教信徒，曾三次出家，被大臣苦请回宫，人称"菩萨皇帝"。

"佛家有三门，曰教，曰律，曰禅。"由于禅宗与中国古代儒家文化的相近相融，一方面，禅入儒；另一方面，儒助禅。因而受到诸多文人士大夫的追捧和承袭，成为对中国文化阶层影响最大的佛教宗派。禅宗"所追求的不是气势磅礴（儒）或逍遥九天（庄）的雄伟人格，也不是凄楚执着或怨愤呼号的炽烈情感（屈），而是某种精灵透妙的心境意绪"。受其影响，创作者对作品境界和韵味的追求成为中国古代文化艺术创作的一种趋向，明清时期更甚。

禅文化成为佛教文化在中华文化心理构造上的再创作。禅与文艺的结合最早在唐代就开始，当时有"诗不入禅，意必肤浅"的说法。明清时期，通过活跃在江南的禅学高僧和文人士大夫，禅宗得以广泛传播，更对江南文学和艺术思想产生了一定的影响，在文艺研究和创作中有对禅意追求的趋向：佛教在中国能够大行其道，其中主要一部分原因就是受到士人的推崇，佛学中"万法皆空"的思想与中国老庄学说的"虚静"观有异曲同工之处，这非常贴合明清时期苛政统治下江南士人的心态，"躲进小楼成一统，管它春夏与秋冬"。这个时期的禅宗成为他们心灵的避风港，使他们追求"淡泊高远"的精神目标，而不再以"雅正"和"中庸"等传统儒家观念为思想中心。

（二）道教"出世无为"的思想

在春秋战国时期，儒、墨、道并称"显学"。道即道家的简称，其主要代表人物是老子与庄子。因此，道家学说又称老庄之学。道家哲学的最高范畴是道，它即是世界的本原，又是事物发展变化的规律，它"先天地生，寂兮寥兮，

独立而不改，周行而不殆，可以为天下母。"道家主张顺应自然，无为而治，社会随自己的规律发展，人类按自己的本性生活，儒家所谓的仁、义、礼、智都是矫情灭性的桎梏。道家学说在汉初颇为流行，司马迁的父亲司马谈写过一篇《论六家要旨》评议道家、阴阳家、儒家、墨家、法家、名家六派的长短优劣，而最推尊道家。据说，孝景帝时，窦太后也好道家之学，儒生辕固在她面前诋毁道家，说《老子》一书不过是"家人言"，竟触怒了太后，她老人家居然要这位文弱儒生去和野猪搏斗，幸亏景帝从中相救，给了他一把匕首，他才没有被野猪咬死。到汉武帝"罢黜百家，独尊儒术"之后，道家的地位自然急剧下降，一落千丈。尽管如此，道家的影响仍然存在，因为它的"清静无为"思想给传统士大夫以一种精神寄托，成为他们的处世哲学。儒家强调入世，鼓励人有所作为，但在实际生活中，人总是不能完全如愿，总有怀才不遇的时候。即使福星高照，平步青云，但宦海浮沉，也总使人不由产生急流勇退，归隐林泉的出世之想。人生并不总是泊国乎天下，也并不总是春风得意，儒家的入世哲学不可能完全满足士大夫的心理需要，而道家的安时处顺，乐天知命的处世哲学却如一副清凉剂，它教人旷达，随遇而安，不要汲汲于功名富贵，不要计较于一得一失。所以，对古代士大夫来说，他们在政治上需要儒家的治国平天下之道，而在生活中又需要直宗的逍遥旷达、清静无为的处世哲学。这也可以叫作"儒道互补"吧。可以说，古代士大夫的文化心理结构就是这种二元组合。

到了东汉末年，道家与传统巫术及求仙方术结合，逐渐形成为一种宗教，奉老子为教主，即道教。佛教的目的是行善成佛，而道教的目的则是修炼成仙。道教主张修身、养性、服丹，最后羽化而登仙。正因为如此，道教特别注重养生之术，中国古代的化学、药物、气功等都源于道教的养生术。道规律性在魏晋南北朝时期广为发展，与佛教争天下。到了唐代，皇帝姓李，而道教尊老子（李耳）为教主，所以唐代官方始终尊崇道教、并封道家代表人物庄子为南华真人，文子为通玄真人，列子为冲虚真人，庚桑子为洞虚真人。其至曾设"道举"一科，以《道德经》《庄子》《文子》《列子》等道家之学取士。入宋以后，统治者对道教仍然兴趣未减，宋徽宗居然自封为"道君皇帝"上有好者，下必甚焉。道教在民间广为流传，道观遍及全国各地。连梁山水泊聚义的英雄好汉用以排座次的三十六天罡，七十二地煞也是道教所信奉的星神。其影响之大，由此可见一斑。

第三章 明清文学思潮的文化思想定位

　　明清是我国封建社会的最后两个王朝，也是中华古代文明的终结期。政治上，封建专制集权体制进入高度发展和成熟的阶段；经济上，除单一的农业经济之外，明后期及清中后期出现了资本主义生产关系，孕育了社会变革的内在动力，昭示着社会发展的方向；思想文化上，古代文明进入了一个自我批判和全面总结的时期，无论自然科学还是思想艺术都产生了在文化史上占有举足轻重地位的人物和著作，理学和考据学在哲学的本体论和方法论层面为总结古代文明和反思批判封建体制准备了武器；文学上，明清是通俗文学的高涨期，同时传统诗、文、词"望今制奇，参古定法"，（《文心雕龙·通变篇》）各极其致，其精神层面，与社会的经济、思想文化桴鼓相应，反思、批判乃是近五个世纪文学一以贯之的命脉灵魂，也最能反映明清文学的文化品位和思想史意义。

第一节 出入世间的文人风格

　　文学不是哲学，文学家和哲学家在表述他们对世界的看法时采用的思维方式、思想传统、话语体系等都存在极大的差异。但也不可否认，文学是有思想的，是思想史最好的佐证。雷·韦勒克、奥·沃伦的《文学理论》在谈到文学和思想时说："文学可以看作思想史和哲学史的一种记录，因为文学史与人类的理智史是平行的，并反映了理智史。不论是清晰的陈述，还是间接的暗喻，都往往表明一个诗人忠于某种哲学，或者表明他对某种著名的哲学有直接的知识，至少说明他了解该哲学的一般观点。"❶但是他们也警告评论者不要"把艺术品贬低成

❶《文学理论》雷·韦勒克，奥·沃伦，刘象愚，等译，生活·读书·新知三联书店，1984：114.

一种教条的陈述，或者更进一步，把艺术品分割肢解，断章取义，对理解其内在的统一性是一种灾难：这就分解了艺术品的结构，硬塞给它一些陌生的价值标准"。❶我们在剖析明清文学在形而上层面的反思和批判意识时既要避免以思想史的结论来肢解文学史的现象，同时也不能把文学看成是远离生活和社会思潮的纯形式，要看到当时"他们在接受思想的过程中由于敏锐地感到各种形而上的悲苦而有所不同"。

一、明清时期的文人所处的环境

马克思曾经说过："所说的历史发展总是建立在这样的基础上的，最后的形式总是把过去的形式看成是向着自己发展的各个阶段，并且因为它很少而且只有在特定条件下才能够进行自我批判——这里当然不是指作为崩溃时期出现的那样的历史时期——所以总是对过去的形式作片面的理解。"❷明清人认识自己所处的历史阶段并自觉地进行反思和批判经历了一个痛苦的过程。我们看明清戏曲所反映的文人意识的变化。明初，唐宋之后又一个汉族大一统政权曾经给士人带来泡沫一般对汉唐盛世的幻想，法古崇圣，修明文治，尊奉理学，振兴纲纪，文人自觉地接受封建政权的人格驯养，从而形成了明前期文人的才气、傲气、志气和气节。但历史是不可能重复的，明代后期资本主义萌芽的出现，带来的是另一种繁华和腐朽。城市的热闹和奢靡，加速了私欲的膨胀和自我意识的觉醒，政治的腐败和黑暗扯下了封建政治伦理为圣人、帝王、君子等人设置的温情脉脉的面纱，暴露了他们凡人、庸人甚至坏人的本质，被诠释为亘古不变的绝对真理的理学内部产生了重新解释现实问题的王阳明心学，其"良知"说平等了圣凡关系，为个性解放打通了道路，王艮、李贽等思想家又从肯定私欲和追求个性解放两个层次上适应了普通人的人性要求。经济、政治、思想的巨大变化，世情也与明初大不相同。文人是如何感知这种社会动态的？孙钟龄在《东郭记》中借棉驹之口，发泄作者对世事的绝望：

[北寄生草] 第一笑，书生辈，那行藏难挂牙，贱王良惯出奚奴胯，恶蒙逢会返师门下，老冯生喜就趋迎驾，不由其道一穿窬，非吾徒也真堪骂。

第二笑，官人辈，但为官只顾家。牛羊儿刍牧谁曾话？老赢每沟壑由他罢，城野间尸骨何须诧！知其最者复何人，今之民贼真堪骂。

---

❶《文学理论》雷·韦勒克，奥·沃沦，刘象愚，等译，生活·读书·新知三联书店，1984：114.

❷《马克思恩格斯选集》，中共中央马克思恩格斯列宁斯大林著作编译局，第二卷，人民出版社，1995：23.

第三笑，朝臣辈，又何曾一个佳，臣们礼弊空酬答，诸曹们供御慙无暇，谏垣每数月开谈怕，相不才早已弃君王，立朝可耻真堪骂。

第四笑，乡间辈，更谁将古道夸，盼东墙处子搂来嫁，尽邻家鸡鹜偷将腊，便亲兄股臂拳堪压，豺狼禽兽却相当，由今之俗真堪骂。

明初以理学立国，而理学的核心则是敬心诚意、崇尚气节的道德修养和修齐治平的社会使命，承平百余年后，社会各个层次的道德却发生了如此大的变化，而那些建立在儒家理想政治和理想道德幻觉基础上的文人如何去面对世俗情趣和利欲横流？人生的道路难免充满着矛盾冲突。

书生趋炎附势，不以穿窬出胯为耻；官人对民瘼漠不关心，朝臣空立庙堂，以平庸为养官之计；乡间古风尽失，道德沦丧，其行止如同禽兽一般。人与人之间的关系，人格、责任、气节、情义淡薄了，金钱的地位却大大提高了。金钱在社会生活的各个层面起着主宰的作用，成了衡量、鉴定人的价值尺度。孙钟龄的传奇《醉乡记》写乌有生在醉乡、梦乡里的奇特遭遇，讽刺现实生活中金钱的巨大作用。乌有生胸中锦绣，笔底波澜，白一丁、铜士臭胸无点墨，愚蠢颠顸。他们同去睡乡取试，主司是韩愈、欧阳修，但由于情魔、穷鬼从中作梗，乌有生榜上无名，而白一丁、铜士臭却高举榜首。剧中的情魔，人情好钱之魔也；穷鬼，左右仕途穷达之鬼也。作家正是抓住科场中两大症结，就是韩、欧再生，也难免其幸。金钱横行，必然是黑白颠倒，良莠不分，乌有生感叹道："仆辈见遗，亦所无憾，只不该取白丁辈作首耳"，"艾猳近新来不在麒麟下，乌鸦近新来还将鸾凤喳。"文人寒窗十年取得的价值在金钱面前一文不名。科场如此，乌有生到睡乡临邛县求婚，先去见促成司马相如、卓文君婚事的县令，但如今的县令与当年大不相同，"做出个官人嘴脸，想那纸赎钱粮"，专见富贵子弟和送礼币的。乌有生感慨地说："唉，黄金是个宝也。"卓文君之妹的风趣也大异于乃姐，对乌有生的《求凰操》一点也不省的，"看司马姐夫朝日谈文作赋，略没些趣味"，嫁一个丈夫要像其父一样，"有穿有吃的就是好儿郎"。尽管白一丁把司马相如和司马迁混为一谈，乱用"妻父"的称呼，但卓王孙说他："满身罗绮，是个富家子弟，县公又说他文才好，不免将女儿招赘了他罢。"乌有生与司马相如的连襟做不成，又去郗鉴处求婚，谁知郗翁的眼睛而今也变了，"如今招的门婿阿，嗔他赋诗，贪他浮赏，孔方兄绝好媒氏"。当年的快婿王逸少也"如今不作了"，"富家儿多堪取，不惜粉红姿"。传统的重男才的婚姻观念到明后期也变成了重富轻文，读书人金榜题名、洞房花烛的人生理想同样受到金钱的冲击。

古代文人在官场不可为的情况下，栖隐林下也不失为一条退路，古道热肠的百姓让那些厌倦了官场者们得到精神上的安慰。但是明后期山村野舍的民风也

大变了。王衡的《真傀儡》杂剧写桃花村做会的情景，首先让人把持门口，"休放闲杂人来，怕他没规没矩不好看"，结果把退休宰相杜衍挡在门外，要他出份子，又因杜衍的钱多，为座位顺序引起一番争议，因为"近来新例，贵不敌富"。孟子提出的"天下达尊三：爵一，齿一，德一。朝廷莫如爵，乡党莫如齿，辅世长民莫如德"的人伦关系再也不起作用了。《东郭记》里的棉驹也说过："近来各国的风俗一发不好，做官的便是圣人，有钱的便是贤者。"桃花村那些里长们装模作样，吹牛做大，妄解戏文，令人捧腹，其埋汰势利，自满自尊的卑陋嘴脸与《儒林外史》中的夏总甲、胡屠户辈异代同相。这样的山村乡野与隐逸文学中所描写的林下风味大异其趣，因此混迹其中的杜衍不免"随缘过去，暗受些不知名的笑骂"。时已至此，文人连保全自己人格的退路也失去了，正如沈奉所云："阅此觉不独争名于朝可发一噱，即退休林下讲学谈禅都无是处。"❶

政治的腐败，道德的沦丧，金钱的刺激，社会秩序也日益混乱，坑蒙拐骗，巧取豪夺乘时而起。沈璟的《博笑记》里十个故事就有八个与地痞无赖有关。这些人不管操持什么行当，共同的特点是唯利是图。寺庙里的和尚见行客身体肥胖，便灌了麻药，养上两三月，待面貌如玉，手脚如棉时，放在禅床上，披上袈裟，假充活佛，骗人钱财；兄弟三人分家，大哥独自占了一半，行商在外，两个弟弟便要合谋卖掉嫂嫂；苏州城里的二流子看到僻静道院道士有钱，便伙同优伶男扮女装去讹诈道士。宗教教义，骨肉之情，羞耻之心都失去了控制人心的力量，人欲汹汹，所有的人都向钱看。作者还写到一读书人被坑骗的故事。读书人的儇薄老实和世人的无耻奸恶尽在其中。扬州会试的巫孝廉三场得意，春闱拾芥可期，正当少年得意之时，走亲访友途中遇一美妇，便跟踪至家，其夫便乘机把妻子以一百五十两的身价许给了巫孝廉，然后在成亲之夜打夺诈钱。巫孝廉的心态和行为属司马相如、唐才子一流，但世道变了，文人人格跟不上世情的脚步。其情景如弗洛姆在《逃避自由》中所指出的："心理的力量凝结成社会的结构，但迟早会出现时间滞差。当新的经济环境产生时，传统的性格结构依然存在，但传统的性格特征对新的经济环境不再有作用。"

二、明清时期文人的处世方式

当然，我们还要看到问题的另一面，尽管由于教育内容、教育体制的传统性，延缓了文人人格与世情的同步发展，但作为社会的知识阶层，绝不可能被动地感知世情，单方面地受世情的捉弄，他们每时每刻都在按自己的需求动态地适应或逃避某一特定的社会环境。我们研究明后期的世情剧，发现那时文人应付世

---

❶《盛明杂剧》二集，中国戏剧出版社影印整理，中国戏剧出版社，1958.

情，确定自己的处世原则，实现自我，大致有两种类型：即随波逐流型和玩世不恭型。

随波逐流，与世浮沉，是历代社会大多数人用以解决矛盾的办法，这些人"完全承袭了现存文化模式所给予他的那种人格，他和其他人已没有任何区别，完全按照他人的要求塑造自己。"❶《邯郸记》中卢生在科场上撞了几回，明白了科场机关，又遇到了有钱有背景的小姐，走朝中门路，用孔方兄开道，得到上层宦官高公公的提携，夺了状元。卢生还算不上完全世俗化了的读书人，步入仕途，不懂结党营私的官场奥秘，并存有建功立业的功名事业心。如果说卢生还只是一个富于权变的人，而《东郭记》里的王欢则是一个完全与险恶世情同流合污的人。王欢富贵以前，日行窃盗之术；入仕后，又与田戴拉帮结派，排斥异己，广收贿赂，任用宵小。由穷达贵后，势利浇薄，完全是一个被世情异化了的小人。《郁轮袍》里的王推也是学里秀才，但所作所为与流氓无赖无异。这一类人用他们读书做文章的头脑转而去洞察世情，显出了他们的得心应手和深机巧心。齐人、王欢、淳于髡入仕前，清楚地认识到："当今之日，贿赂公行，廉耻丧尽。我辈用其长技，取富贵如拾芥耳。"那么什么是他们的长技呢？一句话："舍西山之面皮。"入仕后又自觉地以认识到的世相和总结出来的理论来指导其行为，真是无往而不胜。这些人为了实现自我，但最后又完全失去了自我，只是被污浊世情浸透的利益动物。

玩世不恭是明后期文人对现实的另一种态度，它应该包含三个层面：一，社会现实已表现出种种的黑暗、虚伪，人们公然地说假话，做假事，自信不能骗人，但仍旧在骗人，神圣严肃的事情已不复存在。第二，思想禁锢的解除，使人们能够重新认识那些原以为已成定论，不可怀疑的理论、事物，认识不再有固定的模式、不可推翻的标准，认识获得了一次解放。第三，作为社会的个体，身处浊世，又能跳出浊世，对世事有清醒的认识，他们既不能"入乡随俗"，与世情同流合污，又无力改变现实，只好把一腔愤世嫉俗之情，以怪诞的方式发泄到现实之中，现实变成了他们的报复对象。《醉乡记》前王克家序文中有一段话颇能描写这一精神历程：看破世情，人醉我醒；又不能忘情于"奇文受嗤"，"英雄气短"的"千古不平之冤"，最终"才而穷，穷而痴，愤而纵酒寻花，长歌恸哭，无所不发抒，迨至世人皆欲杀"。

玩世不恭的一个重要表现是玩世。有些人看破了污浊腐烂的世事，把现实玩于股掌之间。《东郭记》里的齐人觑破官场要津无非是寡廉少耻，便乞墙东郭，得到富贵利达后，又挂冠去朝，与陈仲子一起清高去了。功名富贵得之如游戏，

---

❶《逃避自由》，埃驰希·弗洛姆，陈学朋译，工人出版社，1987：245.

弃之如敝屣。齐人从穷途无路到权倾一朝，再到决然出世，头脑始终是清醒的，以一种居高临下的态度混迹官场，玩弄官场。《真傀儡》里的杜衍也是一个玩世主义者。他以退休宰相的地位游混于市廛，别人看傀儡戏，而他则是把世人当作在金钱权势两条线索牵动下的傀儡。这种玩世主义固不可取，但也是清醒文人对浊世昏虐的反抗。从这些玩世主义者身上，可以深深体会到社会转型时期官场之腐败滑稽，传统道德之不堪一击，世道人心之浇漓不古，以及文人心态的苦闷、浮躁和扭曲。

玩世不恭的第二个特色是耽酒好色，狂放恣性，滑稽多智。酒是麻醉剂，杯中度日，确使很多人昏昏沉沉；同时酒也是狂药，是人格狂放的兴奋剂、刺激物。酒像一股潮水冲击着程朱理学提倡的清心寡欲、中正和平的心态。明后期，喝酒成了社会生活的重要内容。只要我们看看《金瓶梅》里喝酒的场面就可知一斑。而文人与酒几乎是同生共长的兄弟，在这样的背景下，文人的喝酒有过之而无不及。作家充分体验了酒后的精神状态，才写出了《醉乡记》这样专门描写酒后而醉，醉后而睡，酒醉心里明的戏剧。淳于髡整天烂醉如泥，喝了酒又去眠花卧柳，搞出一些桃色趣事。这些人也确实疏狂放荡，淳于髡浪游天下，笑弄苍生，使酒用气，淫乱后宫，纵欲无度；《邯郸记》里的卢生年轻时命运多舛，晚年还搞什么采战之术，葬身色欲；齐人功名未成，姻缘先动，娶了姐姐，又挑逗妹妹；乌有生自视无人，游戏尘埃，醉乡中与陶渊明、李白、苏轼呼朋唤友，睡乡中又嘲笑古贤；杜衍九十高龄还浪荡村市，戏弄人生。狂的人格特点早在弘、正间已露端倪，桑悦、徐威、唐寅、祝允明、张灵等人"玩世自放，惮近礼法之儒"。❶奇装异服，怪模怪样，行为荒诞不经，言谈惊世骇俗。明后期，狂人辈出，好议论，恣意任性，放乎礼法之外。这一时期文人的滑稽也很有特色，既不同于西晋文人的调笑戏谑之风，也与西方人的幽默有区别，它是智慧、反抗、世俗的混合物。《东郭记》里的淳于髡以滑稽取悦国君，齐人王欢也是以滑稽出格的行为处世的。《南柯记》里的淳于梦自称为淳于髡的后代，自具几分滑稽的风采。其他戏剧的男主角也多以滑稽怪诞的行止表现自己的个性，一本正经、道貌岸然被滑稽之风取代了。由于这样的文人心理，明代后期才会产生那么多的笑话书。

三、明后期文人的人格特质

世道变了，文人的处世态度、处世原则相应也做了调整，从而形成了明后期文人新的人格特点。这一点我们可从戏剧中描摹主人公的词语、主人公的行为

---

❶《列朝诗集小传》丙集《祝京兆允明》，钱谦益，上海古籍出版社，第 299 页。

特点上看出。明后期的世情剧多用"豪"描写主人公，如"贤豪""俊豪""英豪""豪气""豪侠""豪士""豪迈""豪浪"等。李贽的《初谭集》第十七卷专列"豪客"一目，比他早的理学家陈献章也喜欢"风流豪侠"。陈、李提出豪侠人格不仅局限于作品中人物的描写，事实上对明后期现实生活的文人同样产生了极大的影响，我们举钱谦益的例子。其《初学集》卷三十一《陶不退阆园集序》云：

余少读李卓吾之书，意其所与游者，必皆聪明辩驳、恢奇卓诡之士。《有学集》卷二十一《松影和尚报恩诗钞序》云：余少喜龙潮李秃翁书，以为乐可以歌，悲可以泣，欢可以笑，怒可以骂，非庄非老，不儒不禅，每为抚几击节，旴衡扼腕，思置其人于师友之间。

从钱谦益后来的学术思想看，对李贽有褒有贬，但在早年却是倾倒折腰，心向往之。李贽文章中表现出来的人格特点深深地吸引了他。"聪明辩驳"，是就其智力才学而言；"恢奇卓诡"，是就其韬略胆识，为人处世而言。钱谦益少年时不再崇尚那些循规蹈矩、言动有常的理学君子，他崇尚智慧，崇尚越礼抗俗，崇尚文韬武略。且不说李贽是否具有这些才德，但李文不论读史还是论道，无不充满了批评现实，拯救圣学，匡正世俗，剥露人心的豪侠精神。这种豪侠精神重智术，轻道德；重个性，轻世俗；重才气，轻格调，几乎成了万历时期从程朱窠臼中解放出来的士人们的精神依归。随着明王朝的危机四伏，豪侠意味着治才、干才、将才，意味着拨乱反正，力挽狂澜，"豪侠"人格乘时而产生，那个时代对人最高的评价莫若"豪侠"二字。钱谦益从李贽身上感受到了豪侠精神的无比魅力，犹如血液一样融化到他的志向、才气、气质之中，在晚明风雨飘摇的三十多年，他每有机会就留意物色、拉笼豪客侠士。万历四十七年（1619年），杨镐经略蓟辽，以四路大军企图一举制服白山黑水间崛起的建州，结果全军覆没，建州军浩浩荡荡地开进了开原、铁岭两处战略要地，把战线向北京大大推进了一步。钱谦益敏感地意识到乱世起英雄的时候即将到来。万历四十八年（1620年），他服除赴阙，临行之际，去武进拜访"奇伟倜傥节侠之士"沈伯和。沈已七十余岁，向他推荐了统辖五百壮士的卢孔礼。[1]入朝后，钱谦益的斋邸成了谈兵说剑之"论坛"，《初学集》卷三十六《谢象山五十寿序》云："君初为举子（天启元年钱谦益为浙江乡试正考官，谢象山是科中举），余在长安。东事方殷，海内士大夫自负才略，好谭兵事者，往往集余邸中，相与清夜置酒，明灯促坐，扼腕奋臂，谈犁庭扫穴之举，而其人多用兵事显，拥高牙，捧赐剑，登坛而仗钺者

---

❶《中国古典文学丛书 牧斋初学集（中）》（清）钱谦益.（清）钱曾等注，钱仲联标注，上海古籍出版社，2009:214.

多矣。"《有学集》卷三十七《吴金吾小传》记载当年谈兵说剑的盛况:"天启二年,东事方殷,缙绅棘韦,云集阙下。猎缨侧弁而谈兵事。"词垣、台谏、贵介"靡不骨腾肉飞,肠肥脑满,购解飞之人,募凿空之使,誓将绳度黑山,弓弯绿水"。遗憾的是这种物色英雄,指画天下只是昙花一现,天启二年(1622年),钱谦益就因涉科场案而离朝。启、祯之际,钱谦益再次还朝,他又一次抓住时机笼络英雄,以备其用。《有学集》卷十九《蔡大美集序》云:"启、祯之间,吴楚间权奇雄俊之士,横襟猎缨,挟毂而起者,其与余未尝不相慕悦。"弘光南渡,乱世英雄云集南都,身为礼部尚书的钱氏幕府人才聚集,《有学集》卷十九《彭达生晦农草序》说"东南旌弓舆马之士举集南都",其中的彭生、韩生客于其幕,"指画天下事数着了了"。

钱谦益于崇祯九年还对英豪之才进行了阐释,《初学集》卷二十六《读卢德水所辑龙川二书后题》云:

> 忠臣义士,中兴之本也;谋臣辩士,中兴之资也。……有谋辩之略,而无忠义之心,则徐秉哲、王时雍之伦,竭其精神才智,朝金而夕楚者,是岂可备驱策者乎?有忠义之心,而无谋辩之用,则所谓拱手而谈正心诚意,为风痹不知痛痒之人者,亦要归于无用而已矣。是二者皆偏才也。人主忠不得英豪而用之。英豪者,有忠臣之心,而具谋臣辩士之略,如蜀之有亮,如吴之有瑜是也。以英豪之人,而生昏庸衰浊之世,譬如神龙之在沟壑也,田夫孺子争以为怪异,不将醢之,则将蓁之。夫避醢而就蓁,亦岂神龙之所欲哉?

英豪之才是一种既具忠义之心,又具谋辩之略如诸葛亮、周瑜式的人物。这样的人格正是钱谦益少年时期对李贽的豪宕不羁、三国人物的谋略侠概人格追求在新形势下走向现实的人格形态。

这样的人物在历史的转折关头是否可效铅刀之一割?《桃花扇》的男主人公侯方域是据实塑造的形象。侯方域是名门后裔,复社盟主,其德行、才学和生活作风可为明季豪侠之士的代表。由于其风流放纵,生发出和李香君一段传世佳话。他自称"早岁清词,吐出班香宋艳;中年浩气,流成苏海韩潮"。南明覆亡之际,为了阻止左兵东下,引起南中混乱,欣然代父命笔,修札阻兵;迎立之时,冒得罪凤督马士英之险,激烈陈词,列举福王的"三大罪""五不可立",在史可法幕中及时发现内讧,协调四镇,移防淮北,四镇的冲突得到缓冲。侯方域德、才、谋辩之略堪称豪杰,别人也评价他为周瑜、王猛一流人物,但他没有完成周、王的事业,起码是历史没有给他提供成功的机会,我们不应该因为南明覆亡而以成败论英雄,就说晚明的豪客们无所作为。

由上所述,我们可基本对明后期文人人格的演变作一概括,即由不知所从,捉襟见肘,到扭曲人格去适应社会或玩世不恭;易代之际,面对危机,文人由豪浪、豪纵转变为英豪，跃跃欲试，再一次鼓荡起建功立业之豪情。这种豪情在新的历史条件下演变为反思和批判的思想动力。

第二节　惊世骇俗的礼教突围

每一种社会形态既是一定经济水平发展的结果，又必然以某种哲学思想作为其存在的理论基础。众所周知，明清以程朱理学立国。理学以精致、抽象的思辨，把封建专制体制、等级制度、三纲五常论证为君临天地万物、亘古不变的绝对真理，以此为标准，绝对地排斥异端他说。其"一道德""一思想""学者归一"等方面配合了明清的专制集权，也使自己成为不可置疑的绝对独断的学说。统治者把这种理论贯彻到政治制度、教育、铨选以及社会意识的各个方面，从各个角度杜绝了其他学说对政治的左右。但事实上这种企图并没能彻底贯彻下去。因其推行的强力，加上社会各阶层对大一统的汉族政权再创盛世的期待而自觉接受这一思想，完全按照程朱理学一统天下人之心维持了明初的一个多世纪。

一、三教合一走向

何乔远的《名山藏·儒林记》说到明初的思想状况："明兴，高皇帝立教著政，因文见道，使天下之士一尊朱氏为功令。士之防闲于道域，而优游于德囿者，非朱氏之言不尊。"造成了明初"有质行之士，而无同异之说；有共学之方，而无颛门之学"的思想局面，天下读书人汩没于支离章句之中。由于程朱理学在全社会取得独尊的地位，使天下读书人恪守一家之学，万喙同声，思想贫乏呆板，严重限制了学术文化的繁荣。著名画家文徵明批评道："夫自朱氏之学行世，学者动以根本之论劫持士习，谓六经之外非复有益，一涉词章便为道病。言之者自以为是，听之者不敢以为非，虽当时名世之士，亦自疑其所学非出于正，而有'悔却从前业小诗'之语。沿伪蹈敝至于今，渐不可革。呜呼！其亦甚矣！""不可革"的感慨后面就酝酿着怀疑和厌烦，事物的极端必然带来其反动。理学另一个派别——心学就操戈入室，严重动摇了程朱的独断地位。东林书院的创办人顾宪成反思心学崛起时的盛况："当士人桎梏于训诂词章间，骤闻良知之说，一时心目俱醒，恍若拨云雾而见白日，岂不大快！"（《小心斋杂记》卷三）阳明心学援佛入儒，以禅说法。三教合一是明后期思想界最突出的特点。入清后仍以程朱治国，但这只是统治者的主观愿望，整个清代，真正影响思想学术领域的是清初的经世致用之学，清中期的汉学、宋学，以及今文经学，宋学只是其中之一。明清改朝换代，清王朝的文治武功比明朝有过之而无不及，何以就不能如明初一样

做到以统治者的思想一统天下人之心？历史不可重复，表面的相似潜藏的是本质的差异。明后期新的经济关系，阳明心学带来的思想解放，明清天崩地解血与火的灾难和搏斗，无不是思想收获的秋风秋雨。可以这样说，明清是一个思想批判的时代，是对中国传统政治文化进行清理和拨正的时代。如果把整个封建文化比作一个人的成长历程，明清就是他的晚年。晚年固然不像青壮年时富有创造力，但它积累了一生成败的经历，它成了智者，反思、总结、批判是别的时期所不具备的思想特征；如果把整个封建文化比作一年四季，明清是收获的季节。

文学反映社会生活，是思想文化动态最敏感的神经，对封建意识的批判是明清文学最具思想意义和文化意义之处。由于程朱理学在明清的独尊地位，质疑程朱理学有釜底抽薪之功效，明清的批判意识正是从此开始的。明末董其昌的《合刻罗文庄公集序》颇具见识地指出：

成、弘间，师无异道，士无异学，程朱之书立于掌故，称大一统；而修词之家墨守欧、曾，平平尔。时文之变而师古也，自北地始也；理学之变而师心也，自东越始也。北地犹寡和，而东越挟勋名地望以重其一家之言，濂洛考亭几为摇撼。

明代学风以弘治、正德为界，之前可称为"述朱"的时代，之后王学崛起，对程朱是一种反动；与之桴鼓相应的是以李梦阳为首的复古派对以理学为思想基础的性理诗、台阁体、议论诗的批评。李梦阳的文学宗旨是复古，而复古的现实文学背景是批评宋诗。《每音序》云："诗至唐，古调亡矣，然自有唐调可歌咏，高者犹足被管弦。宋人主理不主调，于是唐调亦亡。黄、陈师法杜甫，号大家。今其词艰涩，不香色流动。如入神庙，坐土木骸，即冠服与人等，谓之人可乎？……宋人主理，作理语，于是薄风云月露，一切铲去不为，又作诗话教人，人不复知诗矣。"《潜虬山人记》云："宋无诗。……李子曰：大诗有七难：格古、调逸、气舒、句浑、音圆、思冲，情以发之，七者备而后诗昌也。然非色弗神，宋人遗此矣。"《论学》云："宋儒兴而古之文废矣。"《物理篇》云："宋人不言理外之事，故其失拘而泥。"批评宋学是李梦阳在哲学层面与心学相呼应，批评宋诗是他在文学层面与王学相呼应，其实质则是对程朱理学这种独断学说的质疑和抨击。李梦阳的批评主要着眼于情与理、欲与理的关系。

此后归有光对明代以程朱为唯一的学说产生了怀疑。他说自己从五六岁时研读朱熹之书，年长后习进士业，"于朱氏之书颇能精诵之。然时虚心反覆于圣人本旨，则与当时之论，未必一一符合，而或时有过于离析附会者"。朱熹之说只是学者个人意见，但其后"世主主张之，九儒从祀，天下以为正学之源流。而国家取士……遂以其书立之官学，莫有异议"。❶个人意见成为官方哲学。归有光认为，程朱之传注，乃当时之见"千载之下，一时一人之见，岂必其皆不诡于孔氏之旧，而无一言之悖者？"因其是官方哲学，不可置疑，"世儒果于信传，而不深惟《经》之本意，至于其不能合者，则宁屈《经》以从传，而不肯背传以从经，规规焉守其一说，白首而不得其要者众矣"。❷以程朱为独断的哲学，不仅导致学风的割剥附会，更为可怕的是学人舍《经》而奉传，屈《经》从传，用朱子一人一时之说来绳天下万人之心目，造成明代学人有头无脑，有眼无目的状况。李贽的《续焚书》卷四《题孔子像于芝佛院》抨击这种学风："儒先臆度而言之，父师沿袭而诵之，小子朦胧而听之。万口一词，不可破也；千年一律，不自知也。不曰'徒诵其言'，而曰'已知其人'；不曰'强不知以为知'，而曰'知之为知之'。至今日，虽有目，无所用矣。"

万历以后，程朱理学已然让位于心学，正是以心学为理论武器掀动了晚明的文学革新浪潮。汤显祖的《牡丹亭》中的腐儒陈最良给杜丽娘讲解《诗经·关雎》，恪守朱熹传注，杜丽娘却自有一番悟解："关了的雎鸠，尚然有洲渚之兴，可以人而不如鸟乎？"入清后恢复了程朱官方的地位，但对程朱的批评贯穿了整个清代。在清初经世致用思潮中，程朱、王学都是被意识形态各个层面批评和矫正的对象。清中期，文学作品中对程朱"独断"发出质疑之声兀然突现出来。《儒林外史》三十四回杜少卿议论道："朱文公解经，自立一说，也是要后人与诸儒参看。而今丢了诸儒，只依抄注，这是后人固陋，与朱子不相干。"他就《诗经》中的《凯风》和《女曰鸡鸣》《溱洧》做出更切合实际的解释。《红楼梦》中的贾宝玉批评朱熹也有与杜少卿相同的议论。

官方哲学从神圣的祭坛上被拉下来，中国历史上真正具有近代意义的平等观念深入原来神圣不可动摇的伦常关系中，信古崇圣的思维方式发生了动摇，嘲讽历史，嘲讽古人，甚至嘲讽圣人偶像，表现出玩世不恭、诙诡狂诞的一面。吕天成的《齐东绝倒》是一篇值得注意的作品。戏的中心情节根据《孟子·尽心上》的一段话编成，又糅合了舜的其他传说，写舜在圣人光环下的内囊。舜父瞽瞍杀了人，舜既要当孝子，又要做圣君，在孝与国家大法之间进退依违。最终，舜孝名成就了，国家大法却如同儿戏一般被玩弄。戏剧在诙谐玩闹的情节里提出一个发人深省的严肃问题，即儒家把伦理关系推到政治思想体系造成的自身矛盾和自然裂痕。再看舜和周围人的关系，与另一个圣人尧互相牵制，互相倾轧，无非政

❶《震川先生集》卷十《送王子敬之任建宁序》，归有光，周本淳校注，上海古籍出版社，1981：222.

❷《震川先生集》卷九《送何氏二子序》，归有光，周本淳校注，上海古籍出版社，1981：194.

敌而已。父子之间以孝为天理，而其父见儿子还须拜九重；兄弟不睦，生儿不肖，还娶了姑婆做妻，是乱伦的祸首。舜身不修，家不齐，国不治，平天下不过是空话而已。作者无情地嘲弄了君臣父子、修齐治平思想体系的虚伪性，把舜从圣君的地位揪下来，贬到凡人、俗人、甚至坏人的水平线上，圣君的神光哪里还存半点？竹笑居士评此剧"几乎谤诽圣君"。其他戏剧也时有这种揶揄讽刺圣人的意味。《东郭记》第八出公东讲道，其内容不仅说尧、舜、孔子都是无德之人，而且还是世情恶劣的根源。这就不只是非圣了，还有向圣人讨伐的味道。对圣人如此，古人贤者名士无不可嘲弄玩笑，如对有董狐之笔的司马迁（《齐东绝倒》），识才奖才的韩、欧（《醉乡记》），儒家的亚圣孟子（《东郭记》），道学先生的虚伪贪鄙更是作家们有意无意经常揶揄挖苦的对象。

二、钱谦益的君道思想

经过晚明的思想启蒙和明清改朝换代的洗礼，亲身经历了明后期几任皇帝的荒政以及改朝换代，明末清初的人开始对臣忠于君的伦常进行反思和批判。钱谦益写于崇祯十六年（1643年）的《向言》三十首是至今没有被学术界、思想界认识的著作。钱谦益人品固不足道，但作为那个时代的文坛领袖和活跃于政坛、思想学术领域的巨子，他的言论是不应该忽视的。钱谦益在《向言》中论述了为君之道的重要问题。

每一个封建王朝的由盛转衰，由治而乱，可能有多种因素，但一般而言，与最高统治者的才具和束己修身的个人操行有直接关系。明代自英宗以后，诸多社会矛盾已在酝酿之中，武宗正德时国家已呈"大厦欲倾"之势❶；世宗大礼议后，宠信方士，怠政养奸，"遂开危亡之渐"❷；神宗万历后期，"中外离心，辇毂肘腋间，怨声愤盈，祸机不测"，"天下将有陆沉之忧"❸；熹宗时群凶肆虐，陷害忠良，败亡之象即在眉睫；思宗朝，烽烟遍地，政局动荡，恐怕任何人也难收回天之功。而这种局面的渐进，最高统治者应承担主要责任。武宗的荒唐，世宗的迷信忌刻，神宗的怠政贪鄙，熹宗的童昏庸暗，思宗的多疑务刻，直接推进了朝政的黑暗和明朝灭亡的速度。重申为君之道，明确君主的责任，限制君主的权力，可以说是明后期数朝君主的恣纵无道向思想界提出来的一个尖锐的社会问题。第一，钱谦益论述帝王之学。何谓帝王之学？"学为圣王而已矣。修身、齐家、治国、平天下，圣王之学也。"《初学集》卷四十《昨非庵日纂三集序》还说到"谋王体断国论"

---

❶《明史纪事本末》卷四九，谷应泰，中华书局，1977：231.

❷《明清史讲义》上，孟森，中华书局，1981：230.

❸《明通鉴》，卷七十四，夏燮，欧阳路峰点校，中华书局，1980.

之学。与帝王之学相对应的是儒者的六艺之学。但帝王之学与儒者之学绝非断然对立。帝王之学犹如日，儒者之学犹如火，虽同为光明之象，但帝王焉能舍日而就火，或有日就灭火！第二，论述君道。援引刘向《说苑》所论，师旷、尹文、周公所说，君主要清静无为，胸怀广阔，大道容众，大德容下。清静无为，是指君主虚怀若谷，能虚受八方的思想境界。君道还要广开耳目，以察万方。明朝之初，就建立了庞大而完备的监察系统，那就是都察院和六科给事中，他们不仅是天子的侍从，而且还要对整个王朝的政治运行进行监督、纠察，有时也封驳君主的诏书。由于监察制度的建立，有明一代谏诤之风始终未变。科道官们在抨击黑暗势力，抑制专横跋扈，纠察政府失职，畅通民情上起着重要的作用。唯有万历后期、天启、崇祯三朝，监察系统处于瘫痪状态。崇祯与神宗、熹宗应该说大不相同，他执政十七年间，锐意求治，勤于政事，常常处理公务日夜不休。崇尚节俭，不恋女色，在明后期的诸位皇帝中是少有而可贵的。但是崇祯徒有励精图治、挽回明亡趋势的志向，确实不具备力挽狂澜的雄才大略，就连贤明君主开言路他也做不到。他年轻自负，性格虚荣忌刻，只对符合自己想法的言论感兴趣，为逢迎的奸佞之徒带来可乘之机；对言官肆意凌辱，破明朝不以言官下狱之例，其十七年的作为重演了唐德宗的戏剧。第三，论述君主之责。"人主以天下为家，人主之身，即佛身也；其国土，即佛国也；其人民，皆佛子也……人主以如来之心，行调御之法，三光明，四时和，六气正，五谷熟，寇盗不起，戎狄不侵，风旱刀兵之灾不作"。人君为佛身，安乐苍生，稳定国家就是其最大的功业。君主的私利与国家的公利是怎样的关系？钱谦益仍以王道仁政的儒家政治原则为理论，说君主应以治家的精神来治国，以血缘亲情来爱民。而百姓也赋予君主"惟辟作福，惟辟作威，惟辟玉食"的特权。但君主们大多看好后者而忽视前者，大公与小私的矛盾在明后期的几个君主身上日益尖锐。使君主不以己私侵害国家大公，不以己欲剥夺小民之生存，明确君主的职责和道德上的束缚在明末显得尤为紧要。由于时代的限制，钱谦益不得不从先儒的训导中寻求规范君主的武器。《向言》第六首排比《尚书》《周礼》《礼记》等典籍，重提"人主之布施"，"人主之持戒"，"人主之禅定精进智慧"，重申"敬德保民"，"明德慎罚"的古训。从原始儒教中寻求现实问题的答案，是明清之际学人们的共同思路。

钱谦益的论述在今天看来，理论上显得不够清晰，形态过于古朴。如果我们把这些观点放在明季特定的历史时代考察，放在明清思想史中来认识，就会发现其价值。明季的皇帝为人多不检点，呈现出王朝末世的恣意状态。言官们常常冒着杀头贬谪行杖的危险，或婉言劝谏，或直言剀切，甚至以过激的言论激发君主的警觉。清代的徐乾学在《修史条议》中感叹道："谏臣之设，明世最多，故奏疏亦最多。今《明史》列传所载，惟择其纠正君身，指陈时弊，论劾大臣之最剀

切者，方可节略如传。"《明史》列传里忤君意的奏疏比比皆是。时至崇祯末年，谏臣们的头颅、鲜血、贬谪足以说明死谏对昏君、暴君、自私之君无异于对牛弹琴，最重要的是从理论、制度上明确人君的职责、操守。钱谦益论君道偏重伦理的角度，没有涉及制度，而许多制度又是伦理的强制手段。这一理论深度需要社会的大变革方可破坚冰之一缝，非他们那一代人可以完成。

三、对君权的抨击

改朝换代之后，这一理论向前大大推进了一步。黄宗羲的《明夷待访录》中反思封建专制社会周而复始的更迭，得出一个惊世骇俗的结论："天下之大害者，君而已矣。"人君"以为天下之利害之权皆出于我，我以天下之利尽归于己，以天下之害尽归于人，亦无不可；使天下之人，不敢自私，不敢自利，以我之大私为天下之大公。""凡天下之无地而得安宁者，为君也。""屠毒天下之肝脑，离散天下之子女，以博我一人之产业。""敲剥天下之骨髓，离散天下之子女，以奉我一人之淫乐。"古之君主以天下为主，君主为客，古之人把君主比之如父，拟之如天，诚不为过。而以天下为私产的君主，还要用君臣之义要求臣民的绝对忠诚。对这种强盗逻辑，黄宗羲尖锐地抨击道："小儒规规焉以君臣之义无所逃于天地之间，至于桀、纣之暴，犹谓汤、武不得诛之，而妄传伯夷、叔齐无稽之事，使兆人万姓崩溃之血肉，曾不异夫腐鼠。岂天地之大，于兆人万姓之中，独私其一人一姓乎？是故武王圣人也，孟子之言圣人之言也；后世之君，欲以如父如天之空名禁人之窥伺者，皆不便于其言，至废孟子而不立。"这一段话用历史评说现实。朱元璋因为不喜欢孟子的汤、武反桀、纣为诛"独夫""民贼"的观点，而孔庙不立孟子，还删《孟子》，剔除其中的民本思想。黄宗羲作为胜国遗逸，反思历史和本朝兴亡，特别是在明清改朝换代中，有多少无辜的生命葬送于所谓的"君臣之义"。君主有昏君、暴君，以圣君、明君代替之是正常之理。作者以无比悲愤、无比沉痛的心情向一臣不事二主的君臣道德发起进攻，指责恪守君臣之义为"小儒"，伯夷、叔齐之事为"妄传"。不仅否定了君臣之义，而且把批判的矛头直接对准的是明朝的开国之君。历史学家说明朝只有一帝，而一帝也不过如此货色。显然黄宗羲的坚持不仕新朝的气节，已经超越了一般忠于敝国故君的伦理观念。

抨击君权，言辞激烈的要数唐甄。他总结明末农民起义，一针见血地指出，天下大乱的罪责在君主，"治天下者惟君，乱天下者惟君。治乱非他人所能为也，君也"。唐甄可贵的是没有局限于个别君主，他反观历史，指出东汉以下，"一代之中，治世十一二，乱世十八九"，原因就在"君之无道也多矣，民之不乐其生也久矣"（《潜书·鲜君》）。又说："自秦以来，凡为帝王者皆贼也。"君主为一己之淫乐，凭借政治上的专制，对人民敲骨吸髓，如盗贼一般，"杀天下之人而尽有其布粟之富"，驱使无数无辜百姓非攻即战，"暴骨未收，哭声未绝，目眦未干，于是乃服衮冕，乘法驾，坐前殿，受朝贺，高宫室，广苑囿，以贵其妻妾，以肥其子孙。"大将杀人，偏将杀人，卒伍杀人，官吏杀人，"杀人者众手，实天子为之大手。"（《潜书·室语》）天子乃天下最大的刽子手和盗贼。"杀一人而取其匹布斗粟，犹谓之贼；杀天下人而尽有其布粟之富，而反不谓之贼乎？"经过明清之际这些思想家们对君主罪恶的揭露与批判，封建社会得以运行的许多观念都发生了震撼性的动摇。

研读晚明史籍多年的孔尚任虽生活于清朝的盛世，还曾得到康熙皇帝的青睐被破格提拔，他仍在其名剧《桃花扇》中表现了一个非常深刻的问题。剧本的宗旨是探寻南明覆亡的原因，不知不觉中对五伦之首的忠君观念表示了怀疑。剧中写到三个忠臣：史可法、左良玉、黄得功，他们在国家存亡、君主临危之际发挥了怎样的作用？他们是如何演绎自己的一腔忠心？崇祯十六年，左良玉镇守武昌，因兵饷短缺，士兵鼓噪，左良玉欲放弃武昌东下南京就食。此举后果严重，一则武昌为抵挡张献忠的重镇，一日弃之，农民军就一日进之；二则左兵东下必然会与南京驻军发生冲突，势必会引发内乱。此举被侯方域及时阻止。南明弘光时，侯方域困钩党之狱，左良玉打着清君侧、救太子的旗号率兵东下，导致江北移防，清军直入。而左良玉自剖心曲说："奸臣当杀，太子当救。完了两桩大事，于朝廷一尘不惊，于百姓秋毫无犯。"其子左梦庚破了南京城池，左良玉大怒，说："岂有此理！不用猜疑，这是我儿左梦庚做出此事，陷我为反叛之臣。罢了，罢了！有何面目，再向江东？"遂吐血而亡。黄得功也可谓忠臣，《截矶》一出，黄得功自报家门："咱家黄得功，表字虎山，一腔忠愤，盖世威名，要与俺弘光皇帝，收复这万里山河。可恨两刘无肘臂之功，一左为心腹之患"。《劫宝》一出，弘光奔逃出城，先去投靠徐宏基，徐佯装不识，拒之于门外；后又被刘泽清、刘良佐当作降清的礼物劫走；在前后映照下，黄得功"闻报时如此忠，见帝时如此敬，夺驾时如此勇，毕命时如此烈"，可谓明朝末世的忠臣。但江北四镇的内讧，哪一次都没少了他。截矶时又把左良玉当作"心腹之患"，放下长江一线不守，却去燕子矶截击左兵。史可法是剧中第一号忠臣，《争位》一出，他盲目乐观，说："今日四镇齐集，共商大事，不日整师誓旅，雪君父之仇了。"四镇为位置争吵起来，史可法劝道："四镇堂堂气象豪，依仗着恢复北朝。"当时的局势是励精图治，首先巩固南朝，尔后才有可能谈收复失地。四镇各有自己的小算盘，以"恢复北朝"号召四镇，迂阔不切实际，无异于对牛弹琴，最后只有以沉江来完成忠臣的职责和形象。他们都是忠臣，为什么总是互相刁难，难于沟通，甚至互相为敌，自相残杀？孔尚任找到了答案，《劫宝》一出尾批云："南朝三忠，史阁部心在明朝，左南宁心在崇祯，黄靖南心在弘光，心不相同，故力不相协"。这三个忠臣，忠则忠矣，但于国事都是成事不足，败事有余。这三个人悲壮而又令人遗憾的命运，深层原因正是君主制与国家的矛盾造成的。君主代表了王朝，王朝代表了国家，君主把朝政当作家政，把国家当作私产。以自己的大私要求普天下臣民无私无欲，绝对忠诚。这种不合理的伦理观念势必走向反面，人有人私，集团有集团之私，大臣有大臣之私，造成"私君、私臣、私恩、私仇、南朝无一非私""文争于内，武斗于外，置国事于不问"的局面。❶

君主制还造成了明末的门户之争，君主的门户之分造成了大臣的党争。明末东林党也叫"后党"，这个党派的产生、发展以至于受到阉党的残酷镇压，始终伴随着立储、正位、治国一类事情。南明时，忠臣们各有所忠，但就是为那一片忠心而不顾国家大计。可笑的是南明几个固守一隅的小朝廷为争正统相互火并。君主代表国家的制度和臣忠于君的伦理观念在南明受到了历史的嘲弄。孔尚任熟读南明史籍，用戏剧的形式把他对君主与国家的矛盾，对忠君观念的怀疑表现出来，尽管不像思想家们那样明确激烈，但活生生的人物、情节更发人深省。

明清用道德伦常统治人心，忠臣节士、义夫烈女人数之多是任何时代都不能与之相提并论的。从明初方孝孺的株连九族，到明清之际大批遗民烈士的殉国殉君，再到乾隆时对前朝死难烈士的表彰，无不表现了封建帝王荼毒奴化臣民的残忍和险恶用心。王学的平等圣凡，崇尚自由自主自悟，其本质就是重视人的个体价值和个人感受的不同，甚而重视人的生命价值。泰州学派明确提出人要爱护自己的生命，爱护自己的生命就能由己及人也爱护他人的生命，爱己、爱人、爱国家才会形成一条利益链。王艮说："安身者，立天下之大本也。本治而末治，正己而物正，大人之学也。""吾身保，然后能保天下"，"吾身不保，何以保天下国家哉？"❷受泰州学派影响的汤显祖就是一位贵生论者，他有《贵生书院》一文，说："天地之性人为贵。……故大人之学，起于知生。知生则知自贵，又知天下之生皆当贵重也。"其《徐闻留别贵生书院》诗云："天地孰为贵，乾坤只此生。海波终日鼓，谁惜贵生情。"儒家的政治理论及程朱理学都强调以个体服从道义、天理，孟子说"舍生取义"，朱子说"饿死事小，失节事大"，都是把个体生命看作道义、气节的牺牲品。对道德价值的无限制扩张，必然导致对生命的贱视，甚至以生命去博取虚名。《儒林外史》中王玉辉女儿的殉夫及王玉辉鼓励女儿绝食而死，最典型地表现了道德礼教杀人的本质。明清易代之际成千上万无辜的人死于君臣大义，其人格的峻洁自然令人感佩，但并不是这些人一定非死不

---

❶《桃花扇·拜坛》眉批，孔尚任，李保民校注，中州书画社，1982.

❷《明儒学案》卷三二，中华书局，1985：533.

可。明清之际的学者陈确就为此深为痛惜，写了《死节论》一文，开篇即言："嗟乎！死节岂易论战！死合于义之为节，不然，则罔死耳，非节也。人不可罔生，亦不可罔死。"作者不是不想成全那些死难者们节义的虚名，而是基于生死之不易，辨明忠君死节渊源及本意。文章引述了孔子、孟子的"杀身以成仁""舍生取义"的话后，说："义可兼取，则生有不必舍；仁未能成，而身齐不必杀也。"义和生命之间，能兼取决不舍生，仁未成也未必取死，留身以待仁。显然生命比仁义更加珍贵。易代不事新朝的君臣之义起源于殷周之间的微子、伯夷、叔齐。陈确论道：

> 殷之三仁，惟有一死。然比干之死，纣杀之耳。使纣不杀，则比干者终与微、箕同宾周室，必不死耳。惟孤竹二子，独能自立名行，不食周禄，穷饿西山，孔子称其"求仁得仁"。盖纣虽暴，君也；武虽圣，臣也。何至使八百诸侯同声一词，冠带之伦服膺新命！向无伯夷、叔齐之饿，则天下后世宁复知君臣之义哉！此抗古以来一大砥柱也。故古今谈节义者，必以夷、齐为称首。鸣呼！若二子者，可谓真节义矣。然二子之义只在穷饿，节如是止矣，不必沾沾一死为快也。使二子而亦若后世之不食七日而死，不成夷、齐矣。……夫以二子之义，即优游西山之下，竟以寿终，已大节凛然，照耀千古，何必死。

节义之祖伯夷、叔齐在易代之际也只是"穷饿"而已，进入新朝"优游西山之下，竟以寿终"，仅此足以"大节凛然，照耀千古"，后世推求节义者何必一定要人去死！陈确不说二子饿死，而说"穷饿"，自有其平实之解释："饿者，只是穷困之词"，穷相对于孔子提及齐景公之千驷，饿相对于孟子所说的"非肉不饱"。二子何尝捐躯，同殉国难者乎？二子之君臣大义既明，作者不得不批评当时人的轻死重名，云：

> 自此意不明，而后世好名之士益复纷然，致有赴水投环，仰药引剑，趋死如鹜，曾不之悔。凡子殉父、妻殉夫、士殉友，罔顾是非，唯一死之为快者，不可胜数也。甚有未嫁之女望门投节，无交之士闻声相死，薄俗无识，更相标榜，亏礼伤化，莫过于此。近世靖难之祸，益为惨毒。方、练之族，竟愈千百，一人成名，九族楮首，何可说哉！甲申以来，死者尤众，岂曰不义，然非义之义，大人勿为。且人之贤不肖，生平俱在。故孔子说："未知生，焉知死。"今之动称末后一著，遂使奸盗倡优同登节义，浊乱无纪未有死节一案者，真可痛也。……忠矣，可谓仁乎？曰：未知，而何易言杀身成仁之学乎！古人学道，只如布帛菽粟，日用靡间，犹难言纯熟。今人皆有意求之，何易可合。果成仁矣，虽不杀身，吾必以节许之；未成仁，虽杀身，吾不敢以节许之。节也者，不可过，亦不可不及，故曰"中节之谓和"。

（《陈确集》卷五）

这一段话包含了几层意思，首先，陈确对殉节一事深表痛惜。他认为动辄殉节不仅不值得标榜，还是"亏礼伤化"之最，标榜殉节其实就是诱人轻生赴死。其次，作者以极深的爱人之心对永乐夺权中方、练两族被株连九族的惨剧进行重新审视和评价："一人成名，九族楼首。"方孝孺、练子宁何忠何仁可谓？在易代之际甚嚣尘上的死节道德舆论中陈确提出反论，有的放矢，确为有见识之言。再次，明清易代，作者仍然不赞成殉国殉君，说这是"非义之义"。他更看中人平时的德行和作为，而不是"末后一著"来盖棺定论。最后，陈确对忠是否可谓仁表示怀疑。仁是儒家政治道德伦理的最高境界，朱子把求仁的途径直指忠孝节义，其中的忠又是求仁重中之重。陈确认为，仁存在于"布帛菽粟，日用靡间"，他把百姓的日常生活与君主存亡分离开来，与其去忠君殉节，还不如更看重日常生活，忠君的伦理观念被爱生活爱生命的人性论消解了。在清初反思、批判的背景下，学者和文学家们对忠君观念的荒谬性、残暴性发起了震撼性的冲击。正是在这一思想背景之下，乾隆以集权者的铁腕重新整饬封建伦常，特别是君臣之伦。

四、对男女关系的再认识

封建伦常中最难撼动的是君臣关系，而最先动摇的是对男女关系的重新认识，明清文学对此表现得也最为生动深刻。早在《周易》里就以天地、乾坤的尊卑来解释男女的尊卑，确定了封建社会男尊女卑的道德伦理，并由此派生出一整套禁锢、贬低、统治妇女的道德。孔子说："惟小人与女子难养也"，女子与小人相等；俗语说："女人头发长，见识短"，女人又与愚蠢相等；妇女的智慧是客观存在，又说："女子无才便是德"，人为地排斥蔑视妇女的才情。由对妇女人格和智能的界定，派生出家庭生活中妇女的从属性，女子在家从父，出嫁从夫，夫死从子，嫁鸡随鸡，嫁狗随狗，从一而终等。在两性关系上，封建社会以极其不人道的规范，对妇女的人格、智慧、人身归属都从理论上进行了暴虐性的侮辱欺凌，而对男子赋予了很多先天性的优势。然而在历史的长河中，妇女以她们的智慧、勇毅、善良、坚韧为自己正名。东汉班昭、蔡文姬的文史之才，北朝民歌中木兰的代父从军，驰骋疆场，唐代武则天治理国家的政治才能，李清照与男性词人分庭抗礼的文学成就……这些杰出女子一次次嘲弄封建伦理的虚伪、荒唐，一次次证明巾帼不让须眉。一旦封建伦常发生了松动，妇女的解放必然首先活跃起来。在明后期的思想解放运动中，李贽的思想被评价为"独立的，平等的，自由解放的"。❶李贽之所以是独树一帜的思想家，首先因为他是一个真诚的人，他敢于怀疑圣人、先人、权威的教条，他敢于把真实的、客观存在的事情说出来，

---

❶《明代思想史》，容肇祖，齐鲁书社，1992：254.

揭开罩在人们头上虚假的面纱，冲破习以为常的思维套路，正如明代人反复说的"赢指人心"。妇女的地位除了社会制度和社会意识强加上的东西外，妇女真正的面貌历代男子们都心知肚明，但就是没有人去为妇女说句公道话。而李贽率先站出来说："谓人有男女则可，谓见有男女可乎？谓见有长短则可，谓男子之见尽长，女子之见尽短，又可乎？"（《焚书》卷二《答以女人学道为见短书》）肯定了女子的智慧、见识。女子的人身从属于男性，所以在婚姻问题上完全处于被动的地位。李贽反对父母之命，媒妁之言的封建婚姻观念，主张婚姻自主。《藏书》卷二十九《司马相如传》说：

> 相如，卓氏之梁鸿也，使当其时，卓氏如孟光，必请于王孙，吾知王孙必不听也。嗟夫！斗筲小人，何足计事？徒失佳偶，空负良缘，不如早自抉择，忍小耻而就大计。《易》不云乎，"同声相应，同气相求。"同明相照，同类相招，"云从龙，风从虎。"归凤求凰，安可诬也。

司马相如、卓文君私奔的爱情故事在李贽的解释中，既不是风流韵事，也不是败德羞耻之丑事，而从婚姻的实际说法，真是"直指人心"，足可惊动一世婚期女子的觉醒。他在《初潭集》卷一"合婚"和卷二"才识"中评论"好女子"，"好女子"就是如卓文君这样的女子，婚姻不以门第势利为重，看中的是两情相悦。这样的女子不须依附于男子，卓文君不是还可以当垆卖酒吗！他还举出二十五位"才智过人，识见绝甚"的妇女，说她们的才识男子不如。

李贽前后，文学作品肯定妇女的才能，提倡婚姻自主，与个性解放运动共同谱写了明清妇女解放的双重合奏曲。徐渭的《四声猿》，其中两种就是写妇女才能的。《雌木兰替父从军》和《女状元辞凰得凤》都是写女扮男装，一个替父从军，功成身退；一个跻身科场，高中状元，做官有干才，从文武两方面彰显妇女的才能。作家热情地讴歌道："休女身拼，缇萦命判，这都是裙钗伴。立地撑天，说什么男儿汉！""世间好事属何人，不在男儿在女子。"作家有意为受歧视的妇女一吐不平之气。明清戏剧在明中叶的忠奸剧、历史剧、时事剧中就露出表现妇女在政治生活中发生作用的苗头。李开先的《宝剑记》中的林冲妻子围绕着林冲的上疏、被害，发挥着重要的作用。梁辰鱼《浣纱记》中的西施说："国家事极大，姻亲事极小，岂为一女之微，有负万姓之望。"后又赴吴，在吴越争霸中起了关键的作用。无名氏的《鸣凤记》写到了几位妇女，不仅是相夫教子、侍奉公婆的贤妻良母，还理解、支持丈夫的政治斗争，杨继盛的妻子在刑场上要代夫赴死。这种苗头在清前期的戏剧方面有大的发展。《桃花扇》里的李香君和侯方域的关系既是男欢女爱，也是政治斗争中同一战线的战友。顾彩的《桃花扇·序》说："胜国晚年，虽妇人女子亦知向往东林。"侯、李定情结合后的第二天，李香

君就意气激烈地批评侯生："官人是何说话？阮大铖趋附权奸，廉耻丧尽，妇人女子，无不唾骂。他人攻之，官人救之，官人自处于何地也？"唱道："不思想，把话儿轻易讲，要于他消释灾殃。要与他消释灾殃，也提防旁人短长。（白）官人之意，不过因他助俺妆奁，便要徇私废公。哪知道这几件钗钏衣裙，原放不到我香君眼里。"如此言行大违封建社会夫唱妇随的女德。侯生逃离南京，李香君拒婚守楼，既是捍卫爱情的不可侵犯，也是坚持自己的政治立场。《骂筵》一出，大骂马、阮，自豪地说："东林伯仲，俺青楼皆知敬重。"南明覆亡后，因国破君亡，李香君扯扇入道。李香君把自己的爱情婚姻和政治斗争、国家兴亡打拼在一起，与一般爱情剧"洞房花烛，金榜题名"的婚姻理想截然不同。妇女形象由争取和有情人成眷属到和志同道合的有情人共赴国事，妇女在婚姻中以及在社会生活中的地位、作用已不言而喻。

自主婚姻是明清文学表现妇女解放的主题之一。孟称舜的《娇红记》几乎是在演绎李贽关于司马相如和卓文君婚姻的意义。故事本于元代宋梅洞的传奇《娇红记》，写书生申纯和王娇娘一波三折的爱情悲剧，娇娘绝食而死，申纯悬梁自尽。二人死后合葬，其精灵化为一对鸳鸯，出没于巴山蜀水之间。《娇红记》较之一般的才子佳人戏，作者提出婚姻自主的合理性，赋予女主人公王娇娘卓文君般的勇气和见识。王娇娘从历史与现实中深切体会到封建婚姻的不合理，并对这种婚姻制度极不信任，云："婚姻儿怎自由？好事常差谬，多少佳人错配了鸳鸯偶"，"古来多少佳人，匹偶非才，郁郁而终"。她不愿再蹈她们的覆辙，并从卓文君的故事中获得启发，决心自求良偶，第四出《晓绣》说：

> 奴家每想，古来才子佳人，共谐姻眷，人生大幸，莫过于斯。若乃红颜失配，抱恨难言。所以聪俊女子，宁为卓文君之自求良偶，无学李易安之终托匪材。至若两情既惬，虽若吴紫玉、赵素馨，身葬荒丘，情种来世，亦所不恨。

这一番话和李贽的《司马相如传》关于婚姻的意见完全一致，卓文君的私奔成了当时女子自主婚姻的榜样。王娇娘对"良偶"也有自己的标准，鄙弃"金珠满穴"的纨绔子弟，而期单得个"同心子"，"但得个同心子，死共穴，生共舍，便做连枝共冢，共冢我也心欢悦"。她所说的"同心子"属于那种心心相印，心有灵犀的人。王娇娘不仅观念是新的，而且还付诸实践，用她的生命演绎了自主婚姻的心曲。

妇女的才能得到了公认，妇女的人格得到了尊重，妇女的婚姻问题有了自主的要求，重新认识妇女，重新给妇女定位也是必然。清中期，曹雪芹以自己的十年"辛苦"和"字字看来皆是血"的《红楼梦》来为女子昭传。小说第一回作者交代写作缘由以及小说宗旨：

> 今风尘碌碌，一事无成，忽念及当日所有之女子，一一细考较去，觉其行

止见识皆出我之上；我堂堂须眉，诚不若彼裙钗；我实愧则有余，悔又无益，大无可如何之日也！当此日，欲将已往所赖天恩祖德，锦衣纨绔之时，饫甘餍肥之日，背父兄教育之恩，负师友规训之德，以至今日一技无成，半生潦倒之罪，编述一集，以告天下：知我之负罪固多，然闺阁中历历有人，万不可因我之不肖，自护己短，一并使其泯灭也……

虽不学无文，又何妨用假语村言，敷演出来，亦可使闺阁昭传《红楼梦》的内容极为丰富，被称为那个时代的百科全书，其思想意蕴见仁见智，然而作者的自述恐怕是最具说服力的，表现堂堂须眉的行止见识不如裙钗，为"闺阁昭传"正是创作这部小说的重要宗旨之一。小说以清纯无瑕、拒绝世俗污浊的少年贾宝玉的视角来为这些女子立传。作者赋予了宝玉怪诞然而非常真实的男女意识："女儿是水作的骨肉，男人是泥作的骨肉。我见了女儿，我便清爽；见了男子，便觉浊臭逼人。"贾宝玉在日常生活中以女子为尊贵，自幼喜欢吃女孩子嘴上的胭脂，挨打时嘴里喊着姐姐妹妹就可消疼减痛，平时玩劣异常，见了女儿们就变得温厚和平、聪明文雅起来。他天生的这一段痴情，表现为对一切少女的美丽聪明的欣赏，对她们处境的理解，以及对她们不幸命运的同情，甘心情愿在女儿们面前伏低作小，为女儿们担待分忧，用他尽可能的力量设身处地地去呵护她们，"晴雯撕扇""平儿理妆""投鼠忌器，宝玉瞒赃""呆香菱情解石榴裙"等都是他一片痴情的表现。同时作者告诉读者这绝非贾宝玉个性的怪僻，大观园的那些纯洁美丽、聪明伶俐的女性确实是人性的理想境界。"孤高自许，目无下尘"的林黛玉，博学多识、志在青云的薛宝钗，"才自清明志自高"的探春，敏感孤介的惜春，老实懦弱的迎春，不论她们才志如何，性情如何，无不纯洁生动，洋溢着真气。那些丫头奴婢，同样是作者倾注关爱的对象。"身为下贱，心比天高"的晴雯，决不做小老婆的鸳鸯，身世悲惨、沉迷于诗歌的香菱，刚烈豪侠的尤三姐，柔弱轻信的尤二姐……无不贯注了作者对她们的欣赏和同情，也正是因为这一腔深情，才会用自己的血泪去昭传"千红一哭""万艳同悲"的人间悲剧。

《红楼梦》之后，李汝珍《镜花缘》的一个重要的思想就是男女平权。小说第四十八回《泣红亭记》说："盖主人自言穷探野史，尝有所见，惜湮没无闻，而哀群芳之不传，因笔志之。"表现出要为妇女立传吐气的写作动机。小说一开始写"女魁星北斗垂景象"，"白花获谴降红尘"的神话，表示"今日灵秀"钟于女子。他主张女子从小要接受教育，长大后可以参加科举。小说描写了一个女儿国，女子当政，男子反而穿耳缠足，涂脂抹粉，以治内事，让男子设身处地地体会女子所遭受的歧视、蹂躏的痛苦，以及被排斥到社会生活之外的感受。女子当政，不让须眉，她们要成就一番"或宣礼制音，或兴利除弊，或除暴安良，或举贤去佞，或敬慎刑名"的事业，作者把女儿国作为自己理想社会的寄托。

封建伦常中父子、兄弟是血缘关系，是一种自然的亲情关系，而君臣、男女则是要靠制度和伦理来维护加固的关系，程朱理学对明清统治者最有实际价值的也正在于此。但是在明清的思想启蒙中，这两种伦常受到的冲击最大。当然君臣之间是否要改变臣一定要忠君并没有得到明确的理论阐释，但人们确实开始质疑这种伦理的合理性，君主的神光正被戳破，君权神授的神话也正被人客观地认识。妇女解放的步子迈得相对大些，肯定妇女的才能，尊敬妇女的人格，主张婚姻自主，呼吁女权，其理论深度、广度都超过对君臣伦理的突破。封建伦理中关键性的两种伦理受到冲击，为近代的民主政治和平等意识做了准备和积累。

第三节　科举制度的文化抨击

明清以程朱理学为官方哲学，为了把这一思想贯彻下去，在历史上第一次实行普及教育和制定以八股取士的科举制度，把学校教育与科举考试的内容紧密结合起来，使程朱理学真正成为一天下人头脑，一天下风俗的全民意志。

关于明代教育，《明史·选举志》说："学校有二：曰国学，曰府、州、县学。"国学是中央设立的最高学府，也是掌管全国学校的最高行政机构；府、州、县学统称儒学，属地方学校；作为地方学校补充的还有宗学、社学、武学。宗学主要是为宗室子弟开办，社学主要对象是民间子弟，武学是为武官子弟开设的学校，这样就形成了一个覆盖社会各个层面的教育网络。如此庞大的教育体系在推进贯彻统治者的意志方面，作用肯定是不可估量的。另外，对提高广大民众的文化素质也是功不可没的，明清戏曲小说的发达便是一个重要因素。《明史·选举志》还说："科举必由学校。"把教育与科举结合在一起，使程朱理学在制度层面得到强化，八股取士的科举制度成了教育网络的中心和目的。清代沿袭明制，直到废除科举制度，八股教育才告终结。由于功名利禄的诱惑，八股文成了全社会都在揣摩的最高文体，在它的面前，士人失去了独立的思想和创造精神，甚至失去了应该保持的人格。这种取士制度影响了明清两朝数以万计知识分子的生存状态和心理结构，同时对明清文化、学术、文学的负面影响也是广泛而深远的。周作人的《看云集·论八股文》对八股文有一段很深入的议论：

几千年来的专制养成很多顽固的服从与模仿根性，结果是弄得自己没有思想，没有话说，非等候上头的吩咐不能有所行动。这是一般的现象，而八股文就是这个现象的代表。前清末年有过一个笑话，有洋人到总理衙门去，出来七八个红顶花翎的大官，大家没有话可讲，洋人开言道："今天天气好。"首席的大声答道："好。"其余的红顶花翎接连地大声答道好好好……其声如狗叫云。这个把戏是中国做官以及处世的妙诀，在文章上叫作"代圣贤立言"，又可以称作"赋得"，换句话就是奉命说话。做"制艺"的人奉到题目，遵守"功令"，在应该说什么与怎么说的范围之内，尽力地显出本领来，显得好时便是"中式"，就是新贵的举人进士了。我们不能轻易地笑前清的老腐败的文物制度，它的精神在科举废止后在不见过八股的人们的心里还是活着。吴稚晖公开说过，"中国有土八股，有洋八股，有党八股"。我们在这里觉得未可以人废言。八股文即是中国专制社会作养奴隶的产物，又是中国奴隶性的代表，其劣根性直到今天仍在作祟。八股文的坏影响并非现代人才发现，可以这样说，对八股文的怀疑批判是明清数世纪间的文化主题之一。

在批判科举制度方面文学家们走在了时代的前列。

明清对八股文的批判大致可分三个时期：明中叶、明清之际、清中后期。

一、明中叶的八股文批判

明中叶指成化到万历前期，这时对科举制度的批评也经历了一个由浅入深的过程。一开始，人们零星地批评其对教育、学术产生的不良影响，逐渐地认识到这一制度对社会生活各方面产生的恶果。这一时期批判科举制度的最有成就者是归有光。

八股文的形成时间按现在学术界的认识，应在明成化年间，而成化年间的进士吴宽就对八股文深恶痛绝，说：

今之号为时文者，拘之以格律，限之以对偶，率腐烂浅陋可厌之言，甚至指摘一字一句以立说，谓之主意。其说穿凿牵缀，若隐语然，使人殆不可测识。苟不出此，则群笑以为不工。盖学者之所习如此，宜为人所弃也。而司其文者其目之所属，意之所注，亦惟日主意而已。故得其意，虽甚可厌之言一不问；其意失，虽工辄弃不省。……呜呼，文之敝既极，极必变，变必自上之人始。

（《匏翁家藏集》卷三九《送周仲瞻应举诗序》）

吴宽从八股文中走出，深有体会，他指出这种文章内容上割裂四书章句，拘限于格律，"穿凿牵缀"，断烂不可读。其文能否中式，全看能否入司文者之目。入司文者之目，甚可厌之言被解释为"主意"，反之，文章虽工则弃而不省。成化二年的进士、明初的理学名臣庄昶也批评八股文"其害甚于杨墨佛老"，八股文"属联比对，而点缀纷华，某题立某新说，某题主某程文，皮肤口耳媚合有司，《五经》《四书》择题而出，变风变雅，学者不知。"（《定山集·送戴侍御提学陕西序》）八股文实行初期，就是那些以八股文取得功名的人也对它不以为然。但当明王朝的上升时期，即使八股文取士的弊端在一开始就显露出来，但谁也不

会去指责这种制度。何景明的《大复先生集》卷三十三《师问》就举业之弊和举业之制有一段只及皮毛不及骨肉的话。有问于何氏者，曰：

"今之师何如古之师也？"何子曰："古也有师，今也无师。"曰："今之师所谓师也，非古之所谓师也，其名存，其实亡，故曰无师。"曰："古之师可得闻与？"曰："古者教之之法，曰性，曰伦。性则仁义礼智信是也，伦则君臣父子兄弟长幼朋友是也。于是而学焉，以由之道曰学焉，以得之曰德，用之而足以举天下。曰业是，故古之师将以尽性也，明伦也，则其道德而蓄其业也。是谓古之师也。"曰："何谓今之师？"曰："今之师举业之师也。执经授书，分章截句，属题比类，纂摘略简，剽窃程式，传之口耳，安察心臆，叛圣弃古，以会有司，故今之师速化苟就之术，干荣要利之媒也。"曰："师止是二者乎？"曰："否，不止是也。汉有经师，作训诂以传一家之业者也，君子有尚之；唐宋以来，有诗文之师，辨体裁，绳格律，审音响，启辞发藻，较论工郖，咀嚼齿牙，媚悦耳目者也，然而壮夫犹羞称之。故道德师为上，次有经师，次有诗文师，次有举业师。师而至于举业，其卑而可羞者未有过焉者也。"曰："然则废举业已乎？"曰："何可废也。今之取士之制也，士进用之阶也。"曰："是既可废，子何谓其卑而可羞也。"曰："吾所谓卑而可羞者非其制使然也，师举业者之弊也。"

何景明先将古今之师进行比较，古之师教人以性以伦，教之以诗文，今之师教人"会有司"，汉之经师重训诂，唐宋师重辞藻，而今之师则是教以"速化苟就之术，干荣要利之媒"，因而今之师"其卑而可羞者未有过焉者也"。何景明揭示明代教育弊病，可以说是入木三分，指出了要害。但是要触及科举制度时，他则没有丝毫的怀疑，认为今之师之弊不是科举制度之弊，而是师举业者之弊。这样的议论显然是缺乏思考的肤浅之论。由此我们也可看出以八股文取士的科举制度，受灾最早最严重的是教育和学术。教育和学术是社会最敏感的神经，其弊病的根源无不是制度对人文领域的毒害。但吴宽、庄昶、何景明对这一制度是深信不疑的。八股文在读书人的人生道路上究竟扮演什么角色？李开先的《唐荆川批选名贤策论序》有一段绝妙的比喻："以举业而取进士，譬诸击门户而拾瓦砾。饮醇醪而藉糟粕，求鱼兔而用筌蹄。进士取而举业弃，门户辟而瓦砾掷，醇醪竭而糟粕黜，鱼兔得而筌蹄置之无用矣。"尽管如此鄙视举业，但李开先言下之意这块敲门的瓦砾还是需要的，但这种学而后弃之的"瓦砾"常常要耗掉人几十年甚至一生的精力，它对人的戕害就只是一个敲而弃的问题吗？全国的读书人用那么多精力去"分章截句，属题比类，纂摘略简，剽窃程式"，将会对教育、学术、用人以至于官场发生怎样的影响？关于这些深层次的问题，嘉靖时期的归有光是第一个进行系统剖析的人。

归有光是八股取士制度的受害者。他幼读朱子《传》《注》，长有文名，中年从学者数百，但直到花甲之年第九次春官才得一第。这种切肤之痛使其对这一制度的认识也更加冷峻深刻。他认为，八股取士的科举制度给明代社会带来了一系列的问题。

首先，它败坏了学风。人才铨选方式、教育制度直接导引着学术内容和学术风气。明代制定科举制度的初衷，本想用朱子理学一统天下人之道德，使读书人深明圣人之道，以施于天下。但久而靡然，天下士子不复知有圣人之书，"自太学以至郡学，学者徒攻为应试之文，而无讲诵之功"。（《震川先生集》卷九《送计博士序》）如黄宗羲所云："举业盛而圣学亡。举业之士亦知其非圣学也，第仕宦之途寄迹焉尔。"（《南雷文案·仲升文集序》）科举制度不仅没有成就承传圣学的使命，反而成了圣学的墓穴。这是就学术对象言。从学术风气言，情况更加触目惊心。士人徒攻应试之文，"记诵时文为速化之术"，"习其辞不复知其原，士以哗众取宠，苟一时之得以自负；而其为文，去圣人之经益以远"。"相与剿剥窃攘，以烂坏软熟之词为工，而六经圣人之言，直土埂矣"。甚而以不读书为学，认为通经学古为时文之蠹。士子登朝后，竟然有不知王祥、孟宗、张巡、许远为何人者。学风至此，何学之有？

其次，科举制度直接腐蚀了读书人的道德。士人读书只为博取富贵，"自为者亦轻矣"，因此"内不知修己之道，外不知临人之术，纷纷然日竞于荣利以成流俗"。（《震川先生集》卷九《送计博士序》）三年一考，中与不中全凭运气，归有光说是"命"，是"撞着"；有的考官有眼无目，"每得一篇，先问其姓名，乃徐而读之，曰：'有司信不诬耶！'"《震川先生集》卷二《会文序》使录取变成了先入为主，甚而幕后交易。如此铨选人才，诱导了读书人的侥幸心理和投机钻营的品行。考生一旦中举，国家"用之者甚重，而养之教之者犹未具"。（《震川先生集》卷九《送计博士序》数十年孜孜矻矻攻读的举业朝夕间弃之如敝屣，真如李开先说的是敲门的破瓦砾。

最后，科举制度目的与结果的悖谬，学与用的背离，选拔与人才的脱节，造成的不良士风又加速了官场吏治的腐败。明代的仕进之途，明初本来有四："曰学校，曰科目，曰荐举，曰铨选。学校以教育之，科目以登进之，荐举以旁招之，铨选以布列之，天下人才尽于是矣。"但是，后来，明清一直以科目最为显贵。官员一但进士出身，才与不才，治与不治便没了界限。御使考察政绩，如是进士，即使不肖，也"改容而礼貌之"，"列状而荐举之"；如不是进士，即使有政绩，也非礼之，非荐举之。其结果，"暴吏恣睢于民上，莫能谁何，而豪杰之士一不出于此途，则终身侥首，无自奋之志。间有卓然不顾流俗，少行其意，不胜其排沮屈抑，逡巡而去者多矣"。（《震川先生集》卷一三《杨渐斋寿序》）进士们做官贪鄙成风，《与沈敬甫》描述道："风俗薄恶，书生才做官，便有一种为

官气势；若一履任，望见便如堆积金银。"读书、做官、发财的人生三部曲昭然若揭。《送吴纯甫先生会试序》愤怒地揭露士子们："内以侵渔其乡里，外以芟夷其人民。一为官守，日夜孜孜，唯恐囊橐之不厚，迁转之不亟，交接奉承之不至。书问繁于吏牒，馈送急于官赋，拜谒勤于职守。"进士们居乡为恶乡里，做官营求民脂迁转，加速了政治腐败、官场庸烂、民生凋敝。

在思想史上，归有光之前的人认识到科举制度对学风的侵蚀，而归有光则是第一个将八股取士的科举制度与士风和官场腐败联系起来做如此系统的剖析评述的，这一点他达到了那个时代的最高水平。

二、明清之际的八股文批判

明代后期以艺术形式抨击科举制度或者反映科举制度对读书人戕害的作品时有表现。如汤显祖《牡丹亭》中的陈最良就是戏曲形式中较早的一个受科举制毒害而不自觉的人物，其命运的悲惨，对科举的笃信，思想的迂腐僵化，反映了那个时代那些挣扎在科举独木桥上心无旁骛读书人的不幸和悲哀，与数百年后鲁迅笔下的孔乙己遥相呼应，有异曲同工之妙。《邯郸记》揭露科场贿赂。卢生在科场上撞了几回，明白了科场机关，遇到了有钱有背景的小姐，走朝中门路，用孔方兄开道，得到了上层宦官高公公的提携，夺了状元。王衡的《郁轮袍》写官场把持科场的社会现实以及读书人在这种现实面前的去取选择。九公主权倾一朝，岐王也有爱才之名，意欲为王维打通关节，给王维找了一个逢迎九公主的机会，要王维扮成乐工随岐王前去呈诗献技，夺取状元。逢迎权贵已属非类，扮作乐工更是辱没名扬天下的秀才王维的人格。王维累十次拒绝岐王的结纳，便累十次失去了夺元的机会。无行秀才王推假冒王维之名趋奉了一次，便以一首打油诗轻而易举地中了状元。王维远避权贵，自信"文章原有用"，但现实并非如此，剧作十分生动地描写了秀才们的文章遭际。主考官赵履温自称是"九公主门下做一个有心的犬儿"，第一次看王推的诗，说："这秀才胡说胡说"，当王推袖出九公主的书信，马上改口："呀，是了，我不曾细看你的卷，拿来再看，妙妙妙。我适间眼昏心头胀，几乎失了天下名士。"王推的诗句句不通，赵履温却说"用事又切，算计又妙"，"句句有出落"。王维的一首《早朝》诗被赵说成"直进直出，是甚模样"，胡言乱语，把王维的诗评得一无是处，直气得王维"口无语瞪眼平看"。被文人视为"公器"的文章在以官为本的社会失去了它本身的意义，实际上成了权贵结党营私的交易物。明后期的文学表现科举制度的种种弊端，形象生动，风趣滑稽，夸张狂诞的背后潜伏着文人深巨的心灵创痛和悲愤不平。

明清之际的思想家们亲眼目睹了在改朝换代中血流成河，尸骨遍野，山河残破，民生涂炭的惨象；他们曾经是前朝臣民，在历史的转折关头，进行了极其艰苦卓绝的反抗；失败后，他们又做了胜国遗逸，超越出当世的名缰利锁，致力于学术研究和著书立说，在中国古代思想史上树立起又一座思想丰碑，而对科举制度的反思与批判是他们思想武库里不可缺少的一部分。比较全面而深刻地反思批判者当属黄宗羲和顾炎武。概括起来看，他们主要着眼于科举制度对学风、人才、官场的败坏，把归有光论述到了的问题进行更加深入明确的剖析。

关于明代科举制度的渊源，归有光在《送狄承式青田教谕序》中进行过探讨，云：

浙东道学之盛，盖自宋之季世。何文定公得黄勉斋之传，其后有王会之、金吉父、许益之，世称为婺之四先生。益之弟子为黄晋卿，而宋景濂、王子充皆出晋卿之门。高皇帝初定建康，青田刘文成公实与景濂及丽水叶景渊、龙泉章三益四人，首先应聘而至。当是时，居礼贤馆，日与密议，浙东儒者皆在。盖国家兴礼乐，定制度，建学养士科举之法，一出于宋儒，其渊源之所自如此。

明初"兴礼乐，定制度，建学养士"源自于浙东之学，而浙东之学又出于宋儒。明朝选择宋儒既是归有光所说的历史事件、人物的推动，也是集权制度下儒学发展的必然。程朱理学的八股化适应了封建集权对人才既要用其才，又要奴隶其性、禁锢其智的政治原则，而这一政治原则的悖论也必然导致科举制度动机和结果的悖论。经学是封建社会赖以存在和正常运转的精神支柱，它与国运政治、世俗人心关系密切，明初科举规定初场四书义三道，经义四道，以宋儒传注为准。顾炎武说："国家所以取生员而考之以经义；论、策、表、判者，欲其明六经之旨，通当世之务也。"但庠序教之者，仅场屋之文，"求其成文者，数十人不得一，通经知古今，可为天子用者，数千人不得一也"。（《亭林文集》卷一《生员论）上）全国几十万人走独木桥，使投机取巧之风不得不蔓延成风。弘治年间开始出现编选评点乡、会试中试的考卷"程墨"。使八股文的程式化和代圣人立言的语言风格，揣摩时文成了一种捷径。《生员论》中指出："今以书坊所刻之义，谓之时文，舍圣人之经典，先儒之注疏与前代之史不读，而读其所谓时文。时文之出，每科一变，五尺童子能诵数十篇而小变其文，即可以取功名，而钝者至自首而不遇。"《日知录》卷十六《拟题》说科举之败坏人才有甚于秦始皇的焚书坑儒："八股之害，等于焚书，而败坏人才，有甚于咸阳之郊。"秦始皇焚书坑儒毕竟不能尽天下人和天下书，而八股文与其"身家"联系在一起，"一得为此，则免于编氓之役，不受侵于里胥；齿于衣冠，得于礼见官长，而无笞捶之辱"。（《生员论》上）于是普天之下的读书人不再有通经学古之人。黄宗羲的《传是楼藏书记》同样指出：

自科举之学盛，世不复知有书矣。六经子史亦以为冬华之桃李，不适用。

先儒谓传注之学兴，蔓词衍说，为经之害。愈降愈下，传注再变而为时文，数百年亿万人之心思俱用于揣摩剿袭之中，空华臭腐，人才阘茸。至于细民，亦皆转相模锓以取衣食，遂使此物汗牛充栋，幛蔽聪明。

黄宗羲不仅反思明代的科举制度，而且把视线延伸到整个科举制度的历史。隋唐以诗赋取士，明经试墨义。"所谓墨义者，每经问义十道，五道全写经，五道全写疏。"宋代诗、赋、论各一首，墨义同，王安石改法，罢诗赋、帖经、墨义，以经义取代，所谓"以注疏质验"。明代变经义而为时文，其结果是"有弃经不学之士，而先王之道益视为迂阔无用之具"。科举制度愈变愈下，直接戕害的则是学术事业和学术风气。

与学风有关的是人才的败坏。顾炎武在《生员论》上开篇就说："国家之所以设生员者何哉？盖以收天下之才俊子弟，养之于庠序之中，使之成德达材，明先王之道，通当世之务，出为公卿大夫，与天子分猷共治者也。"然而事实却正好相反，"老成之士，既以有用之岁月，销磨于场屋之中，而少年捷得之者，又易视天下国家之事，以为人生之所以为功名者，惟此而已。故败坏天下之人材，而至于士不成士，官不成官，兵不成兵，将不成将，夫然后寇贼奸宄得而乘之，敌国外侮得而胜之。"黄宗羲的《明夷待访录·取士下》指出选士只有科举一途，"虽使古豪杰之士若屈原、司马迁、相如、黄仲舒、扬雄之徒，舍是亦无由进取之"。而一旦中式，"上之列于侍从，下亦置之郡县；即其黜落，终身不复取解，授之以官"。取之何以严，用之何以宽？"严于取，则豪杰之老死丘壑者多矣；宽于用，此在位者多不得其人也。"科举取士不仅不能选取优秀人才管理国家，还禁锢了豪杰之士不能人尽其才。

由于明清教育的普及以及朝廷给予的特殊待遇，生员成了危害社会的重要因素。顾炎武的《生员论》中极论生员之祸害。其一，生员阻碍了官员正常的行政管理。云：

今天下之出入公门以挠官府之政者，生员也；倚势以武断于乡里者，生员也；与胥吏为缘，甚有身自为胥吏者，生员也；官府一拂其意，则群起而哄者，生员也；把持官府之阴事，而与之为市者，生员也。

其二，生员加重了百姓的负担。

云：天下之病民者有三：曰乡宦，曰生员，曰吏胥。是三者，法皆得以复其户，而无杂泛之差，于是杂泛之差乃尽归于小民。今之大县至有生员千人以上者，比比也。且如一县之地有十万顷，而生员之地五万，则民以五万而当十万之差矣；一县之地十万顷，而生员之地九万，则民以一万而当十万之差矣。民地愈少，则诡寄愈多，诡寄愈多，则民地愈少，而生员愈重。富者行关节以求为生员，而贫者相率而逃且死，故生员之于其邑人无秋毫之益，而有丘山之累。然而一切考试科举之费，犹皆派取之民，故病民之尤者，生员也。

其三，生员造成了朋党之争，门户之见。云：

天下之患，莫大乎聚五方不相识之人，而教之使为朋党。生员之在天下，近或数百千里，远或万里，语言不同，姓名不通，而一等科第，则有所谓主考官者，谓之座师；有所谓同考官者，谓之房师；同榜之士，谓之同年；同年之子，谓之年侄；座师、房师之子，谓之世兄；座师、房师之谓我，谓之门生；而门生之所取中者，谓之门孙；门孙之谓其师之师谓之太老师，朋比胶固，牢不可解。书牍交于道路，请托遍于官曹，其小者足以蠹政害民，而其大者，至于立党倾轧，取人主太阿之柄而颠倒之，皆此之由也。

因此顾炎武提出："废天下之生员而官府清，废天下之生员而百姓之困苏，废天下之生员而门户之习除，废天下之生员而用世之材出。"

明清之际很多学者、思想家对科举制度进行抨击，如阎若璩的《潜邱札记》卷二反思明代经学腐败的原因时说："明代经学所以衰落，其故有三：一坏于洪武十七年甲子定制，以八股取士，甚失也陋；再坏于李梦阳等提倡古学，而不以六经为根本，甚失也俗；三坏于王守仁等讲致良知，至于以读书为禁，甚失也虚。"颜元的《颜习斋言行录》说："八股行而天下无学术，无学术则无政事，无政事则无治功，无治功则无升平矣。"朱舜水在《答野节问》中甚至认为八股文是明朝灭亡的原因，说："明朝之失，非鞭虏能取之，进士取之也；进士之能举天下而倾之者，八股害之也。"对科举制度的严厉抨击，并不表示在明清之际的启蒙思潮中否定了这种隋唐以来就实行的制度，他们抨击的对象主要是八股文的教育方式和以八股文为准的铨选制度。否定了八股文，关于采用什么方式，黄宗羲在《明夷待访录》设《学校》《取士》，顾炎武在《生员论》下中提出了改革的设想。顾炎武说："吾所谓废生员者，非废生员也，废今日之生员也。请用辟举之法，而并存生儒之制，天下之人，无问其生员与否，皆得举而荐之于朝廷。"黄宗羲设想的学校有三个功能：第一，"必使治天下之具皆出于学校"；第二，提高全民族的文化素养，"使朝廷之上，间阎之细，渐摩濡染，莫不有诗书宽大之气"；第三，学校还是朝廷的舆论监督系统，"天子之所是未必是，天子所非未必非，天子亦不敢自为非是而公其非是于学校"。对取士，黄宗羲反观了隋唐以来科举制度的变迁利弊，认为明代之弊极矣。针对明代取之甚严，用之甚宽的弊端，提出科举、太学、任子、郡邑佐、辟召、绝学、上书的方案，扩大取士途径。科举一途，黄宗羲设想的考试内容既有程朱学说，也有陆、王之学，还有管、韩、老、庄之学，还有历代史书，还要试时务策三道。如此考试，不仅破除了一先生之言为天下言的思想统治，而且把考试内容扩大到儒家学说之外，从思想领域展开百花齐放的局面，更重要的是考时务，

力图使铨选的人才与现实联系起来，选的是有用之才。顾、黄对八股文的取士制度不仅进行了严厉的批判，而且还做了建设性的思考，但令人遗憾的是封建社会还没有没落到不能自救的程度，思想专制仍然是社会制度运行的理论基础，充分显示奴性的八股文教育和八股文取士的制度还是统治者最佳的选择，但思想家们超前的思想光辉表现了那个时代在铨选方面民主意识的最高成就。

有清一代八股文与功名富贵的结合，诱使无数读书人痴迷于此不能自拔。八股文对读书人心灵的戕害，对文化品位的销蚀，对官场风俗的污蠹为害至深，八股文本身的荒谬更加暴露无遗。与前两个时期的科举批判不同的是，清代出现了《聊斋志异》和《儒林外史》两部划时代的小说，都把批评科举制度作为小说的重要主题。艺术反映生活较之感慨议论自有其不可取代之处，它的形象性、可感性、完整性等素质，对现象的揭示更全面，更能发人深省，更有震撼人心的力量。小说是语言艺术，借助人物、情节的真实形象，场景的生动完整，展示八股文取士科举制度对全社会的影响。人们习以为常的社会现象，经过作者的艺术展示，是那样的触目惊心。蒲松龄没有勘破科举制度的玄机，把一肚皮愤懑发泄到考官身上，《三仙》《司文郎》《贾奉雉》《于去恶》等篇写考官的平庸无识，《饿鬼》《神术》《考弊司》《索秋》《神女》《阿宝》等篇写考官的贪鄙好财，导致了"黜佳才而进凡庸"。针对考官的贪鄙凡庸，明代归有光进行过论述，但蒲松龄用饱含血泪的笔墨控诉科场不公背后读书人的悲哀，给人以更大的感染力。《聊斋志异》最令人心痛的是科举制度对读书人心灵的戕害、精神的扭曲和人格的贬损。《王子安》描写名士王子安考试以后"期望甚切，近放榜时，痛饮大醉"的醉态和心理，可笑亦复可悲。王子安白日酒醉而梦，梦到自己中了进士，点了翰林，想到要归耀乡里，酒醒之后方知是狐仙戏弄。这个生活片段描摹结束后，作者言犹未尽，一段"异史氏曰"，对这种读书人的悲哀可怜做了进一步的渲染，令人不忍卒读，读后又不能不潸然泪下。其云：

秀才入闱，有七似焉：初入时，白足提篮，似丐。唱名时，官呵吏骂，似囚。其归号舍也，孔孔伸头，房房露脚，似秋末之冷蜂。其出场也，神情惝恍，天地异色，似出笼之病鸟。迨望报也，草木皆惊，梦想亦幻。时作一得志想，则顷刻而楼阁俱成；作一失志想，则瞬息而骸骨已朽。此际行坐难安，则似被絷之猱。忽然而飞骑传入，报条无我，此时神色猝变，嗒然若死，则似饵毒之蝇，弄之亦不觉也。初失志，心灰意败，大骂司衡无目，笔墨无灵，势必举案头物而尽炬之；炬之不已，而碎踏之；踏之不已，而投之浊流。从此披发入山，面向石壁，再有以"且夫""尝谓"之文进我者，定当操戈逐之。无何，日渐远，气渐平，技又渐痒；遂似破卵之鸠，只得衔木营巢，从新另抱矣。如此情况，当局者痛苦欲死，而自旁观者视之，其可笑孰共焉。

蒲松龄把自己感同身受的精神历程客观地再现出来，对读书人在功名利禄的诱惑之下周而复始，执迷不悟，如醉如痴的精神状态做了淋漓尽致的展现。《叶生》中，叶生乡试失利后，"形销骨立，痴若木偶"，亡后死不瞑目，借别人福泽为自己的文章金榜题名，他才"扑地而灭"。为了功名，读书人寒窗苦读自是本分之事，但入闱时经受百般羞辱，出闱后又经历精神上的悲喜折磨，人格尊严能存几许？然而统治者就是用这一既给你机会和希望又不断贬损你尊严的铨选制度来羁縻天下读书人为我所用。

《儒林外史》在抨击科举制度方面，无论深度还是广度都远远超过了《聊斋志异》，吴敬梓把小说的人物主体就定在了"儒林"中，不写儒林在正史上记载的学行功业，而是写他们作为四民之首士的立身处世之道；作为文化的承载者，他们所尊之道德和所道之学问；作为个体的人，他们的性情和趣味。如果说，蒲松龄笔下的读书人是可怜的，那么，在吴敬梓的笔下，读书人则既可怜，亦复可悲、可鄙、可憎甚而可恶。

三、清代的八股文批判

明代文学作品中写到的冬烘先生恪守朱注，舍经问传，对程朱之言不敢越雷池一步，李开先、归有光等人批评科举制度也只是说八股文是敲门砖、是糟粕、是筌蹄，何景明说是"苟化之术"。显然八股文在明代还只是读书人入仕的手段而已，人们对它本身还是有一个比较清醒的认识。但在清代，随着清王朝统治地位的稳固和集权政治的需要，八股文成为文章正宗，舍八股文一切不是学问，都是旁学杂揽，统治者真正实现了用八股文羁縻天下读书人心志的目的。小说《儒林外史》第十四回鲁编修议论杨执中："他若果有学问，为甚么不中了去？只做这两句诗，当得什么？"第十五回又教导女儿："八股文章若做的好，随你做甚么东西——要诗就诗，要赋就赋，就是一鞭一条痕，一掴一掌血；若是八股文章欠讲究，任你做出甚么来，都是野狐禅、邪魔外道。"小说第四十九回《翰林高谈龙虎榜》，高翰林议论真儒迟衡山、武正字："那里有什么学问！有了学问，到不做老秀才了。"高翰林对选家马二先生颇不以为然，原因就是其没有中举业，没有做官。他说："我朝二百年业，只有这一桩事是丝毫不走的，摩元得元，摩魁得魁。"明清两朝翰林院为清贵之署，负责修史、著作、图书、进讲经史，记载皇帝的起居言行，拟著国家典章。总之，翰林院是清要之职，也是明清官员进入最高行政机构内阁或南书房的一个重要经历。小说有意在小说的前半和后半安排两个翰林院的角色来讲崇拜八股科举的歪理，凸现八股崇拜是自上而下的社会现象。有了鲁编修、高翰林，才会有马纯上、唐二棒椎这样的八股迷。萧柏泉甚至以八股迷的心理揣度庄绍光辞官的原因，说："晚生知道老先生的意思。老先

生抱负大才，要从正途出身，不屑这征辟，留待下科抢元。"八股文还深入闺房。鲁小姐天资不错，在其父的影响下，也是一个女中八股迷。八股文成为衡量文章和学问的唯一价值，而衡量八股文的标准又是看你中了没中。这就必然造成全社会的人都对八股文趋之若鹜。

八股取士制度制定之初，主要是出于以程朱一统天下人头脑的目的，但这种取士制度在明清不断地演化。开始八股文考试的内容是程朱注疏的四书五经，由于以程朱为准，明代的读书人就不读原典，专在注疏上用功，在一个时期确实起到了一定的效果。到了清代，参加科举的读书人连注疏也不去研读，聪明少年揣摩"墨卷"数十篇也可中试。这就是马二先生、匡超人一流人物活跃于文化界的社会基础。高翰林道破天机："揣摩二字，就是举业的金针……若是不知道揣摩，就是圣人也是不中的。那马二先生讲了半生，讲的都是些不中的举业。他要晓得揣摩二字，如今也不知做到什么官了。"马二先生是一个古道热肠的人，看到匡超人是一可造之才，教导其读书上进，所上之进"总以文章举业为主。人生世上，除了这个，就没有第二件可以出头"。所读之书，就是文章选本。他振振有词地说："而今什么是书？就是我们的文章选本了。"匡超人回家后读了这些选本，竟然也能做选家，也能骗吃骗喝，读选本还真是速成之术。如此的教育制度和如此的铨选制度，焉有人才学问可谈！

程朱理学的理论倾向是对封建伦常关系的强化，理论核心是人伦关系的社会化。在以程朱为基础的八股文熏陶下，读书人的道德又如何呢？高翰林把"敦孝悌、劝农桑"看成是"教养题目文章里的话"，岂可当真；匡超人忘恩负义，假造公文，当枪手；万某假冒中书，犯下罪案；景兰江以作诗为由，逢人借钱，借了就不还；周进录取范进出于同病相怜；范进录取苟玫又是执行老师的授意；王惠做知府，念念不忘三年清知府，十万雪花银的官场行情；严贡生为霸乡里，强占其弟的财产；即使是作家说是"闭户读书，不讲这些隔壁账的势利"的余有达也是在衙门和合人命找银子……全社会以八股为尚，全社会以官为尊，而八股又是揣摩甚或作弊而来，官又是通过层层老师提携，打通关节而来，社会风气焉有不坏之理。小说第四十六回、第四十七回写五河县势利熏心的恶俗。封建伦常以孝为本，而唐二棒椎嫡亲的侄儿和其叔为同科举人，竟互称"门年愚侄"和"门年愚叔"；虞华轩修葺元武祠，奉送本家祖宗入祠，而本家人为了奉承方家都去为方家祖宗入祠捧场凑热闹。作者介绍五河的风俗："说起那人有品行，他就歪着嘴笑；说起前几十年的世家大族，他就鼻子里笑；说那个人会做诗赋古文，他就眉毛都会笑。问五河县有什么山川风景，是有个彭乡绅；问五河县有什么出产稀奇之物，是有个彭乡绅；问五河县有那个有才情，是专会奉承彭乡绅。"五河县彭家、方家钱多势大，全县的人没有不奉承的，没有不拉了彭、方两家的大旗来狐假虎威的。一个典型的情节是姚五爷在虞家吃了饭遇到人会说在方家吃饭。八股文取士的科举制度公然教人虚伪说谎，社会的言与行完全脱节，官场焉能不腐败，读书焉能有才华，社会风俗焉能不浇漓。

八股取士的科举制度实行数百年，明嘉靖、隆庆时期的归有光，明末清初的启蒙思想家都对其进行了很深刻的剖析，而《儒林外史》则是这一主题最深刻最生动最全面的作品，吴敬梓也是这一主题最有成就的思想家。他把批判八股文和程朱结合起来，互为表里，充分暴露了明清教育制度和科举制度的残酷荒谬。人类社会发展至今，考试是人类发现的一种行之有效、相对公平的选拔原则。但这一原则必须是有利于人的素质的全面提高，人的潜能的充分发挥，人的才能被社会发现和合理地使用，选拔过程是充分地公开、透明、平等，这样的考试才能在社会发展中起积极的作用。但明清的科举考试定制之后，很快就弊窦丛生，科场贿赂公行，考官贪鄙凡庸；考生走门路，通关节，揣摩试题变化和考官好恶。考试没有客观标准，是运气，是"福泽"，是"撞着"。考生什么样手段都会使上，考场什么舞弊的事情都会发生，考官什么样的行径都能被世情所包容。是这个社会太宽容了，还是这个社会烂透了，抑或根本就没有是非曲直之分？

第四章 专治与人性——明清文学中的伦理悖论

第一节 荀孟之争的历史延续

一、对无限专制和绝对等级制的忧虑：孟学的发端

（一）孟子的君权思想

由于倡导"民为贵，社稷次之，君为轻"，所以孟子也很注重以民为本前提下君王权力的制衡，并在一定程度上肯定臣民的革命权力。

1. "贵戚之卿""异姓之卿"与君主的关系

孟子把卿分为"贵戚之卿"和"异姓之卿"，认为二者在对待君王的态度上是截然不同的。孟子云作为"贵戚之卿"，"君有大过则谏，反复之而不听，则易位"。而"异姓之卿"则不同，"君有过则谏，反复之而不听，则去"。（《孟子·万章下》）"贵戚之卿"与"异姓之卿"在对待君主的过失上共同点是有过则谏，不同之处在于"贵戚之卿"，在君主有大过（影响到国家的存亡）而不听从劝谏之后可以"易君位"。"异姓之卿"对待有过之君，不听从劝谏则可离开君主之国。对此，朱熹在《四书集注》中云："（贵戚之卿）盖与君有亲亲之恩，无可去之义。以宗庙为重，不忍坐视其亡，故不得已而至于此也。臣义合，不合则去。此章言大臣之义，亲疏不同，守经行权，各有其分。"

孟子对贵戚之卿的重视与一些诸侯国贵戚之卿势力较大有密切的关系。战国时期异性之卿与贵戚之卿在各国的政治舞台上并存。秦国异性之卿占主要地位，秦相自商教之后，有公孙衍、张仪、甘茂、攉里子、魏冉、范雎、蔡泽、吕不韦、李斯等人，上述人物之中除了攉里子是秦宗室，其余全是异姓客卿。而其他诸侯国则不同。有的诸侯国贵戚之卿的势力比较大，如齐国孟尝君田文，《史

记·孟尝君列传》载："太史公曰：吾尝过薛，其俗闾里率多暴桀子弟，与邹、鲁殊。问其故，曰：'孟尝君招致天下任侠，奸人入薛中盖六万余家矣。'"，可见其势力之大。赵国平原君赵胜，赵国的平原君养士，为解邯郸之围，一次竟"得敢死之士三千人"，(《史记·平原君列传》) 其势力可见一斑。

孟子十分重视君权与世袭宗法贵族的关系。孟子云："所谓故国者，非谓有乔木之谓也，有世臣之谓也。王无亲臣矣，昔者所进，今日不知其亡也。"(《孟子·梁惠王下》)"世臣""亲臣"朱熹分别解释为："世臣，累世勋旧之臣，与国同休戚者也。亲臣，君所亲信之臣，与君同休戚者也。此言乔木世臣，皆故国所宜有。"孟子所说的"世臣"和前面说的"贵戚之卿"以及下面这段话中他所说的"巨室"都是指世袭宗法贵族。孟子认为："为政不难，不得罪于巨室。巨室之所慕，一国慕之；一国之所慕，天下慕之；故沛然德教溢乎四海"。(《孟子·离娄上》)

从上面的文章中我们可以看出，孟子比较重视宗法贵族的势力，孟子认为宗法贵族可以在维护君权方面起到重要作用，这些宗法贵族甚至可以在君王的言行危害到国之存亡，劝谏又不起作用时，用族人中贤能的人来取代君王。从宗法贵族和君王权力之间关系看，宗法贵族和君王在宗族的利益方面是一致的，'宗法贵族基本上是维护君王的。而"异性之卿"就不同，他们和君王之间是一种纯粹的政治雇佣关系，当他们的意见相左时，"异性之卿"就可以一走了之。当然孟子也认识到了在激烈竞争的战国时代对统治者来说求贤的重要性，孟子云"知者无不知也，当务之为急；仁者无不爱也，急亲贤之为务。尧舜之知而不遍物，急先务也；尧舜之仁不遍爱人，急亲贤也"。(《孟子·尽心上》) 君主统治的当务之急是寻找贤人，以为其巩固政权服务。

总之，身处宗法世袭制日益削弱的战国中期孟子虽然也看到"异性之卿"和君主统治之间的疏离关系，也就是认识到了"异性之卿"对君主统治有一定的约束作用，但是其约束作用是相当有限的，因为"异性之卿"与君主之间是纯粹的雇佣关系。孟子从宗族的整体利益出发，更加注重与君主之间有血缘关系的宗法世系贵族在维护、限制君主统治中的作用。"贵戚之卿"与君主除了君臣关系之外，还有一定的宗族血缘关系。孟子只是看到了个别国家"巨室""贵戚之卿"的一时的势力，没有像同时代的法家那样正在通过自己的实践活动为各国君主出谋划策，奖励军功，打击世袭贵族的势力，推动历史的发展。和同时代的法家比较孟子的看法是缺乏远见的，同时又是落后于时代的要求的。

二、君臣"寇仇"之说与臣对君权的制衡

孟子还从一般君臣关系的角度谈了臣对君权的制衡。孟子认为君臣关系是平

等的。孔子主张"君使臣以礼，臣事君以忠"，(《论语·八佾》)孔子的思想中虽然有君臣双方责任义务上对等性的含义，但是因为孔子强调周礼在君权中的作用，因此君臣关系在孔子思想中首先是礼制下的上下尊卑关系，在此基础上才有权力义务上的对等性可言。孟子生活的时代——周代的世族基本上已经衰落，提倡上下贵贱等级秩序的周礼已经完全崩溃，君臣固位的情况不再，因此孟子强调君臣之间的关系首先是平等的。《孟子·离娄下》云："君之视臣如手足，则臣视君如腹心；君之视臣如犬马，则臣视君如国人；君之视臣如土芥，则臣视君如寇雠。"

君臣之间存在着一种互惠互报的平等关系，君臣之间的关系和一般的社会交往关系一样也是投之以桃，报之以李。孟子强调君臣关系的平等性，超越了孔子礼制等级下的君臣观。这就是孟子的君臣"寇仇"之说。孟子的思想，一方面，对君主是一种道德修养上的要求；另一方面，如果君主不能平等地对待臣下，臣下可以弃君而去，在这个意义上孟子的君臣观念又是对君主的一种约束。

孟子从仁义之道出发，对臣制衡君权的极端方式——弑君给予一定的肯定。齐宣王问孟子历史上是否真有"汤放桀，武王伐纣"之事，臣是否可以弑其君？孟子回答说："贼仁者谓之贼，贼义者谓之残，残贼之人谓之一夫。闻诛一夫纣矣，未闻弑君也。"(《孟子·梁惠王下》)结合下面的文章我们可以对孟子这方面的思想有总体的把握。孟子云："欲为君尽君道，欲为臣尽臣道，二者皆法尧舜而已矣。不以舜之所以事尧事君，不敬其君者也；不以尧之所以治民，贼其民者也。孔子曰：'道二：仁与不仁而已矣。'暴其民甚，则身弑国亡；不甚，则身危国削。名之曰'幽厉'，虽孝子慈孙，百世不能改也。诗云'殷鉴不远，在夏后之世'，此之谓也。"(《孟子·离娄上》)孟子的意思是说"贼其民""暴其民"之君严重者落得"身弑国亡"的下场，不太严重者落得"身危国削"的下场。"贼其民""暴其民"之君是不尽君道者，不尽君道说之严重者不能称之为君，就像桀只能称为"一夫桀"，臣弑"一夫桀"之类"贼其民""暴其民"者是理所应当的。孟子在这里以臣就"贼其民""暴其民"的不仁不义之君的合理性，实际上说明君权不是没有界限的，君主应该对民行仁义，否则的话，作为臣就可以限制君主的权力，在这种情况下弑君这种极端的方式也是合理的。

孟子认为有伊尹之志之臣可以用"放君"的方式约束君主统治。公孙丑问孟子："伊尹曰：'予不狎于不顺。'放太甲于桐，民大悦；太甲贤，又反之，民大悦。贤者之为人臣也，其君不贤，则固可放与？"孟子曰："有伊尹之志，则可；无伊尹之志，则篡也。"(《孟子·尽心上》))孟子认为，臣如果采取流放君主的方式限制君权，前提是君主一旦变得贤明，臣就应该使其复位，否则就是臣下篡权。也就是臣下只要有"伊尹之志"，对不道之君采取流放的方式惩戒君主也是可以的。孟子所说的"伊尹之志"其行为一是要顺从民的意愿，放君则民大悦，使君主反民亦大悦，二是不贪恋君主之位，在君主变贤之后要把君主之位归还予君主。当然，用"就君""放君"的方式来制衡君权都是比较极端的制约君权的方式。

孟子还谈到了一般制约君权的方式——谏。孟子认为"谏行言听，膏泽下于民"（《孟子·离娄下》）是君王应该做到的。孟子也赞同一般情况下臣子应该劝谏君主，认为这是为臣的本分。但是孟子又认为作为臣子劝谏君主要视具体情况而定。孟子云："百里奚，虞人也。晋人以垂棘之璧与屈产之乘，假道于虞以伐虢宫之奇谏，百里奚不谏。知虞公之不可谏而去，之秦，年已七十矣，曾不知以食牛干秦穆公之为污也，可谓智乎？不可谏而不谏，可谓不智乎？知虞公之将亡而先去之，不可谓不智也。时举于秦，知穆公之可与有行也而相之，可谓不智乎？相秦而显其君于天下，可传于后世，不贤而能之乎？自鬻以成其君，乡党自好者不为，而谓贤者为之乎？"（《孟子·万章上》）孟子用百里奚、宫之奇的例子说明，宫之奇知君主之不可谏而谏是不明智的表现，而百里奚不同，去亡国之君，相有为之秦穆公是明智的表现。孟子对臣下明智之举的论述是战国时代仕人与君主之间合则留，不合则去的时代特色的反映。"谏"是臣下对君主不合理性言行的一种约束，离去是对君主言行的不合理性的一种抗议。臣下弃君主而去是统一的中央集权政治没有形成以前臣下反抗的一种方式，随着统一中央集权制的建立，这些臣下只能退居过隐居生活，因为天下成为一家之天下，臣下已经无处可去。

总之，孟子超越了孔子礼制等级下的君臣关系思想，主张在君臣的平等关系基础上，对君主权力进行一定程度的约束。孟子的君权思想在一定程度上肯定了臣民的革命权力。

三、仁义之道对君权的约束

孟子提倡仁义之道，以仁义之道要求君王这本身就含有对君王的约束，不仅如此，孟子还强调士人君子的乐道精神，把"道"加至于"势"之上，这在一定程度上也形成了对君权的限制。

第一，孟子强调道对天下的重要性。孟子曰："禹、稷、颜回同道。禹思天下有溺者，由己溺之也；稷思天下有饥者，由己饥之也，是以如是其急也。禹、稷、颜子易地则皆然。"（《孟子·离娄下》）又云："天下溺，援之以道"（《孟子·离娄上》）。"禹、稷、颜回"等都是以道来救济天下的典范，也就是说道对拯救天下有重要作用。

第二，孟子强调道对统治者的双重作用。孟子云："得道者多助，失道者寡

助。寡助之至，亲戚畔之；多助之至，天下顺之。以天下之所顺，攻亲戚之所畔；故君子有不战，战必胜矣。"（《孟子·公孙丑下》）对统治者来说得道会使天下顺从，战无不胜，否则就会众叛亲离。

"道"在现实政治中有各种具体表现，如对老百姓来说就有"佚道"，有"生道"，孟子认为统治者应该以道治理民。孟子云："以佚道使民，虽劳不怨；以生道杀民，虽死不怨杀者。"（《孟子·尽心上》）也就是说统治者如果用使百姓安逸之道来役使百姓，百姓虽然劳苦也不怨恨，如果用使百姓生存的生存之道来杀人，虽死也不怨恨。由此可见道对于君王治理天下的重要性。实际上孟子在这里对君王提出了以道治理天下的要求。孟子以道治民的思想是子思学派思想的继承和发展。

第三，士人乐道忘势，以道礼抗王侯，一定程度上对君权有约束作用。士人以道为己任。孟子云："尊德乐义，则可以嚣嚣矣。故士穷不失义，达不离道。穷不失义，故士得已焉；达不离道，故民不失望焉。古之人，得志，泽加于民；不得志，修身见于世。穷则独善其身，达则兼善天下。"（《孟子·尽心上》）

孟子又云士人"居天下之广居，立天下之正位，行天下之大道。得志与民由之，不得志独行其道"。（《孟子·滕文公下》）士人无论是"穷"还是"达"，"得志"还是"不得志"，其行为都不能够离开道。道是士人行为的最高准则，孟子云："非其道，则一箪食不可受于人；如其道，则舜受尧之天下，不以为泰。"（《孟子·滕文公下》）孟子认为道高于生命，孟子曰："天下有道，以道殉身；天下无道，以身殉道。未闻以道殉乎人者也。"（《孟子·尽心上》）士人乐道在现实性上就会蔑视"权势""威武""富贵"。孟子云："富贵不能淫，贫贱不能移，威武不能屈。此之谓大丈夫。"（《孟子·滕文公下》）孟子云："古之贤王好善而忘势，古之贤士何独不然？乐其道而忘人之势。故王公不致敬尽礼，则不得亟见之。见且由不得亟，而况得而臣之乎？"（《孟子·尽心上》）贤君乐道忘记自己的富贵权势，贤士乐道，忘记别人的富贵权势，对于有道之士，王公不对他恭敬尽礼，就不能够与之多次相见，更不用说要他作为自己的臣下。

士人以道为己任，只能够辅佐君王向道，辅佐有道之君，而不能够辅佐无道之君。孟子云："君子之事君也，务引其君以当道，志于仁而已。"（《孟子·告子下》）孟子又云："今之事君者曰：'我能为君辟土地，充府库。'今之所谓良臣，古之所谓民贼也。君不乡道，不志于仁，而求富之，是富桀也。'我能为君约与国，战必克。'今之所谓良臣，古之所谓民贼也。君不乡道，不志于仁，而求为之强战，是辅桀也。由今之道，无变今之俗，虽与之天下，不能一朝居也。"（《孟子·告子下》）

孟子特别强调士人出仕的过程中以道事君。孟子认为士人出仕是很自然的事情。孟子云："士之仕也，犹农夫之耕也，农夫岂为出疆舍其耒耜哉？"，而"士之失位也，犹诸侯之失国家也"。（《孟子·滕文公下》）但是士人出仕必须由道，孟子云："古之人未尝不欲仕也，又恶不由其道。不由其道而往者，与钻穴隙之类也"。（《孟子·滕文公下》）事君"道义"当先，孟子云："事君无义，进退无礼，言则非先王之道者，犹沓沓也。故曰：责难于君谓之恭，陈善闭邪谓之敬，吾君不能谓之贼。"（《孟子·离娄上》）用仁政来要求君主才叫作"恭"。

向君主说仁义，杜塞异端，这才叫作"敬"，如果认为君主不能够向善，这便是"贼"。总之，孟子所说的"道"既是对统治者主要是君主为政的要求，同时孟子也主张士人乐道，以道礼抗王侯，这种对士人乐道精神的提倡在一定意义上对君权也有约束作用。

孟子的君权制衡思想在根本上说和其民贵君轻的君权思想是一致的。孟子提出对君主的权力进行制约是从天下、生民的角度出发，这种制衡从根本上说是民为贵观念的体现。

（二）孟学的补充

1.纬书

"纬书"是相对于儒家的"经书"而言，汉代的纬书也称"谶纬""纬候""图纬""图谶"等，此学被称为"内学"。

过去认为谶、纬是不一样的，比如《四库全书总目提要》"易类"附录《易纬》下说："案儒者多称谶纬，其实谶自谶，纬自纬，非一类也。谶者，诡为隐语，预决吉凶。《史记·秦本纪》称卢生奏《录图书》之语，是其始也。纬者，经之支流，衍及旁义。《史记·自序》引《易》'失之毫厘，差以千里'。《汉书·盖宽饶传》引《易》'五帝官天下，三王家天下'，注者均以为《易纬》之文是也。"所以，有人就为它们分类，把《七经纬》称为"纬"，把《河图》《洛书》《论语谶》以及一些预言之书称为"谶"。但是，根据古籍传、注所引的情况看，《春秋纬》也可以称《春秋谶》，《孝经纬》也可称《孝经谶》，《论语谶》也可以称《论语纬》，可见汉代谶纬根本就不分家，或单称"谶"，或单称"纬"，或合称"谶纬"，本无所分别，不得强分之。

纬书里仅有少部分内容是与经义有关联的，大部分都与经义无关。一部分是记录或编造一些古代帝王、圣人的符瑞故事，以说明"圣人感天而生"的道理，里面也夹杂着一些历史记载、神话传说。另一部分是预言、占验的内容，如《易经》是讲卦气占验的，《春秋潜潭巴》《河图帝览嬉》等是专门讲天文占验的，里面包含了大量古代天文历法的内容，这样的书最多。一部分如《河图括地象》《河图绛象》等则是专言地理的，里面有不少古代地理资料和古人对地理的认识。

西汉末已经流行，王莽尤其好图谶，他曾经召集大批通"天文图谶"的人

"记说廷中"，这是谶纬之书的一次大的结集，大部分谶纬之书都是这时开始编订的。

汉光武帝刘秀就是靠图谶兴起，他得了天下即位之后，尤其崇信谶纬，并利用谶纬来决定一些纷争和犹豫不决的事。但是也有些人自己造作图谶来和他对抗，如公孙述据蜀与刘秀对立，就曾自造谶语来同刘秀斗争。为此，刘秀于中元元年（56年）"宣布图谶于天下"，就是把图谶书的定本公诸于世，同时下令不许再私造和妄改图谶，犯禁者死。由于他的提倡，东汉时期谶纬之学大兴，凡是博学的人都必须通晓谶纬之学，谶纬被尊为"秘经"，号为"内学"，具有神学正宗的权威性，甚至用图谶来正《五经》，故谶纬之学如日中天，盛极一时。

汉代以后，图谶却成了历代野心家、阴谋家利用来篡夺政权、改朝换代的工具。如魏代汉就造谶纬语说"代汉者当途高"，"当途高"就是古代宫殿的两观，名叫"象魏"，象征魏当代汉而兴。此后宋刘裕代晋、南齐萧道成代宋、梁萧衍代齐等等，都利用图谶来蒙骗世人。正因为图谶成为窃国篡权的工具，所以在他们夺权正位之后，都深知其中的弊病，他玩弄过的花招，别人也会玩弄，为了防止再有人搞这一套，故自汉代以后，历代就严禁图谶。如魏孝文帝拓跋宏在太和九年（485年）就下诏，认为图谶"既非经国之典，徒为妖邪所凭。自今图谶、秘纬及名为《孔子闭房记》者，一皆焚之，留者以大辟论。"（《魏书·高祖纪上》）隋文帝杨坚取代北周时也利用了图谶，可他在政权稍稍稳固后，立刻下令禁图谶，不许私家收藏；到了隋炀帝的时候，更派使者"四出搜天下书籍与谶纬相涉者皆焚之。为吏所纠者至死。自是无复其学。秘府之内，亦多散亡。"（《隋书·经籍志》）唐朝也禁止私家收藏图谶，并悬为禁令，著于法律。唐代宗大历二年（767年）曾经大规模查抄谶纬之书，把查到的书都烧毁。宋真宗景德元年（1004年）下诏禁谶和天文占验的书，"民间天象器物、谶候禁书，并纳所司焚之，匿不言者死。"（《宋史·真宗纪》）元世祖在至元十年（1273年）和二十一年（1284）年先后下令禁谶。

由于历代的禁毁，到了明代除了还有《易纬》八种被收入《永乐大典》幸存之外（也有残缺和佚失），其他的谶纬之书基本上遗失殆尽，谶纬之学也基本成为了"绝学"。直到清代的学者因为推崇汉学，对谶纬又开始重视，对纬书做了大量辑佚工作，使得后人能从中窥得崖略。

2. 素王论

"素王"一词初见于道家专著，本义指玄圣素德特质的理想政治偶像，自汉代起，在儒学官方意识形态建设的影响下"素王"成为孔子的专称，而其"素王"相关内涵作为经学史上的一个重要话题，历来聚讼不休。

在现存文献中，"素王"一词最早见于《庄子·天道》篇：夫虚静恬淡寂寞无为者，万物之本也。明此以南向，尧之为君也；明此以北面，舜之为臣也。以此处上，帝王天子之德也，以此处下，玄圣素王之道也。

这里的"素王"是"素朴圣王"之意。《说文》曰："素，生帛也。"段玉裁注："然则生帛曰素。对谏增曰练而言。以其色自也。故为凡自之称。以自受采也。故凡物之质曰素。"因"凡物之质"皆可称"素"，故道家常用此字表朴素之道。如《老子·十九章》云："见素抱朴，少私寡欲。"又如《庄子·马蹄》云："同乎无欲，是谓素朴；素朴而民性得矣。"《庄子·天地》云："夫王德之人，素逝而耻通于事。"，等等。这里的"素"并无特指，更接近普适性哲学伦理概念。根据现存史料，先秦时期"素王"一词与《庄子·天道》篇中所载之意相类，并没有特指某人，"素"主要意旨素朴、纯素、无作为，是道的代词，而"素王"则是道德方面的完人，是具有玄圣盛德特质的理想政治偶像，更接近普适性哲学伦理概念。由此可见，最早出现在道家专著中的"素王"，既未指孔子，与改制也没有关联。帝建元六年（公元前135年）病逝，汉武帝为了维护政权，在思想文化、社会伦理建设上断然接受汉儒建议，统一儒术。可以说董仲舒既为汉武帝的一系列改革提供了理论武器，树立了一个道德完人，为儒学独尊找到了神学依据，又避免了与现实政治冲突的可能性。至此，"素王"话语内涵为"非其序"的圣人提供了王道化身的观照，也为谶纬及后代学说中"孔子素王论"提供了重要的舆论依据。

圣人受命改制之说通过今文经学的阐释，成为汉代经学的一个重要思想主题，继而纬学家通过神化孔子的办法，强化儒学为汉代统治服务的政教手段。"孔子素王论"经纬学家们的加工，在汉代深入人心，诸多内容又被儒者带回到经典之中。

孔子成为"为汉制法"的"素王"，自汉以后历代袭用。即便是在玄学、佛学昌盛的魏晋南北朝，亦为孔子的专属称谓。

3. 谶纬之学

西汉末年，随社会矛盾的加剧，谶纬之说开始广泛流行。谶纬是一种庸俗经学和神学的混合物。谶是用诡秘的隐语、预言作为神的启示，向人们昭告吉凶祸福、治乱兴衰的图书符箓。这类宣扬迷信的作品，往往有图有文，所以也叫图书或图谶；为了显示它的神秘性，又往往做一些特殊的装饰（如王莽的《金匮书》和刘秀的《赤伏符》）或染成一种特殊的颜色（如《河图》《洛书》被染成绿色），所以又称符命或符箓。纬是用宗教迷信的观点对儒家经典所做的解释。因为经文是不能随意改动的，为了把儒学神学化，纬书就假托神意来解释经典，把它们说成是神的启示。谶纬说中虽然也包括一些天文、历法和地理知识，但大部分充满着神学的内容。

三、集权的合理性与必要性：荀学的要义

荀子生活在战国诸侯割据局面即将结束的前夕。官僚制的中央集权在现实中的优越性越来越明显。荀子的君权思想就是在天下统一即将实现的大背景下提出来的。大一统成为荀子君权思想的主线，荀子的君权思想就是围绕着这条主线展开的。

（一）势位至尊——君主王天下的前提

荀子主张君主有至上的权威，君主在整个社会管理中处于核心地位，是整个社会控制的关键。臣下应该忠诚、顺从君主。荀子认为这是君主王天下之基本前提。

荀子强调君主势至重，位至尊。荀子云："天子也者，势至重，形至佚，心至愈，志无所诎，形无所劳，尊无上矣。"（《荀子·君子》）又云："天子者，势位至尊，无敌于天下。"（《荀子·正论》）荀子认为："君者、国之隆也，父者、家之隆也。隆一而治，二而乱。自古及今，未有二隆争重，而能长久者。"（《致士》）荀子强调君主的"势""位"的"至重"和"至尊"，强调君主是一国之"隆"。荀子通过这些概念告诉人们君主在一国之中是至高无上的。荀子又云："权出一者强，权出二者弱，是强弱之常也。"（《荀子·议兵》）荀子是在谈论用兵之权的时侯谈到了这句话。如果我们把这句话与他强调君主的至上性联系起来，我们就可以很合理地推断出荀子实际上主张君主的权力是至高无上的，他认为权力的分散，也就是他所说的"权出二者"，会带来实力的削弱。总之，荀子认为君主无论是从权力、地位看都应该是至高无上的。

1.君主在社会管理中处于核心地位

荀子认为君主是以"分"为特征的社会系统的枢纽。荀子认为人是社会人，人力不如马，行不如牛，但是牛马却能够为人所用就是因为人"能群"。但是人类社会之"群"又不能杂乱无章，必须有"分"，否则就会引起混乱。"是故无分者，人之大害也；有分者，天下之本利也"。（《荀子·富国》）什么是"分"？荀子在许多地方谈到"分"。荀子"分"的思想很丰富，有职业之"分"、社会等级地位之"分"，有农、贾、百工之"分"，有社会等级之"分"，如士大夫、诸侯、三公、天子以及圣王、士大夫、百吏官人、众庶百姓之"分"等等。（《荀子·君子》）荀子又云："分莫大于礼"，（《荀子·君子》）"制礼义以分之，使有贫富贵贱之"。（《荀子·非相》）荀子认为"分"的基本原则是礼，礼规范人的贫富贵贱上下等级之"分"。总之，荀子所说的"分"一是说社会分工，二是上下贫富贵贱的度量分界。荀子认为社会需要"分"，需要有不同职业、不同等级的人各行其职才能够使社会正常运行。荀子认为在这个"分"的社会系统中，人君处于关键的、核心的地位，是管"分"之枢纽。荀子云："人君者，所以管分之枢要也"。(《荀子·富国》)君主在社会管理中处于核心地位。

荀子认为君主在社会管理中的作用表现在四个方面，即君主能够"善生养人"，"善班治人"，"善显设人"，"善藩饰人"。《荀子·君道》云："君者，何也？曰：能群也。能群也者，何也？曰：善生养人者也，善班治人者也，善显设人者也，善藩饰人者也。善生养人者人亲之，善班治人者人安之，善显设人者人乐之，善藩饰人者人荣之。四统者俱，而天下归之，夫是之谓能群。不能生养人者，人不亲也；不能班治人者，人不安也；不能显设人者，人不乐也；不能藩饰人者，人不荣也。四统者亡，而天下去之，夫是之谓匹夫。""善生养人"主要是说君主能够善养天下苍生，使民众安居乐业，立足经济方面而论。"善班治人"是说君主要善于管理人，通过君主的治理社会井然有序。"善显设人"是说君主能够使贤人脱颖而出，发挥其应有的才能。"善藩饰人"是说君主能够"上以饰贤良而明贵贱，下以饰长幼而明亲疏"，(《荀子·君道》)使尊者、长者感到荣耀。荀子认为唯如此才能使"天下归之"。

2. 臣下尊君、忠君、顺君

荀子还通过论述臣下尊君、忠君、顺君说明君主地位与权威的至高无上性。荀子对臣的看法，突出了臣下尊君、顺君的一面。荀子认为人臣就是"以礼侍君，忠顺而不懈"，(《君道》)"忠顺"不懈是人臣的本分。荀子认为，为臣就应"明君臣，上能尊主下爱民"，(《荀子·成相》)明君臣上下之分，尊崇君爱护万民。

荀子对臣的分类也突出臣下的事君职能。荀子按照臣下维护君主统治的程度把臣下分为四种类型：态臣、篡臣、功臣、圣臣。荀子认为："内不足使一民，外不足使距难，百姓不亲，诸侯不信；然而巧敏候说，善取宠乎上，是态臣者也。上不忠乎君，下善取誉乎民，不恤公道通义，朋党比周，以环主图私为务，是篡臣者也。内足使以一民，外足使以距难，民亲之，士信之，上忠乎君，下爱百姓而不倦，是功臣者也。上则能尊君，下则能爱民，政令教化，刑下如影，应卒遇变，齐给如响，推类接誉，以待无方，曲成制象，是圣臣者也。"(《荀子·臣道》)"态臣"是只知道取悦于君主，在君主的内政外交方面却毫无功绩可言。"篡臣"是不忠于君主，为了把持权力取悦民众，拉帮结派，是君主统治的直接威胁者。"功臣"是能够为君主解除内忧外患，忠于君主，能够得到民众的喜爱，士人信服的人。"圣臣"是能尊君爱民又能懂得变通之方者。荀子对臣的分类紧紧围绕着维护君主地位与权威这一核心。

另外，荀子还按照臣下忠顺君主的方式把臣分为上、中、下三等。他认为："下臣事君以货，中臣事君以身，上臣事君以人。"(《大略》)下、中、上三种臣

下分别"以货""以身""以人"侍奉君主。下臣事君只是以身外之物"货",中臣事君"以身",只是个人身心的投入,但是个体的能量又是有很大的局限性的,而上臣却能够事君"以人",为君主统治推荐人才,笼络人才,使天下之人归附君主。

荀子过分强调臣下对君主的忠顺,对臣下的忠君做了详细的论述。荀子围绕君主统治的加强,对"顺""谄""忠""篡""国贼"等概念做了详细的解释。《荀子·臣道》云:"从命而利君谓之顺,从命而不利君谓之谄;逆命而利君谓之忠,逆命而不利君谓之篡;不恤君之荣辱,不恤国之减否,偷合苟容以持禄养交而已耳,谓之国贼。"荀子在对这些概念的解释中突出对臣下利君的要求。"顺"与"忠"只是在利君的方式上不同。"顺"是"从命","忠"是"逆命",但是无论是"从"还是"逆"君之命,都是利于君主的统治的。"谄""篡""国贼"都是不利于君主统治,危害君主统治的。荀子还按照臣下对君主忠顺的程度,把臣下之"忠"分为"大忠""次忠""下忠""国贼"。荀子云:"有大忠者,有次忠者,有下忠者,有国贼者:以德覆君而化之,大忠也;以德调君而辅之,次忠也;以是谏非而怒之,下忠也;不恤君之荣辱,不恤国之臧否,偷合苟容以持禄养交而已耳,国贼也。"(《荀子,臣道》)"大忠""次忠"忠顺君主的方式都是"德",是以温和的方式"化之""辅之"。能够对君主"以是谏非",但是却为此而触怒君主的臣下只能算是对君主的"下忠"。当然不顾君主的荣辱、国家利益的只能是"国贼"。荀子继承了儒家尊君传统,同时又特别强调臣下忠顺君主的一面,这些都充分显示了荀子对君主统治的维护。有的研究者以此认为荀子重君而轻道,这话不是没有道理。

总之,荀子尊君,认为君主的地位与权威是至高无上的,他特别强调君主在社会管理中的核心地位及作用,强调臣下的尊君、顺君、忠君。

四、荀学与孟学的历史选择

1.礼乐规范性与道德修养的紧密结合

先秦儒家君权思想在演变的过程中礼乐规范性和主体道德修养的自觉性是密切地结合在一起的。历史在发展,礼乐规范性和主体道德修养自觉性结合的具体含义也在发生着变化。孔子在礼乐失序的背景下把恢复权力秩序的希望寄托在主体内在道德自觉性上。礼乐的外在规范性要依靠主体的内在道德自觉性的培养来实现。孔子之后,儒家君权思想分化。子夏等在传播儒学的过程中注重礼乐的外在规范性,礼乐规范作用不足,补之以法。先秦儒家发展到荀子,礼乐的外在规范性与主体的内在道德自觉性统一在了一起,构成了其大一统集权思想的主要内容。

法家之法从一定意义上说是儒家礼乐的外在规范作用向前进一步发展的产物。法家君权思想渊源于儒家。三晋法家的起源最早可以追溯到孔子的弟子子夏。子夏影响了前期法家的代表人物李悝、吴起等人。战国中后期法家著名的代表人物韩非、李斯都是荀子的学生。法强调的是对人行为的强制规范作用，而子夏、荀子的思想中礼乐也具有对人的行为的规范作用。法家的法和儒家的礼乐在规范人的行为方面有共同点，正是从这个意义上，我们说法家之法是儒家礼乐进一步向前发展的产物。

　　但是法的规范作用毕竟与礼乐的规范作用不同。下面我们以荀子的思想为典型分析儒家礼乐规范作用与法家之法的规范作用在维护君主统治方面的差异。

　　第一，法家的法维护的君权是不受限制的，儒家的礼乐规范维护的君权受到许多因素的制约。荀子与法家都主张君主权力的至高无上，但是荀子认为应该在维护礼乐规范中君主的至高无上性的前提下，用道义、民、臣等对君主进行一定程度上的约束。商鞅、韩非子都强调君权的至上性。《商君书·修权》云："国之所以治者三：一曰法，二曰信，三曰权。法者，君臣之所共操也；信者，君臣之所共立也；权者，君之所独制也。"《韩非子·心度》："主之所以尊者，权也。"但是，无论是商鞅还是韩非子都没有谈到对君权的约束问题。

　　第二，儒家的礼乐规范作用是与主体的道德修养结合在一起的，礼与法是在礼的基础上统一的。荀子在加强君权的措施上一是从主观上强调君主加强自身道德的修养，以为民之表率，从而使万民归附；二是强调礼法结合以加强君权。

　　2.道德理想性与功利性

　　从先秦儒家君权思想的演变过程中我们可以看出先秦儒家极富道德理想性。我们这里所说的道德理想性，其一是指把道德作为加强君主统治的一项很重要的内容，在君主统治的各个方面：从君主权力的获取、权力的维护、权力的实施到权力的制约，非常重视道德的作用。先秦儒家从这样一种道德优先性原则出发评价现实中的君主统治，要求上自国君、大夫，下自庶民百姓都要遵循道德的规范。其二，先秦儒家的道德理想性是指先秦儒家把道德看成是一种高度超越的、理想化的道德，道德理想与现实君主之间始终有一种紧张感。先秦儒家把道义的追求看成是人生的根本，主张以道入仕。孔子云："士志于道"，（《论语·里仁》）"邦有道，则仕"，（《论语·卫灵公》）"君子之仕也，行其义也"，（《论语·微子》）以及《孟子·告子下》中的"君子之仕君也，务引其君以当道，志于仁而已矣"等说法，都强调指出了儒家的"入仕"带有强烈的道义理想性品性。志于道、以道自任，是儒家士人的共同信条，为此他们以道的立场观照君王的权势系统，道与势的紧张与冲突就无可避免地发生了。儒家士人认为，道尊于势，主张用道义原则来制约君权，用儒家道德理想极力干预政治。先秦儒家企望通过高扬

道德理性来整治政治秩序，他们以道德引导君王，希望君王成为像尧舜那样的圣王，他们常以道义为标准评价、衡量现实中的君主统治。孟子主张"居天下之广居，立天下之正位，行天下之大道。得志与民由之，不得志独行其道。富贵不能淫，贫贱不能移，威武不能屈"，(《孟子·滕文公下》)又云："乐其道而忘人之势。故王公不致敬尽礼，则不得亟见之。见且由不得亟，而况得而臣之乎？"(《孟子·尽心上》)荀子云："志意修则骄富贵，道义重则轻王公。"(《荀子，修身》)在这种情形下道义与君权之间又形成了一定的矛盾冲突。先秦儒家思想中的理想性使儒家的道义与君主统治很难在现实中协调起来。

3. 由理想到理想与现实的结合

先秦儒家君权思想经历了由理想到理想与现实结合的过程。这种发展为儒学在汉代最终走上政治舞台奠定了基础。

儒家创始人孔子的君权思想在很大程度上属于道德理想型。孔子针对乱世中君权的危机，把恢复君权的希望寄托在统治者个人内在的仁德精神的培养上。孔子认为君王正身为先，希望通过发挥道德主体的作用，用道德教化民，以重建礼的秩序，恢复君主统治的权威性。孔子关注的是主体的道德境界的塑造。从整个社会来说，孔子希望通过社会个体道德自觉来重建周礼的秩序，恢复和维持君主的权威。

孔门的君权思想在孔子死后很明显地分成两派：曾子、子思一派继承、发扬了孔子思想中的道德精神，把孔子的道德权威思想系统化。圣化、子夏一派在西河传播儒学的过程中，在现实中寻找加强君权的具体措施，儒学在与现实密切结合的同时也发生了变质。法家君权思想一定程度上可以说是儒家君权思想异化的产物。

孟子继承子思的道德权威论，把先秦儒家的君权理想性发展到了顶峰。孟子从人性中寻找君主道德权威的依据，认为君主的道德权威来自人的道德本性。孟子总结历史上以及春秋战国时期君主统治的历史经验教训，发扬儒家人道主义传统，强调民对君主权力的重要作用；发扬儒家的德治传统，深化了儒家的道德权威论；提出"制民之产"是维护君主统治的前提，发展了儒家的富民思想；重视对君主权力的约束，发展了儒家对君权的道德监督思想。(过渡、转折)"归于暴。"(《荀子·性恶》)荀子认为人有各种各样的欲望，但是如果顺着人的欲望就会带来社会的争夺，就会带来"忠信亡"的后果，就会产生淫乱。荀子是从人的欲望论人性，从人的生理本能来论人性。

荀子基于对人性恶的认识，认为巩固君主统治要靠礼治，应该以礼治为主，但是只有礼治还是不够的，应该礼法王霸结合。孔子的君权思想更注重礼的内在精神的培养，认为如果人不仁，礼就是无用的外壳。而人只要做到仁、义、爱人、宽、恭、信、惠、敏等，才会有礼。荀子则强调礼对欲望的节制，礼的社会规范性功能。《荀子·礼论》云："人生而有欲，欲而不得，则不能无求。求而无度量分界，则不能不争；争则乱，乱则穷。先王恶其乱也，故制礼义以分之，以养人之欲，给人之求。"礼的作用在于通过上下、等级贵贱之分满足人的欲求。

第二节　"为尊者讳"与"官逼民反"——《水浒传》

一、"只反贪官不反皇帝"：无处可逃的皇权阴影

（一）《水浒传》对儒家忠君思想的继承

我们知道，一部诞生于封建社会制度下的文学作品首先要考虑的就是其与当时占统治地位的思想是否融合的问题。作品所表达的思想意识、是非观念、情感态度、道德标准等，必须既要符合统治阶级的利益和意志，又要适应普通人民群众的要求和趣味。汉代以后，"儒家思想不仅被历代统治者尊奉为其统治思想的理论基础，而且作为一种伦理型的政治文化，在民间也有着广泛而深厚的群众基础。"因此，尽管《水浒传》的题材、思想及人物具有十分明显的特异性，但是小说要保证其存在的合理性就不得不向在社会上占统治地位的儒家思想妥协。细细品读《水浒传》中的那些奇言异行，我们不难看出在其背后起着重要作用的一种动力，就是儒家的忠君思想。笔者认为《水浒传》对儒家忠君思想的继承主要表现在这样两个方面：

1.对最高统治者的绝对效忠

《水浒传》中对最高统治者的效忠也可以分为两个方面：一方面，是对宋徽宗本人的忠心，也就是如荀子所说："以礼待君，忠顺而不懈。"（《荀子·君道》）众所周知，宋徽宗是我国历史上一位有名的昏君，他沉溺享乐、不理朝政，致使奸臣当道、社会黑暗。但在《水浒传》中对这位昏君却没有过多的批判，小说的最后议论道："徽宗天子至圣至明，不期被奸臣当道，谗佞专权，屈害忠良，深司悯怜。当此之时，却是蔡京、童贯、高俅、杨戬四个贼臣，变乱天下，坏国坏家坏民。"（第一百回）社会黑暗、政治腐败的原因就全部被归结到了四个贼臣的身上。宋江等人无论对朝廷怎样痛恨至极，也不过是斥责奸臣而已，却从不敢对皇帝有二心。这从宋江等人三番五次地试图见皇上，请求招安就可见一斑。又如，在迎战缉捕巡检何涛的战役中，阮小五唱道："酷吏赃官都杀尽，忠心报答赵官家。"阮小七则唱的是："先斩何涛巡检首，京师献与赵王君。"（第十九回）这大概就代表了梁山好汉们的共同心声吧。

另一方面，对最高统治者的效忠也间接地体现在了报效朝廷的坚定信念上。梁山上有不少好汉在上梁山之前就曾是朝廷官吏，对朝廷、对皇帝忠心耿耿。例如，秦明讨伐花荣时对其大喝："你是朝廷命官，教你做个知寨，掌握一境地方，食禄于国，有何亏你处，却去结连贼寇，背反朝廷？"（第三十四回）在这段话中我们可以看出，对朝廷忠或不忠已经俨然成为《水浒传》中判断人物善恶的标准了。这些人后来多被贪官污吏逼上了梁山，但他们无论受了多大冤屈，无论被昏昧的朝廷迫害多深，都始终不改报效朝廷的心。除了像李逵这样的少数人以外，多数人上梁山都只是抱着"权时避难"的想法的。宋江曾多次表明自己的心意："宋江原是郓城县小吏，为被官司所逼，不得已啸聚山林，权借梁山水泊避难，专等朝廷招安，与国家出力。"（第五十九回）这也是多数梁山好汉们共同的心意。后来他们接受了招安，征辽国、讨方腊，在战场上豁出了性命，这就以更加直接的方式表达出他们报效朝廷的坚定信念。

2. 对皇室血统的尊崇

东汉时期的统治者将儒家的忠君思想进一步扩大，构筑了刘姓正统的意识形态。此后，对皇室血统的尊崇也就成了儒家忠君思想的组成部分，深入人心。例如《三国演义》中的"拥刘反曹"倾向就是这种思想的体现。在《水浒传》中，这一思想主要体现在一个人物身上，那就是——柴进。小旋风柴进并没有什么特别的德能，武艺也一般，但在江湖上却名声显赫，引得各路英雄好汉纷纷前来投奔。这除了是因为他家资豪富，且能够仗义疏财以外，更重要的则因为他是"大周柴世宗嫡派子孙"。仅这一条，就比任何美德贤能或万贯家财具有更强的号召力。当柴进被新贵、高唐州知府的妻弟殷天锡所欺凌、弄得家破人亡时，梁山好汉上下齐心、拼死相救，最终打死了殷天锡，将柴进请上了山。

（二）《水浒传》对儒家忠君思想的发展

虽然《水浒传》不能够摆脱儒家忠君思想对其潜移默化的影响，但小说却大胆地对忠君思想进行了深化和拓展，这也是小说思想价值的一个重要方面。明代商品经济迅速发展，城市居民和江湖游民等队伍也在不断扩大，社会道德规范也随之悄悄发生着变化。另外，"心学与禅宗相结合在社会上广泛传播，促使人们在思想观念、思维方式上发生了变革，开始用批判的精神去对待传统、人生和自我"。在这些因素的共同作用下，《水浒传》中的忠君思想呈现出了崭新的时代特点。笔者认为《水浒传》对儒家忠君思想的发展主要表现如下：表面上看来，"替天行道"是以尊崇天——即皇帝为前提的，也是符合传统儒家忠君思想的。但细想来，就能发现两者是有很大差别的。在传统儒家思想中，皇帝是独断专行的，是绝不容许他人来"替"的。而梁山好汉却打出了"替天行道"的大旗，要替天子履行其职责，不能不说是一个很大的突破。"替天行道"四字将原本矛盾的两个事物——造反与忠君完美地统一起来了，造反成为忠君的一种方式。《水浒传》中彭记劝前来进攻梁山泊的凌振说：宋二头领替天行道，招纳豪杰，专等招安，与国家出力。"（第五十五回）造反的目的是为了招纳豪杰、共聚大义，扫除贪官，辅国安民，因此也就具有正义的色彩。造反是在那样一个奸臣当道的特殊时代环境中所生出的一种特殊的忠君方式，也是对于那些蒙受冤屈的英雄豪杰们来说唯一可行的忠君方式。这种方式为那些报国无门的仁人志士提供了一个实现理想的渠道，并且也在民间维护了正义，给那些谗佞奸臣以严重的威胁，因此相对过去"唯王命是从"的忠君方式来说，有很大的进步性。

（三）体现出了民本思想

仁政爱民本是儒家思想中对于统治者的一个基本要求，而社会上民心的安定也是统治者维护其统治的一个必要前提。在《水浒传》中，梁山好汉们却代封建君主履行了"爱民"的职责。梁山好汉以"杀尽贪官""保境安民"为己任，虽然并没有直接地提出要为普通百姓造福，但抵御外族侵略、铲除贪官污吏却间接地给平民百姓带来了利益，使百姓免于战争之苦和贪官盘剥。当然，梁山也有一些好汉是绿林出身，难免做过一些偷鸡摸狗、打家劫舍的事，但梁山好汉作为一个集体，其主导思想却是安民的，例如，他们并不侵扰梁山周围的普通百姓，而只是向地主借粮，并且把劫来的钱粮施舍给贫苦人家。事实上这种安民之举也不单纯是为了给皇帝保天下，而是出于其对于无产阶级劳苦大众自然而生的一种内在的同情，这是一种与统治者不同的、潜在的、真诚的"爱民"思想。

（四）从忠君思想衍射出的"忠主"思想

在《水浒传》中除了赞颂臣子对君上的忠诚，也同样宣扬了仆人对主人的忠诚。我认为这种对仆人所要求的绝对"忠主"的思想其实可以看作是从忠君思想中发展而来的衍生物。"主"是对"君"的扩散，两者同样是对臣子或仆人拥有绝对的、无上的权利，要求绝对的忠心与服从。《水浒传》中对这一思想表现最多的就是对燕青的描写了。燕青对卢俊义可谓是忠心耿耿，把主人的荣辱、得失、安危看得比自己的生命都宝贵。他对卢俊义的献身是无条件的，即使受到主人的猜忌、误解，他也毫无怨言。从某个角度来看，梁山上的英雄豪杰们对其首领宋江的忠心也未尝不可以看作是一种"忠主"或是"忠君"的思想。与这两者一样，梁山好汉们对于宋江的服从也是无条件的。例如，原本反对招安的武松等人，最终也听从了宋江，跟随其归顺朝廷；宋江临死前给李逵下了毒，鲁莽暴躁的李逵知道后却没有一句怨言；而花荣和吴用更是在宋江死后双双在其墓前自尽。《水浒传》中这种"忠主"思想还有一点特别之处，就是它与兄弟之间的义气交融在了一起，因此就减少了保守的因素而更加具有人情味。

二、"乱由上作"：在忠孝和桀纣之间

著名学者金圣叹评《水浒》时这样说："盖不写高俅，便写一百八人，则是乱自下作也；不写一百八人，先写高俅，则是乱自上作也。"真可谓一针见血，一矢中的。

《水浒》所反映的社会现实而论，表面上是晁盖、宋江等梁山好汉在造反，是"乱自下作"，实质上则是高俅、蔡京、童贯之类的贪官及宋徽宗为首的当权者"乱自上作"的必然结果。官逼民反，不得不反。

以晁盖、吴用、阮氏三雄为例：如果没有梁中书为其巨贪老丈人蔡京搜刮价值高达十万贯的民脂民膏作为寿礼，何来"智取生辰纲"？晁盖、吴用等还会投奔梁山吗？

同样，林冲也不会被逼上梁山。作为"东京八十万禁军教头"之一的林冲，职衔和待遇本不低，他是轻易不会走上造反之路的。但自"林娘子"被顶头上司高俅的干儿子"高衙内"盯上之后，他的厄运就接连降临了。本来，以林冲的武功，对付十个"高衙内"也不在话下，但为何一个也对付不了呢？"高衙内"的干爹当朝太尉高俅从中作梗、助纣为虐。作为朝廷重臣的高俅（其职位相当于三军统帅）对于干儿子的丑行，不仅不及时制止，反而与其狼狈为奸、暗设陷阱，帮助其达到罪恶的目的。所以，林冲完全是被高俅、"高衙内"之流逼上梁山的。

和林冲一样，梁山好汉谁又不是如此呢？

唯"及时雨"宋江似乎有些不同，他表面上是被哥儿们义气所累。作为一个县衙的衙司（约相当于当今的科级秘书），职位虽不高，油水却不少。他不仅有大把大把的银子"高消费"，而且还不时捐赠银子"做好事"，换取人缘，"及时雨"之名由此而来。同时，他也是一个黑白两道通吃的笑面虎式的角色。如果不是"私通梁山贼寇"的事泄露，他依然是一个几乎人人称赞的"模范公务员"，怎会轻易造反呢？

由此可见，《水浒》所反映的社会现实，正是"乱自上作"的典型。

从处于社会最底层的百姓李逵、阮氏兄弟到下层官吏宋江、鲁智深、武松；从中高级军官林冲、呼延灼到统治者内部的柴进、地方豪强卢俊义、将门后裔杨志；从一代名妓李师师到常走暗道去私会李师师的"风流天子"宋徽宗；从镇关西、蒋门神、西门庆、差拨之类的地痞恶棍到高俅、蔡京、童贯那样的巨贪，整个社会的变乱，各色人物角色的崩溃，无一不是当权者贪欲膨胀所致。

"上梁不正下梁歪，中梁不正塌下来"，"乱自下作"的根源正是"乱自上作"。当权者的贪欲才是真正的乱源，老百姓从来都是受害者。

三、岳武穆蒙冤之谜

岳飞之所以最后会被害，是因为一个前提，三个原因：

第一，一个前提是，岳飞的军事才华是南宋诸将领中最为突出和全面的，并且还是当时唯一擅长组织大规模进攻战、并确实在进攻中对金军进行了毁灭性打击的杰出将领，同时岳飞当时还很年轻，对于金国来说，岳飞的存在是一个巨大的潜在威胁。

这一点，在岳飞率领岳家军一旅孤军策动的绍兴十年（1140年）北伐中，就已经得到了充分的证明。那一次北伐中，金军不是单纯被打得丧师失地、精锐尽毁的问题，而是在中原、两河地区的整个行政系统，都已经因为岳家军的攻势和受岳飞指挥的敌后义军的活跃而几近瘫痪了。所谓"燕京以南，号令不行"，"岳帅之来，此间震恐"，以至于二十年后金国皇帝完颜亮再次南侵时，金军将士中还流传着一个说法："岳飞不死，大金灭矣。"

第二，在这个前提下，金国如果还想与南宋议和，并且保证和约的长久、稳固，就必须除掉对金国构成致命威胁的岳飞。因为岳飞不仅军事才华出众，而且还很年轻，南宋中兴诸将和金国的将领大多是他的父辈。如果不搞定点清除肉体消灭，那么即便南宋方面罢了岳飞的兵权甚至把他软禁、流放、关押也没有用，只要金国或者南宋随便哪边出了点什么状况（比如南宋那边赵构突然挂了，支持北伐的太子赵瑗上台；或者秦桧挂了，上来个能震慑赵构的主战派宰相主持北伐；或者金国那边兀术挂了，一心想统一中国的完颜亮上台），岳飞仍然会被起用，仍然会让金国有灭国的危险。所以金人在议和时提出了"必杀飞，始可和"的条件，这是岳飞被害的外因。

第三，与金人提出的要求相呼应的是，当时的宋高宗赵构已经完全不想再尝试进行北伐的努力，一门心思只想着如何偏安东南，如何安心享乐。至于为什么不想再努力，很可笑：因为赵构自己没有亲生儿子。对于这位漠视任何人类正常道德、伦理和情感的君主来说，什么祖宗基业、黎民疾苦，甚至个人的生前身后名都是虚的，只有现实中的安稳逍遥和个人的声色享受才是实打实的。而北伐的成功在当时再怎么唾手可得，要从计划到最终的现实总还是需要君主多少操点心。宋高宗赵构在当时就是连这点力也不愿意出了。唯一可能破他这点儿的就是如果有儿子，他也许还会抱着为儿子留份基业的心思努力一下。但是很不幸，他的独子早在建炎初年就挂了，而他自己以后再也没能恢复生育能力。（用王曾瑜的话说就是：不管他以后怎么祷告上天怎么跳大神，也特么改变不了连一只犬彘都不能生育的现实……）因此宋高宗赵构也一心盼着和金人的和约能够达成，自己好偏安江南，安心享乐；所以他只能接受金人的要求杀掉岳飞，否则自己尽快

偏安江南的心愿就难以实现。这是岳飞被害的最关键的内因。

当然有人看到这里可能会奇怪：宋高宗赵构答应金国这一条件的时候，就不担心万一金人那边毁约，自己这边连保命的人都没了么？有此疑问者请明确一件事情：南宋当时要北伐中原、收复失地就必须用岳飞，但是如果只想偏安江南的话，则不必非留岳飞不可。具体到当时，就是有吴璘和刘锜就够了。这两个人都是战绩不错而且很年轻的后起名将，也是宋高宗赵构为自己的偏安大业留的底牌。

第四，在宋高宗赵构的私心和金国的长远规划一拍即合的情况下，赵构放纵金人的卧底、带路党先驱、当时的南宋宰相秦桧一手策划诏狱并最终杀害了岳飞。秦桧的存在，是岳飞最终被害的另一个内因。这位带路党前辈一方面，撺掇赵构在不思进取灭绝人性的道路上越滑越远；另一方面，他和金人里应外合促成和议相关的各种条件的实现，是岳飞之死中一个重要的加强变量或曰催化剂。

第三节 人物的双面人生——《三国演义》

一、政权合法性的标准

所谓政权合法性，归根结底是当权者凭什么掌权、别人凭什么服从的问题。合法性理论把合法性归纳为三种来源，一种是来自神意、宇宙秩序、绝对观念等等，如"君权神授""奉天承运"等；一种是来自人的契约，如公民选举、公民对宪法原则的同意等；还有一种是所谓对价值准则的反射式认同。

即此政权是眼前现实，别无选择，人们因此只有服从。有效性并不等于合法性。一个具有有效性但缺少合法性的政权是可以存在的，甚至能维持相当时间，然而前提是要取决于有效性的程度。对仅仅基于有效性的政权，一是公众会无止境地要求其有效地承担一切责任和解决一切问题；二是一旦有效性下降，社会不服从马上就会成正比地上升。合法性却是相反，它往往不是在有效性强的时候体现，而是在有效性不够的时候体现。"合法性的本质就在于它不管实行了怎样有偏差的政策而仍旧承认这个政权。"有效性获得的是服从，合法性获得的却是忠诚。不言而喻，这二者对维系社会的效用不可同日而语。

1. 政权天授，君权神授

在古代民智未开之时，以武开国后，首选的理论就是政权天授，皇帝自称真龙天子，替天行道，代天牧民！圣旨都是这样写的：奉天承运，皇帝诏曰，然后才说具体的内容。这是中国几千年来圣旨的固定格式。奉天就是天授政权之意。

那么用什么理论来解释王朝兴衰呢？战国时代的阴阳家邹衍发明五德始终说，来解释王朝的气运。"五德"是指五行木、火、土、金、水所代表的五种德性。"终始"指"五德"的周而复始的循环运转。所谓"承运"就是意味着五德终始说的"德"运。邹衍说"五德从所不胜，虞土、夏木、殷金、周火。"木克土、金克木、火克金、水克火、土克水。蒙元快马弯刀，武力夺江山，金戈铁马，尚武为金德。朱明王朝是火德，三把火克金灭元。官服多为红色，俗称龙虾袍。皇太极改女真为满洲，改金为清，意以三个水德来灭明朝的三个火德。满清承运水德江山，官服为黑色。

除了五德始终说，还有造神运动。陈胜吴广鱼肚藏书，"大楚兴，陈胜王"，用上天的名义号召造反。汉高祖刘邦自称赤帝之子，斩白蛇起义，建立汉朝。汉末张角宣传"苍天已死，黄天当立。岁在甲子，天下大吉。"张天师自称得天所授，是天上神仙。元末红巾军起义，"莫道石人一只眼，挑动黄河天下反。"以示革命无罪，造反有理。又是一个跳大神的口号，用神权来反抗王权。还有什么人出生之时，天有异相，满屋奇香，其母梦仙人送子，等等，不一而足。所有的一切手段，目的只有一个，造神运动！

中国如此，国外也是这样，君权神授。古埃及的法老自称为"太阳的儿子"，巴比伦的汉穆拉比王自称为"月神的后裔"。拿破仑赫赫武功，威震欧洲，也需要教皇为其加冕称帝。还有日本天皇，自称天照大神的后代，万世一系，神圣不可侵犯。在中国古代，不光有理论来证明王朝的合法性。还有实物。秦横扫六合，一统天下。用和氏璧做传国玉玺，上刻八个字，受命于天，既寿永昌！以作为"皇权神授、正统合法"之信物，从此成为正统的代表，镇国之宝。得之则象征其"受命于天"，失之则表现其"气数已尽"。凡登大位而无此玺者，则被讥为山寨货"白版皇帝"，显得底气不足而为世人所轻蔑，名不正言不顺，会导致人心不服，江山不稳。由此便促使欲谋大宝之辈你争我夺，致使该传国玉玺屡易其主，至五代后梁、后唐时失去踪影。雄才大略如唐太宗李世民因无传国玉玺，乃刻数方"受命宝""定命宝"等玉"玺"，聊以自慰。贞观四年，李靖率军讨伐突厥，同年，萧后与皇孙政道返归中原，传国玺归于李唐，太宗龙颜大悦。明朝开国时，明太祖朱元璋有三件憾事，其中首件就是"少传国之玺"。后金太宗皇太极谎称得到传国之玺，扰乱人心，以争正统。

2.政权民授，政权的合法性来自于民众的授权

古代中国除了专制独裁，其实还是有民主精神的。《六韬》中有姜太公的名言："天下非一人之天下，乃天下人之天下也。"墨子在《尚同上》阐述了民主选举产生政府的观点："选天下之贤可者，立以为天子。""又选择天下之贤可者，置立之以为三公。""立诸侯国君。""又选择其国之贤可者，置立之以为正长"——

从天子到三公，从诸侯到正长，政府各级官员莫不是经民主选举产生。秦大一统，法家独大，焚书坑儒。汉武帝听董仲舒的建议罢黜百家，独尊儒术。政权民授的思想被法儒联合绞杀。到宋代，儒释道三教合一，产生了邪恶怪胎——理学，专制程度愈演愈烈，中华从此走向深渊。

而与中国相反的是，西方在大航海的背景下，产生了思想启蒙运动，民智渐开，出现了一大批的思想家：如孟德斯鸠，伏尔泰，卢梭等人，提出天赋人权，自由平等，主权在民。政府的权力来自人民，人民有权问责政府，政府却只能服务人民，俗称选票出政权。政府是人民的管家和仆人，不合格就下台！

3. 政权自授

"乱世英雄起四方，有枪就是草头王"，各路英雄纷纷自立为王。其实除了政权民授，其他的，从本质上来说，都是政权自授！俗称枪杆子里面出政权。有的还搞一搞花样，找些理论来粉饰一下，如前面所说的五德始终说，政权天授，替天行道，造神运动，有的搞一搞禅让，假惺惺的让别人把江山禅让给自己，如曹丕受汉禅，司马炎受魏禅。没有枪杆子，谁把江山禅让给你？本质还是政权自授。

二、曹操、司马懿的双面人生

（一）曹操

曹操是个表面复杂，内心简单的人物，那他到底是个怎样的人呢？

首先，不容否定的是，曹操是个能人，而且是个难得的奇才，这一点，在他小时候就表现了出来：操有叔父，见操游荡无度，尝怒之，言于曹嵩。嵩责操。操忽心生一计，见叔父来，诈倒在地，作中风之状。叔父惊告嵩，嵩急视之。操故无恙。嵩曰："叔言汝中风，今已愈乎？"操曰："儿自来无此病；因失爱于叔父，故见罔耳。"嵩信其言。后叔父言嵩，嵩并不听。因此，操得恣放荡。所以许劭说曹操是：治世之能臣，乱世之奸雄。少年曹操就如此智谋多变，青年的他已经是"治世之能臣"了。在刚到洛阳上任的时候，就把十几条五色棒放到大门边，若有犯禁者，不管地位多高，都会被罚，中常侍蹇硕的叔叔，夜晚拿刀出门，被曹操抓住，打了十几棒。曹操因此也威名远扬。再加上他成年后的爱惜人才，笔者不得不称他为英雄。

再一点，曹操比较奸猾，当许攸来投奔他时，问他："您还有多少军粮？"曹操说："还能吃一年。"许攸笑着说："恐怕未必吧？"曹操又说："能吃半年。"许攸扬袖而起，说："我诚心来投奔你，你却一而再，再而三地骗我！"

曹操笑着挽留住他："实话跟你说，还能用三个月。"许攸笑了："人家都说曹孟德是奸雄，果不其然也。"曹操说："兵不厌其诈嘛！"接着，低声耳语："军中只有一个月的粮食了。"许攸大叫曰："别瞒我了，粮食已经没了！"曹操这时才承认。说谎还能说得理直气壮，只有曹操这样的奸雄才能做得出来。讲到曹操不好的一面，为父报仇就不能不提了。当他听见陶谦纵兵杀死他的父亲的时候，便咬牙切齿地要报仇。曹操大军所到之处，杀戮人民，发掘坟墓，这件事成了众人大骂曹操最有力的证据，也是曹操人生的一大错事。另外，多疑也是曹操的一大本性：当曹操杀董卓未遂而借故献刀之后，曹操碰见了陈宫，便来到吕伯奢家。因听到磨刀声，曹操以为吕伯奢要杀死自己，便把吕家八口全部杀死，其实吕伯奢是要杀猪，而不是杀他。另外，当华佗要给曹操治病，因病情需要，要砍开脑袋，曹操大怒之下把华佗杀了，因此，曹操也病死。

曹操，可爱、奸猾、机智、多疑、勇敢，他是一个奇才的典范，更是一个奸雄的代表，他的出现，给《三国演义》增添了神秘的色彩。曹操，就是这样一个双面人物，一个可爱而有趣的奸雄。

（二）司马懿

自古以来，司马懿都被人们斥责为"阴谋家"，"野心家"的代表。"老奸巨猾""老谋深算"，几乎是他从古至今都难以摆脱的个人标签。罗贯中的小说《三国演义》更是将司马懿写成了一个比曹操还要阴险狠辣的乱臣贼子。然而，事实却并非如此。历史上的司马懿，既是忠相，也是奸臣，他拥有着极其复杂的双面人生。

1.清廉刚正

司马懿的才华出众，然而，鲜为人知的是，司马懿生前却是实实在在的"伊尹""周公"形象。司马懿一生，为官清正廉明、刚正不阿。嘉平元年二月，曹芳任命司马懿为丞相，司马懿固辞丞相之职而不受。同年十二月，天子诏命加九赐之礼，司马懿又固辞九赐。后曹芳策命司马懿为相国，封安平郡公，司马懿再次固辞相国、郡公之位不受。

司马懿本不想出仕，后因装病之事被曹操识破，故"惧而就职"。领命之后，曹操便将司马懿派到马厩养马；期间，五官中郎将曹丕多次找到司马懿，要其辅佐自己成为世子，但司马懿都婉言谢绝。曹丕即位后，曹氏宗亲们多次上表劝进，让曹丕登基称帝，如此一来，他们便可加官进爵，封地为王。朝中一些官员因受宗亲们的胁迫，也一同上表劝进，可唯有身为御史中丞的司马懿，一心为民，宁可与曹氏宗亲为敌，也仍然坚持开创新政，造福百姓。

司马懿的清廉刚正，也是朝野公认的。曹植就曾称赞司马懿："魁杰雄特，秉心平直。威严足惮、风行草靡。在朝廷则匡赞时俗、百僚侍仪；一临事则戎昭果毅、拆冲厌难。"就连后来司马懿的政敌丁谧、毕轨等也不得不承认其"有大志而甚得民心"。

2. 俯首隐忍

虽然为官清廉刚正，但司马懿的心机却深不可测。他的雄心壮志，绝不亚于曹操、刘备、孙权等一方霸主，他的政治谋略和军事才能，也决不次于荀彧、郭嘉、诸葛亮等天下名士。但是，他却能将他的一身本领自觉而主动地隐藏起来，俯首隐忍，只待时机成熟，一鸣惊人、一飞冲天。

刚出仕时，司马懿做人行事较为低调，相对同辈司空府主簿杨修来说，并没有显示出其对曹氏集团的利用价值，因此被曹操丢弃在马厩。成为曹丕属臣之后，司马懿也曾被曹真屡次刁难取乐，但即便如此，司马懿也仍然谦卑地以礼相待。

出使东吴归来后，司马懿回到曹营向曹操复命。曹操便借机试探司马懿的忠诚，司马懿随即行大拜三礼，恭敬奉上道："天命于吾王之成就，乃奠基新朝之周文王！"司马懿的回答，令曹操满意的同时也深表赞同，并表示自己其实不想篡汉，只想做周文王。而后曹操话锋一转，说自己曾经做过"三马同槽"之梦（三匹马同在一个槽里抢食，"槽"，音同"曹"，三马则是指司马懿、司马师、司马昭父子，暗示后来司马氏夺取曹魏政权），以解梦为由再次试探司马懿，并直言自己前后共有七次想杀司马懿。司马懿闻言大惊，忙连声辩解开脱。最终曹操慨然大笑，收回试探，宽恕司马懿。

3. 阴狠狡诈

如果说曹操阴险奸诈的话，那司马懿则是阴狠狡诈。正始八年（247年），大将军曹爽用心腹图何晏、邓飏、丁谧之谋，将郭太后迁往永宁宫，之后便自己独揽军政大权，树亲党，改制度，祸国殃民。同年五月，太傅司马懿假意称病，不问政事。曹爽及其同党担心司马懿装病，便于正始九年冬派河南尹李胜前去拜望司马懿。司马懿假装病重，李胜回去后禀报曹爽，说司马懿已经卧床不起，只剩残余之气，不值得忧虑；之后李胜又说："太傅不能康复，令人忧伤。"于是，曹爽等人便对司马懿放下了戒备。而司马懿表面装病，实际上却在暗中布置人手，准备消灭曹爽势力。这便有了后来的高平陵事件。

司马懿诛灭曹爽后，曾被曹爽笼络的王凌心生不满，与其侄令狐愚图谋废黜曹芳，立楚王曹彪为帝。然而，还未行动，令狐愚便已死亡。心有不甘的王凌于嘉平三年正月，借口东吴堵塞涂水（今云南昆明牛栏江），请求出征。司马懿知其阴谋，不令兴兵，并于同年四月亲率中军讨伐王凌。讨伐途中，司马懿故技重施，先赦免王凌之罪，写信安抚他，但不久大军突至。王凌自知势穷，向司马懿自首。之后司马懿将其押解回洛阳的途中，王凌服毒自尽。

王凌死后，司马懿进军寿春，参与王凌之谋的人都出来自首。司马懿推知其事，凡牵连在内的一律诛灭三族。之后派人挖开王凌、令狐愚的坟墓，在附近集市剖棺暴尸三天，并将其印绶、官服烧毁埋于土中。司马懿最终逼楚王曹彪自尽，并趁机把魏国的王公贵族全部拘捕，放置邺城软禁，并命有司监察，不准其相互往来。

4.飞龙在天

嘉平元年正月，魏帝曹芳离开洛阳前往高平陵祭扫魏明帝之墓，曹爽兄弟及其亲信们随同前往。司马懿趁机上表郭太后，请废曹爽兄弟，然后命长子司马师为中护军，率兵屯司马门。而后司马懿命司徒高柔持节代理大将军之职，占据曹爽营地；命太仆王观代理中领军之职，占据曹羲营地。最终，曹爽被诛灭，司马懿消除了由其领导的曹氏宗亲在朝中的势力，完全掌握了曹魏的朝政，为后来西晋王朝的建立奠定了根基。史称高平陵事件。俯首隐忍半生的司马懿，终于在此时鱼跃龙门，飞龙在天。

5.忠相奸臣

如今的文学影视作品，大多受到著名小说《三国演义》的影响，仅凭"野心家""阴谋家"的称号，以及《三国演义》中阴狠狡诈、老奸巨猾的奸臣形象，就给司马懿盖棺定论，甚至将其与赵高、董卓等祸国殃民之辈相提并论。其实不然，司马懿既是忠相，也是奸臣。

司马懿一生，对于曹魏政权的贡献可谓是功不可没。司马懿联合陈群一起开创新政，提升士族与寒门子弟，打压宗亲，造福百姓。在历史上，司马懿南擒孟达，西拒诸葛亮，北平公孙渊，立下赫赫战功。此外，司马懿还曾接受曹魏政权三位帝王托孤（曹操、曹丕、曹叡），去世后还被追封为相国、郡公，可见其地位不一般。因此，对于曹魏政权来说，司马懿是一位德高望重的忠相。

但与此同时，司马懿又是一个"忠心"却又心怀不轨的奸臣。他帮助曹操解救樊城之困，瓦解孙刘联盟；辅佐曹丕登基称帝，辅政平乱；辅佐幼主抗蜀北伐，平定辽东，三分天下。而后发动政变，架空魏室，独揽大权。最终，政归司马，三国归晋。

因此，对于曹魏政权来说，司马懿既是一位德高望重的忠相，也是一个心怀不轨的奸臣。"野心家"的代表。"老奸巨猾""老谋深算"，几乎是他从古至今都难以摆脱的个人标签。罗贯中的小说《三国演义》更是将司马懿写成了一个比曹操还要阴险狠辣的乱臣贼子。然而，事实却并非如此。历史上的司马懿，既是忠相，也是奸臣，他拥有着极其复杂的双面人生。

三、"似伪"的刘备

《三国演义》中的刘备形象在文学史中近乎是一个完美的"道德君子"，但是其"仁爱""亲民"的"德性"行为也是人们争议很多的。应该说"仁义、爱民"

这是古代政治家们图谋统治者地位的必然施政行为，但是也是最容易拿来仅仅作为其人心的号召力和地位合法性的标志，只是他们表现的侧面不同、人们认识的角度不同而已。反映在刘备身上的"德行"的歧义，也反映了古代伦理的悖论色彩：伦理的正义与否，与其社会角色紧密相关。这就造成了中国古代人们评价历史事件和历史人物的界定标准模糊和莫衷一是的现象。

刘备是一个很有作为的历史人物，然而，他毕竟是百姓阶级的代表人物，可能存在着自私虚假，狭隘利己等不良品德，这都是正常的。而《三国演义》对刘备这两个方面都做了真实的再现。一方面，刘备志向远大、识见不凡，重视人才、深得民心。在赤壁之战和夺荆州、取益州，到后来的占领汉中等一系列的重大事件中，书中都对他的这一性格做了充分的描写和显示。另一方面，《三国演义》也隐隐约约地暗示了他的虚情假意、虚假仁德，和言而无信、同室操戈的不良行为。"作为封建帝王，刘备与曹操一样，在本质上是狡诈、贪婪、狠毒的，只不过行为方式不一样，只是他口称忠义、标榜仁爱，表现得更狡猾、更隐蔽罢了，因而也更有欺骗性"。❶刘备性格的整体完整性就是由这正、负两个系列中的多种元素组成的，即诡谲与诚实、残暴与仁慈、义气与不义、虚假与仁德、利己与大公等二元组合共同构成的一个系统。

综上所述，《三国演义》中的刘备，在那样特定的历史条件下是一位有作为的封建统治者。他既是一位志向远大的政治家，又是一个有战略预谋的成功的"策略家""权谋家"。"处在这样一个乱世之中，刘备如果不具有枭雄所有的种种狡猾、伪诈与雄图大略，如果不具有出众的军事、政治才能，不具有一套收买人才、消灭异己的韬略、权术，别说扩张地盘、统一天下，恐怕连立足之地也不会有。"作者给仁义其表，峥嵘其心的刘备形象所做出的定位极其准确和精当，同时也说明了古人在认定"道德"和"实用"的界限之间，还存在着不小的模糊的差距。

无论人们推崇还是贬抑曹操刘备都各有原因，其实深深透露出一种道德悖论：道德标准其实是不固定的，非恒定的。

古代伦理观念诸多特点之中，尤为突出的：一则是尊者至上，一则是仁义至上。如果是合二为一，则是"内圣外王"，人世间的人格极致典范。而一旦二者不能合二为一、但是又必须二选一的时候，则取前者。这样的道德模型，使得许多的历史人物和事件的性质归属，自始至终就饱受争议，或者迷雾重重。不用说艺术形象，即使是历史人物，也是如此。

所以，历史文化的界线是以所谓的正宗、正祚为标尺的，比如曹魏和司马氏。在没有上位之前是反面形象，而一旦取得江山，即为正统，即可获得"瑕不

---

❶《论多重叙述中的刘备形象》贝京，中国文学研究，2009（3）28.

掩瑜"的金字招牌。因而历史人物的社会角色，往往成为一种标签式的伦理工具，根据需要改换其本来的历史面目。比如三国里的关公，就被宋徽宗和社会世俗力量一起硬生生改变为"财神"。这种令人啼笑皆非的历史景象比比皆是。说明人们的伦理观念是可以变动的，伦理道德标准其实也是不固定的，有所争议自然也就正常了。

再比如，孔子曰："周任有言曰：'陈力就列，不能者止。'危而不扶，颠而不持，则将焉用彼相矣？"（《论语·子路》）这几句话的含义是指：为人臣子，要尽可能施展自己的才能辅助君王。如果没有能力，那就不要担任这样的职位。如果看到君王做错事，就要予以指正并好好辅佐他，而不能背弃他。但是在《三国演义》中，在一定条件下貌似还很推崇"良禽择木而栖，贤臣择主而事"这句话的做法，也就是"易主"。易主的条件，首先，便是仁义原则，仁义的君主就靠这一点吸引人才。作者所推崇的蜀汉之主刘备就是这样让许多人易主归于麾下，而成为他的得力干将。虽然易主不是任意的行为，但由于作者"尊刘"，所以就将投靠刘备写成仁义行为。如赵云在刘备危难之时仍然投靠刘备，所以就成为仁义之举的典范，无论是君还是臣都拥有了仁义的名号。作者将易主写成仁义之举，也只有站在刘备集团的立场上才会有这样说法。其次，便是"明主"原则，在这个原则之下如果原主人不仁不义或者昏庸昏暗，那么属下可能会继续易主而不会成为逆臣。比如原袁绍的部下多人投奔了曹操，但是并没有背负骂名。再如原是灵帝之朝的主簿陈琳素有才名，曾谏何进而何进不听，经历十常侍之乱。后来在袁绍处做记室，袁绍讨伐曹操时他还为之草拟了檄文声讨曹操。袁绍失败后他则归顺了曹操。而曹操不计前嫌，对他较为尊重和重用。作者对这类易主现象，并未详细说明是否仁义，仅仅是将这类易主看作理所当然之事。既没有贬斥也没有褒扬其识时务。可见作者内心追求的仁义的含义，在遭逢此风起云涌、战乱频仍的乱世，也是模棱两可的，受时势和现实的局限难以旗帜鲜明，对于表现出来的仁义思想的立场也有些牵强。再次，便是私利原则。这方面最典型的就是吕布了，他易主的原因主要是唯利是图，鼠目寸光的自身原因，作者对此明显不仁义的事件是持有批判色彩的。经过数次叛变，最终又要以曹操为主未能如愿而被杀。对于这三类易主，根据孔子的《论语》中的说法其实都是不义的，第一类作者将其写成仁义之举是从尊刘的角度来说的，这是作者对仁义思想的一种寄托，作者在这方面可以说照顾刘备集团太多了，将刘氏集团大多数行为都写成仁义之举。后两种都是不仁之举，是诸多易主事件的代表，但是除了吕布这样的明显的非正义行为，其余的大都是模糊处理。

所以，在古代人们那里，所谓的"仁德""仁义""忠信"等道德概念的含义是非常模糊的，在"正义"和"非正义"之间时常摇摆。

从刘备后来治理蜀国的卓有成效的政绩和过程来看，我们未必可以推断其内心深处自始至终都一定是充满虚伪的仁德，这是难以考证的，仅凭深文周纳的诛心之论也是难以服众的。但是，也一样没有实据来能够充分证实他的一贯作为确实是真正的发自内心的仁策与恻隐之心而非出于实用和功利目的。所有的这一切均没有办法实证，其实也没有必要去追寻这一点。我们只能根据主事者留下的谜团所产生的社会效应进行事实和价值评判，进而再回过头来看当事者是如何留给人们的是一团团的历史迷雾。但是所有这一切问题的植根所在，正是伦理原则标准的首鼠两端的两面性和模糊性所造成的。

第四节　人间神圣的指向——"儒""佛"之道

一、在"性空"与"忠孝"之间

士大夫居士绝大多数于公事之余方参禅，功名利禄与禅学修养并进，忠孝仁义与般若性空不悖。他们以儒、释的融合统一为思想依据，早年多偏于功名，晚年则偏于禅学，但即使耽于禅学，也始终未能真正抛却世间。这是由时代所决定的。在追求超现实的精神享受的同时，无法摆脱历史的重任，放弃现实的社会责任，他们注定要在这权利和义务之间做痛苦的抉择。于是，出现了佛教对儒家孝道思想的调和与会通。

（一）出世之孝与入世之孝，大孝与小孝

佛教的内在超越精神决定了它是"出世间道"，尽管它与主张"修身、齐家、治国、平天下"的儒家"世间道"一样，也强调孝道，但二者毕竟有层次之分。儒家讲的是"入世之孝"，而佛教讲的是"出世之孝"，一个是"方内之教"，一个是"方外之教"，二者的矛盾冲突在所难免。因此，佛教的首要任务，就是要从理论上论证"出世之孝"与"入世之孝"不相违背，"出世之孝"甚至高于"入世之孝"，二者完全可以并行不悖。

（二）"方外之宾"与"顺化之民"，在家与出家

首先，慧远根据佛典上的有关论述，创造性地将一国之民分成两大部分，即"处俗弘教"的俗人和"出家修道"的沙门。他认为，在家之人是应当做"顺化之民"的，因为他们"累根深固"，还未摆脱情欲的束缚，耽湎声色犬马，加上父母亲属及社会关系的存在，应当享受"天属之爱"，接受"奉主之礼"，奉亲而敬君。究其根源，则是"功由在昔"，都是过去业力的报应；他们在世界上受恩也受罚，这些都是冥冥之中的报应。佛教的任务就是要让他们知道"以罪对为

弄罚，使惧而后慎；以天堂为爵赏，使悦而后动"，善者升天堂，恶者下地狱，这恰恰最大限度地弘扬了儒家的礼教。

不过，慧远强调，沙门不受俗礼，只是形式上与名教的对立，实质上却更能够维护王者的利益，所谓"内乖天属之重，而不违其孝；外阙奉主之恭，而不失其敬"。如果统治者能够从更高更远的角度认清佛教的真实面目，不拘泥于沙门区区的礼拜，从形式上向沙门让步，换来的是抬高僧侣的社会身份，使他们作为追求高尚理想的楷模，让"虚襟者挹其遗风，漱流者味其余津"，就会使佛教的教义更广泛、更深入地影响群众而使之避恶趋善，从根本上维护统治者的最高利益，所谓"虽不处王侯之位，固已协契皇极，大庇生民矣"。这倒不失为一种曲径通幽的为政之道。慧远通过"方外"与"方内"，"在家"与"出家"的区分，巧妙地沟通了佛教伦理与儒家王权的关系，间接地论证了佛教孝道的合法性。

（三）"贵道而忘迹"，理与行、权与实

孔子有言："礼云礼云，玉帛云乎哉？乐云乐云，钟鼓云乎哉？"意思是说，仁不存于内心，即使有了玉帛钟鼓之类的外在礼节也未必真正履行了礼义之道。孔子从礼乐与仁的关系中发现了道德理想（理）与道德实践（行）的内在关系。这一观点被佛教所借鉴，用以论证佛教出世行为的合理性。

契嵩站在儒佛一致论的角度对此论述得最为成功。契嵩认为，有"可见之孝"，亦有"不可见之孝"，不可见者为"理"，可见者为"行"；理是一切孝行之所出，而一切孝的行为都贯穿于理之中；若"修其形容而其中不修，则事父母不笃，惠人不仁；修其中而形容也修，岂惠父母而惠人，是亦振天地而感鬼神也"，所以，君子之孝以"诚"为贵。在这里，契嵩将牟子的"道"与"迹"，"权"与"实"，刘勰的"心"与"礼"的关系统一于"不可见之理"与"可见之行"的关系，说明儒家和佛教之孝的目标都是笃于事亲、止于天地万物而泣鬼神，并同儒家《中庸》的"修其中""诚其性"联系起来，阐明了儒、佛孝道观的一致性和可通约性。

（四）"孝名为戒"，"孝为戒蕴"

孝是儒家最基本的道德规范，而戒是佛教信徒的行为准则，二者的区别是不言而喻的。但是，佛教在其发展过程中，也尽力吸收和融合世俗的道德，以此拉近了世间和出世间的距离。《梵网经》中就有"孝名为戒，亦名制止"的经文，中国佛教学者将这一观点发扬光大，强调"孝名为戒""孝为戒蕴"是佛教孝道的基本义。

契嵩说，佛教戒律是以孝为基础的：孝顺父母，受五戒，是为优婆塞、优婆夷，由此可达仁义之道；孝顺师僧，受具足戒，是为比丘、比丘尼，孝顺自己的各位老师，由此可达涅槃之道；孝顺佛、法、僧，受菩萨戒，是为菩萨摩诃萨，由此可达菩提解脱之道。所以，孝是"戒之端"，是佛教大戒的先行者。契嵩说：

"戒也者，众善之所以生也。为善微戒，善何生耶？为戒为孝，戒何自耶？故经云：使我疾成于无上真正之道者，由孝德也。"这样，契嵩从理论上论证了孝、戒、善三者一体不二：儒家说孝是众行之本，佛教讲孝为百善之先，而佛戒的基本功能是为善去恶，都是求善，两家的宗旨没有什么不同，孝也就是戒，戒也就是孝，名异而实同。

契嵩还从佛教伦理的五戒论述了孝和戒的关系。契嵩认为，五戒所言都是孝，"夫不杀，仁也；不盗，义也；不邪淫，礼也；不饮酒，智也；不妄言，信也。是五者修，则成其人，显其亲，不亦孝乎"，这五者，如果有一戒不修，直接的结果是对自身形象的贬低，使双亲蒙辱，就是不孝。所以，五戒中蕴涵着孝的精神，这就是"戒为孝蕴"，也就是广义的孝。

二、儒、佛孝道观念之比较

（一）"报恩"与"尽德"

这是从孝的源头上讲的，也就是孝道产生的哲学依据。人为什么要尽孝？这在儒家看来，是天经地义的事情，是尽天地之德。儒家以传统的天人观进行过解释。《易·序卦传》曰："有天地，然后有万物；有万物，然后有男女；有男女，然后有夫妇；有夫妇，然后有父子。"《易·说卦传》又云："乾，天也，故称乎父；坤，地也，故称乎母。"可见，父母之德可与天地相比，父母对于子女来说，其地位至高无上。况且，"天地之大德曰生"，人既效法天地之德，尽孝也就是尽天地所赋予人的本性。故《孝经·圣治章》说："天地之性人为贵，人之行莫大于孝，孝莫大于严父，严父莫大于配天。"从起源上说，孝就是人子对于父母的天性的流露，对父母尽孝就是对天尽德，体现了"原始返终"的意义。

但是，佛教对孝道则有另一套解释，那就是尽孝源于"报恩"。知恩报恩是印度佛典一再强调的思想，有"报四恩"之说。四恩即父母恩、众生恩、国王恩、三宝恩。佛教认为，父母养育子女之恩，广大无边，若背恩而不孝顺父母，将来即堕于地狱、饿鬼、畜生三恶道中；若孝顺父母，将得到诸天护持，福乐无尽。至于众生恩、国王恩、三宝恩的说法，则源于佛教特有的"一切男子皆是我父，一切女子皆是我母"的轮回观念。在佛教看来，以孝子之心而知父母恩，也就能理解以佛子之心而知佛恩，而获究竟解脱之道。所以，知恩、感恩的思想在佛教中得到了相当的重视。

比较而言，儒家的"尽天德"之孝目的是为了强调对父权的顺从，所谓乾父坤母，"孝莫大于严父，严父莫大于配天"，"严父"即是从父，"配天"即是不可抗拒；而佛教的"报恩"尽孝则体现了因果报应的主旨，父母之恩是因，子女的报恩是果，因果相连，报应不爽。

（二）忠孝一体与众生平等

孔子曰："孝弟也者，其为仁之本与！"认为人子孝顺父母，应当出于内心的道德自觉，并非外在的制约。有子曰："其为人也孝弟，而好犯上作乱者，鲜矣；不好犯上，而好作乱者，未之有也。"也就是说，人的仁性可以由内及外、由里及表，在家尽孝，在外尽忠，"临之以庄则敬，孝慈则忠"。虽然，儒家的本意并非绝对地主张"愚忠"，然而，在等级森严、父权家庭、宗法社会、人格有别的封建专制政体下，儒家的孝道客观地承认了"忠孝一体"的合法。儒家的"三纲"明确规定，臣子、妻子、儿子必须绝对服从君王、丈夫、父亲。从其孝道思想的角度来看，就是做子女的必须无条件地服从父母（主要是父方的权威），所谓"君要臣死，臣不得不死；父要子亡，子不得不亡"，是儒家孝道伦理发展到极致的真实写照。所以，儒家的孝道主要表现为对王权、父权的顺从，孝基本上是人子对父母尊长单方面的义务，强调"顺"。

而中国佛教孝道思想张扬的孝亲意识，更多的是一种宇宙间的自然亲情关系，不像中土孝亲伦理含有更多的社会宗法关系。佛教的报恩，意在理解对方的恩惠，绝不是以权力、压力或上下的尊卑等级来执行的。佛教主张"众生平等"，"一切众生皆有佛性"而皆能成佛，因而在僧团内部，都是以平等为序列，唯以出家时间的先后而定位次。佛教所讲的亲情，是宇宙的亲情，而非局限于一家、一地的亲情，这就在本质上决定了孝不是一家之孝，而是对一切人的孝，甚至是一切众生的孝，所以才有报"四恩"之说（父母恩、众生恩、国王恩、三宝恩）。从这个意义上说，中国佛教的孝道不是"臣民道德"，而是慈爱的相互回报。

（三）"事亲"与"修性"

"事亲"是儒家孝道伦理的基本内容。孔子将它总结为"三事"："生，事之以礼；死，葬之以礼，祭之以礼。"也就是生则养、丧则哀、祭则敬。《孝经》则总结为"五事"："孝子之事亲也，居则致其敬，养则致其乐，病则致其忧，丧则致其哀，祭则致其严，五者备矣，然后能事亲。"综合而言，事亲包括了物质方面的供养和精神方面的顺从以及立身行道，显亲扬名等内容，带有明确的俗世情怀。

但在佛教看来，儒家的事亲还停留在"小孝""中孝"的阶段，是在家之孝，佛教承认在家之孝是理之当然，但更重视出家的"大孝"。中国佛教将儒家的"立身行道，显亲扬名"的观念加以发挥，强调"修性"，以"德"报恩。认为人生皆苦，只有出家或在家精进于佛法的闻思修行，最后证得解脱的佛果，才能报答父母的恩德；只有证道而获解脱的人才能自度度他，利益人天，帮助父母及无数的众生从轮回苦海中解脱。中国佛教曾将此种孝道称为"法性之养"，以别于普通的"色身之养"。可见，强调精神救渡乃是佛教孝道的根本。

（四）现世报恩与三世报恩

儒家之孝立足于中土的现实主义传统，只涉及今生今世，不及来生。儒家之孝，可分为"孝养"和"孝顺"。孝养主要是物质的供给饮食，服劳奉养，不失其勤；冬温夏清，不失其劳；香甜干脆，唯其所欲。孝顺指在精神上做到以父母之心为心，和颜悦色，得其欢心，承顺无违，不失其敬，以及显亲扬名等内容。儒家虽然也有"丧则哀、祭则敬"的成分，但仍然是现实主义的。儒家有"敬天法祖"两大宗教性内涵，但孔子"不语怪力乱神"的理性主义传统极大地抵消了其神秘主义的倾向，往往视祖先崇拜为"神道设教"的工具，目的是为了维护纲常名教而"厉偷薄之意"。

佛教的报恩尽孝大大地超越了现世报恩的局限。中国佛教结合本土灵魂不灭的观念和印度佛教因果报应、六道轮回的理论，主张人生的命运、前途完全受因果律的支配和主宰，善因得善果，恶因得恶果，如果行善行孝，死后成善灵，升至西方极乐世界；否则成为恶鬼，变牛做马，下十八层地狱受苦受难。《盂兰盆经》提倡佛弟子修孝顺，应念念中常忆父母供养乃至七世父母，中国佛教依照这种说法，为拔救双亲乃至七世父母举行盂兰盆会，就是三世报恩的典型说法。中国佛教以善恶报应、生死轮回的信仰出发，要求人们"诸恶莫做，众善奉行"。

儒家是中国传统文化的主流，是三教之中的重中之重，因而在处理孝道的问题上，中国佛教学者采取了"调和"与"会通"的双重策略。调和带有一定的依附性，是以儒为主，以佛为宾；而会通则体现了自主意识，没有主次之分，甚至是以我为主、佛高于儒。总的看来，中国佛教是以会通的形式、以我为主来完成其孝道伦理思想建构的。作为外来文化的佛教，如果不能展示自己的个性魅力和独特的文化价值，要是在中国立足和发展，那是不可想象的。中国佛教的孝道思想之所以能在中土产生巨大的影响，在三教中占了一席之地，正是因为它以我为主、体现自己的个性魅力和独特的文化价值。

在三教合一、三教一致的形势下，无论是儒家的"入世之孝"，还是佛教的"出世之孝"，实际上都成了传统纲常名教的有机组成部分。一方面，佛教借孝道的传播和发展丰富了中国佛教的伦理思想的内涵，在一定程度上履行了中国佛教"弘道济世""普度众生"的大乘理想，扩大了佛教的社会影响；另一方面，中国佛教也不断地走向俗世化和伦理化，达成了佛教孝道伦理与儒家纲常的接近和契合，赋予了儒家传统伦理以信仰的力量，进一步强化了儒家纲常名教的社会教化功能。儒、佛、道三教既各自对立，又相互依存、相互推动，共同承担扶世助化的政治功能，殊途而同归。正如慧远所预期的那样："道法之与名教，如来

之与尧孔，发致虽殊，潜相影响，出处诚异，终期则同。"❶

三、两个世界合二为一：上帝的事情也归凯撒管

佛教是着重探求解脱人生苦难的宗教，其基本的理论模式是：此岸—渡达—彼岸。"此岸"即现世，是苦海；"彼岸"即来世，是佛国。在印度佛教中，"彼岸"被描绘成一个美妙的世界，如《华严经》就精细地描绘了"莲花藏"世界；而佛教所宣扬的解脱、渡达过程是从此岸到彼岸、从尘世到净界的过程，则恰似莲花从淤泥中生。所以，佛经中常用莲花为比喻，如《大智度经·释初品中尸罗波罗密下》："譬如莲花出自淤泥，色虽鲜好，出处不净"；《无量寿经》"清自之法最具圆满……犹如莲花，于诸世间，无染污故。"

道教是本土宗教，形成于东汉中叶；佛教是外来宗教，两汉之际传入中土。佛、道并存之日既远，两者之间的攻讦辩难、渗透融合就一直是研治中国思想史的学者所致力的课题。

道教的来源之一是先秦时的道家思想，大约在东汉时期道家思想的代表人物老子被道教奉为教主。关于老子最早的坐势，史籍中没有明载。当佛教传入中土之初，道教对之攻讦，认为佛教是老子所创，这或许就是鲁迅先生所批评的中国人根深蒂固的"精神胜利法"。《后汉书》卷三十下《郎顗襄楷列传第二十下》："或言老子入夷狄为浮屠。"西晋时道士王浮又作《老子化胡经》。《老子化胡经》今有残卷，叙述老子带领尹喜到西方教化各国，至厨宾国。国王逮捕了老子及其徒众，置于柴火之上焚烧。老子身放光芒，和尹喜等在火中，坐在莲花之上，读《道德经》。老子"入夷狄为浮屠"，安坐于莲花之上，很明显是来自于佛教的启示。至迟在唐代，老子已安坐于"莲台"之上。卢仝的《忆金鹅山沈山人二首》："太上道君莲花台，九门隔阔安在哉。"（《全唐诗》卷388）"莲台"本有特指，《法苑珠林》卷二十："故十方诸佛，同出于淤泥之浊，三坐正觉，俱坐于莲台之上。"又如无名僧的《禅诗》："清莲台上见天唐，众生真心礼肆芳。"（《全唐诗补逸》卷18）从"太上老君莲花台"的定型，我们可以看出，佛教对道教的渗透。

当然，这种渗透是双向的。《关令尹喜内传》载："关令尹喜生时，其家陆地生莲花，光色鲜盛"，尹喜是老子的弟子；陆地生莲亦见于《拾遗记》卷一"炎帝神农"："陆地丹渠，骄生如盖"；江淹的《莲花赋》："验奇花于陆地"。在佛经中，也有"生时""生莲"的记载。佛陀降诞前，净饭王宫殿内的四时花木，悉皆荣茂，池沼内突兀盛开大如车盖的奇妙莲花。虽然模式相同，但一为中国式的陆地生莲，一为印度式的池沼生莲，两者本有细微区别。但是，在流传过程中，易滋混淆。如

---

❶《弘明集》（梁）丁曾祐，道宣，（5卷）上海古籍出版社，1991:64.

《旌阳宫铁树一镇妖》："一是释家，是西方释迦牟尼佛祖，当时生在舍卫国刹利王家，放大智光明，照十方世界，地涌金莲花，"（《警世通言》第40卷）。从用典的角度来看，"地涌金莲"是误用；但是，我们却可以看出道教对佛教影响的痕迹。

四、"沙门不敬王者论"：一个幻觉的结局

慧远（334年—416年），俗姓贾，雁门楼烦（今山西原平县）人，13岁便游学许昌、洛阳，博通六经，善老庄之学。《高僧传》中讲他"性度弘博，风鉴朗拔，虽宿儒英达，莫不服其深致"。慧远内通佛理，外善道儒，是魏晋时期乃至中国佛教史上一位著名的大德高僧。

慧远生活的时代，正是中国社会大分裂、大混战、大动荡的历史时期。统治阶级内部彼此倾轧，残酷的战争使人们感到生命无常、朝不保夕。一方面，不少氏族名流期望通过信奉佛教寻找到心灵上的依靠；平常百姓亦希望通过信佛能从现实水深火热的痛苦中得到解脱，从而促使佛教以空前的速度和规模传播发展。另一方面，由于佛教规模的扩大，信徒人数的增加使国家财政税收及兵役招募受到影响；部分僧侣生活奢靡，积极参与权力斗争，增加了政权的不稳定性，这些现象引起部分统治者对佛教产生怀疑、质难，甚至反对的情绪。因此在统治阶层中先后出现了以庾冰、桓玄为代表要求对沙门进行淘汰的抑佛派，他们分别从儒佛关系、政教关系出发，对沙门敬王者、沙门袒服等问题进行了激烈的争论，究其实质则是佛教与中国传统文化之间的冲突碰撞。其中，慧远所著的《沙门不敬王者论》以佛教理论为指导，由教义理论延伸到政治化及伦理纲常，通过逐层阐述对桓玄所提"沙门应礼敬王者"的问题进行系统剖析和积极回应，此论在佛教发展史上有着巨大的推动作用，对处理佛教与国家政治关系有着重要意义。

慧远之师道安曾言"不依国主，则法事难举"，一语道破当时宗教与政治之间的从属关系。当佛教进入中国并发展到一定阶段时，如何处理佛教与政治之间的关系成为影响佛教生存发展的关键因素。慧远不但继承和发展了道安的佛学思想，而且他在处理佛教与"国主"之间关系的思想和方法上也有所发展。慧远不同于佛教以往一味地支持或反对与政治的从属关系的态度，而是运用一种取自神圣而用之于世俗的思维方式，从神圣的宗教信仰出发，使佛教教义与中国传统伦理道德有机结合，在遵循佛教义理原则的前提下，灵活发挥佛教精义并形成独特的兼具佛学义理和传统政治人伦观念的政治思想。一方面，他认可道安的举法事需依国主之力的观点；另一方面，又强调佛教作为宗教的独立性及与政治保持一种既有又无的关系的重要性，从而能够自由地出入神圣的宗教与世俗的社会政治之间，既保持宗教的神圣独立性又体现出君王的"运通之功"。

152

第五章　明清文学中的入世出世思想悖论

第一节　明清文学中的入世环境中的出世主线

一、伦理与道德

通常情况下，我们将伦理与道德放在同一意义上使用，然而进一步分析就会发现，"伦理"似乎比"道德"更具社会的广袤性，人类的共识性，规则的普遍性，适用的宽泛性，甚至若隐若现地闪烁出一种本能性、自发性。这也是我们以为"伦理自发"能够成立的学理依据。道德则不然，它似乎对个体给予更多的关注，更倾注于心灵的体验与精神的追求，比起"伦理"来，它远离了本能性、自然性而多了些虚灵与悬设，多了些心灵的修炼与德行的操持，少了些逻辑抽象的提示，而多了些价值意义的真实。当然，这更多的人为参与使之更为复杂、更为艰难，也更为高尚，更具"人性"。换句话说，人之所以称其为人，也许就在于人认识到道德的意义并使之成为自觉的产物。

事实上，我们对伦理自发的问寻与释定，就是对道德自觉的眷注与张扬，就必然引致道德自觉的凸现。因为缺少道德自觉的伦理自发充其量不过是一种自然本能的张扬，而不能跨进意识——精神的神圣殿堂。道德若缺少了人的鲜活的灵思和积极的谋动，其自身就失去了存在的依托。马克思在他的《青年在选择职业时的考虑》中写道："自然本身给动物规定了它应该遵循的活动范围，动物也就安分地在这个范围内运动，不试图越出这个范围，甚至不考虑其他什么范围存在。神也给人指定了共同的目标，使人类和他自己趋于高尚，但是，神要人自己去寻找可以达到这个目标的手段；神也让人在社会上选择一个最适合于他，最能使他和社会得到提高的地位。在这里，抽去了虚设的、缥缈的神的力量，就会看

到道德自觉实际上就是人的"自觉的道德",或"道德的自觉性",这不仅使我们对伦理自发的探问与追寻成为可能,而且也构成了我们在这个意义上使用"道德自觉"的理论来源。

无疑,使用一种少有使用过的学科描述性话语和提出一个新的伦理学概念是重要的,但更为重要的则是何以需要这一"话语"和概念。马克思曾经指出:"动物是和它的生命活动直接同一的",而"人则把自己的生命活动本身变成自己的意志和意识的对象。它的生命活动是有意义的。"美国历史学家汤因比也认为:"人类是处于这样一种麻烦困惑的境地,他们是动物,同时又是自我意识的精神存在,就是说,人类因为在其本性中具有精神性的一面,所以他们知道自己被赋予了其他动物所不具备的尊严性,并感觉到维护它。""意识"作为其他动物所不具备的特殊能力而被人类所拥有后,不仅使人类有别于动物,而且也使人类不再满足于作为单纯的生命体存在,而不断进行着对生命(生活)的"意义"追寻。"人是什么"?"为什么活着?""应该怎样活着?"等诸如此类的问题一直困扰着人类。人类在不断追寻、不断解答、不断清理中一步步走向文明。这种追寻是沿着如此路径进行的:

第一,人的自我约束与自我超越。

奥地利著名学者弗兰克说得好:"人要寻求意义是其生命原始的力量,追寻生命意义的企图是一个人最基本的动机。"❶受这种最基本动机的支配,人给自己做出了确切定位:来源于动物,与动物同宗但不同类,有动物的一面,但又超越动物;离不开物质生活,为获得足够的财富,为过上优越富裕的生活而不断地奋斗创造,但又不视财富为目的,不把物质财富的充裕视为生活的全部,甚至愿为精神的充实和道德的高尚而选择清贫。这种隐蔽在人的存在方式之中的人对自己生活的现实世界的理解,使得人必须约束自己,若一味放纵,就同动物无异;人也必须超越自己,否则同样无异于动物。人的这种对自我行为的调节与控制,就使人与人,人与社会,甚至人与生态、人与环境之间形成了一种道德关系。这种道德关系在实际的道德生活中形成两种方向相反的张力,一种是用道德的力量来控制动物性而远离动物,且一步步接近"意义"的终极。一种是动物性挣脱了道德的樊篱而越来越接近动物的野蛮与疯狂。在这里,人的自我约束与自我超越能力就成为人性与动物性、道德与不道德的分水岭。古希腊哲学家苏格拉底说过:道德总是以有所牺牲为前提的。我们完全可以说,没有牺牲就没有道德,没有自我约束就没有人生意义的追寻和人类的道德自觉。

第二,人的心灵自律与德行操持。

---

❶《活出意义来》,弗兰克,华夏出版社,2014:82.

显然，人给自己的基本的界域与约束，仍不免有一定的生物性。若止于此，人对自己约束的意义也并没有越出进化论的范畴——人只不过比其他动物更高等些而已，并没有真正成为人的道德自觉。因为道德从本质上讲是心灵善和行为善的统一。马克思是动机与效果的统一论者，他非常赞赏康德的从善良意志出发的行为才是道德行为的观点，并重申"道德的基础是人类精神的自律"的论断。事实上，所有金钱、物质、名誉、地位都可以激起一个人的欲望，甚至可以成为他行善的动机；为逃避惩罚而去纳税交钱，为了争得遗产或获得好名声而去抚孤养寡，为了得到某个高位而努力工作，甚至为了获得"英雄"的美称而下水救人，等等，虽然比那些偷税漏税、恃强凌弱、见危不助、见难不帮者要好得多，但都不属于动机上的善，都不是一种"自律"行为，更不能说是一种道德自觉。试想，一旦能够逃避惩罚，一旦没有了金钱或名誉、地位的诱惑，他们还可能去做好事，行善举吗？中国传统道德中提倡的"慎独"，君子"莫见乎隐，莫显乎微。故君子慎其独也"，才是一种道德自觉，从内心世界到外在行动都达到统一。千百年来，这样一种很高的道德境界一直被那些力图在道德上自我完善的人们所追求、所实践、所验证。

　　第三，人的理想悬设与道德预期。

　　其实，上述我们提到的人给自己的定位，即是马克思所说的人的存在二重化结构。一方面，"人直接地是自然物"，是自然界的一部分；另一方面，人又有自己的内在尺度，无时无刻不在为实现对动物性的超越和对自身生存状态的超越而希冀创造的愿望所驱使，无时无刻不在内心激荡一种趋向自由的力量和关怀终极的热情。然而，现实的不完善和人实际上的不自由，使人对生活于期间的社会持一种怀疑与批判的态度，从而越发憧憬完美与向往自由。这是一种自然性与超自然性，生命本性与超生命本性在创造与实践中的否定性统一。而人的理想悬设与道德预期在否定性统一的一步步实现中，无疑是个不可或缺的中介环节。

　　首先，理想悬设与道德预期源于人的生命结构，从而使人对意义的追寻有一个坚实的生理物质基础。从心理学上讲，理想和道德都是人的心理需求，都是人为满足心灵需要而设置的精神目标和境界预期。马斯洛曾以大量的临床资料证明："人只有靠面包活着"并不是荒谬的，但这只是在没有面包时才是事实，这与"人吃饭是为了活着"，但"人活着绝不是为了吃饭"表达的是同一个道理。人具有更为重要的追求，一个较低层次的需求满足后，其他更高级的需求会立即出现，这些需求（而不是生理上的饥饿）开始控制机体。当这些需求满足后，又有新的（更高级的）需求出现了，依次类推。

　　其次，理想悬设与道德预期在人的可感的现实世界谋设出一个普遍性价值尺度，使人有可能以超越当下观点的立场和超越当下有限之物的应然之态，审视人

和社会的现状并提醒人们回头审视其目的的合理性和行为的意义及根据。当然这一很高的价值尺度是不可能达到甚至完全不可能达到的，而只是一种"悬设"和"预期"。但这却向人们提供了一个充满希望的活动空间和坚实的价值归宿。人们为之做出的一切努力，都是通向这一归宿的"桥梁"和"道路"。人类就这样一步一步走向自我解放与自我发展。

最后，理想悬设与道德预期作为人的积极谋动并非是天外来客，空中之物，而是深深扎根于一个时代的现实生活之中。因为任何理想都离不开现实，现实是理想的基础，理想是现实的提升，离开现实的理想只能是空想。同样，任何预期也只能是在过去与现在总结基础上的一种展望与祈盼。人们在现实基础上的持续奋斗，使理想不断地成为现实，使预期不断得到实现，而实现了的理想和预期又成为新的理想和预期的基础。人类通过在一次比一次提高的基础上的努力，使自己的道德更加完善，社会更为进步。

二、儒教的"落"与老庄的"起"

统治者是以他们身上所赋有的权威来进行统治的，他们的权威在广大底层农村的树立，主要就是靠他们宣扬的礼仪道德。"国家政权是由儒家思想交织在一起的行为规范和权威象征的集合体，从这个角度上来说，国家最重要的职能便体现在一系列的'合法化'程序上：掌握官衔与名誉的封赠，代表全民举行最高层次的祭礼仪式，将自己的文化霸权加之于通俗象征之上"。❶在整个国家文化网络中，统治者行使最高层次的礼仪，而这种礼仪通过各种形式逐渐渗透到普通民众的生活中，成为属于他们这个阶层的世俗性的礼仪道德，礼仪也逐渐地发展成为一种控制手段，当它成为一种控制手段时，它就会"为社会带来秩序和对人在社会中的行为施加约束，并且赋予日常生活中的活动以仪式的色彩"。由于礼的观念应用范围很大，生活中到处都有礼的烙印，这就使广大民众的生活离不开各种礼仪。伦理道德是与礼仪同生共存，"人们通过礼仪化的社会惯例来执行伦理准则"，礼仪行使的过程就是宣扬伦理道德的过程。"儒学教义规定了中国社会以及人际关系的准则"，礼仪和儒教的伦理道德紧密地结合在一起就形成了规范中国人的传统礼教。人们处理人际关系要按照政治上、伦理上的礼仪要求来进行。礼是封建政治法律思想道德的总规范，君臣、上下、父子、兄弟、夫妻、主仆的礼节，自然违背不得，这些礼节渗透于各个领域。

明清时期，随着资本主义萌芽的出现，儒教衰微，在思想文化领域出现了一股猛烈冲击、反对封建礼教和宋明理学，重视情感和强调人欲的社会新思潮。随

---

❶《文化、权力与国家：1900—1942年的华北农村》，杜赞奇，江苏人民出版社，2003.

着唯情论、童心说、性灵说、情理说等文学观的相应出现，产生了一大批反抗礼教，崇尚自由的小说、戏曲，对情的重视和表现，给传统的婚姻和道德观念注入了一股清风，形成了一种新的审美标准和审美情趣。在这种境况之下，"无论是士子的人生追求，思想家的哲学思考，还是文学家的理论主张和创作实践，都在缓缓曲折地向表现自我、愉悦人生方面发展，尽管显得步履蹒跚并时有侧道旁出，但其总体的趋势则是明确无误的。"而这些个性的追求与解放，在一定程度上向老庄的出世靠拢。

（一）老子的出世思想

老子所处的春秋战国时代，周王室日渐衰败，名存实亡，诸侯争霸、战火连连、民不聊生，整个社会陷于一片混乱和动荡之中。老子目睹上层统治者的所作所为给黎民百姓带来的困苦与悲惨局面，痛心疾首，却又无可奈何。因而采取低调的人生态度，主张"不争无忧"，倡导"生而不有""为而不恃""长而不宰""功成而不据""衣养万物而不为""利万物而不争"的人生理念和处世哲学。可以说，老子的处世哲学实则是一种生存智慧，彰显出"与世无争"的精神取向。

1.上善若水

老子说："上善若水。水善利万物而不争，处众人之所恶，故几于道。居善地，心善渊，与善仁，言善信，政善治，事善能，动善时。夫唯不争，故无尤。"（《道德经》第八章，以下注释凡出自《道德经》者均只注章数）老子笔下的水，以其谦逊卑下、与世无争、大公无私的崇高精神和豁达情怀，赢得了无忧无虑的自如境界。在老子看来，水滋养万物而不居功自傲，默默奉献而不奢求回报，避高趋下、顺势而为，不舍昼夜、无阻无碍。即使处于低洼的深潭之中，仍不失其清湛悠然、水平如镜的低调作风和君子姿态，彰显出其不争、谦逊、无私、宽厚等高尚的品德。因此，老子认为水的德行最接近于"道"，此是效法"天之道利而不害。圣人之道为而不争"（第八十一章）。詹剑锋释："无所不利，是其德宏，利而不争，是其德谦，处下藏垢，是其德宽容。"显然，水亦具备这种"玄德"的特性，故"几于道"。这种"利而不害""为而不争"的上善之德能够赢得"不争而善胜，不言而善应，不召而自来，坦然而善谋"（第七十三章）的积极效果。因此，此是无为无不为、不争而自得，"以其不争，故天下莫能与之争""以其无私，故能成其私"。水以其高尚而低调的风格在成全万物的同时保全了自己，故终能无忧怨、无纷扰。

因此，老子认为人类最应该效仿水之德性，像水一样保持一种低姿态、高境界的生活态度，便能品尝到人生的真谛。诚如蒋信柏所言："我们人类一旦拥有了像水一样的品格，就能助人而自乐，与世无争，日子过得恬淡自然，就能避免与人发生矛盾冲突，就能免去患得患失的精神折磨……就能免去纷争、免去纷

扰、免去痛苦、免去烦恼，就能过得逍遥自在，赛似天神。"这种逍遥自在、赛似天神般的境界不正是芸芸众生向往、追求的精神境界吗？

不难看出，老子的这种价值观实质上鲜明地体现出精神追求所具有的道德性和价值性。按照老子的说法，水虽处"众人所恶"之地，仍不失其上善之德——居善地，心善渊，与善仁，言善信，政善治，事善能，动善时，"夫唯不争"故能安然无忧。因此，从此种意义上来说，自由与否不在于权势、地位、身份的高低贵贱与处境的优劣，"一个人的快乐幸福全在于他对生命价值的认识。如果他有正确的人生目标，坚定的人生信念，那么无论在怎样的环境中，他都可以感到自由自在，感到生活的充实"。水之所以能无忧，是因为其"利而不争"，这是一种公而无私的利他主义精神。虽处险恶之境地，却丝毫没有影响其生命价值的体认，以及其良好德性的践履。对于人类来说，精神自由就其实质是个体品格的体现和价值的实现。这种品格和价值是无私而利他、默默奉献而不求回报的高尚精神境界，此是个体德性修为的至高境界，故此种德性追求更多地来自于德性本身。复旦大学教授陈根法曾说："德性的价值首先在于确立人生的正确价值目标，提升生活中的品格……有德的人给自己的生活带来精神上的安定和喜悦。"因此，个人的精神层次与个体的德性及其价值目标有很大的相关性，精神的自由在于无忧无虑的德性。诚如康德所言，"尽管幸福使拥有幸福的人感到愉悦，但它本身并不是绝对的、全面的善；相反，它总是以合乎道德的行为为其前提条件"。纵使精神自由是我们梦寐以求的，追求精神上的自由是"人类一切追求的最终目的"，然而，人们在追求精神自由的过程中的行为原则和价值取向，无疑将影响或最终决定其能否获得真正的幸福，以及精神的自由程度。

水之所以能无忧，在于其以"善利万物而不争"，因其不争故能心外无物、淡然处之，赢得了悠然自得、无忧无虑的生存境界和处境。我们常说心静如水，意即拥有如水的品格，就可以摒弃烦躁不安、杂乱琐事的纠缠，内心就会变得平静、充实、远离尘世的烦恼和忧愁。再观得道圣人老子，"众人熙熙，如享太牢，如春登台。我独泊兮其未兆；沌沌兮，如婴儿之未孩；傫像兮，若无所归。众人皆有余，而我独若遗。我愚人之心也哉！俗人昭昭，我独昏昏；俗人察察，我独闷闷。澹兮其若海；飂兮若无止。众人皆有以，而我独顽且鄙。我独异于人，而贵食母"。（第二十章）老子感慨凡夫俗子（众人）重物质享受的取向，而自己却迥异于此，保持婴孩般"泊兮""沌沌""昏昏""闷闷"的淳朴本真（不争无忧）的状态，而达此状态的根本在于其以道为根本（贵食母）。陈鼓应注："老子企图突破个我的局限，将个我从现实世界的拘泥中超拔出来，将人的精神生命不断地向上推展，向上延伸，以与宇宙精神相契合。"这无疑是强调个体注重精神追求的重要性，个体只有首先突破"自我中心"主义，从现实世界无谓的争夺之中超然而出，才能真正达到与道合一的至高境界。

总之，人类若是有了如水般自然的心态，有了如水般宽厚的胸襟，所具有的道德性和价值性，也就获得了精神的自由。

2. 报怨以德

人是社会性动物，"人的本质，在其现实性上，它是一切社会关系的总和"。诚然，在各种复杂的社会活动，及由此而形成的社会关系之中，人们之间难免会有一些摩擦、口舌之争甚或是武力相残……结果或是两败俱伤，或是一胜一负，胜者得意扬扬、趾高气扬，败者吹胡瞪眼、伺机"以其人之道还治其人之身"。如此形成了一种恶性循环，怨怨相报不知何时能了。可想而知，整日生活在明争暗斗之中，无论是身体上有形的伤残，还是精神上无形的伤害，无疑都会给正常的人际关系和人际交往带来挥之不去的负面影响。

老子曰："和大怨，必有余怨，安可以为善？"（第七十九章）老子认为，对于纠结很深的仇怨经过调解，必定还会有余留的怨恨，因此这不能算是妥善的办法。俗话说"冤家易解不易结"，一旦相互结怨，彼此之间心理上的阴影很难在短时间内彻底抹去。这种潜在的余怨，极有可能在某种条件的刺激下突然爆发，双方再次陷入变本加厉的恩怨之中。在老子看来，"和大怨"的方法只能是权宜之计。如何才能彻底解决此问题呢？老子告诫世人："大小多少，报怨以德"（第六十三章），不去计较得失恩怨，用"德"去回报与"我"有怨者，便是一种解决问题的良策。我们不禁要问：其一，既然能做到用"德"去回报"怨"者，可见其境界之高。如果说"德"是其一以贯之的实践原则，又何以与人结怨？这似乎有些自相矛盾。其二，以"德"去回报"怨"者，显然是一种无原则的退让，那么行"德"的主体又何以能获得精神上的自由？

在此，我们务必先搞清楚老子此处所言"德"之谓何。范应元说："天地之大，人犹有所憾者。以天地有形迹，故得以憾其风雨寒暑，大小多少之或不时；然天地未尝以人有憾，而辍其生生之德。圣人之大，人亦有所怨者，以圣人有言为，故得以怨其恩泽赏罚，大小多少之或不齐；而圣人亦岂可以人有怨，而辍吾教化之德？故曰报怨以德。"范氏以天地"生生之德"来类比圣人"教化之德"，指出天之德尚有缺憾，何况人之德呢？所谓金无足赤，人无完人。然两者均不因人之"憾""怨"而改其"德"之本性，仍"独立而不改，周行而不殆"（第二十五章），其合于道之本性可见一斑。而人所"憾""怨"之处亦"道"之使然，谓"反者道之动"（第四十章），此是天之道和人之道，"天之道，利而不害。圣人之道，为而不争"，其"德"乃大道的体现，故谓之"常德"。

然行此"常德"缘何能超脱于现实？老子说："知其雄，守其雌，为天下溪。为天下溪，常德不离，复归于婴儿。知其白，守其辱，为天下谷。为天下谷，常德乃足，复归于朴。知其白，守其黑，为天下式。为天下式，常德不忒，复归于无极。"（第二十八章）在老子看来，以"常德"修身，便能达到"婴儿""朴""无极"的境界。按着老子的说法，"婴儿"，即无所谓雄雌者；"朴"，即无所谓荣辱者；"无极"，即无所谓白黑者。显然，这是一种无分别之心的至真、至纯、至善、至美之境界。达此境界便能物我两忘、与道合一，"生而不有，为而不恃，长而不宰。"（第十章）即老子的"报怨以德"是一种本真之举，他并不渴求以"德"来换取任何的回报，谓"执左契而不责于人"。（第七十九章）"常德"者存大道于心中，行大道之妙用，利而不害，为而不争，可谓"同于道者"，"同于道者，道亦乐得之；同于德者，德亦乐得之"，（第二十三章）能与道、德为伍者，即整日处于道、德的包围之中，故不会逆道违德而行事，自然无忧无虑、无怨无愁，其心坦然淡定。这诚如蒋信柏所评价，"老子整日处于大道之中，无言无为、无欲无求，自然也就无忧无虑、无伤无痛、逍遥自在，可谓真正的至乐境界"。老子的这种生活状态就是一种"得"，所谓"德者，得也"，（《礼记·乐记》）"外得于人，内得于己"，（许慎《说文解字》）"内得于人，身心自得也；外得于人，谓惠泽使人得之也"。（段玉裁《说文解字注》）显然，这是一种于己于人均有利的双赢之"得"（德），是"不争而自得"，人得之其乐融融，己得于心则坦然，能不乐哉？贺建华认为："德是大道在天地万物中的自然表现和流露，是人人可以修而得的幸福人生的真正保障。"

因此，老子"报怨以德"的价值追求，是一种超然的人生境界，彰显出其宽容豁达的情怀与超然于世俗的人生态度，充分体现了精神上所具有的超然性和精神性。俗话说，忍一时风平浪静，退一步海阔天空。只有我们心底真正做到不在乎，才能海纳百川、虚而不竭，成就"百谷王"者的气量，"不争而善胜"，领悟人生的真谛。正如丹明子所言："没有分别之心，自然也就不会有争夺心。那么人与人之间也就自然而然地和睦了，我们的生活也就会自然而然地回归安详与幸福了！"很多时候，我们之所以怨恨、牢骚满腹，究其原因在于我们的分别心，对鸡毛蒜皮的小事非得分个是非曲直，争个高低上下、胜负输赢，所谓"世间本无事，庸人自扰之"。如果我们能以宽容、平和、自然的心态面对世间百态，"善者吾善之，不善者吾亦善之。信者吾信之，不信者吾亦信之"，（第四十九章）那么一切恩怨情仇就如同过眼云烟，能找回心灵宁静的驿站，而人生最大的收获莫过于心灵的自由和安宁。

3. 贵生爱身

两千多年前，老子向世人发出诘问："名与身孰亲？身与货孰多？得与亡孰病？"（第四十四章）不可否认，人生在世难免与功名利禄、宠辱得失交臂，功名利禄亦人人梦寐以求，但是如果我们不能妥善摆正其位置，甚至视之高于生命的价值，那便是得不偿失、本末倒置。在此，老子将名、货与身，得与亡进行对比，意在告诫世人，在人生的价值取向上应摆正"名""利"与"身"之间的关系，权衡利弊、得失，视生命高于一切。

老子之道虽寥寥几言，却意蕴深远、发人深省，直击世俗之人的要害、死穴。但世人有几人能沉思之？当然更不能谈及有几人能真正地以此为人生的指南和行为准则。面对充斥于社会的功名利禄、宠辱得失的利诱，人们往往会失去正确的价值取向和价值判断。我们经常听到来自亲朋好友诸如"名利双赢"之类的赞美或祝福之语。在众人看来，人们终其一生不懈追求的不外乎是名利、财富、高官、权势等。认为获取名利便意味着人生进阶中的一次成功记录，拥有了高官便意味着拥有了财富、地位，掌控了权势便意味着飞黄腾达的人生就此拉开序幕。鉴于此，追名逐利便顺理成章地成为人们生活的重心和主题。芸芸众生们为了求得功名、利禄、富贵、权势，不惜铤而走险，而当得来之时已是身心疲惫。

面对世人咎由自取的所作所为，老子深深感慨："吾道甚易知，甚易行，天下莫能知、莫能行。"（第七十章）在老子看来，世俗之人之所以找寻不到精神自由，原因在于他们没能妥善地权衡名、货与身，得与失之间的利益关系，或者说，他们过分注重名利等身外之物，把名利得失看得甚至比自家性命还要重要，所以才会患得患失、宠辱皆惊。诚如蒋信柏所言："众人借助外在的事物（美食、美景）而乐，一旦外在的事物消失了，他们的快乐也就不存在了。"

古人云："五福寿为先。"钱财名利乃身外之物，若一味执意求之，投机钻营、殚精竭虑，必然会对身心造成巨大的损害，所谓人为财死，鸟为食亡。故此，老子告诫世人，"五色令人目盲；五音令人耳聋；五味令人口爽；驰骋畋猎，令人心发狂；难得之货，令人行妨。是以圣人为腹不为目，故去彼取此"（第十二章）。在老子看来，"色""音""味"等外在的诱惑与感官刺激，虽能满足人们一时的生理快乐，却往往给人的身心造成无法弥补的巨大损伤，因此警告世人不要过分沉溺于外在之物的追逐之中。《墨子·贵义》亦云："又曰：'予子天下，而杀子之身，子为之乎？'必不为。何故？则天下不若身之贵也！"清代学者金缨在《格言联璧》一书中指出："以外物言，无论功名富贵。"主张"毋嗜欲杀身"，论证说："鱼吞饵，蛾扑火，未得而先丧其身；猩醉醴，蚊饱血，已得而随亡其身；鹬食鱼，蜂酿蜜，虽得而不享其利。"文学家萨迪也说："无论是学者、博士、圣徒，也无论是雄辩的人物，只要他羡慕浮世的荣华，便如同跌落于蜜中的苍蝇，永难自拔。"凡此种种，我们足可以看出生命之可贵。世俗之人一味地向外索取，为求身外之物，不惜以生命为代价，而当得来之时已是人去楼空，自由早已自其做出错误的价值判断那一刻起渐渐与之疏远。

老子说："宠辱若惊，贵大患若身。何谓宠辱若惊？宠为下，得之若惊，失

之若惊，是谓宠辱若惊。何谓贵大患若身？吾所以有大患者，为吾有身，及吾无身，吾有何患？"（第十三章）在老子看来，世俗之人之所以宠辱皆惊，失去内心的和谐，是由于"吾有身"。其实错误不在于"吾有身"，而在于我们有分别之心，以得宠为荣（上）、受辱为耻（下）。为了得宠，卑躬屈膝、阿谀奉承；在得宠之时，神魂颠倒、欣喜若狂；受辱之时，失魂落魄、沮丧难眠，患得患失，故说宠辱皆惊。按着孔子的话说："鄙夫！可与事君也与哉！未得之也，患得之；既得之，患失之；苟患失之，无所不至矣！"（《论语·阳货》）大作家萧伯纳曾说过："人生有两大悲剧，一是贪欲难遂，一是贪欲得遂。因为财富带给某些人的只是让他们担心失掉财富。"丹明子也说："无论是宠还是辱，都是因为我们有了得失的概念才造成的，如果我们心里没有宠辱的差别，也就不会因此而感到惊恐。"这种以丧失人格和尊严换来的"宠"，老子称其为"下"。

4. 祸福相倚

人生在世无不趋福避祸、喜福忌祸。中国民间所推崇的"福、禄、寿、喜、财"将"福"字排在最前。我国的汉字文化中关于"福"字的成语更是随处可见、可闻。如，福寿双全、福寿无疆、福星高照、洪福齐天……诸如此类不一而足，表明了世人对"福"的偏好与垂青；相反，对于"祸"字却视之如瘟神，闻之则色变。然而，祸福之由却不易觉察，因此世人企图通过祈福、求福的方式消灾避祸，却往往事与愿违，正所谓世事难料，祸福难测。因此，多见世人"几度欢喜几度忧"。想必以这种心境面对人生中诸多不确定因素是不易感受到幸福的。

老子说："祸兮，福之所倚；福兮，祸之所伏。孰知其极？其无正。"（第五十八章）在老子看来，福祸没有严格的界限，两者之间存在着相反相成、相互转变的辩证统一关系。可谓祸中孕福、福中藏祸，祸即是福、福即是祸，祸福无常，循环往复，并无终极。《韩非子·解老》亦云："人有祸则心畏恐，心畏恐则行端直，行端直则思虑熟，思虑熟则得事理。行端直则无祸害，无祸害则尽天年，得事理则必成功。尽天年则全而寿，必成功则富与贵。全寿富贵则谓之福；而福本于有祸。"又曰："人有福利富贵至，富贵至则衣食美，衣食美则骄心生，骄心生则行邪僻而动弃理。行邪僻则身死夭，动弃理则无成功。夫内有死夭之难，而外无成功之名者，大祸也，而祸本于福。"此处韩非子将"全寿富贵"称之为"福"，"死夭之难，无成功之名"称其为"祸"，显然其所言的福、祸带有较为明显的物质倾向，其评价祸福多倾向于以外在的得失为衡量标准。但值得肯定的是，韩非子用较为严密的逻辑推理法演绎出祸福相因的过程始终。从中不难看出，祸、福不是单因单果的突变（量变）过程，而是相因相成的渐变（由量变到质变）过程。所谓"祸不妄至，福不徒来"，（司马迁《史记·龟策传》）祸福生成与转变既非无中生有，也非偶然突变。老子说："罪莫大于可欲，祸莫大于不知足。"（第四十六章）在老子看来，"祸"源于人的不知足之心，人心不知足就会驱使着人们永无止境地向外追寻，终至大祸临头，所谓人心不足蛇吞象，"欲不正，以治身则身亡"。（《吕氏春秋·重己》）此是"有为""争者"，逆道而行之，故"为者败之，执者失之"。（第二十九章）反之，人若知足，则内无贪欲、外无妄举，循道而行，"为无为，事无事，味无味"，（第六十三章）故能"无败，无执，故无失"。（第二十九章）因此老子说"自足常足""知足者富"，富即福，常足即常乐，故知足即福。晋人葛洪有"祸莫大于无足，福莫厚乎知止"之说。《菜根谭》也说："福莫福于少事，祸莫祸于多心。唯多事者，方知少事之为福；唯平心者，始知多心之为祸。""平心""少事"者即循道而不妄为者，其进退有度，故谓之"福"；"多心""多事"者则违反了老子所言的"无为""不争"之道，故谓之"祸"。正所谓"顺者福之门，逆者祸之府"。（刘昼《刘子·思顺》）

在老子看来，祸福所至均为人自取，故曰："富贵而骄，自遗其咎。"（第九章）其实很多时候，祸、福的形成与转变与个体本身（即内因）存在很大程度的相关性，而非祸福的自变自转，引起这种变量发生的主要因素则是人类自身。朱熹云："福祸之来，皆其自取。"（朱熹《四书章句集注》）刘向云："存亡祸福，其要在身。"（刘向《说苑·敬慎》）刘安《淮南子》亦云："福由己发，祸由己生。"《淮南子·人间训》中"塞翁失马"的故事给后人留下了千古聚讼不已的警世名句："塞翁失马，安知非福？""塞翁得马，安知非祸？"诚然，祸福的转变与我们的思维、价值判断有一定的相关性。对于任何事物，我们都不应武断地将其定性为绝对的好或坏、有益或无益。好与坏、有益与无益只能是相对而言的，在不同的时期或者同一时期的不同阶段，同一件事物往往呈现出截然不同的效果或特性。因此，我们不能静止地、片面地去评价一事物，而应该以发展的、全面的、独到的观点去对待一事物，并使之尽可能朝着我们期望的方向转化、发展。老子说："曲则全，枉则直，洼则盈，敝则新，少则得，多则惑。"（第二十二章）老子连续用了六组意义相对的词，且每一组的前者在通常情况下是人们不大愿意面临的状况或不太乐意接受的结果，而后者则多是令人趋之若鹜的。然而，老子在此恰恰强调前者，在老子看来，前者在一定条件或某种程度上可以转化成后者，或者说后者就是由前者转化而得的结果。在此，老子以其辩证哲学的深奥原则，告诫人们应当采取一种低姿态的生活态度和人生观点，这样反而更易获得我们所向往的良好结果——全、直、盈、新、得，这是一种生存之道和生活哲学。

董仲舒曾说："福之本在于忧，而祸起于喜。"面对祸福的到来，我们大可不必大喜大忧，应该学会以自然、平和、不争的心态淡然处之，做到"祸至不惧，福至不喜"。（司马迁《史记·孔子世家》）人的情绪的异常变化对于身心健康有很大的影响，"大喜则伤心，忧思则伤脾，悲伤则伤肺，惊恐则伤肾"，从而引

发亚健康乃至身体的各种疾病。因此要"不以福喜，不以祸悲"，因为"幸福本身就包含着客观存在的反面——悲伤、懊恼、痛苦"，"反者道之动"，（第四十章）"福和祸没有绝对严格的界限，为福而极乐或为祸而极悲都是不明智的，聪明的做法是不为好事大喜也不为伤事大悲，一切得失顺其自然，才能过得逍遥、活得开心"。

可以说，老子哲学充满着深邃的思辨意蕴，带有较为明显的朴素辩证法思想。老子"祸福相倚"的幸福观，旨在告诫世人要学会用辩证的、发展的眼光和观点看待人生中的祸与福，谨循"道"之自然无为的人生态度和处事原则。《菜根谭》里讲："宠辱不惊，闲看庭前花开花落；去留无意，漫随天外云卷云舒。"无事于心，无心于事，才能不为任何外物所牵制，不以福喜，不以祸悲，才能自处超然，得意淡然，失意泰然。

5. 致虚守静

老子说："致虚极，守静笃，万物并作，吾以观其复。夫物芸芸，各复归其根，归根曰静。静，是谓复命。复命曰常，知常曰明，不知常，妄作，凶。知常容，容乃公，公乃王，王乃天，天乃道，道乃久。没身不殆。"（第十六章）

在老子看来，若能使自己的心灵达到"虚""静"的状态，便是归根（返回到它的本根即是清静）、复命（复归于生命本然即是自然）。同时，只有认识自然规律，并遵循自然规律行事，才能长生久视、终生不会遭到危险。

何谓"虚"？陈荣捷说："'虚'意指心灵宁静与清净之极致，没有忧虑与私欲。"显然，"虚"就是一种彻底忘却尘世的烦恼，抛弃一己之私欲，使心灵达到一种极致的空静状态。然"空"不是一种绝对的不容一物于其中之"空洞"，而是一种能包容万物的圣人情怀与气象之"容"。"虚其心"是为了更好地"实其腹"，"虚则有容，有容乃大；虚则能通，通则因应无穷；此则老子独取乎虚，而称之为上德也"。陈鼓应说："致虚即是心智作用的消解，消解到没有一点心机和成见的地步……致虚是要消解心灵的蔽障和厘清混乱的心智活动。"在陈鼓应看来，人心原本是处于"空明宁静的状态，只因私欲的活动与外界的扰动，而使心灵闭塞，所以必须时时做'致虚''守静'的功夫，以恢复心灵的清明"。由此，陈鼓应认为，"心智"是造成人们心灵弊端和种种混乱的根本原因，唯有"致虚"才能彻底消除人们的"心机"和"成见"，以及由此带来的种种烦恼。黄友敬也说："虚之极，乃能复归于无物，复归于无极，复归于道之朴，复归于婴儿，复归于其根，复归于道的本体——虚无。静之笃，乃是虚其心，虚之又虚，亦即损之又损，方能静之又静，从而一私不留，一尘不染，一疵不着，一丝不挂，而进入虚静、清静、灵静的境界。"显然，这种心灵重回清明的状态，便是一种远离外界干扰，免除私欲之困的悠然自得的境界。

然如何才能达"虚极"之境界？陈鼓应说："致虚必守静。透过静的功夫乃能深蓄厚养，储藏能量。"董京泉也认为："'守静笃'只是致虚极的必要前提，或者说'致虚极'必然要以'守静笃'为基础和前提。如不能'守静'，何以达到'致虚极'的空灵境界呢？因而'致虚极'中内在包含了'守静笃'的内容。"显然，"致虚"与"守静"是一种相因相成的关系，只有做到"守静"，方能达于"虚极"之境界；相反，达于"虚极"之境界，必是做到了"守静"之功夫。两者之中，"守静"是基础和前提，"致虚"则是"守静"的结果和体现。因此，要做好"守静"之基础和前提工作。而"静"，按着老子的说法"归根曰静"，所谓"'归根'就是要回归到一切存在的根源，根源之处，便是呈虚静的状态"。因"道"为万物之始源，故"根"即是"道"，即达乎"道"之境界便是"静"。而在老子看来，达于"道"须先"观其道"即"玄览"。河上公注曰："当洗其心使法静也。心居玄冥之处，览知万物，故谓之玄览也。"就是将心中的一切欲望全部涤除，故此老子说："塞其兑，闭其门。挫其锐，解其纷，和其光，同其尘。"（第五十六章）能"视之不见，听之不闻，搏之不得"，（第十四章）"损之又损，以至于无为"，（第四十八章）如此才能达到"明道"之"玄同"境界，才能使心灵空虚寂静，与道玄同。南怀瑾先生借用禅宗黄龙南禅师的话将这种"守静笃"的状态与境界形象地比喻为："如灵猫扑鼠，目睛不瞬，四足据地，诸根顺向，首尾直立，拟无不中"，"如鸡之孵卵，心无旁骛"。静中之动可见一斑。

按着老子的说法，虚静之状态在万物的运动变化之中体现为"后身""处下""柔弱""不争"等实践原则，"后其身而身先""柔弱胜刚强""不争而善胜"，在老子看来，这种表面看似虚静之弱势状态，却蕴涵着无穷"成其大"的能量因子。因此，"虚极""静笃"就是万物的根源，即"合于道"之玄同境界，道蕴涵着无穷的力量，"绵绵若存，用之不勤"。（第六章）古人有云："非淡泊无以明志，非宁静无以致远。"显然，虚静的状态便是一种从外界物欲的沉沦和喧嚣中超脱出来的心灵之自由境界，是庄子所云的"游心逍遥"之欣然境界。在这种状态下，解放出来的是人"心"，心放飞到自然的本真状态，无拘无束，"出乎无上，入乎无下。经乎汗漫之门，游乎窈眇之野。逍遥恍惚之中，徜徉彷彿之表"（葛洪：《抱朴子·畅玄》）。故能"养其心以无欲，颐其神以粹素，扫涤诱慕，收之以正，除难求之思，遣害真之累，薄喜怒之邪，灭爱恶之端，则不请福而福来、不禳祸而祸去矣"。（《抱朴子·道意》）这种避祸得福之境界何能不乐？因此，处于虚静之境界本身就是一种自由、快乐、逍遥的状态，也即是一种超然于世俗之外的"无天怨，无人非，无物累"（《庄子·天道》）的境界。

诚如陈鼓应所言："'虚静'的生活，蕴涵着心灵保持凝聚含藏的状态。唯有这种心灵才能培养出高远的心志与质朴的气质，也唯有这种心灵，才能引导出深

厚的创造能量。""只有保持虚无的心态和境界对待自己拥有的东西才能真正地拥有它们。"真正的超脱在于精神之充实与心灵之宁静。

6."三去"无忧

老子告诫世人，要想获得精神自由必须遵循常道，顺乎自然，摒弃那些极端的、奢侈的、过分的欲望及行为，谓"去甚，去奢，去泰"。（第二十九章）所谓"甚、奢、泰"，河上公注曰："甚谓贪淫声色，奢谓服饰饮食，泰谓宫室台榭。去此三者，处中和，行无为，则天下自化。"显然，"甚""泰""奢"是过度追求感官上的刺激、物质上的享受、雕饰上的豪华等。在老子看来，"甚""奢""泰"三者均偏离中和、无为之道，"甚者极端也，奢者侈靡也，泰者过度也，皆违背自然之道，故皆当去除之"。

一去"甚"。甚者，过度，是指一个人恶性膨胀的欲望，不可得而强求之，或得而不知足者。老子反对一味沉溺于感官的享乐，并向世人发出警告："五色令人目盲。五音令人耳聋。五味令人口爽。驰骋畋猎令人心发狂。难得之货令人行妨。"（第十二章）过度沉溺于名欲、物欲、权欲、官欲、色欲等，对身心有百害而无一利，若贪心不改，就会心生邪念，所谓"有欲甚，则邪心胜"（《韩非子·解老》），"甚爱必大费，多藏必厚亡"。（第四十四章）老子告诫世人，要把握好欲望的尺度，"有之以为利，无之以为用"（第十一章），"不贵难得之货"，"不见可欲"，则"民不为盗"，"民心不乱"。庄子亦云："耳目口鼻不得擅行，必有所制，此贵生之术也。"（《吕氏春秋·贵生》）人类的欲望无止境，一味放纵自己的贪欲，终将置身于死地，不可能获得超脱。"鹪鹩巢林，不过一枝；偃鼠饮河，不过满腹"，（《庄子·逍遥游》）"罗绮千箱，不过一暖；食前方丈，不过一饱"。只有抱以朴质之道，减少私欲，摒弃过分，把满足于基本的生活需求作为行动的最高要求，才不会伤及己身，故韩非子曰："故去甚去泰，身乃无害。"（《韩非子·扬权》）

二去"奢"。奢者，奢靡。"奢"与"俭"相对，"去奢"就是要求人们勤俭节约。"俭是老子三宝之一，用之于修身，用之于治家，亦用之于治国。以俭修身，则适动静之节，省思虑之费，而精神盛。以俭持家，则节用其财，省无意之费，而家至富。以俭治国，则不浪用人民的劳力，不浪费人民的财富。不浪用人之力则庶民众，不浪费人之财则万家富，人民既庶且富，则国治矣。"老子之所以提倡俭朴，是因为他看到了当时社会统治阶级的骄奢淫逸及社会分配不合理现象，是造成普通民众难以生活的万恶根源，"民之饥，以其上食税多也"。故此，老子视节俭为治国理事，追求天下太平的基本原则。常言道"由俭入奢易，由奢返俭难"，对奢靡的追求是难有止境的，一旦身涉浮华，就会得陇望蜀，贪多务得，久而久之，则沉溺其中而不可自拔，正所谓"侈靡之为害也，……其始偶然，继乃常然，久且习为固然，而忘其所以然"。（汪祖辉《学治臆说》）当奢欲一旦

166

肆虐，则自成习性，难以改之，"侈则多欲，君子多欲，则贪慕富贵，枉道速祸；小人多欲，则多求妄用，败家丧身。是以居官必贿，居乡必盗。故曰：侈，恶之大也"。白居易诗《草茫茫》亦云："奢者狼藉俭则安，一凶一吉在眼前。"宋人田况认为："俭生善，善生福，俭必福；奢生恶，恶生祸，奢必祸。"《儒林公议》指出："俭则常足，常足则乐而得美名，祸咎远矣；侈则常不足，常不足则忧而得訾恶，福亦远。"奢之危害可见一斑，奢者不去，则难有幸福。古语云，俭以养德，俭约则少欲，欲少则不贪。"俭则安分，俭则洁己，俭则爱民，俭则惜福"，能俭则"身心俱泰，寝食皆安"。俭朴的生活能使我们拥有真正的快乐和满足。庄子亦云："平易恬淡，则忧患不能人，邪气不能袭，故其德全而神不亏。"（《庄子·刻意》）韩非子云："以俭得之，以奢失之。"（《韩非子·十过》）过度追求感官享受，精神家园日益空虚，无法获得心灵深处的自由。

三去"泰"。泰者，极端。老子说："圣人不积，既以为人，己愈有；既以与人，己愈多。"（第八十一章）在老子看来，圣人根本不刻意追求积聚财富，一心只为服务他人，自己反而拥有更多；越是无私地奉献，自己得到的反而越多。相反，"以富为是者，不能让禄；以显为是者，不能让名。亲权者，不能与人柄。操之则栗，舍之则悲，而一无所鉴，以门规其所不休者，是天之戮民也"。（《庄子·天运》）意思是，迷恋钱财之人，不会将利禄拱手与他人；贪慕显赫之人，不会轻易将名誉让与他人；注重权势之人，不会将手中之权授予他人。如此之徒将利禄、名声和权势紧紧握于手中，整日诚惶诚恐，战栗不安，患得患失，丧失了正确的价值判断标准，一味无休止地追逐名利。最终，利禄、名声和权势必将伤及己身，葬送自己的幸福。因此，老子提出"天之道，利而不害；圣人之道，为而不争"。（第八十一章）意思是按天道行事，就要利于万物而不为害；按圣人之道行事，就要施济于民众，而不与民争利。老子提出的"去甚，去奢，去泰"，旨在告诫世人应顺应自然，无为无不为，摒弃过分、奢侈、极端的欲望与行为。若能去此三者，静处中和，无心无为，所以能治人心，能治天下，而大道自归之，则"民自化，民自正，民自富，民自朴"。是故"圣人之待物，则去其已甚而不敢过求。持己，则去其奢泰而不敢过望。是以争竞与盛满之患不生于心。未尝谋物而物自归之，未尝留物而物自不去也"。（魏源《老子本义》）在老子看来，天下之物，各有自然之性，不可用"有为"去干扰它，而必顺遂物性之自然，做到物来不求，物去不留，则心中自然不落痕迹。物性天然，不可强为，事有适度，不可太过，"少则得，多则惑"，事有太过者必去之。

7. 绝学无忧

老子生活的春秋战国时代，物质文明进步和道德沦丧的二律背反，使人性被异化："圣智"成为钩心斗角的手段，"仁义"成了蒙蔽民众的虚伪面纱，"巧利"

成了竞相追逐的不朽之物，整个社会陷入功利主义和虚无主义的明争暗斗境地。为了防止人性的异化扭曲和社会的混乱败坏，老子强烈呼吁："绝圣弃智，民利百倍；绝仁弃义，民复孝慈；绝巧弃利，盗贼无有。"（第十九章）在老子看来，圣智、仁义、巧利是造成人心虚伪、社会混乱的根源所在。它们均是背"道"而驰的，"大道废，有仁义；智慧出，有大伪；六亲不和，有孝慈；国家昏乱，有忠臣"（第十八章）。这些在非常态下出现的"有为"现象，严重背离了道之"无为"本性，带有极大的虚伪性、蒙蔽性。它们的存在只会使人心奸诈，用其来治理社会和人民只会平添人们的淫乱、欲望、虚伪、狡诈之心，造成整个社会动荡不安、民不聊生、盗贼多有的局面，人与人之间陷入功利主义和虚伪主义的泥潭。故此老子感慨："失道而后德，失德而后仁，失仁而后义，失义而后礼。夫礼者，忠信之薄而乱之首。"（第三十八章）这些在"道"之不存情况下出现的"有为"现象，将会引起一系列的连锁反应，最终将导致天下大乱。

面对此种境况，老子主张"绝学无忧"，即弃绝接受或学习那些外在的虚伪与巧饰的东西，使百姓重返淳朴敦厚的本真状态，过上安居乐业的生活，天下重现太平和合的局面。老子之所以强烈主张"绝学"，是因为"为学日益，为道日损，损之又损，以至于无为"。（第四十八章）在老子看来，"为学"会使人心的欲望日益膨胀，而"为道"则使人们的欲望日渐减少，从而达到与道合一的无为境界。值得注意的是老子所言"学"，不是指单纯的学习知识之学，"学，谓政教、礼乐之学也；日益者，谓情欲纹饰，日以益多。道，谓自然之道也；日损者，谓情欲纹饰，日益消损"（河上公《老子章句》）。政教是统治者治理国家、教化人民的手段；礼乐是封建尊卑制度及其行为规范。所谓"情欲文饰"，就是私心、欲望以及虚荣心。这种为统治阶层服务的"伪学"，只能助长人心的虚伪和社会的混乱。诚如薛德钧先生所说：社会的不和谐因素是一些学者迎合统治者的需要编造虚伪的理论欺骗人民，这在当时是很普遍、很严重的社会现象，用现代语言来说，那种当时的主流，那时的主流就是以大伪的学问辅助统治者剥削和压迫人民，杜绝这种主流，社会就和谐，就无忧。显然，"老子主张'绝学'、'弃智'，并非否定一切知识与智慧，而是抛弃儒家的知识与智慧"，老子要绝的"学"，就是以"大伪"的仁义、圣智、巧利和礼乐等治国之术。在老子看来，儒家所谓的仁、义、礼、乐之道德教化过分注重外在的巧饰，扭曲了人们的本真状态，严重背离了道之本性。但凡"道"之所处，就不需要这些人为的东西，而这些背"道"而驰的东西一旦存在并发挥作用，则必将殃及百姓的安定与社会的稳定。老子指出："以智治国，国之贼；不以智治国，国之福。"（第六十五章）"夫礼者，忠信之薄而乱之首。"（第三十八章）因此，老子强调不要重蹈覆辙，"学不学，以复众人之所过"。（第六十四章）可见，老子并非一味排斥"学"，他极力主张弃绝的是异化的"伪学","伪"是由智巧谋虑所引发的，所以要恢复自然无为的生活状态，就要"绝智弃辩""绝巧弃利""绝伪弃虑"，这样才能恢复人的纯朴本性，使人心返璞归真，返于自然，复归于道，达于圣人的理想境界，即是回归到原初自然状态的赤子境界。

最终，老子为我们设计的"无忧"境界是"绝巧弃利，盗贼无有"的"小国寡民"之状态。在这种简朴的社会形态中，"使民有什伯之器而不用，使民重死而不远徙。虽有舟舆，无所乘之。虽有甲兵，无所陈之"。（第八十章）人与人之间打破了"三纲五常"的束缚，不存在根本的利益冲突，不需要钩心斗角，纵使"邻国相望"，"鸡犬之声相闻，民至老死不相往来"，（第八十章）各自"甘其食，美其服，安其民，乐其俗"。（第八十章）

8.知足知止

老子说："罪莫大于可欲，祸莫大于不知足，咎莫大于欲得。"（第四十六章）老子认为，"可欲""不知足""欲得"是世人不幸福的罪魁祸首，"五色令人目盲；五音令人耳聋；五味令人口爽；驰骋畋猎，令人心发狂；难得之货，令人行妨。"（第十二章）人类欲望的无止境，不仅会给身心健康带来极大的损伤，同时也会阻碍人们做出正确的行为选择和价值判断。《韩非子·解老》亦云："人有欲则计会乱，计会乱而有甚欲，有甚欲则邪心胜，邪心胜则事经绝，事经绝则祸难生。"在韩非子看来，欲望会引起一系列的连锁反应和结果，如"邪心""事经绝""祸乱"，并由是定论："祸难生于邪心，邪心诱于可欲。可欲之类，进则教良民为奸，退则令善人有祸……其欲得之忧不除也，胥靡有免，死罪时活，今不知足者之忧，终身不解。"显然，韩非子亦将"可欲"之类视为人生祸患之端由。所谓欲壑难填，"人们欲望的无止境决定了人们不会获得真正的幸福"。

老子不是要人绝欲，而是寡欲，另从老子赞成"去甚、去奢、去泰"亦可以看出，老子要人们摒除的是不合宜的欲望，故"可欲"为甚欲、嗜欲，正是这种不合宜的欲望，才导致了人类不知足的心理及一系列的后果。老子通过观察、分析人类不知足的心理，以及随之而来的悲惨局面，做出结论："生之徒，十有三；死之徒，十有三；人之生，动之于死地，十亦有三。夫何故也？以其生生之厚也。"（第五十章）在老子看来，人之寿命长短并非完全取决于身体健康状况，还取决于其人生观和价值观，及其由此所决定的价值取向和行为方式。世俗之人多认为人生苦短，生死无常，因此竭尽全力在有生之年敛财、聚财，以财货的获得和积聚为人生的奋斗目标和成功的评判标准，为此心力交瘁、身心疲惫，终将自食"甚爱必大费，多藏必厚亡"的悲惨下场和人生败局。这些动之于死地之徒，也正如老子所说的"强梁者不得其死"，（第四十二章）"自见者不明，自是者不彰。自伐者无功，自矜者不长"。（第二十四章）庄子也曾慨叹："夫富者，苦身

疾作，多积财而不得尽用，其为形也亦外矣！夫贵者，夜以继日，思虑善否，其为形也亦疏矣！"（《庄子·至乐》）面对世人的贪欲及由此而来的身心不宁，庄子提出了严厉的批评及辛辣的讽刺。同时对世人所谓的"幸福"生活，表示出一种怀疑甚至否定的态度，庄子说："今俗之所为与其所乐，吾又未知乐之果乐耶？果不乐耶？吾观夫俗之所乐，举群趣者，诠诠然如将不得已，而皆曰乐者，吾未之乐耶，亦未知不乐也。果有乐无有哉？吾以无为诚乐矣。"（《庄子·至乐》）在庄子看来，世人身心均为物所役，已经改变了人之本真状态，因此不可能获得真正的自由。

老子说："知足不辱，知止不殆，可以长久。"（第四十四章）在老子看来，人生唯有知道满足、适可而止才能品尝到幸福的真正滋味。如何才能知足、知止？老子告诫世人："不贵难得之货……不见可欲，使心不乱。"（第三章）按着老子的说法，在知足与知止两者之间，必先知足于内，只有知足于内，才不会有甚欲；甚欲除，则外行而不乱；行不乱则为知止。只有内知足、外知止，方可"不辱""不殆""长久"。不难看出，知足尤为重要。故此老子认定"知足之足，常足""知足者富"，此处的"足""富"重在指内心的富足和精神上的充实，是"为腹不为目"。

老子"知足常乐"的价值追求，彰显出自由所具有的适度性、简约性。需要注意的是，不能片面地将"知足知止"理解为不思进取、安于现状的消极人生态度。老子旨在告诫人们，一方面，不要放纵、沉溺于物质的追求之中。另一方面，要求人们不单纯以物欲私利为人生的价值取向，而要超越物欲私利（"为腹不为目"），追求内在（腹）精神层面的提升。

（二）庄子的出世思想

庄子的核心思想是"道"，思想精髓是主张"道德"，具有朴素的唯物自然观和辩证法因素。他认为："天地者，形之大者也，阴阳者，气之大者也，道者为之公。"（《则阳》）"气"，即物质自然性，故其主观精神的"道"与客观自然的"气"是分不开的。庄子在认识到客观事物的变化及其矛盾双方作用的同时，又进一步认为对立的双方是可以转化的，"臭腐复化为神奇，神奇复化为臭腐"。（《知北游》）他认为，"天下莫大于秋毫之末，而泰山为小；莫寿乎殇子，而彭祖为夭"，（《齐物论》）世界上没有是非、善恶、美丑之分，"有儒墨之是非，以是其所非，而非其所是"，（《齐物论》）双方都自以为是，而以对方为非，实际上没有绝对的是非。庄子的这种相对主义必然导向怀疑主义，如"庄周梦蝶"，不知是庄周梦为蝴蝶，抑或是蝴蝶梦为庄周，形象地反映了这种认识论的不可知论和怀疑论。

《齐物论》和《逍遥游》中的思想主张构成了庄子哲学思想体系的主体。庄子认为世界万物包括人的品性和感情，看起来是千差万别，归根结底却又是齐一的，这就是"齐物"。庄子还认为人们的各种看法和观点，看起来也是千差万别的，但世间万物既是齐一的，言论归根结底也应是齐一的，没有所谓是非和不同，这就是"齐论"。庄子看到了客观事物存在这样那样的区别，看到了事物的对立，但出于万物一体的观点，他又认为这一切都是统一的、浑然一体的，而且都在向其对立的一面不断转化，因而又都是没有区别的。庄子还认为各种各样的学派和论争都是没有价值的，是与非、正与误，从事物本于一体的观点看也是不存在的。这既有宇宙观方面的讨论，也涉及认识论方面的许多问题，因而在我国古代哲学研究中具有重要地位。

庄子的出世思想表现在他主张从自然中寻找生命，突破自我形体的局限，与他人他物相感通，直至和外在宇宙产生同一感、融合感、和谐感（即庄子所说的"天地与我并生""万物与我为一""独与天地精神往来"）。"虚静恬淡""寂寞无为"，既是庄子的人生追求，又是庄子的生活情趣。它富于哲理，充满着高雅脱俗，不仅可以作为自然清高的外在方式，而且也可以作为排遣忧烦、平衡心理，使身心愉悦的精神寄栖之处，现实生活中的"游"与哲学上的"道"，在庄子这里得到了有机和谐的统一。

三、明清文学中的思想走向

明清时期，君主集权专制发展到最高的阶段，皇帝制度也发展到极致。其表现是：废除宰相制度，皇帝直接管理政府；明朝建立庞大的宦官机构和厂卫制度，清代皇位继承实行密建皇储制度，使皇权专制更加神秘，皇权与神权进一步结合；宫省、宗庙、陵寝、服御、礼乐制度进一步完备，使皇权专制更加"神圣"，从而也更加腐朽。为了加强皇权，明代的开国皇帝朱元璋废除了秦以来一直相沿的宰相制度，让六部直接向皇帝负责，设立内阁作为皇帝的秘书机构，协助皇帝处理公文奏章。内阁"传旨秉笔"而已，并无执政之权。清代的皇帝更是"乾纲独断"，在内阁之外又设军机处。军机处同样是不能参与谋划决策的秘书机构，只是作为内阁的一种牵制力量，而内阁就更是徒有虚名了，从而突出了皇帝的集权专制。为确保皇帝的集权专制，明代建立厂卫制度，实行残酷、黑暗的特务统治；为保证皇帝集权的平稳过渡，在皇位继承制度上，清代改历代的嫡长子制为密建制，激励了诸皇子的进取之心，减少了在皇位继承上的若干痼弊。皇帝要以一人独治天下，就必须借助神秘迷信的办法来提高自己的统治权威，使皇权与神权进一步结合，申明自己政权顺天应人的合理性质，以镇压一切怀疑和对抗。历代皇帝都擅长此道，明清时的皇帝更是集其大成者。明代皇帝的谥号，或称开天、启天、或称继天、达天、承天等等；清代皇帝的谥号或称应天、体天、

合天，或称法天、受天、启天等等。总之，都离不开"天"，都是"奉天承运"而行使君主大权的。皇帝挟天命以制臣民，仗天命以立权威，借天命以成人事，将自己的统治意图和一应措置均托称为上天的意志。这是明清时期皇帝制度的一个显著特点。但从道德理想层面出发，又与现实的矛盾越来越凸显。

中国古代政治文化中的个人只能是缺少或失去主体意识的人，不得不接受家庭整体与封建专制国家对个人的决定性主导，"在权威主义道德中，只有一种罪过，这就是不服从，只有一种美德，它就是服从，服从既要暴力，也要意识形态认同的结果，使得人生的目的变为完成某种道德的使命，实现伦理的目的，但这种伦理精神将道德的权利归于天，留给人的只是修身的道德责任和义务，看不到道德与社会结构、性质和制度之间更深刻的联系，民本思想所强调的道德核心就是对整个专制秩序和宗法结构的服从，但一种只强调服从而放弃自由和选择的道德是不可能至善的。

要真正化解道德理想与专制现实的矛盾，必须做到个体至善与社会至善的统一，对个人而言，至善本身应当包括幸福和德性两个不可分割的方面，因为幸福不仅是一种感官享受，同时也是一种心理满足，它既依赖于外部世界对人的客观需求的满足，也依赖于外部世界的存在样态与活动，和人的意志相互和谐，现实中的人总是做不到使自己的感性生活与道德律完全一致，同时又总是希望任何道德行为都获得与之相配的幸福，所以必然需要一种理念来解决感性和理性的某些冲突。反映在文学艺术上，就是既要维护极权却又官逼民反，既要维护家族宗法制度又难以掩饰人们对于爱情自由的向往之间形成的悖论。

以《水浒传》为例，《水浒传》是真正的关于中国古代的人性悲剧，这部作品深刻地解剖了中国古代社会结构形成的真实原因。这恐怕是这部作品构成伟大、永具魅力的地方。读者们一般都把林冲看作是个顶天立地的英雄，但按照小说的意图，林冲会接受招安。林冲无论怎样不情愿，也会服从宋江的招安计划，这正是《水浒传》的传神之处。林冲代表了一类性格人物，他的骨子里是软弱的，缺乏的恰恰是英雄气质。从某种意义上说，作者传递出这样一种意识，《水浒传》里没有一个真正的英雄。在中国古代，以宋朝为例，基本上只有压制与被压制的关系互动，基本上只有被迫的反抗社会，几乎没有多少关涉人性的英雄故事。《水浒传》也没有去表达许多人想象的社会正义，作者沉入的是宋朝中国人的人性深处。在《水浒传》的所谓一百单八好汉中，林冲是一个出场较多的角色。从林妻烧香被高衙内调戏开始，到后来林冲遭受陷害发配沧州，是《水浒传》的非常显眼的主线笔墨。围绕林冲本人发生的那些重大事件，像"误入白虎堂""刺配沧州道""火烧草料场"等都是小说的主线安排。我们读者通常愿意用这物的遭遇，理解宋徽宗时期"奸人当道""冤狱丛生"的社会政治状况。但是这只是小说冰山之一角，《水浒传》更精妙的地方，往往在于"林冲休妻"这样一些小事件的处理，通过这种处理，把突显社会政治与社会结构的内在原因解析出来。林妻被戏、林冲休妻几段小故事的描写，比关于林冲的那些大事件的叙述，意味要丰富得多，作者可谓用心良苦。林娘子屡遭高衙内调戏，应该是极大的羞辱，但是林冲并不敢发作，而是强忍了下来。原因很简单，只因为高衙内是其上司高太尉的螟蛉之子。所以，衙内帮闲富安说："有何难哉！衙内怕林冲是个好汉，不敢欺他，这个无妨。他在帐下使唤，大请大受，怎敢恶了太尉？"也就是说，林冲在一个极大的限度内，是会让步的，这个限度不是尊严，而是可以忍辱偷生那个最低限度。林冲并不是一个按照我们现在理解的标准，可以为尊严、自由和社会正义去奋斗、牺牲的英雄。他仅仅是一个甘愿并且能够忍辱偷生的受压制者。我们可以看看"林妻被戏""林冲休妻"的一些片段，来体察《水浒传》的冰山之底。第一，林妻在岳庙烧香还愿，遭高衙内调戏，林冲赶到，准备问罪。小说这样描写：林冲赶到跟前，把那后生肩胛只一扳过来，喝道："调戏良人妻子，当得何罪？"恰待下拳打时，认得是本管高太尉螟蛉之子高衙内……先自手软了。第二，林妻再次遭到调戏，林冲也只是气狠陆谦出卖朋友，设计邀请自己出去喝酒，为高衙内做帮凶，因此拿了一把解腕尖刀寻他问罪，却没有直接去找真正的"罪魁祸首"高衙内算账。请看下面的描写：娘子劝道："我又不曾被他骗了，你休得胡做。"林冲道："叵耐这陆谦畜生，我和你如兄似弟，你也来骗我！只怕不撞见高衙内，也照管着他头面。"第三，这是最关键的一幕。林冲遭陷害后，要发配沧州，临行前，突然提出休妻。这一段最容易被误读，以为林冲是有情有义的男子，害怕自己坐牢误了娘子的大好青春。其实不然，他的"娘子，我是好意。恐怕日后两下相误，赚了你"的安慰话，完全属于虚词。真实的心机是什么？看他对老丈人的表白，林冲执手对丈人说："泰山在上，年灾月厄，撞了高衙内，吃了一场屈官司。今日有句话说，上禀泰山。自蒙泰山错爱，将令爱嫁事小人，已经三载，不曾有半些儿差池。虽不曾生半个儿女，未曾面红面赤，半点相争。今小人遭这场横事，配去沧州，生死存亡未保。娘子在家，小人心去不稳，诚恐高衙内威逼这头亲事。况兼青春年少，休为林冲误了前程。却是林冲自行主张，非他人逼迫，小人今日就高邻在此，明白立纸休书，任从改嫁，并无争执。如此，林冲去得心稳，免得高衙内陷害。"我们来看！"先自手软了""只怕不撞见高衙内，也照管着他头面"，这哪里还是英雄的作为？这还不算什么。最后面那一句"如此，林冲去得心稳，免得高衙内陷害"，才是最关键的实词。林冲为了保命，不惜接受最极限的屈辱，将妻子抛出去。这根本没有丈夫气概，人性的光辉和英雄主义在此灰飞烟灭。小说之眼就在这样的段落中。说出了这一句，其他的都是虚词了。所以，后面林娘子哭着质问："丈夫！我不曾有半些儿点污，如何把我休了。"就显得十分的可怜。林

娘子是知道"休妻"法度的，可惜，这个时候，谁还理她援用什么法度！林冲怎么会不明白娘子"不曾有半些儿差池"呢！此刻的林冲，保住自己的小命要紧，连自尊都不敢要了还考虑什么"休妻"法度。这个弱女子应该质问林冲，为什么能够承受这样的屈辱？但这是不太可能发生的，在中国历史上，中国妇女多是被动地胁从男性接受屈辱。所以，林娘子哭昏了过去，"声绝倒地"，"未知五脏如何，先是四肢不动"。这一昏，显得十分沉重，不只是中国妇女，整部中国历史大多数时候都是这样昏昏沉沉的。

《水浒传》这部小说提供了重要的有启发性的答案。揭示了中国历史上的专制政治社会结构是如何形成的，为什么能够如此长期地存活下来，深刻反映了官逼民反的客观规律。中国古代社会的百姓们也好，官僚们也好，并不是以维持尊严为生存最后防线，而是像《水浒传》的主角那样，是可以被压制到最底线的，只要能活命就行。正是这种性格弱点的林冲，也就是大多数的中国人，塑造了中国的古代社会政治结构——专制式结构。专制社会的本质特点不在于压制一方具有足够的压制能力，而在于受压制的一方在心理或者性格上具有足够的忍耐能力。林冲、宋江等都具备了这种受压制的忍耐能力。而宋朝中国的社会政治就是建立在林冲等等宋朝中国人能够受压制的软弱性格之上，中国人的性格是塑造中国社会的关键原因。

在一个社会，人人都具有独立的个性意识，把自我尊严和自由放在人际关系的首位，那么任何压制就都不可能，政治结构在这个社会就要发生根本的改变。水浒故事之所以发生着，宋朝压制政治之所以延续着，道理都在这里。水浒好汉从来没有进行真正的抵抗，而只是进行了挣扎，进行了性命挣扎，这就好比溺水的人抓住一根稻草。翻开反抗史看，大抵都如此。归顺，是梁山泊人性格命运的最终归属。《水浒传》对于社会政治结构最基础所在的把握，不能不让人叹服！它是伟大的人性悲剧作品。

第二节　繁华落尽后的萧条——《金瓶梅》

一、"泼天富贵"的结局

1. 性格决定命运

西门庆，是一个罪恶满盈的封建官商。他纵欲无度，奸人妻女；他包揽公务，巴结贪官，他生活奢侈、醉生梦死，是一个地地道道的封建官商和恶霸地痞。作者在描写此人物时，处处予以犀利的批判的锋芒。但作者还是把他作为一个实实在在的现实的人来刻画的。《金瓶梅》中写他"秉性刚强"，办事果断，他结交的应伯爵、谢希大之流虽是"帮闲勤儿"，但也能以礼相待，不嫌贵贱，他对手下的伙计、主管，也能尽其所一长，为其所用。在西门庆身上还残剩着某些人性。例如，东京相爷府翟管家要西门庆找个姑娘给他做妾，西门庆选中了伙计韩道国的女儿，韩出于对财势的贪婪，心甘情愿交出了女儿，翟管家得到人后，十分高兴，给了西门庆五十两银子的礼钱。西门庆转给了韩道国，当时韩道国不愿接受，西门庆便说："韩伙计，你还把女儿这礼钱收去，也是你两口儿恩养孩儿一场"，见韩推诿，又说："你不依，我就恼了。"可见，他尚有体恤之情。西门庆对自己圈内的人，也颇有仗义疏财的品行。应伯爵向西门庆借二十两银子，应表示要立下凭据，西门庆说，"没的扯淡，朋友家其什符儿"。而且还多给了他三十两。常峙节生活无着落，向西门庆借银三十五两，西门庆当即拿出了五十两，为其买了房，还要他"开个小铺儿，月间赚几钱银子儿"，可以打发过日子。为下人黄四解难，西门庆倒赔了银子也不在乎。西门庆经商发家后，也比较顾及手下伙计们的利益。因此也赢得过他们的好感。韩道国就为此宴请过西门庆。

在对待妻妾关系上，西门庆是一家之长，作品用不少笔墨表现了他纵情淫欲、专横霸道和凶恶残忍的面目。但其中也不乏有真情实爱。吴月娘在背后真情祈祷西门庆能改邪归正，西门庆听到后为之感动不已。对房中的妻妾的品行道德，他并不是漠然无知。在吴月娘面前，西门庆不失尊重，他的行为也有所收敛。特别在李瓶儿身上，更能看出西门庆还算有真情实爱。李瓶儿死后，西门庆所表现的揪心裂肺之痛和绵绵情意，不乏有动情之处。尽管作者把西门庆作为"酒色财气"的罪魁来问罪，但细心的读者仍能发现西门庆身上某些正面素质。因此，在西门庆死后，当他的妻妾友朋作鸟兽散时，不免会引起人们的感慨，使人感到沉重。

《金瓶梅》中的潘金莲无疑是一个十足的淫妇，她被刀劈是罪有应得。但作者笔下的潘金莲并非天生便是一个坏女人。潘金莲九岁被卖在王招宣府里，"到十五岁，王招宣死了，三十两银子卖给张大户"，而张大户"年约六旬以上"，"收用后，得了四五件病症"，加之"早晚还要看觑此女，因此不要武大一文钱，白白的嫁与他为妻"，而武大，"为人懦弱，模样狠襄"，是"三寸丁谷树皮"。可见，潘金莲从童年起，命运就对她极不公正。当然，她后来心狠手辣谋杀亲夫，纵情肉欲，这是可憎的。但是谁造成潘金莲的悲惨命运呢？正当妙龄的潘金莲要摆脱任人践踏的生活不也有其合理性吗？人们从潘金莲的经历中，可以找到同情之处。

李瓶儿，是一个弃旧图新，水性杨花的女人。她气死了花子虚，轻率地嫁给了医生蒋竹山，但蒋竹山又是一个"二户看不中吃的镶枪头，死王八"，最后又

依附于西门庆。当了西门庆第六个填房。在这场妻妾争斗中，她并不是强者，面对敌手潘金莲，她没有招架之力。儿子官哥的出生，并未曾给她带来安慰与希望，却带来了潘金莲的嫉妒与憎恨，进一步把她推向苦难的深渊。最后儿子被潘金莲谋杀了，自己也命归黄泉。李瓶儿对花子虚的无情，对蒋竹山的泼悍，令人可鄙，但她在西门庆家毕竟是安分守己，善良仁义的弱者，因此，人们对她的死亡带有心酸也是常情了。

最后，再来谈谈庞春梅。庞春梅本是潘金莲的一个丫鬟，曾被西门庆受用过。她同潘金莲可谓"志同道合"，主奴两人，沆瀣一气。她忠于主子，是因为潘金莲在风月场出让了专利，让她共享与陈敬济的淫欲之乐。她对秋菊的迫害可谓令人发指。这完全是一个助纣为虐的奴才。但这个奴才，除了淫欲与奴性外，也有尚未泯灭的人性残存。西门庆纵欲身亡后，她被吴月娘卖出西门大院，嫁给了周守备做妾，深受守备宠爱，获得了新的地位和权势。在常人看来，小人得志，必然会穷凶极恶地进行报复，况且西门庆家族已经败落，大可趁火打劫。然而她并没如此。在永福寺，她遇见了当日凶狠卖她的主子、现在落魄的吴月娘，她仍待之以礼，盛情款待。虽有炫耀自己的报复心理，但也不失宽宏大度。潘金莲暴尸街头，无人收尸，是她想方设法，安葬了她。庞春梅的"忠"与"义"，固然属于封建的范畴，但比起投石下井恩将仇报的吴典恩之流来，也有值得称道之处。

2.人物结局中的悲剧气氛

与上述的西门庆、潘金莲之流的人物不同，西门庆之妻吴月娘可以说是《金瓶梅》中唯一塑造的正面人物了。作者在全书的开卷是这样写她的："年纪二十五六，秉性贤能，夫主面上百依百顺。"吴月娘平时念经吃斋，清心寡欲。在西门庆的众妻妾中，她是最安分守己的。她虽为众妻妾之首，但从不以大压小，以强凌弱。她体贴丈夫，经常规劝丈夫，不要纵情肉欲。她性情温和，能宽容待人，十分注意家风。孙雪娥与潘金莲斗气吵架，她尽力想把小事化了，要双方"省言一句便了"。劝阻不住，便叫丫鬟"把雪娥拉往后边去"了事。她处事谨慎，又能体贴人，不失大家风范。她从不介入妻妾争风吃醋的争斗，并在这场争斗中起到了协调缓冲作用。西门庆之妾，有人生病，她为之请医。清明节，她扎好秋千和潘金莲等人作乐，见潘金莲在秋千上笑个不停，便马上提醒她不要滑倒。潘金莲、孟玉楼、李瓶儿三人下棋，输者罚酒菜，首次罚了李瓶儿，她知道后认为不妥，是她提议，不论输赢，轮流出钱作席。花子虚死后，西门庆曾急切地想把李瓶儿娶进来，遭到了吴月娘的反对。她说："你不好娶他的。他头一件，服孝不满；第二件，你当初和他男子汉相交；第三件，你又和他老婆有连手，买了他房子，收着他寄放的许多东西。"这说明吴月娘重"孝"重"义"，处事又注意避人之嫌。吴月娘作为封建社会的贤妇，最大的遗憾是丈夫太放荡不争气，而自己又没有子嗣。她知道，在这个社会里，"无后"意味着什么。为此，她真诚地求助神灵，"每月吃斋三次，逢七拜斗"，"祈佑儿夫早早回心"，"早见嗣息"。在西门庆死后，作者还为这个正面人物加上了浓重的一笔。第八十四回"吴月娘大闹碧霞宫"，写她遭到淫僧石伯才的调戏，但她誓死不从，最后还是保全了自己的贞操。作品中的吴月娘，是作者理想化的人物，是三从四德的结晶，节妇烈女的化身。在肉欲横流、道德沦丧的环境里，只有吴月娘才保全了清白。她确实给人以"举世混浊，唯我独清"的印象。

吴月娘的形象在作品的后半部是有变化的。西门庆死后，她一改过去的温文敦厚，似乎变得专横、凶狠。她先以十六两银子卖掉了与丈夫、女婿通奸的庞春梅，并只许春梅"罄身儿出去"，"休要带出衣裳"。接着，对好色的女婿陈敬济，她亲自率领孙雪娥与众丫鬟用乱棍把他逐出府门。最后，吴月娘又叫来王婆，赶走了与女婿乱伦的潘金莲。吴月娘与潘金莲有过姐妹之谊，但此刻吴月娘也顾不得了，甚至她不准潘坐轿走出西门庆家。在西门庆死后，吴月娘身上所表现出来的这些性格变化，并不会使人感到意外。吴月娘自始至终要维护的是封建大家族的家风，她要保全的仍是封建的伦理道德和礼教制度。当西门庆在世时，屈从于"夫为妻纲"，对丈夫的胡作非为，她只能婉言相劝、眼开眼闭、装聋作哑，不便亲自出面干预。如今夫君死了，面对家族的败落、道德沦丧的局面，她理所当然地担起了拯救封建道义的责任。因此，吴月娘前后性格的变化，其内在是一致的。吴月娘身上所表现出来的"凶狠"与"专横"，是作者笑笑生所容忍乃至赞赏的。

在吴月娘的身上，确实寄托了作者的理想与厚望。按理说，根据作者善有善报，恶有恶报的逻辑，应该给吴月娘幸福美满的结局。笑笑生似乎这样做了。他让吴月娘安享晚年高寿而终。但全面来看她的结局，吴月娘并没有摆脱不幸的命运，悲剧的雾霭始终笼罩着她。西门家族并没有因吴月娘得以保全。孙雪娥被来旺拐走了，而且随她而去的还有房中的细软首饰。孟月楼改嫁给了李衙内。往日西门庆之妻妾死的死、散的散了。这还不算，作为贞节夫人的吴月娘取信佛门，却遭到了恶僧的调戏，西门家曾施惠于人，然而吴月娘又遭到了忘恩负义的吴典恩的人格侮辱。最为伤心的是西门家唯一的命根——孝哥，最终也皈依了佛门。

除高寿外，吴月娘什么也没有了，这能说是善有善报吗？

吴月娘这一形象，使人十分自然地想起了《红楼梦》中的贾探春。贾探春是一个"才持清明志自高"的聪颖女子，曹雪芹在她身上多少寄寓着"补天"的愿望。但是，当旧制度土崩瓦解之时，"生于末世"的贾探春只能是"运偏

消"了。我们用封建的观念规范吴月娘，她不失为一个人才，但在礼崩乐毁的明代，她要尽心尽责地维护封建的伦理道德，支撑封建大厦的领势，是枉费心机的。马克思曾说过："当旧制度本身还相信而且也应当相信自己的合理性的时候，它的历史是悲剧性的。"作为旧制度代表人物吴月娘的悲剧，正是如此。

二、物极必反：欲望的陷阱

在我国长期的封建社会中，以孔孟为代表的儒家思想始终占据着不可动摇的统治地位。到了宋明时代，随着封建制度的日趋没落，为了进一步钳制人们的思想，挽救摇摇欲坠的封建统治，出现了宋明理学。理学主张"存天理、灭人欲"，要人们无条件地服从封建统治者的统治，安分守己地做好顺民；它否定人的欲望和个性，反对人有追求幸福的权利。理学作为一种御用哲学为宋明最高统治者所钦定。应该承认笑笑生是受到了理学的影响的。从《金瓶梅》看，全书虽然用了不少笔墨刻画了士层官吏、下层恶霸、地痞的勾结利用，巧取豪夺。但对大宋皇帝则是带着敬意的。这正反映了作者正统的封建观念。《金瓶梅》以西门家族为据点，他反反复复地告诫人们"酒色财气"是大害，"这酒色财气四侧中，唯有'财色'二者更为厉害"。作者就是通过主人公贪于财迷于色而暴死的。而书中其他人物无不亡于"财色"。这似乎是形象地印证了"灭人欲"的必要性。

然而，一个非常有趣的事实是，对于这样一本宣扬"灭人欲"的书，并没有得到历代封建统治者的青睐与赏识。他们几乎都把它作为淫书予以禁止的。为此，探讨一下其中的奥妙是值得的。

不容置疑，《金瓶梅》确实是用了不少的篇幅写了性关系。其直露也可谓达到了中国古代小说的高峰。对社会上一般的众生来说，这种描写已显得过分肮脏，更不用说对道貌岸然的道学家理学家了。让它公开流行，毕竟有伤大雅。但读者又会发现《金瓶梅》对性的描写又是如此真实、自然、合情合理。潘金莲是《金瓶梅》中第一淫妇，前面曾论述过潘金莲的身世所包含的悲剧因素。作为一个处在社会低层的妙龄少女，"出落的脸衬桃花，眉弯新月"，却厮守着模样狠裹"三寸一丁谷树皮"的武大，这又是多么的不公正，难怪她会发出这样的愤慈："普天世界断生了男子，何故将我嫁与这样个货！"她悲叹"奴端的那世里晦气，却嫁于他！是好苦也！"为了摆脱自己的不幸命运，潘金莲曾向小叔子武松求过爱，遭到了拒绝，使潘金莲受了羞辱。但是，作为一个正常的人，爱的火焰是不会熄灭的。在这种境遇里，在王婆的促合下，她被"状貌魁梧，性情潇洒"的西门庆所吸引，甚至犯了谋杀亲夫的大罪，是符合情理的。李瓶儿的淫荡，同样是可憎的。她与西门庆私通，一心想投入西门庆怀抱，对西门庆迟迟不来娶她，又按捺不住。她迫不及待地招赘了医生蒋竹山，但蒋竹山却不能满足她的性生活。最后忍痛含屈又做了西门庆的第六妾。《金瓶梅》第十九回"李瓶儿情感西门庆"中有这样一段话：西门庆："淫妇，你过来，我问你：我比蒋太医那厮谁强？"李瓶儿："他拿什么来比你？你是个天，他是块砖；你在三十三天之上，他在九十九地之下。休说你这等为人上之人，只你每日吃用稀奇之物，他在世儿百年，还没曾看见哩。他拿什么来比你！莫要说他，就是花子虚在日，若是比得上你时，奴也不总般贪你了。你就是医奴的院一般，一经你手，教奴没日没夜只是想你。"李瓶儿说的这番话，虽有讨好阿奥之嫌，但也吐露了性满足的真情。

西门庆包占伙计韩道国妻王六儿也很能说明。出于对奢侈生活的追求，又能在西门庆家站稳脚跟，韩道国甘愿让其妻做与西门庆交易的筹码，出让妻子，长期为西门庆所霸占。这件事本身带有极强的悲剧性。但笑笑生笔下的王六儿，却没有一点道德的自责和受辱的羞耻感。在多次描写西门庆与王六儿做爱的场合时，王六儿总是显得如此贪情、如此满足。甚至她还向西门庆表示，要迟早割舍与韩道国的夫妻关系，让西门庆独占。

纵观一部《金瓶梅》，人们不难发现，无论是主子西门庆，还是妻妾潘金莲、李瓶儿，无论是上层的翟管家、林太太，还是下层的庞春梅、王六儿，他们都陷入性欲不能自拔，在全书中，几乎很难找出强奸成婚的实例。道德沦丧，肉欲泛滥，固然表现了封建社会的腐朽与糜烂。在这个社会里，从上至下，一切都堕落了，一切都腐化了。但与此同时，人们又分明感到，作品中的这些男男女女对肉欲的追求又是如此不可抑制，如此放肆。罪恶与欢乐又是如此融合。这些男女主人翁对儒学传统、道学说教、理学经典根本不屑一顾。可见"存天理、灭人欲"在那个时代是如此软弱而不顶用。造成肉欲横流的这种社会现象难道不正是对"存天理，去人欲"的禁欲主义的一种惩罚吗？用纵情肉欲的形式来批判理学的陈腐当然不足取。但《金瓶梅》正是在某种意义上肯定了男女之间性要求的合理性。西门庆、潘金莲、李瓶儿、庞春梅等这些淫欲的化身最终都毁灭了。但仅仅是因为淫欲，得其悲惨的下场，这是过分苛刻了。当社会上肉欲泛滥成灾时，把罪恶仅仅归结于一个又一个的个体，这是欠慎重的。人们有理由去责问造成这种病态社会的社会制度本身。《金瓶梅》用赤裸裸的描写来表现情，这种手法本身就是对宋明理学的一个挑战，是用一种极端的形式来对付另一种极端。所以它为历来正统的封建文学所不容，也是可以理解的了。

从作品的倾向看，《金瓶梅》的作者笑笑生是信奉于理学的，他要用作品劝诫人们，"灭人欲"，纵情财色只能落得个"恶有恶报"的下场。然而在他的笔下，还是表现了理与欲的对立，表现了人的欲望的不能强行遏制和不能泯灭。这样，作品中的男女主人公在走向恶有恶报的结局时，又包含了某些合理的东西的

毁灭。使之带上了悲剧的色彩。严格地遵循从生活出发的原则来塑造活生生的艺术个性，它有时能纠正作家世界观下的某些错误，使作品带有两重性。《金瓶梅》就是属于这一类。它是现实主义的胜利。

第三节　洗尽铅华后的由色悟空——《红楼梦》

一、繁华落幕，世事无常

在《红楼梦》中，曹雪芹描绘了一个"有情之天下"的理想，然而"这个人生理想在当时的社会条件下必然要被毁灭。在曹雪芹看来，这就是命运的力量，命运是人无法违抗的。主人公贾宝玉与林黛玉本是由"通灵宝玉"和"绛珠仙草"幻出，因"木石前盟"而下凡到人间去历劫，在历尽滚滚红尘之繁华后而终登彼岸。曹雪芹在第五回贾宝玉"神游幻境指迷十二钗"正册与副册的判词，用象征的诗句暗示了各个女性的命运与结局："分离聚散皆前定，欲知命短问前生。"曹雪芹面对贾府劫数难逃的命运，他只能求诸于宿命来终结焦大所咒骂的那一切！

M.H.艾布拉姆斯在《镜与灯——浪漫主义文论及批评传统》中，把世界、作者、作品与读者视为文学的四大要素。命运观念作为文学世界一个中西、古今历久弥新的课题，它是现实生活的反映，也是作者感悟世界、读者领悟世界的一把钥匙。

命运观念不但影响着人们日常的行为，作为精神世界的一部分，它也必然影响人们的文化生活，影响文学艺术作品的创作。在古希腊悲剧主人公的悲惨命运是一种超验的神谕，是命中注定而无法逃避与改变的。

命运问题是先秦诸子哲学思想的重要组成部分，一方面，儒、道、墨诸家对命运的阐释确立了中国古代命运观的基本内核；另一方面，也形成了命运观念的多层次性、多样性及演化性。命运观对古典文学的影响是渐进、深远的，也是多样化的，最终它发展成为展现中国古典文学独特魅力的一个主题。"对天命的敬畏是源于天人之间的距离和把天命视为超越的、高高在上的主宰者所引发的神圣感。儒家创始人孔子相信天命并敬畏天命，他认为："君子有三畏：畏天命，畏大人，畏圣人之言。孔子自称五十而知天命，认为"不知命，无以为君子"。在孔子看来，真正的君子不但要相信天命、畏惧天命而且更重要的是知天命。孟子在孔子命运观的基础上又有了自己的发展，他认为："莫之为而为者，天也；莫之致而至者命也。"孟子承认命的存在，但不完全屈从于命，他认为"存其心，养其性，所以事天也。夭寿不贰，修身以俟之，所以立命也。"也就是说人只要修性养德就可以在某种程度上改变所谓的命。

"天法道，道法自然"，老子没有把天与命视为万物的主宰，而是把自然视为至高无上者。真正代表道家天命观的是庄子，庄子的宇宙观与老子一样是建立在"道"基础之上的一种万物形成论。庄子认为命存在于宇宙间，是人力不可抗拒的某种必然性："求其为之者而不得也，然而至此极者，命也夫！"庄子将人在生活的遭际看作是"命"的表现，他在《德充符》中认为："死生存亡、穷达贫富、贤愚不肖、毁誉、饥渴、寒暑，是事之变，命之行也。"庄子认为，既然命是不可改变的外在必然性，那么人就应该顺从并安于命运的安排。

墨家是社会中下层，中小生产者思想的代表，他们自身具有一种改变现状的诉求，因此墨家反对宿命论，认为如果屈从并安于命运，那么人们就不必去劳作去抗争，其结果必然是生产力停滞不前与社会的混乱。因此墨子认为人应当通过自己不懈的努力来改变自己的命运。他强烈反对所谓的命定论，认为："命者，暴王所作，穷人之术，非仁者之言也。"墨子希望通过倡导"非命"的积极人生析学让普通大众能够通过自身努力来改变自己的命运，进而从"天命"的牢笼中解放出来。

佛教自汉代传入中国后，其独特的思想对中华文化产生了巨大的冲击。传教伊始，"土生土长的中国人接受作为外国思想的佛教时，最大的障碍之一，是佛教赖以成立的命运观和当时中国人习惯的命运观之间所存在的巨大障碍。"晋末的戴遗在《释疑论》中就曾对佛教的命运观提出了质疑："故知贤愚善恶，修短穷达，各有分命，非积行之所致也。积善积恶之谈，盖施于劝教耳。"这是古人对异教传入时的一种自然的排斥反应。因果报应观念是佛教最基本的思想之一，它认为有一个结果必然有产生这一结果的原因，人所遭受的祸福都是自己或先辈某种行为的报应，因果循环不息的衍生便是佛教的因缘说。因缘是指现象得以产生和存在的原因与条件，人世间没有任何孤立或者永恒不变的现象。佛教认为众生由于惑业之因（贪、嗔、痴三毒）而在迷界流转生死，如车轮旋转，循环不已，故曰"轮回"。佛教以其严密的逻辑与具有说服力的思想将其因果、因缘、轮回等观点与中国固有的命运观有机地融合起来，从而形成了占社会主流地位儒道释诸家合流的命运观，也使佛教真正地融入中华文化之中。纵观以上分析可知，中国文化命运观的形成是一个渐进融合的过程，随着这一过程的发展，命运观对文学艺术发展的影响也由表及里、由浅入深地日趋深远。

《红楼梦》的前五回可以说是这部小说的总纲。第一、第二回写家族悲剧的前兆，第三、第四回写婚恋悲剧的缘起，而第五回通过贾宝玉神游太虚幻境，浏览了金陵十二钗正册、副册、又副册众女子的命运结局。以点带面地叙写了十五位女子的判词、十二位女子的《红楼梦曲》，渲染了"千红一窟（哭）、万艳同

杯（悲）"的悲剧结局。诸位裙钗各有各的不幸，从不同的视角考察也会有几许相似之处，可见作者塑造女性群像时"犯中求避"的艺术匠心。现姑且从她们的身世之孤苦、身体之病痛，以及女儿与家庭之间的矛盾等方面入手。

红楼裙钗中，孤苦的身世可以构成相互比拼的态势。单亲的女子，如宝钗、迎春、惜春；父母双亡的，如黛玉、湘云；父母失散的，如香菱，读者知道她的父母是谁，唯独她自己蒙在鼓里；不知其双亲的，如秦可卿、晴雯，读者也不知道她们的生身父母是谁，一个是秦业从养生堂抱来的，一个是奴才赖大家买来的。作者同情女子们的孤苦，也在赞扬她们的品格之美。这些苦命女子应对生存困境的策略，值得我们思考。黛玉采取的是洁身自好、顾影自怜的方式；湘云持有一种英豪豁达的心态；妙玉的对策是愤世嫉俗；秦可卿则以一种与人为善的处事态度，博得宁国府老老少少的怜爱。还有逆来顺受的香菱、奋起抗争的晴雯，等等。

十二钗正册、副册和又副册的女子中，多数有身体上的病痛。从黛玉的咳嗽咯血，到宝钗的天生热毒；从香菱的干血症，到晴雯的女儿痨；从秦可卿的经期不至，到王熙凤的下红不止……总体来看，未婚女儿和已婚媳妇的病征有所不同。未婚女儿，如林黛玉、薛宝钗、晴雯等，她们的病大都是心病或肺病，既是身体上的先天不足，更是心灵上的忧思所致"花落水流红"，是对青春女儿归宿的伤感。而已婚媳妇，像王熙凤、秦可卿等少妇的病，一般为气血上的妇科病。凤姐的小产和下红不止，可卿的经期不至，又不是喜，也反映了她们在子嗣、在自身地位以及贾府后继乏人问题上的忧虑。

除了身世可叹、健康堪怜，贾府千金与父母兄嫂的矛盾也发人深省。红楼女儿的名字富有象征意义的是贾府的四位小姐，元春、迎春、探春、惜春，四春合在一起，构成了"原应叹息"的寓意，共同书写了对各自青春的哄叹和伤悼。

元春的身份既单纯又复杂，单纯在她是贾府玉字辈正出的长女，与迎春相比，她的父母、身世都清晰明了。复杂在元春的戏虽然不多，但对于小说主旨的揭示，对于小说主要人物的塑造都起到了十分重要的作用。作为政老爹的长女，元春很早就"因贤孝才德，选入宫作女史去了"，不久宫中传喜讯"咱们家大小姐晋封为凤藻宫尚书，加封贤德妃。"她是贾家一门的荣耀，但在她的情感世界中，与家长的矛盾也值得深思，从"当日既送我到那不得见人的去处"的抱怨，到"田舍之家，虽齑盐布帛，终能聚天伦之乐；今虽富贵已极，骨肉各方，然终无意趣"的无奈，她向长辈倾诉，也在警醒世人：是否考虑过一个为光耀门庭奉献了青春的"乖乖女"，她的内心还有怎样的隐痛。晚唐诗人李商隐的《马嵬》抒写了对杨贵妃的同情："悔外徒闻更九州，他生未卜此生休。如何四纪为天子，不及卢家有莫愁。"诗中指出杨玉环委身于皇帝，远不如民女莫愁的生活过得太平祥和。金陵十二正册中,有两位荣国府的长女,一位是玉字辈的元春,一位是草字辈的巧姐。从判词的预示可知,元春进了宫闱,而巧姐则到了田园。从赫赫扬扬之志忑到平平淡淡之安宁,也体现了作者对仕宦之家千金小姐理想与幸福的深刻思考。

迎春在小说中戏份不多,身份也不显要,但她的半包办、半买卖式的婚姻则带有普遍性。贾探春是贾政和赵姨娘的女儿,赵姨娘的卑微和鄙贱,常使探春在庶出的难堪面前雪上加霜。贾府两个同为庶出的小姐相比较,迎春的婚姻悲剧是屈从于金钱,而探春的婚姻悲剧是屈从于权势。按第五回的构思,贾宝玉听到的《红楼梦曲》中,《命无常》写他的姐媳,《分骨肉》写他的妹妹。在金陵十二钗的第三位和第四位,曹雪芹让贾政的两个女儿共同演奏了生离死别的悲剧序曲。

惜春耿介孤僻的秉性反射了豪门深宅的人情冷暖,她的画工聚齐了贾府四春琴、棋、书、画的才干,她万缘俱寂的结局则为众裙钗的悲剧命运平添了空灵玄虚的色彩“惜春”二字带有比喻意,烘托出小说荣枯盛衰的题旨。自古以来,姑嫂关系就是大家庭中的一道难题。唐代王建《新嫁娘词》“三日入厨下,洗手做羹汤,未谙姑食性,先遣小姑尝”颇为微妙且耐人寻味。从这个角度来看惜春和尤氏,她们的矛盾除了性格因素,还因日益衰败堕落的宁府而升级,生活在这其中的女儿和媳妇们难免互相内耗。作者似乎在用“入画”的反义,来写惜春“出画”的意愿。

元、迎、探、惜四位公府千金,有进宫墙者的宫怨,入空门者的绝情,庶出者的身世叹惋,买卖与包办婚姻之下的哭诉,四类女子富有典型意义,成为封建末世各类小姐命运之悲的集中写照。

王国维指出:“善人必令其终,而恶人必罹其罚,此亦吾国戏曲小说之特质也。《红楼梦》则不然。”的确,《红楼梦》的人物评价体系不同于传统的惩恶扬善。善者没有让她善终,恶者也没有让她催难。小说同情失意者,也没有去鞭挞得意人。挖掘貌似得意者的失意,探究宝钗、袭人、李纨、可卿等自以为知足的女子潜在的悲苦,是领会小说悲剧意蕴的难点。《红楼梦》描写人和事,从生活细节入手,以人物命运为旨归。纵观每一间轩馆的西窗烛影,哪一扇不是“窗含西岭千秋雪”了秋窗之前、春花之下的女子们,何尝不是“人比黄花”的佳刀“流水落花春去也”的意境,既勾连着古今,也在《红楼梦》的艺术世界和现实生活之间架起一座鹊桥。

二、究竟意难平:无处可寻的爱的权利

1.爱情婚姻悲剧的原因

古代婚姻会走向悲剧是因为男权。古代带到现今的制度是重男轻女,为什么

呢？从很大一个角度来说是因为宗法制，分封制，世袭制所造成的，皇上有后宫佳丽三千，但很多人想做皇上并不是因为后宫，古代男子多数注重权利，那么在这男女不平等的社会上，就造就了很多爱情悲剧。

2.《红楼梦》中的爱情是自由恋爱与包办婚姻的对立

自由恋爱的爱情是日久生情，而如果包办婚姻中也有爱情的话，就只能是一见钟情。

贾宝玉跟林黛玉这个恋爱的发生并不是一见倾心，虽然第一次见面觉得这个人好面熟，好像见过似的，这是写的一种心理的感应，一种好感，但是并没有发生爱情，相反两个人在一起生活了很长很长时间，也不断吵架，吵架又友好了，中间加上一个薛宝钗还有后来的史湘云。贾宝玉跟这些人在一起，也有相当长的一段时间，没有确定地写他喜欢那一个，这就使得《红楼梦》的恋爱方式已经不是一见倾心，已经是在长期生活当中渐渐地了解，最后在长期的了解过程中最后形成他们的爱情。

薛宝钗给他讲到仕途经济，他翻了脸，这就是一个标志，说明贾宝玉在爱情问题上，还有他自己的思想标准。这个标准讲得非常明自，非常清楚，就是要漠视木石前盟，不要金玉良缘，封建时代的门当户对，一些选择的标准全对他无效，他必须自己选择。

所以《红楼梦》里所描写的婚姻，一个是选择不是一见倾心式的，是要长期的熟悉。第二个是思想要一致，如果思想不一致，无法结成终生的伴侣，这在《红楼梦》里写得很清楚，也反映出了自由恋爱与包办婚姻的对立。

3. 宝黛爱情悲剧的无可解脱性

纵观整个中国古代小说，常会发现这样一个现象，古人由于受知识和思想的局限，在遇到无法解释的事情和安排时，就运用丰富的想象力创造了一个神通广大、无所不能的人神。他们用人神来解释一切无法理解的际遇，认为人意在支配着命运。《红楼梦》的作者曹雪芹生于清朝，经历过大富大贵和穷困潦倒的生活，深刻地体会到悲剧在那个社会中是无处不在的。但是他也不能够完全地解释那个充满悲剧的世界，只好把它归结为人意和命运的安排。这种宿命的色彩在介绍宝黛的来历时表现得尤为浓重。

宝黛之间的爱情尽管有着反封建的叛逆色彩，但又有着浓重的没落贵族的气息。他们的经济根本无法独立，整日在那里吟诗作词，不食人间烟火，悠闲自得。离开了贾府，宝黛几乎连怎么生存下去都会成为重大难题。宝黛甚至还幻想着家长会为他们指婚，消极地等待贾母的包办婚姻制度成全他们的爱情。所以他们对封建社会的依赖还是很深的，反封建的不彻底性和妥协性让爱情悲剧雪上加霜。

宝黛爱情悲剧的无可解脱性，根源还是与封建势力的冲突。人意让他们相爱，命运却没有让他们降临在自由恋爱和自主婚姻的国度里。整个贾府，上至视两玉为宝的贾母，下至奴才，没有人赞成他们的恋情，为他们主持公道。这已经不是简单的门不当户不对，恋爱自由不被允许，更是古板老套的封建制度就注定了这场不是大团圆结局的爱情。

三、红楼梦中的婚姻爱情故事

贾宝玉、林黛玉、薛宝钗、袭人等是《红楼梦》主线人物，宝、黛二人的悲剧贯穿始终。薛宝钗虽不是此爱情悲剧的当事人，但也有着相当高的地位。对于《红楼梦》的结局，有人说，"既然你不满，林黛玉最终抱憾而亡，贾宝玉出家为僧，那你觉得，什么样的结局是完美的？"的确，笔者甚为不满黛玉之死，她也是叛逆角色，终日只想一展才华，违反了古时"女儿无才便是德"之说。黛玉的才华是不容置疑的，令人钦佩，也很佩服她的那种叛逆。可她为何不能叛逆到底？贾母疼她，更疼宝玉，他二人想要结为连理枝，贾母也未必反对，她竟不去争取，偏自寻苦恼死了。可细细思量，她多疑，即使嫁于宝玉，也难免会被气死。她又不似凤姐会借酒撒泼，怎生向贾母开得了这口，她的力量是如此微薄，在贾府她毕竟不像宝钗那样得人心。宝玉，最后看破红尘，做了和尚。难道做和尚真是最好的结局吗？若是如此，人都改为僧。"你死了，我去做和尚。"预示着这一切，好似一切皆前定，无法改变。让人费解的是宝、黛二人最终仍是无法逃出命运的束缚。"宝玉，做和尚已不是为黛玉而做。宝玉不做和尚，还能做什么？去追求功名利禄吗？"是啊，细度之，对于宝玉而言，这不失为最好的结局。他已淡泊名利，对他而言此皆身外物。追逐名利，让历史重演，看着自己的后代再上演这"红楼梦"吗？他看似没有摆脱命运的束缚，但命运业已不能束缚住他了，他既不是为年儿去做和尚，那就是为自己，他也不像他人为了"得道成仙"，而是了无牵挂，看尽红尘。只可惜宝钗为人圆滑，讨人喜欢，她最终独守空房，也不免令人觉得有些惋惜。

色空观念乃是《红楼梦》的主调，《红楼梦》的主题可以说尽在一首《好了歌》中：

世人都晓神仙好，唯有功名忘不了！古今将相在何方？荒冢一堆草没了。世人都晓神仙好，只有金银忘不了！终朝只恨聚无多，及到多时眼闭了。世人都晓神仙好，只有娇妻忘不了！君生日日说恩情，君死又随人去了。世人都晓神仙好，只有儿孙忘不了！痴心父母古来多，孝顺儿孙谁见了？

这不是什么对社会悲剧、家庭悲剧、政治悲剧、时代悲剧的彻悟，而是对整个人生悲剧的彻悟，虚无（无价值）的不是某一样东西，而是整个世俗人生（不

仅包括功名，而且包括父子亲情夫妻爱情）。那么，出路是什么？是遁入空门，即完全否定世俗世界的一切。在全书的开头，甄士隐听了"好了歌"而悟出为官入仕者乃"乱烘烘你方唱罢我登场，反认他乡是故乡"，于是"跟了发疯道人飘飘而去"。有意思的是全书的结尾：贾宝玉在饱经人间幻灭后也跟随一僧一道遁入空门，这种安排恐非偶然，乃是作家有意为之，表明只有空门才是人世最后归宿。虽然出家并不等于隐逸，但从其否定社会价值，否定功名利禄、荣华富贵这点上却本质相同。所以我以为《红楼梦》的遁入空门主题，乃是中国文学虚无主义和隐逸主题的继承和发展。隐逸和出家都是离世而远飘，都是以虚无主义为基础，只不过出家人尘念了却得更净、更彻底。

第四节　魂归蓼儿洼——《水浒传》

一、庙堂之高高处不胜寒：为谁治国平天下？

《水浒传》所描写的梁山起义军故事发生在北宋末年。其时，政治的腐败激化了社会各种矛盾，那时已不再是"官清民安"的"和谐"社会了，这是梁山故事从发生到结局的基本政治背景。在晁盖之后，宋江入主梁山，将"聚义厅"改为"忠义堂"。这是对先前晁盖提出的"竭力同心，共聚大义"的政治主张的一次颠覆，故明代评点《水浒传》的李贽一针见血地指出："改'聚义厅'为'忠义堂'，是梁山泊第一关节，不可草草看过。"意义的确如此。宋江将"聚义厅"改为"忠义堂"，标举"忠义"，这是梁山郑重其事向朝廷乃至全社会的政治表白，既是在与自己的过去划清界限，也是在主动向社会主流政治文化靠拢。

明人天海藏《题水浒传叙》云："先儒谓尽心之谓忠，心制事宜之谓义。愚因曰：尽心于为国之谓忠，事宜在济民之谓义。若宋江等二，二有为国之忠，有济民之义。"这段话比较明确指出了宋江"忠义"思想的内涵，即"替天行道，护国安民"。宋江在改"聚义厅"为"忠义堂"时说要"一同替天行道"；在大聚义后的菊花会上又向众人说道："我等替天行道，不扰良民，赦罪招安，同心报国。"宋江把意思表达得很清楚。所谓"替天行道"，其实就是维护封建王朝的"大一统"王道。梁山受招安时打着两面红旗，"一面上书'顺天'二字，一面上书'护国'二字"。"顺天"二字已将"替天行道"的内涵诠释得很明确了；所谓"护国安民"，就是保大宋的国，安大宋的民。少七天玄女授予宋江的天书上也明确将"忠义"与"辅国"连在一起。由此可以看到，"替天行道，护国安民"，是梁山忠义政治思想指导下的两大政治纲领。这两大政治纲领本质上是

"合二为一"的，均指向国家，所以说国家意识成为梁山两大政治纲领的核心。

这种以"替天行道，护国安民"两大政治纲领为内容的国家意识，表现在宋江梁山等英雄的思想行为中，则集中在两个方面：一方面，只反贪官，不反皇帝，用梁山好汉们的说法就是"单杀贪官污吏、谗佞之人"；另一方面，攘外安内，用梁山好汉们的说法就是"中心愿平虏，保民安国"。说白了，就是化解矛盾冲突，保全和稳定大宋的江山。

先说《水浒传》"只反贪官，不反皇帝"。小说从浮浪子弟高俅发迹写起，展现出"奸臣当道"这样一个梁山英雄们生活的典型环境。接着通过王进、林冲、鲁智深、晁盖，武松、宋江、花荣等人物的遭遇，一层层描写了在"官逼民反"的政治现实中，梁山英雄反贪官、反邪恶斗争波澜起伏的进程。包括朝臣宿元景同高俅的矛盾及宋江受招安后同朝中奸臣的矛盾在内，作品写出了"乱自上作""官逼民反"的现实，肯定了反贪官斗争的正义性、合理性。这是作者封建民主主义思想的体现，当然也仅此而已。

贪官污吏是附生在封建社会政治体制上的毒瘤，但它并不是封建政治体制的代表。贪官的恶劣行为破坏了社会各阶级或政治力量间的平衡关系，激化了社会矛盾。因此，翻开二十四史，封建统治者惩处贪官污吏的史事绝非少见。因为贪官对封建社会的长治久安、对一个封建王朝存在的本身，也是一个严重威胁。从这一点上说，梁山英雄们无论采取哪一种方式进行反贪官斗争，与封建王朝谋求长治久安的政治目的都没有根本的利害冲突。反贪官在实质上并不意味着把矛头指向整个封建政治制度。"官逼民反"中的"官"，指的是贪官污吏。因此，梁山的反贪官在一定程度上起到了化解社会矛盾、稳定民众的作用，于国于民都是好事。但是，由于梁山英雄大多是被贪官"逼上梁山"的，所以他们的反贪官斗争采取的是暴力的形式，这与封建统治者用和平方式制裁贪官不同。因此，他们的斗争不能被封建统治阶级容忍，不可避免地要遭到封建统治阶级的军事镇压和政治瓦解。但尽管如此，梁山英雄们始终也没有打出反皇帝的旗号；他们的目的是要铲除奸佞，使宋王朝的天下太平有道，百姓安生，其斗争矛头并没有指向宋王朝本身。所谓"酷吏赃官都杀尽，忠心报答赵官家"，正是对聚义众英雄"但愿共存忠义于心，同著功勋于国，替天行道，保境安民"的盟誓的最明确的注脚。

在封建社会，贪官与皇帝是有千丝万缕联系的。所以，梁山不反皇帝的结果，必然是反贪官斗争难以进行到底。众英雄虽然带着强烈的复仇情感惩办了不少贪官污吏，但他们却宽容了像高俅这样十恶不赦的大贪官。小说第八十回写高俅战败被张顺押解上山寨，宋江不但没有杀之，反而以宾礼款待，并对高俅说："文面小吏，安敢叛逆圣朝……万望太尉慈悯，救拔深陷之人，得瞻天日，刻骨

铭心，誓图死报。"宋江受招安后，东征西讨，破辽平"寇"，但仍屡次遭到朝中高俅、蔡京等奸臣的打击陷害，然而宋江非但一忍再忍，反而大骂不甘受辱想再回梁山的李逵是"禽兽"，"不省得道理，反心尚兀自未除"。这一切，追本寻源，在于他们不反皇帝，确切讲是没有反对作为高俅一伙贪官后台的昏君。既然不反昏君，那么，他们反贪官的斗争最终也就必然是不彻底的。

梁山英雄们在实质上不反昏君的行为，与封建政治文化有根本的内在联系。封建统治阶级历来鼓吹"君权神授""君为臣纲"。早在春秋时，孔子就要求"臣事君以忠"，"事君尽礼"，即使面对昏君，也只能离之，而不能犯之。这种君臣之间的所谓天经地义的关系，是封建政治文化中强烈体现封建皇权专制主义的内容。宋江等梁山英雄大多是具有这种观念的忠义之士，所以，他们不反昏君是毫不奇怪的。他们"只反贪官，不反皇帝"，实质上是希望一种"明君贤相"的政治。上至战国的屈原，下至宋代的包拯，无一不是怀着这种政治理想的封建士大夫中的代表人物；《水浒传》中的宋江梁山英雄们，在政治目的上与之并无二致。因此，"只反贪官，不反皇帝"的思想丝毫没有超出明君贤臣的政治文化的范畴，"不反皇帝"成为梁山政治上的底线。

再来说水浒传中梁山好汉的攘外安内事业。攘外，指抵御外辱。在水浒传中指梁山好汉征辽。历史地看，辽曾是与宋并存和发生冲突的一个政权，史称辽国。小说写到辽国兴兵十万，分四路"劫掳山东、山西、抢掠河南、河北"曲，大宋官军不能抵敌，国家危难在即。此时，宋江率梁山人马受命出征，朝廷加授宋江为迫辽兵马都先锋使。最终梁山军马迫辽凯旋，解除了国家的危难，保全了疆域。安内，一般指平定内乱。在《水浒传》中指平方腊。《水浒传》将方腊农民起义军描写成无恶不作的"强盗""逆贼"。小说第二十八回，由山间老僧之曰道："此间百姓，俱被方腊残害，无一个不怨恨他。"所以将宋江征方腊写成是上得神助，下得民心，是"为民除害"的正义之举。当方腊受剐时，小说又写道："善恶到头终有报，只争来早与来迟。"《水浒传》对方腊农民起义军表示出如此明确的否定态度，从根本上说，是因为方腊"如此作反，自霸称尊"。作者认为："神器从来不可干，膺王称号诅能安？"因此，方腊必然要落得当刑受剐的结局。《水浒传》将方腊农民起义军描写成十恶不赦的"叛臣逆贼"，以将其斩尽杀绝为快，其对方腊式农民起义的否定态度是显而易见的；而对宋江平方腊行为的肯定，也只能站在宋王朝的立场方面才可以解释。

《水浒传》的前七十回以表现梁山好汉反贪官污吏的行为为主；七十回以后的内容为招安、征辽、平方腊，并不能归于反贪官之列。有些论者习惯于把《水浒传》前一部分内容表现的思想作为整部作品的基本思想来认识，将"只反贪官，不反皇帝"或所谓"投降主义"视为《水浒传》全书的基本政治思想；有的论者甚至说《水浒传》的前半部是"英雄颂歌"，后半部是"叛徒传"，错误地将一部完整的文学作品割裂成对立的两部分。事实上，《水浒传》全书是一个有机的艺术整体，不能分割成前后对立的两部分；作家的创作思想与作品形象的客观实际，在主要方面是一致的。全书存在着一个能够统领整个艺术形象体系的基本思想。无论是聚义，"只反贪官，不反皇帝"，还是招安、征辽、平方腊，都统一于这个基本思想。也就是说，"替天行道，护国安民"这一"忠义"政治思想指导下的两大政治纲领本质上是"合二为一"的，其核心是封建时代的国家意识。

这种国家意识属于封建大一统的"王道"思想，这也使宋江梁山好汉的思想和行为具有了某种意义上的爱国主义性质，其本质具有两重性。当国家面临外来侵略时，它具有唤起人民保卫国家的强大的政治号召力，也有联合各政治力量一致抗御的强大聚合力。所以宋江在受诏率领梁山军马征辽时说："某等众人，正欲如此与国家出力，建功立业……"他把征辽视为保护封建国家的爱国行为。但是，当农民起义爆发，尤其是农民起义军把矛头指向封建王朝之时，以封建大一统思想为核心的"国家"意识，则往往表现为维护封建统治的一统天下而镇压被压迫阶级的反抗。历史上的一些爱国者，此时常常是镇压农民起义的"刽子手"，譬如比宋江稍晚些的岳飞，就曾先后以残酷手段镇压过江西吉、虔等地农民起义和湖南杨么农民起义。宋江征辽后，又请命平方腊，完全充当了封建王朝镇压农民起义的刽子手角色。从封建王朝的一统天下的政治秩序看，称王造反的方腊无疑是威胁封建国家安定与统一、造成"内乱"的政治力量。因此，宋江是以护国安民的封建国家意识来解释自己镇压这些"逆贼"的思想行为的。也就是说，支配宋江等梁山英雄镇压方腊的根本思想是封建时代那种堂而皇之的国家意识。在对待方腊等农民起义军上，宋江梁山英雄的爱国行为，从本质上说无疑是对历史的反动。在封建时代，作为抵御外敌和镇压农民起义所表现的爱国行为，并不是截然不同的两个事物，而是一个事物的两重性，其本质是封建政治文化中的大一统思想。这种思想构成封建时代国家意识的巨大历史局限性，因为，它掩饰了国内各阶级的对抗性矛盾中统治阶级镇压被压迫阶级反抗的真实面目。

《水浒传》就是这样从封建时代国家意识的高度，令人信服地写出了宋江等梁山好汉从反贪官到接受招安，又到征辽平方腊的全过程的有机内在联系，展示了这部伟大作品整个艺术形象体系的完整性和一致性。

二、招安、征辽、平方腊——在国家意识支配下

自汉代"独尊儒术"之后，儒学思想主宰了中国文化。儒学思想中那些带着强烈政治色彩的观念，也自然成为封建政治文化的主体内容。这种封建政治文化，

既具有等级性的特点，又具有大一统思想的特点。这种封建政治文化所造就的是既有参与和忧患意识，又绝对服从君主专制也是服从国家的社会群体，其身心都被封建的国家意识所掌控着。《水浒传》中宋江等梁山好汉以忠义为立身之本，无疑也是这种社会群体的一部分。因此，无论什么原因，宋江等好汉身在梁山一天，无论做了什么，无论如何表白，其实都不能从根本上改变被朝廷和社会将其视为草寇的现实；而这种现实一天不改变，他们就一天不能实现已经融化在他们血液中的"共存忠义于心，同著功勋于国"的政治抱负。他们觉得自己落草梁山的现实和忠义报国的政治理想是错位的，为此他们深深感到痛苦、焦虑和不安。

我们不妨看看梁山头领宋江是怎样表述内心的痛苦、焦虑和不安的。他曾一次次对被俘的朝廷将官说，自己是暂借水泊安身，专待朝廷招安。俘获高俅后，他不仅"纳头便拜，口称死罪"，而且哀求说："万望太尉慈悯，救拔深陷之人，得瞻天日……"他将自己形容为深陷黑暗不见天日的人，在自己所作的诗词中慨叹："义胆包天，忠肝盖地，四海无人识。离愁万种，醉乡一夜头白。"并倾诉道："望天王降诏早招安，心方足。"

在梁山，为自己的现实处境深深痛苦、焦虑和不安的不只是宋江一人。另一位好汉燕青在唱给宋徽宗的曲子中道："听哀告，听哀告，一有人提出火坑，肝胆长存忠孝，长存忠孝！"燕青将自己的处境比喻为"火坑"，表明内心的痛苦、焦虑和不安已经到了无以复加的程度。宋江和燕青是一些受封建主流文化影响较深的头领，他们的心态有一定的代表性。

1. "一意招安，专图报国"。招安是梁山好汉在政治上的第一次自我救赎

作为梁山寨主的宋江深深知道，梁山的大聚义并不是他们人生安身立命的结束，而是他们的人生在真正意义上的开始。这人生的真正意义，用宋江的说法就是"保国安民""与国家出力"，也就是九天玄女授给宋江的"天书"上写明的"法旨"："为主全忠仗义，为臣辅国安民，去邪归正。"而要实现这一点，招安就成为他们的唯一选择。只要国家意识在他们的头脑中存在一天，他们早晚会主动创造条件使受招安成为现实。他们所认识的"报国"，只有通过招安做了宋王朝的忠臣之后才能实现。从这个意义上说，招安不仅是宋江梁山好汉实现人生真正意义的独木桥，而且也是梁山群体在政治上的一次自我救赎。

为了这一次的自我救赎，宋江可谓煞费苦心，在政治、军事、外交等多个方面，用尽招数，竭力而为。在政治上，宋江主要做了统一思想的工作。在大聚义之后的菊花会上，宋江乘兴作一首词，词的最后两句是："望天王降诏早招安，心方足。"无异于向众人宣布了梁山今后的方向和任务，吹响了走向招安的进军号。宋江的招安主张，遭到武松、鲁智深、李逵等好汉的激烈反对。宋江明白，

要带好这支队伍按他的主张走下去，必须统一队伍的思想。于是，他在严厉教训李逵之后，向武松等众好汉大做了一番思想工作。

宋江便叫武松："兄弟，你也是个晓事的人。我主张招安，要改邪归正，为国家臣子，如何便冷了众人的心？"鲁智深便道："只今满朝文武，俱是奸佞，蒙蔽圣聪，就比伦的直掇染做皂了，洗杀怎得干净。招安不济事！便拜辞了，明日一个个各去寻趁罢。"宋江道："众兄弟只听说：今皇上至圣至明，只被奸臣闭塞，暂时昏昧。它日云开见天，知我等替天行道，不扰良民，赦罪招安，同心报国，乡易力施功，有何不美？因此只愿早早招安，别无他意。"众皆称谢不已。当日饮酒，终不畅怀。席散各回本寨。

宋江的这番话，将招安的动机、目的与忠义报国的必然关系说得清清楚楚，虽不能完全消除一些好汉对招安的不满，但还是收到了"众皆称谢不已"的积极效果，为日后进一步统一大家的思想认识打下了基础。其后在招安已成定局之日，宋江为了使大家真正在思想上搞通，步调一致，在忠义堂前又最后作了一次政治思想教育：

忠义堂上鸣鼓聚众，大小头领坐下，诸多军校都到堂前。宋江传令：众兄弟在此……日喜得朝廷招安，重见天日之面。早晚要去朝京，与国家出力，图个荫子封妻，共享太平之福……我一百八人，上应天星，生死一处。今者天子宽恩降诏，赦罪招安，大小众人，尽皆释其所犯。我等一百八人，早晚朝京面圣，莫负天子洪恩。

经这番思想教育工作，众头领再无一人口出异言，"三军各自去商议"，步调一致地跟随宋江下山接受了朝廷的招安。

在军事上，宋江采用军师吴用的策略："等这厮引将大军来，倒教他着些毒手，杀得他人亡马倒，梦里也怕。那时方受招安，才有些气度。"宋江大排九宫八卦阵、布置十面埋伏，率梁山大队人马先后两赢童贯，三败高俅，杀得官军望风而逃，令朝野震动，不敢小觑梁山，为招安赢足了本钱。

在军事斗争的同时，宋江也积极运用外交手段争取朝廷的招安。其主要招数有二：一是通过朝中一些官员的理解，获得支持。如向宿元景倾诉梁山的忠义情怀和报国之念，后来此人在招安一事上果然出力不少。又如第一次招安不成，宋江送别招安使者陈太尉说："我等尽忠报国，万死无怨。太尉若回到朝廷，善言则个。"他抓住一切机会表白忠心，争取朝廷官员的支持。即使是对梁山的死对头高俅，宋江也不放弃争取，在俘获高俅后他说服高俅奏请朝廷招安。高俅一向是极力反对朝廷招安宋江的，可在宋江的一番说服教育之下也松了嘴，当众做出承诺：高俅……便道："宋公明，你等放心！高某回朝，必当重奏，请降恩大赦，前来招安，重赏加官。大小义士，尽食天禄，以为良臣。"，虽然回朝后他早将

承诺抛到了九霄百外，但后来朝廷下诏招安宋江，他也不再从中作梗。可见，对他的一番争取还是起了作用的。二是走通内线，当面向宋徽宗陈情。宋江派燕青到东京结识与宋徽宗来往甚密的青楼名妓李师师，寻得了面陈宋徽宗的机会。小说写道：

> 天子便问："汝在梁山泊，必知那里备细。"燕青奏道："宋江这伙，旗上大书'替天行道'，堂设'忠义'为名，不敢侵占州府，不肯扰害良民，单杀贪官污吏、谗佞之人。只是早望招安，愿与国家出力。"……天子听罢，便叹道："寡人怎知此事……"李师师奏道："陛下虽然圣明，身居九重，却被奸臣闭塞贤路，如之奈何？"天子喟叹不已。这次面陈使宋徽宗了解到梁山的真相，对后来朝廷与梁山达成招安起了最为关键的作用。

2. "正欲如此与国家出力"——征辽是梁山好汉在政治上的第二次自我救赎

实现招安，意味着梁山好汉的"改邪归正"，这自然改变了他们的戴罪之身，一时缓解了他们内心的痛苦、焦虑和不安，但也仅此而已。因为，招安还不能等同于他们人生真正意义的实现，只能算是他们人生自我救赎走完了第一步。他们还需要做出"同心报国"的实际行动来证明自己。因此，当朝廷诏示宋江率领梁山军马出征抗辽时，他拜谢道："某等众人，正欲如此与国家出力，建功立业，以为忠臣。"这说明，在宋江心目中，征辽既是"与国家出力，建功立业，以为忠臣"的大好机会，也是他们在国家意识支配下在政治上的又一次自我救赎。

3. 愿"前去征剿，尽忠报国"——平方腊是梁山好汉在政治上的第三次自我救赎

征辽得胜而还，给梁山好汉带来的快乐只是暂时的。由于奸臣作梗，梁山众多头领被拒之城外。众人一时"都有怨心"，甚至有数人提出"把东京劫掠一空，再回梁山泊去，只是落草倒好"的主张。宋江得知，意识到兄弟中还有人有"异心"，于是先安抚住众人，"设誓而散"；然后请宿太尉代为向朝廷表述率领梁山军马平方腊之愿，说："某等情愿部领兵马，前去征剿，尽忠报国。"宋江的愿望是让梁山众人再次"尽忠报国"，在与"叛贼"方腊血与火的交锋中根除"异心"，再次以实际行动证明自己"顺天""护国"的政治忠诚。宋江在平方腊后上奏朝廷的表文中说："臣宋江等，愚拙庸才，孤陋俗吏，往犯无涯之罪，幸蒙莫大之恩，高天厚地岂能酬，粉身碎骨何足报。股肱竭力，离水泊以除邓；兄弟同心，登五台而发愿。全忠秉义，护国保民。"

从这段陈述可以看到，宋江内心一刻也不曾忘了自己和梁山好汉们曾有过"无涯之罪"，也不曾忘了"离水泊以除邪"并不意味着万事大吉，更不曾忘了"全忠秉义，护国保民"。显而易见，宋江是把平方腊视为梁山好汉在政治上的

第三次自我救赎。

招安、征辽、平方腊——梁山英雄就是如此这般努力以"全忠秉义，护国保民"的实际行动，实现着在政治上的自我救赎。这种救赎，从政治层面上看，似乎化解了宋王朝面临的两大政治危机——内忧与外患；从思想层面上看，标志着"梁山故事"向主流政治文化的回归。

然而，梁山好汉的自我救赎真的能够如其所愿吗？在他们走向完美和崇高的时候，他们收获到的却是悲剧。"宋江重赏升官日，方腊当刑受剐时。"卿后者是真，而前者则不过是虚假的一瞬。宋江、卢俊义等，最终死于奸臣高俅一伙之手。吴用、花荣得知，亦双双自尽于宋江墓前……这一切把水浒英雄们的悲剧命运推向了高潮。小说在凄凉冷落的氛围中写完了这些英雄悲壮而痛苦的结局，达到了美的崇高，令人悲之，愤之，叹之，思之。《水浒传》也是"无韵之《离骚》"它蕴含着深刻而巨大的历史性悲剧意义。

在封建时代，以儒学为主体的封建政治文化，既要求社会个体主要是儒者积极参与社会政治，又要求他们牺牲个体价值去服从专制的封建大一统国家，这本身就蕴含了不可避免的悲剧性冲突。因为，人世的个体只有在承认个体价值的前提下才能提出和实现自己的政治主张，而大一统的观念却要求每个个体首先抛掉自我价值去服从专制意志。这就否定了个体政治参与的原本意义，也否定了实际生活中的个体价值。以宋江为领袖的梁山英雄们怀着"同心报国"之志，但忠义不为世容，最后死于权奸之手。他们的悲剧，从根本上说正是封建政治文化自身的这种悲剧性冲突的必然结果之一。"煞耀是星今已矣，谗臣贼相尚依然。"宋江等梁山英雄死了；但在他们的身后，历史并没有新的开端，丑与恶仍旧任意主宰着历史。由封建政治制度本身造成的这种现实，却是有着国家意识的梁山英雄们永远无法超越的。

梁山英雄们的悲剧，是封建时代善与美被毁灭的悲剧。他们生逢奸臣当道的乱世，被"逼上梁山"，挣扎在社会矛盾的激流之中，但他们力行的仍是从封建政治文化中所寻觅的社会个体的价值与使命。他们选择了受招安"同心报国"这条道路，但无时无刻不在受权奸的陷害。他们自认为东征西讨镇压方腊等"内乱"是爱国之举，但恰恰却强化了封建国家对被压迫阶级的统治，也为他们自己掘下了坟墓。他们最终无力挣破给他们造成毁灭性灾难的那张黑网，也难以卸去心灵上"尽忠报国"的重负，就如同《西游记》中的孙悟空跳不出如来佛的掌心一样。宋江死后，魂入徽宗梦境，还想"恳告平日之衷曲"，这是何等的可叹、可哀！这种巨大的历史悲剧精神，体现了在封建政治文化制约下，被压迫者不可能自觉认识和掌握自己命运的悲剧历史所蕴含的全部现实性因素，并在总体风格上构成《水浒传》全书沉郁悲壮的艺术精神。

三、树倒猢狲散，魂归蓼儿洼

（一）"梁山"叛逆群落的思想探源

《水浒传》"梁山"的悲剧性内在于"梁山"自身。"梁山"叛逆群落是由在上的首领和在下的众英雄两个层面整合而成。故"梁山"的悲剧，便内含于这两个层面之中。

1. 宋江形象蕴含的悲剧内涵：忠君与叛逆的冲突

宋江作为封建官僚统治机构中的一员，一方面，职务定位很自然地便赋予了他忠君的思想内涵。另一方面，作为押司又是一个不登封建官级品阶的"狠鄙小吏"，职务和地位都使他同下层人民之间保持着密切的联系，对下层苦难人民的了解和同情，赋予了他人格中的义的内涵，而这种义的人格内涵在一定条件下又往往与叛逆性相通。当他杀死了阎婆惜，当他在得阳楼写下反诗，成了一名被官府所欲捕杀的在逃罪犯时，他终于被逼上了"梁山"，成为朝廷的叛逆者，同那些被逐、被缉、被杖、被囚、被默、被配等入伙"梁山"的叛逆者一道，进行着叛逆皇帝的活动。

然而，当宋江成为一名叛逆者，参与并领导了"梁山"的叛逆活动时，他原有的根深蒂固的忠君观念并不曾被剪除，仍在他心灵的深处埋藏着。李逵一句"哥哥休说梁山泊主，便作了大宋皇帝却不好"，将潜在于宋江心灵深处的叛逆与忠君的矛盾揭示开了。晁天王死后，宋江便不能不将这一矛盾摆在了实践层面上。

是继续叛逆，还是招安？宋江掌握"梁山"后做的第一件事，便是改晁天王"梁山"的"聚义厅"为宋江"梁山"的"忠义堂"。一"忠"字之添，标志着"梁山"由叛逆到忠君两种存在性质的转换，标志着由反皇帝到走向招安实践目标的转换。当宋江通过"石碣受天文"，以合法的形式成为"梁山"的主宰时，忠君与招安便也以合法的形式主宰了"梁山"。宋江的就位誓词"但愿共存忠义于心，同著功勋于国"，也同时意味着是对皇帝的誓词。宋江对反对他招安所做的解释，正是他在忠君与叛逆的冲突中，忠君战胜了叛逆的内心独白：

众弟兄们听说：今皇上至圣至明，只被奸臣闭塞，暂时昏昧。有日云开见日，知我等替天行道，不扰良民，赦罪招安，同心报国，揭力施功，有何不美？因此只愿早早招安，别无他意。

正是从这一刻起，宋江实际上已成为皇帝派驻在"梁山"的一名控制"梁山"众英雄的朝廷官员。可见，是宋江截断了"梁山"走向更高一级叛逆层次（以改朝换代作为叛逆的号召和叛逆的最终目的）的路，他成了"梁山"英雄损灭的第一杀手。而这一悲剧根源正是深植于宋江形象内含的叛逆与忠君两者的深刻的冲突之中。

2. "梁山" 叛逆群雄蕴含的悲剧内涵：义与叛逆的冲突

忠和义是产生于中国封建社会血缘宗亲关系结构的观念形态，它是中国古代社会具有重要意义的道德行为规范和伦理范畴，是中国传统文化建构中的重要精神支柱，同时也是儒家思想的重要核心。从《水浒传》版本上看，明刻百回本、百十五回本、百二十回本，都冠以"忠义"二字，即为（忠义水浒传），这正表明（水浒传）所具有的忠义本质，实际上为它所艺术再现的也恰是忠义本质。

忠作为古代社会的道德规范和政治伦理，要求臣民对皇帝要忠，勿犯上，勿二心。义是规范皇帝统治下的臣民的道德伦理哲学，要求被统治者之间要相互协调，相互和谐。然而忠和义同是封建社会血缘宗亲关系的产物，对皇帝之所以要忠，是因为皇帝是全国臣民的"父亲"，也就是"君父"，皇帝也同时即是全国臣民的大家长。臣民百姓者之间之所以要义，是因为"率土之滨，莫非王臣"——都是皇帝这位大家长的子女，故都应以兄弟相待相亲，这就是所谓"四海之内皆兄弟也"。

大宋皇帝在宋江眼里，是"父亲"，是中国的家长；宋江在"梁山"群雄眼里，是"梁山"的兄长，是"梁山"的家长。对于宋江来说，实现忠的途径是招安报效；对于"梁山"群雄来说，对于宋江兄长要既忠且义。于是，才有"梁山"群雄对宋江的招安决策以及实现招安后一连串叛卖性行为的奴婢式的屈从。

尽管义作为具有血缘宗亲特色的中国封建社会人际交往的行为规范，要求人与人之间要和谐，然而，由于深刻的阶级冲突和多元化的利益集团存在的社会现实，这样，统一的义就不能不被多元化的义所割裂、所取代，而多元化的义又势必构成对统一的忠的挑战。这就意味着"梁山"的义，并不必然等同于或被统一于对皇帝的忠。于是，"梁山"英雄对"梁山"的义，便不能不和宋江对皇帝的忠发生冲突。于是，便会发生"梁山"英雄的义与对宋江的忠和宋江对皇帝的忠之间的激烈冲突。小说第七十一回写道：

武松叫道："今日也要招安，明日也要招安去，冷了弟兄们的心！"

黑旋风便睁着怪眼，大叫道："招安，招安！招什么鸟安！"只一脚，把桌子踢起，踏作粉碎。

宋江大喝道："这黑厮怎敢如此无礼！左右与我推去斩讫报来！"

然而，封建道德伦理的忠义两者是同构互补的，两者是维护封建血缘宗亲社会的一双孪生儿。"梁山"群雄之间义的道德规范限制着并且不允许对"梁山"兄长的不忠，于是，在"梁山"群雄的叛逆与义的冲突中，便以义的胜利和对宋江的忠屈从而告终。

李逵道出并体现了忠义的奴隶道德的本质，他说道："你怕我敢挣扎？哥哥剐我也不怨，杀我也不恨。除了他，天也不怕！"（第七十一回）故从这一特定意义上看，导致"梁山"和"梁山"群雄悲剧性结局的正是"梁山"群雄自身。

蕴含于宋江形象中的忠与叛逆的矛盾冲突和蕴含于"梁山"群雄中的义与叛逆的矛盾冲突之间为同构互渗关系，这两者之间的同构互渗是构成《水浒传》悲剧性质的基本根源。

明杨定见在《忠义水浒全书小引》中引无涯的话说得好："《水浒》而忠义也，忠义而《水浒》也。"《水浒》的本质就在忠义之中。

3.我国古代封建社会的运行规律赋予叛逆者的悲剧内涵：小演变与大循环

现在，我们再把"梁山"叛逆群落的悲剧性放大，从历史运行的宏观层次上看我国封建社会的发展给予叛逆者的悲剧内涵。

设使"梁山"叛逆活动升至了最高层次，即以改朝换代作为叛逆的号召和叛逆的最终目的，又设使"梁山"叛逆推翻了旧王朝，建立了新王朝，宋江坐上了皇帝宝座，这也不过是新的封建王朝取代了旧的封建王朝而已。封建剥削依旧，压迫依旧，特权依旧，腐败依旧。从这一意义上看，"梁山"以及一切"梁山"叛逆的最终胜利，即是"梁山"和一切"梁山"叛逆的最终消亡。这是我国古代封建社会运行规律赋予"梁山"和一切"梁山"叛逆的不以人的主观意志为转移的悲剧内涵。与这一悲剧性内涵相联系的是，当新王朝进行论功行赏封侯赐爵之日，亦正是"狡兔死走狗烹，飞鸟尽良弓藏"的悲剧阴影笼罩在胜利了的叛逆者的头上之时。靠农民叛逆登上皇帝宝座的汉刘邦和朱明王朝曾经如此，胜利了的"梁山"和一切"梁山"的叛逆者也不可能例外。

（二）《水浒传》：统治者与叛逆者共同的悲剧

《水浒传》表现的不仅仅是宋江的悲剧，以及他所领导的"梁山"叛逆群落的悲剧，从《水浒传》整体性的高度上看，应该说它是统治者和叛逆者共同的悲剧，这是由统治者与叛逆者所共同具有的两种悲剧性内涵决定的，即：一个是悲剧的实体性内涵，一个是悲剧的观念性内涵。

1.实体性悲剧内涵：社会与历史周期律之间的冲突

在中国两千多年封建社会存在的历史长河中，以姓氏为标记的封建王朝的历史，便是由建立到灭亡和由再建立到再灭亡的历史。如此一个圆圈接一个圆圈周而复始的循环运动，便成为我国封建社会的历史周期律。历史周期律的出现和它的历史支配地位的存在，并不是超历史超人格的，它是我国封建制度经济、政治、文化及意识、意志等诸形态在每一个特定的王朝内各自运行以及相互制动的结果。历史周期律的具体运行是同它在各该特定王朝由兴旺到腐朽的过程相同步的。王朝统治者走向腐朽的过程，同时即是叛逆者出现以及叛逆者同统治者冲突尖锐化的过程。故历史周期律不仅是每个封建王朝的历史及其命运的支配者，同时也是叛逆者兴亡及其命运的支配者。

在历史周期律的支配下，封建王朝走向灭亡的命运是无可避免的。随着旧王朝的灭亡和新王朝的建立，新王朝的统治者对广大人民的经济压榨和政治压迫，便必然向着日益残酷的地步发展。故从这一特定意义上看，在历史周期律的运作支配下的旧王朝的灭亡，不仅是这个特定的旧王朝统治者的悲剧，而且同时也是叛逆者的悲剧。

《水浒传》正是在历史周期律的支配下，统治者与叛逆者之间共同悲剧的演变及其向悲剧终点迫近的历史过程的艺术的再现。而宋江的走向招安和朝廷的招安，不仅是叛逆者同统治者之间的妥协，而且也是统治者与叛逆者共同对他们同历史周期律之间矛盾统一关系达到紧张程度下做出的缓解。但归根到底，这种妥协与缓解是有利于统治者而不利于叛逆者的。然而，更为具有本质意义的是：在统治者和叛逆者与历史周期律的冲突中，是封建社会制度的胜利，是特定周期圈内的统治者与叛逆者的共同的毁灭。

2.观念性悲剧内涵：人性与奴性的冲突

从前述宋江与"梁山"群落的悲剧内涵上，已清楚地看到，有了宋江的忠，才有了宋江主宰"梁山"的招安路线；有了"梁山"群落的义，也才有了"梁山"对宋江的招安决策的奴婢式的屈从，在这里看忠和义的实质都是奴才主义的奴性意识。作为奴性意识，就其本质来说是对人性的扭曲。它产生于中国古代封建社会财产与权势等级制下的等级性人身依附。早在周代便已出现森严的等级划分。中国封建社会愈向后来成熟地步发展，封建等级便愈加繁杂，人身依附便愈加严苛。在森严的封建等级社会结构里，不仅被统治阶级是奴才，统治阶级内部也是以不同的等级被区分开来的。这样，等级低的人是等级高的人的奴才，小官是大官的奴才，大官是皇帝的奴才，皇帝又是皇帝老子的奴才。石秀曾经这样骂梁中书："你这与奴才作奴才的奴才！"这就深刻而真实地揭示出在中国封建社会人人都是奴才的社会本质。从这里也就找到了奴性意识存在的社会基础，同时也就找到了关于奴性意识和作为奴性意识的忠义何以能成为累世累代的中国人的普遍意识的原因。

奴性意识和作为奴性意识的忠义，不仅对于作为叛逆者的"梁山"群落是一剂毒饵，而且对于以皇帝为最高统治者的官僚统治机构也是一剂强腐蚀剂，加速着它向腐烂深渊的下坠。

尽管奴性意识对于统治者和对于叛逆者的"梁山"来说，在具体的运作指向和运作方式上有别，但作为奴性意识的存在和奴性意识的本质则是同一的。这种奴性意识存在于统治者的头脑和存在于"梁山"叛逆者的头脑之中，是一样的既深且固。"项羽有拔山之力，而不能拔奴性于一纸，鲁智深垂杨可拔，奴根恐难奋臂以驱逐。"（清褚人获《坚瓠集·奴根》）

在人性与奴性的冲突中，《水浒传》所体现的则是奴性的胜利与人性的毁灭。

值得注意的是，以往由于受立场、视角以及时代的限制，未能从（《水浒传》）是统治者与叛逆者共同的悲剧这一整体意义上来认识它的社会意义与美学价值；更由于社会危机的深重，叛逆与反叛逆的矛盾就自然成为最具敏感性最具尖锐性的起义闪爆点，故而无论是统治者还是叛逆者都将视线集中落在了《水浒传》所具有的叛逆性上，从而忽视了它的有利于皇帝不利于叛逆者的本质，造成接受者主体与（《水浒传》）本质的双向性背离。

早在明崇祯时，奴才刑科给事中左懋第向崇祯帝告密，他以"世之多盗""皆《水浒》一书为之"，要求下令："家具不许藏，令各自焚之。"（《兵科抄出刑科右给事中左懋第题本》）再如清乾隆皇帝的奴才福建省道监察御史胡定在向皇帝的告密奏折中写道："盗言宜申伤也。阅坊刻《水浒传》，以凶猛为好汉，以悖逆为奇能，跳梁漏网，惩创蔑如。……市井无按见之，辄慕好汉之名，启效尤之志，爰以聚党逞凶为美事，则《水浒》实为教诱犯法之书也。臣请申言禁止，将《水浒传》毁其书版。"（清江西按察衙门《定例汇编》乾隆、嘉庆、咸丰都曾救谕严禁《水浒传》的流传，不许刊刻售卖。

封建社会出现的叛逆者，自然是将他们的视点放在《水浒传》的叛逆性上面，例如天地会效仿《水浒传》"梁山"的忠义堂，将会员聚会的地方也叫作忠义堂。清代另一叛逆性的洪门组织，对于"梁山"的效仿就更为具有典型意义，朱琳的《洪门志》有如下记载：

大哥传唤"新官人"时，"新官人"须即答应"有"或"到"。走到"月宫门"前，把守人阻止，问答如左：

问：你来做什么？

答：投奔梁山。

问：投奔梁山做什么？

答：结仁结义。（第十五章第二节香堂设笠新官人上香）

铜章大令往下扬，满园哥弟听端详；大哥好比宋江样，仁义坐镇忠义堂；二哥好比吴用样，智谋广大兴山冈；三哥好比徐宁样，有仁有义掌钱根；四婶好比钟娘娘，湘江会上摆战场；五哥好比林冲将，有赏有罚在山冈；六哥好比李逵将，人人称他小义郎；七婶好比一丈青，祝家庄前大交兵；八哥好比陈达将，掌管令箭圣贤堂；九哥好比石秀将，替兄杀嫂上山岗。满园兄弟龙虎将，仁义道德天下扬。铜章大令讲完了，忠义堂前把令交。（第十七章第三节（外八堂执事二五铜章令））

由于封建社会的叛逆者受中国封建社会传统奴性意识的束缚，而无法认识《水浒传》"梁山"忠义的奴性本质，这当然也是自然的。

第五节　滚滚长江东逝水——《三国演义》

一、政治与战争的精致化

汉末三国时代，汉朝统治衰微，群雄并起的乱世之中，并没有更多的学者继续阐发出对于儒法文化之间或是王道与霸道的政治理念之间，有所创新的观点。但是，以曹操、刘备、孙权、董卓为首的割据军阀却又在其治国和用兵过程中自觉不自觉地践行着王道、霸道或是霸王道杂之的政治理念。这些都在反应三国历史的小说《三国演义》中得以体现。

以《三国演义》中的人物董卓为例，罗贯中在塑造董卓的人物形象时反映了民众对封建统治者暴政的极度厌恶。而所谓暴政，正是对法家霸道理念的极度发挥，而周顾王道理想存在的结果。霸道的执政理念的主要措施主要有三：第一，政治上凭借强大的实力作为统治基础，以严刑峻法作为规律百姓的行为规范，以明确的赏罚制度作为调整民众行为的重要手段，借此以强力维护统治者的权威不受侵犯。第二，在经济上，为了维持强大的国家暴力机器的运转，就必须富国强兵，富国强兵的途径有两个：一个是通过兼并别国的土地来扩张经济实力，另一个就是加大对民众的赋敛盘剥，以牺牲民众利益的方式藏富于国，支持其进一步对外扩张。第三，在军事上，崇尚武力，发展军事，在合适的时机积极开展对外扩张的军事行动。《三国演义》中塑造的董卓这一人物形象，其治国活动完全符合以上三种霸道政治的特征。但董卓之所以被作者和读者所唾弃，遭遇到失败的命运，更在于其对王道理想的忽视，集中表现在其对政治道德和人伦道德的漠视上。为实现个人的政治野心不顾王朝的安危与民众的生死，为实现个人的私欲更不避父子人伦的大防。在董卓极端利己主义思想的控制下，其按照霸道的统治方式对国家的所作所为就成了整个国家和全体人民的共同灾难，也成为他政治生命和自然生命的坟墓。

《三国演义》借董卓的亡国亡家亡身的事实阐明了在治理国家中单纯使用霸道的方式，完全依靠武力镇压和攫取百姓的方式，完全不顾及王道的政治理想，没有任何道德底线的统治在历史发展中必然伴随着民心丧尽而归于失败。正如荀子所断言的那样："权谋立而亡。"而对于王道政治和霸王道杂之，这两种政治思想和行政方式，《三国演义》则通过刘备领导下的蜀汉政权从无到有，从弱到强的历程展现出来。同时在这一过程中透视出来的也是儒家文化中王道政治观念不断向社会现实妥协求生存，最终吸收霸道的政治措施，形成外儒内法，霸王道而

杂之的较为完备的统治思想的文化冲突和融合。刘备身上体现出的王道与霸道之间的矛盾，展现在《三国演义》的文本中，就表现为刘备半生乃至一生所追求的仁政政治理想的幻灭，而伴随理想幻灭的同时，却建立起一个三足鼎立居其一的蜀汉政权。小说对刘备一生政治斗争从败到胜，由弱到强的叙述，折射出的正是其作为理想的仁政和王道的毁灭过程。而这种吊诡的矛盾人生背后的根本的原因，正是在于其所坚持"王道"政治理想与"霸道"的社会现实之间的，以其崇尚仁爱真诚的伦理理想与崇尚权谋诈术的社会现实之间的深刻矛盾。

早期的刘备在对待百姓方面以仁政和民本思想作为指导，爱民如子，与民秋毫无犯，在对待同僚和下属时则往往也以仁的原则相待，誓死不为不仁不义之事。这点就和董卓一切以个人的野心和私欲为出发点，完全不顾政治道德和人伦道德的行事方式形成了完全相悖的对比。如果说董卓完全实践了法家霸道的政治蓝图的话，早期的刘备则完全践行着一个希望施行儒家王道统治的统治者所应该践行的一切原则，然而这种为政方式却导致了其屡遭失败，颠沛流离，不得不寄人篱下苟延残喘。

刘备至后期收诸葛亮、庞统之后，开始吸收霸道思想，最终完成王霸合一的文化融合，建立了蜀汉政权。王道向霸道的妥协方式就是"从权"二字。庞统在取西川时向刘备进言："离乱之时，用兵争强，固非一道也。若拘于礼，寸步不可行矣，宜从权变之。且'兼弱攻昧'，五伯之常；'逆取顺守'，古人所贵。……历代以来，多以权变得天下。"这段说辞照抄自《三国志·蜀书·庞统传》注引《九州春秋》的材料。对于刘备攻取同宗刘璋，有失于仁义行为，庞统提出的"从权"的理论照顾到了刘备的仁义的道德理想。假若固执地墨守仁的原则，则不免"寸步不可行"的窘境。在"离乱之时，用兵争强"的乱世背景下，暂时放弃仁的处事方法而从权，则会取得成功。

因此刘备得到诸葛亮、庞统的辅佐后，虽然还是一再表示"宁死不忍作无义之事"，"吾以仁义躬行天下"，"不以小利失信于天下"等躬行仁政的宣言。但还是打着辅佐刘琦的旗号占据了荆州，占据益州之后对刘璋还算客气，安置到公安做了寓公。对于这种"从权"的方式，刘备也曾经表示："非吾不行仁义，奈势不得已也"。从上文可见，"取益州"作为刘备一生中最大的道德污点，刘备在其中始终表现出的是种言行不一的矛盾，自然可以认为是封建帝王虚伪的矫饰，但也可以认为是王道与霸道两种相悖的政治理想矛盾的集中外在展现。在道德层面上，刘备希望躬行仁义，践行王道的政治理想，因此表现为不断地宣示其政治理想，但在实际利益方面，担当一个政治集团领导者，在自身政治集团政治利益的驱动下，他又不得不以不仁不义的方式权变地捞取实际利益，在行动上实际实行了霸道。

因此早期刘备行仁政却无立锥之地的境遇，而后期弃仁义行霸道就可以攫取荆益二州的对比面前，表现出的是乱世之中，尽管霸道才是取得政治胜利的关键，然而刘备并没有完全放弃理想中至高位置的王道。尽管孟子所谓的"保民而王，莫之能御"（《梁惠王下》）的政治模式在现实之中寸步难行，但是出于政治利益的需要，以及济大事以人为本的理想初衷，刘备完成了由纯任王道到王霸之道圆融统一之境。

《三国演义》塑造了刘备早期追求政治道德不断失败和后期追逐政治利益获得成功的矛盾过程，其中蕴含的是儒家文化和法家文化在社会发展过程中不断冲突和融合的曲折经历。作者意在阐明儒家提倡的王道仁政理想由于理想化并不能担负起改变历史创造历史的作用，高尚的道德情操和曲高和寡的政治理念只是封建时代下层民众和一些士大夫对封建帝王和社会改变的美好愿望的体现。在三国时代的乱世之中，代表着理想的仁政和王道的竞争力远不如代表着现实的霸道，儒家仁政爱民的政治理想和仁义真诚的伦理理想，在历史的发展过程中对历史产生的直接影响相对有限。但是如果专任霸道，则势必会遭到董卓一样的灭国亡身的失败。因此，在《三国演义》中，作者既热情歌颂了高尚理想和美德，但是同时也展现出了真实历史中霸道手段和权谋心术，既肯定了王道仁政在政治号召力上的巨大影响，也认可了在政治斗争中的霸道措施的实际效用，两者的融合统一才能使刘备在占尽人和的优势上，把握人和所带来的对政治生活的实际影响，以从权的方式取得属于他的政治胜利。

勾心斗角的政治斗争。《三国演义》描绘了大大小小多场战争总结了许多封建政治斗争和军事斗争的历史经验，其战争描写色彩斑斓形象生动成就突出，许多战略战术的运用大体上符合军事科学的原则，其中有些还含有辩证法的因素，与此相适应，《三国演义》用丰富多样的艺术手法来表现战争，描写战争。

第一，大小战争结合整体布局合理，《三国演义》描绘了大大小小四十多场战争，有的寥寥数笔，有的长篇累牍，但给人的感觉总是繁简得当，各有特色，富于变化，绝少雷同，小的如刘关张大败张角，只花数行就点明战争的进程，大的如彝陵之战，作者花四回的篇目进行描述，先写刘备因关羽张飞二弟先后被害为报弟仇，刘备不听谋臣武将的苦谏而置魏蜀主要矛盾于不顾，刻意率兵伐吴，倾其所有七十余万众水陆并进，其势甚大，大有不可一世之感，而吴方起初也是惊慌失措，君臣无谋，后由朱桓请命担负抗蜀大任，在双方交战初期，刘蜀一方屡战屡胜，而孙吴一方连吃败仗，形势的发展似乎对刘蜀更为有利，对孙吴越来越不利，但就在此时，孙吴方面调整了主帅，任用陆逊为主帅，采取守势避其锋芒静待时机，而刘蜀一方刘备既不听谋臣劝告，加之决策失误，连岸结营，给对方以可乘之机，因而被孙吴火烧连营，刘蜀惨败，同时刘备染病卧床不起，此役使

蜀汉的国力大为动摇，奠定了在以后魏、蜀、吴三方的争霸中蜀汉始终处于劣势终至灭亡。作者就是这样花费四回的篇目，描述了吴、蜀彝陵之战的全过程。也指明了战争结局的必然。作者并未一开始就使吴蜀双方决战，而是按照战争的客观进程来展示战争，战争开始之前刘备为了一己之仇一意孤行，发动对吴的战争，这已经犯下了兵家之大忌，失去"人和"而强为之战争，初期刘备被几次小胜利冲昏了头脑，产生了轻敌思想，加之谋划失误，他的失败就在情理之中了，孙吴一方由于用人得当，将帅和睦谋略稳妥，一步步地由战初的被动转为主动，最后终于抓住时机，奋勇歼敌，取得了战争的胜利。作者就是这样不厌其烦地详尽描述了战争双方的发展过程，展示了战争胜负的必然，这样大小战例结合相得益彰，富于生机和变化，同时又各具特色，既避免了千篇一律，又符合战争的实际。

第二，从政治斗争着眼从战略决策写战争。政治和军事如同一对孪生姐妹，谁也离不开谁。《三国演义》成功地描写了众多的战争场面，这些战争场面大多形象鲜明，各具特色，然而《三国演义》的战争描写从来不是独立的静止，而是跟政治斗争紧密地结合在一起，并且军事斗争始终是为政治斗争服务的，就是每次战争之前或战中交战双方为了能使自己在交战中取胜，总是先采取一些政治措施，展开一系列的外交活动，从而促使条件向有利于自己的一方转化，具体到每一场战争，作者并不是静止或孤立地单纯写战争，并不是一味地写交战双方的打打杀杀，而是特别重视"谋略"的作用，谁能在战争中谋略得当、策划正确，谁就能取得相当的主动权，谁就能在战争中取胜；反之如果谋略失当、策划失误，谁就失去了战争的主动权，谁就会遭到失败。总之《三国演义》战争场面的描写是和政治斗争紧密结合的同时特别重视谋略在战争中的应用。

配合军事斗争，《三国演义》精心描写了一个个政治骗局，一幅幅勾心斗角、尔虞我诈的场景。《三国演义》七十八回写孙权劝曹操做皇帝就是典型的一例，孙权这独霸一方的大豪强继承父兄创下的基业后无时无刻都在做着皇帝梦，但当他杀关羽、孙刘联盟破裂、刘蜀一方欲率倾国之兵进行伐吴的前夜，他遣使上书曹操伏望曹操"早正大位遣将剿灭刘备"，自己愿意"率群下纳土归降"，孙权这样做的目的企图是让曹操和刘备之间发生战争，以解自己的燃眉之急，同时使拥汉派进一步反对曹操，所以这正是陷害曹操的一种手段，正如曹操所说"儿欲使吾居炉火上"。

再如一百回和一百零七回，司马懿夺取曹爽兵权前以"衰老病笃""死在日夕"及其他种种假象麻痹曹爽，使曹爽感到"吾无忧矣"，然后司马懿乘曹爽外出围猎之际，发动突然袭击，削夺曹爽兵权，而曹爽在得知确切消息后优柔寡断，终于做了司马懿的刀下鬼，诸如此类的阴谋诡计屡见不鲜，凡此种种，除了反映统治阶级的反动本质之外，如单从敌对势力之间的斗争而言，策略的运用加大了己方胜利的分量，也为后来的统治者提供了可资借鉴的经验。

交战前夕展开一系列的外交和战争行为，促使条件向有利于自己的一方转化。《三国演义》中描述的几次著名的战役一开始交战双方总是采取一系列的外交和战争行为促使用权条件向有利于自己的一方转化，为战略决战扫除障碍，一方面，显示了作者的军事天才；另一方面，又避免过于单调、呆板，从而更符合战争的客观规律，这方面最典型且最具有代表性的是曹操和孙刘联军之间的赤壁之战。赤壁之战是在曹操灭了袁绍、袁术、刘表、吕布基本上统一北方，又在新野大败刘备的前提下进行的，曹操亲率水陆大军八十三万号称"百万"，意在一举消灭刘备、孙权，统一南方，志在必得，形势似乎很有利于曹操，孙刘一方兵微将寡，形势危急，加上刘备在新野遭败，可谓是雪上加霜，但就在此时战争的形势随着孙刘联盟的建立已经发生了变化，在曹操未展开战略决战，战争又迫在眉睫的情况下，刘备派遣诸葛亮出使东吴，经过激烈争论加之周瑜的支持和争取，终于建立了孙刘联盟，为这次决定孙刘生死存亡的战争取得全面胜利奠定了坚实的基础。曹军和孙刘联军的对峙局面形成后，周瑜先派甘宁率军在三江口挫败曹军锐气，孙刘一方增加了胜利的信心，曹操在三江口受挫之后，由张允蔡瑁训练水军准备来日再战。刘备孙权为了剪除悉知水军之法的张、蔡二人，周瑜巧设计谋，在群英会上使蒋干中计，借曹之于杀害张、蔡二人，诸葛亮以自己过人的智谋从曹军得到大量的武器——箭，弥补了军需的不足，孙刘双方达成利用"火攻"策略后，由于黄盖巧施苦肉计取得曹操的信任，在蒋干第二次入吴之后，周瑜又巧设计谋使得庞统得以施行连环计，这就大大增加了战争的打击力度，从而为消灭曹操的有生力量奠定了坚实的基础，就在各项准备工作基本就绪的情况下，诸葛亮巧祭东风，且不论是否有其科学依据，到此决战的条件都已成熟，只等战略决战时刻的到来，于是孙刘联军在周瑜和诸葛亮的领导和合理有效的部署下，终于以少胜多，歼灭曹军主力，使曹的势力局限在黄河流域，三国鼎立的局面终于形成。纵观整个赤壁之战，曹操由胜到败，孙刘由劣到胜，有其必然性。曹操在赤壁之战前曾先后诛灭袁绍、袁术、吕布、刘表等北方的割据军阀，逐渐产生了骄傲轻敌思想，这集中体现在"横槊赋诗"上，又加之他置诸多兵家大忌于不顾，妄想一举并吞江南，统一全国，这就使他慢慢地由主动变为被动，而孙刘方面由于君臣和睦、将帅同心、士气高昂，又加之采取了一系列正确的外交活动和军事部署，一步步由被动转为主动，一举消灭了曹操的主力，取得了以少胜多的辉煌战果，从而使"赤壁之战"在中国战争史上写下了浓墨重彩的一笔，当然也成为世界战争史上以少胜多的著名战例。《三国演义》不仅周详完备地写出了战争的进程还写出了胜利或失败的必然性。

第三，《三国演义》战争描写还注意分析矛盾的特殊作用，不同的战术解决

不同的战役。世界上的任何事物，它们矛盾的双方总是千变万化、丰富多彩的，战争也不例外。《三国演义》中的战争描写也正是遵循了这一原则，它既遵循了战争的普遍规律，即交战双方总想通过战争解决双方存在的矛盾达到自己的目的，同时，《三国演义》中的战争描写不是千篇一律的按一个模式进行，而是善于把握每一次战争的天时、地利、人和及双方主将的性格优缺点，运用不同的战术加以解决，通过作者各具特色的描写反映了现实战争的一般性和特殊性和解决矛盾的战略战术的多样性。

"火烧赤壁""水淹七军"是火攻，也是水攻，而都达到了同样的目的——败曹军，这两种不同的战术都是根据天时、地利和特定的具体的战争条件决定的，具体地分析具体情况，做到"知己知彼"才能做出比较正确的判断，解决不同的问题，赤壁之战曹军势胜，然而不习水战，又误中连环之计，因而火攻就是最有效最具杀伤力的作战方法，周瑜利用火攻一举击破曹军。水淹七军，曹军主将于禁庞德不和，不顾兵法大戒，移军于下游，给关羽造成极好的机会，于是关羽决堤放水，尽淹七军，捉杀其主将，从而大获全胜，使关羽声誉威震华夏，再如"诸葛安居平五路"，曹爽乘蜀汉新丧，国力在彝陵之战中大为动摇，在此内外交困之际，发兵五十万兵分五路攻打蜀汉，从而引起蜀汉全国上下震惊，然而诸葛亮针对曹魏军五路主将的不同性格、才能及地形险要、他们内部的矛盾关系等具体地分析了实际情况，采取了不同的对策和措施，终于化险为夷，转危为安，从而为蜀汉休养生息积蓄国力赢得了宝贵的时间。

第四，《三国演义》的战争描写注重斗智斗力的结合，描写战争时十分注重智慧在战争中的作用，谁如果能在智谋上稍胜一筹，那么谁就会取得主动，谁就会取得战争的胜利，反之，谁如果有勇无谋，就会陷入被动，最后导致失败。张飞是一个鲁莽人物，屡次失事，他如能用谋就会取得奇异的作战效果，如在收川时设计擒严颜，在瓦日隘略施小计就全歼张辽的部卒，当然在斗智上作者塑造的典型是诸葛亮，他成了智慧的化身，他在辅佐蜀汉作战的过程中能够依据现实条件巧设计谋，往往会事半功倍，取得一个又一个胜利，使刘备由初期的无立锥之地到拥有两川之地，建立刘姓蜀汉政权，他之所以能取得如此辉煌的成就，主要在于他能认真地了解情况，摸清敌将的性格，随机应变，运用惊人的智慧达到预期的效果，他能够掌握斗争的规律预见事态发展，就连最狡猾的敌人曹操、司马懿等都被他制服，如在赤壁之战中"草船借箭"、七星坛祭风之后安排赵石接走自己及智算华容道，再如在司马懿大兵压境，而自己又无兵抵抗之际，巧设空城计，所有这些战例无不是他善用计谋的佐证。总之，如果只是有勇无谋或是恪守古训的军事教条者，最后终将失败，反之在实际的军事斗争中能勇谋结合，善于智谋，会取得出人意料的战果，吕布是个有勇无谋的典型，他不听忠告，不辨是非，杀丁原诛董卓附袁术反刘备最后被曹操擒杀，此人只凭血气之勇，不用计谋，最后做了别人的刀下怨鬼，落了个身败名裂的下场。

战争格调既激昂又安详。战争总是与死亡失败相关联，因而大多数战争总是显得凄凉悲惨，"白骨露于野，千里无鸡鸣"就是有力的佐证。试想谁能在"血流成河，尸骨如山"的真实情景的现实面前豪爽起来？然而《三国演义》描绘的四十多场战争，大多数具有英雄史诗般的慷慨激昂，给人的感觉这不是实实在在的战争，没有毒杀，没有流血死亡，恰好相反，好像一位或几位优秀的导演在指挥千军万马，来往驰骋，精心演习一般，只有壮阔宏大的场面热烈的气氛，高超的指挥才能，而很少有浓浓的火药味，有时甚至出现极不和谐的音符，显得极为静谧安详，如诸葛亮城头弹琴巧设空城计，赤壁之战中庞统挑灯夜读这样的安排就使动中有静、动静结合余味无穷。

在揭示战争的进程中展现和刻画人物。人是万物的主宰，战争作为不同的统治集团进行斗争的最高形式，它的主体无疑也是《三国演义》中的战争描写，在揭示战争进程的同时也展现和刻画了一系列栩栩如生的人物形象，这些人物大多性格鲜明富有生气，从而避免了人物群像的呆板、雷同，为这部千古名作增色不少。《三国演义》中刻画最成功的人物当首推张飞，他最具代表性的是"鲁莽"，他很勇敢，如他在长坂桥上大喝三声，声若巨雷，使夏候杰惊得肝胆破裂，"倒撞于马下"，他的脾气直爽，性情粗鲁莽撞，嫉恶如仇，他把索取贿赂的督邮"揪住头发扯出驿馆"绑在马柱上痛打，见到傲慢无礼的董卓一时性发便欲杀之，诸葛亮草堂春睡故装傲慢，他看不顺眼便说："等我屋后放一把火看他起不起"，曹操想借刘备之手杀掉吕布，张飞就真去杀吕布，并且大叫说："曹操道你是无义之人，教我哥哥杀你"，这样心直口快，内心世界十分纯洁，他的故事为人所称道，在《三国演义》中只要他一出现，场面马上活跃起来。当关羽过五关斩六将来到古城叫孙朝进城请他出来迎接嫂嫂，张飞听罢更不回言，随即披挂上马，引一千余人径出北门，孙乾惊讶又不敢问，只得随出城来，关公望见张飞到来喜不自胜，付刀与周仓接了，拍马来见张飞，"怒睁环眼，倒竖虎须，吼声如雷，挥矛同关公便溯"，关公表明心迹叫他不要误会，他直叫着"我今与你拼个死活"，这样冒失，"莽张飞"就成了人们的口头禅，他就是这样一个个性鲜明而又极莽撞的人，当然这不能不说不是他的一个致命的缺点，他在得知关公被害，在急为兄报仇的情况下暴跳如雷、鞭挞士卒终遭毒手。

再如周瑜，他是东吴的三军统帅，身系东吴的安危，有高超的军事才能，超人的胆识，但他又是一个年轻气盛，聪明好胜，而又忌刻的人物，这集中体现在和刘备联合进行赤壁之战及之后的吴蜀争城掠地的过程中，一方面，他训练水军准备作战，但他又缺乏丰富的斗争经验，当"万事俱备只欠东风"处于战争的紧

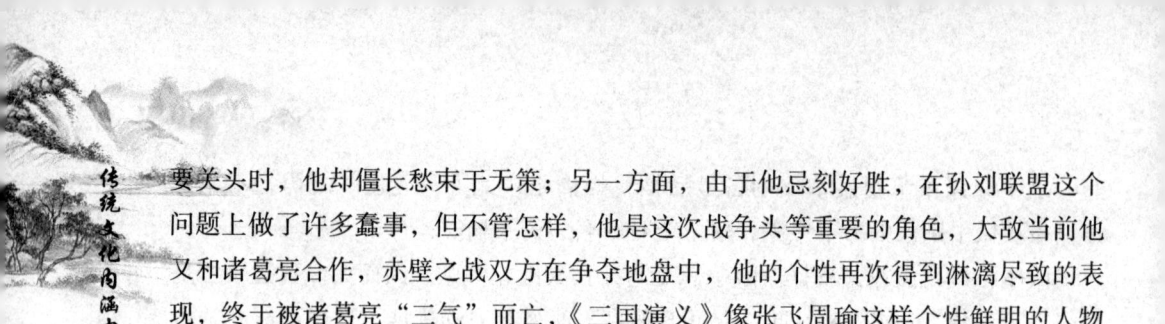

要关头时，他却僵长愁束于无策；另一方面，由于他忌刻好胜，在孙刘联盟这个问题上做了许多蠢事，但不管怎样，他是这次战争头等重要的角色，大敌当前他又和诸葛亮合作，赤壁之战双方在争夺地盘中，他的个性再次得到淋漓尽致的表现，终于被诸葛亮"三气"而亡，《三国演义》像张飞周瑜这样个性鲜明的人物不胜枚举，作者就是这样在故事情节的发展和具体的战争中展现和塑造了一系列生动的人物形象。反过来这些人物又推动故事情节的发展，从而使整部作品中的战争描写宏大壮观而又各具特色。

二、翻手为云覆手为雨：一朝天子一朝臣

如果说《水浒传》是中国的一扇地狱之门，那么，《三国演义》是更深刻、更险恶的地狱之门。最黑暗的地狱在哪里？最黑暗的地狱不在牢房里，不在战场里，而在人心中。《三国演义》显露的正是最黑暗的人心，它是中国人心全面变质的集中信号。也就是说，以《山海经》为标志的中国童年时代那种单纯的人心，发展到《三国演义》已全面变质变态，彻底地伪形化。《三国演义》是一部心术、心计、权术、权谋、阴谋的大全。三国中，除了关羽、张飞、鲁肃等少数人之外，其他人特别是主要人物刘备、诸葛亮、孙权、曹操、司马懿等，全戴面具。相比之下，曹操的面具少一些，但其心也黑到极点。这个时代，几乎找不到人格完整的人。

《三国演义》展示的是一个英雄辈出的时代，又是一个人心险恶的时代；是一个各路战旗飞扬的时代，也是一个无数人头落地的时代；是一个智慧发展到最高峰的时代，又是一个阴谋发展到最成熟的时代；是一个"仁义"喊得最响亮的时代，又是一个人性最黑暗的时代。这个时代，从表面看是沙场上力量的较量，实际上是骗术、权术、诡术、心术的较量。谁的心地最黑、脸皮最厚，谁就是胜利者。换句话说，人心愈险恶、面具愈精致、伪装愈精巧，成功率就愈高。这个时代是战乱的时代，其英雄之所以为英雄，关键不在于身其万夫不当之勇，而是身带无人可比的面具。面具决定一切。1917年李宗吾先生的奇书《厚黑学》出版，他说他读遍二十四史，终于读出"厚黑"二字。所谓厚，就是脸皮像刘备那么厚；所谓黑，就是心如曹操那么黑。如果没有厚颜与黑心，就不能成为称霸一方的"大英雄"。当今有些政治人与经济人，虽不知李宗吾先生的感愤之言，却记得"厚黑"二字的深意，并变形为"厚黑学"，说要在政坛上与商场上成功，就要具备厚脸皮与黑心肠两样东西。这些被欲望所主宰的厚黑学者，倘若读鲁迅的《狂人日记》，说不定也会把鲁迅揭露中国旧文化"吃人"理解为要得到荣华富贵就该去"吃人"。李宗吾先生用彻底的语言说明《三国演义》中二雄的本质，倒是说到要害上了，这部经典所集中的诡术、权术、心术，真是又黑又厚。

中国的民间智慧产生了一个既朴素又深刻的劝诫："少不读'水浒'，老不看'三国'。"这一民间真理启迪我们，人进入成年之后，不可走向"三国"。这是一种教人自救的智慧。中国文化系统虽有《三国演义》，但也有《道德经》，前者引导人们走向成熟的圆滑、成熟的世故，让你赢得全套的生存技巧与生存策略；后者呼唤你复归于朴、复归于婴儿，让你拒绝世故与圆滑，放下一切心术与面具。两种文化，两种人生为一向。民间智慧关于"老不看'三国'"的提醒，实际上是心灵大为一向的提示。

陆祁孙在《合肥学舍札记》中警告：对于《三国演义》，"子弟慎不可阅"，用的是决断的语言，毫不含糊。而史学家章学诚则认为《三国演义》只可作故事看，而儒者弗道。这也是笔者的意思，从文学批评角度上说，应肯定《三国演义》是文学杰作，但对其精神内涵，则得警惕，勿被浸染。与章学诚同时，清代顾家相在他的《王余读书厘随笔》中："盖自《三国演义》盛行，又复演为戏剧，而妇孺子、牧竖、败夫，无不知曹操之为奸，关、张、说人孔明之为忠，其潜移默化之功，关系世道人心，实非浅鲜。"《三国演义》是中国权术的大全。所谓权术，就是政治手段。但政治手段有此是必要的、负责的政策与策略，有此则完全是诡诈性、奇谲性的计谋手腕，后者便是权术。宋代叶适所作的《宝漠阁待制知隆兴府徐公墓志铭》写道："三代圣王，有至诚而无权术。"把权术视为"至诚"的对立项，十分准确，权术的主要特点正是没有真诚，只有机变手段。叶适这句话的重要性还在于说明，中国汤尧禹舜时代的上古原形文化，没有权术，只有真诚。到了春秋战国时期，《孙子兵法》《韩非子》《鬼谷子》《战国策》等兵家、法家、道家、纵横家的著作出现，中国文化才发生巨大的伪形，出现权术政治游戏的第一个高潮。东汉末年，也就是三国时代，则出现第二次高潮，后一次高潮，其规模之大、谋略之深、诡计之细密，是第一次高潮无法可比的。

倘若如叶适所言，"三代圣王，有至诚而无权术"，那么，《三国演义》中的权人、权术家们则相反，可谓"三国诸王有权术而无至诚"，个个都极会伪装、极善于要弄阴谋诡计。被《三国演义》奉为正面形象的仁君刘备，其特点也是只有权术而无至诚，或者说，只在拜把兄弟的小圈子内有真诚而在圈子之外则无真诚。刘备的胜利，乃是伪装的胜利。

权术归根结底是种手段和技巧。"术"本来是与"道"相对立的概念。世无道，术便勃兴。中国文化以诚为本，诚能通神，诚即道，因此，世无诚时术也勃兴。三国时代是个战乱时代，中国文化中的"道"到了此时已全面崩溃，权术家们口中念念有词的道，只不过是"术"的面目。曹操对皇帝早已失去忠诚，但还需要皇帝做招牌，"挟天子以令诸侯"，此时维护天子，不是道，而是术。

笔者说《三国演义》是中国权术的大全，机谋、权谋、阴谋的集大成者，是

指它展示了中国权术的各种形态。全书所呈现的政治、军事、外交、人际等领域，全都突显一个"诡"字，所有的权术全是诡术。史书只说"春秋无义战"，但未说"三国无义战"。魏、蜀、吴的长期纷争，并不是正义的一为一与非正义一为一的决战。《三国演义》的作者站在"拥刘抑曹"的立场，认为刘备代表刘氏汉王朝的皇室正统，因此也认定他代表正义的一为一，以为刘备系"天下为公"，未看到他的一己私心，所以极为美化刘备一为一。但是在美化中，也暴露出刘备的种种诡术。

如果把《三国演义》读作一部兵书，那么其诡诈尚可理解。因为孙子早就说过："兵者，诡道也。"曹操曾对这一定义作注，说："兵常无形，以诡诈为道。"以孙子为缘起，兵不厌诈，已成为公理。在你死我活的战场，以消灭对手为目的，只要能达到目的，便不择手段，特别是伪装、欺骗等手段。可是，以《三国演义》开端，中国的诡术从军事进入政治，进而泛化到一切人际关系领域，到处是诡人诡士、诡舌诡言，在沙场上施行的是诡计、诡谋，在日常生活中则充满诡情、诡态。"诡"字进入兵事不奇怪，甚至进入政事也不奇怪，奇怪的是，《三国演义》的"诡"进入了婚事（如孙夫人孙尚香变成孙权与刘备争斗诡计的筹码）、情事（如貂蝉成为董卓、吕布的陷阱）、儿女事（如吕布把女儿作为和袁绍等交易的工具）。从高度上说，《三国演义》诡到宫廷的尖顶，从深度上说，《三国演义》诡到人性的最深处，从广度上说，诡到人人用计，不诡不能活。

三、是非成败转头空：没有正义，也没有最终胜利者的胜利

作为命运悲剧，《三国演义》总体上笼罩并在各个局部浸透着一种神秘无情的命运感。在这部映象如大江东去的历史名著中，数百个人物的生命过程，无数大小事件的生成和完结，各个军事集团、割剧势力的旋起旋灭，总括即由汉入晋百年历史的演进，都无所不在地深蕴着令人敬畏和忧惧的天命观念。《三国演义》很少直接正面地写到鬼神，但是在作品中作为神秘、抽象、既属封建迷信又有哲学意味的天、天理、天数等出现竟高达一百三十多次；作为天之意志表现的灾异谴告、祥瑞、星象等也屡屡出现于作品中；妖法之类亦不少见；许多自然现象如梦、风、童谣也被赋予了神秘的意义。所有这些在作品中弥漫交织，使《演义》笼罩了一层迷离恍惚、荒诞怪异的神秘色彩。很明显，这些描写意在表明：决定事件发展、人物命运、历史走向的，不是现实的情势，不是众庶，不是英雄，甚至不是皇帝，而是天，是宿命，是人所无可奈何的神秘上苍力量。作品的这种天命观主要体现在以下三个层面：

（一）天道好还——"治极生乱，乱极生治"

一般认为，《三国演义》描写的是三国时代的重大历史变革以及这个变革时

代中复杂的政治、军事、外交斗争，揭示了东汉覆灭、三国形成至消亡的原因，总结了封建王朝兴衰成败的历史经验。这些经验，无论作者或读者看来，都应当是多方面的；但作者之意，从汉末到晋初的百年，不过是由治人乱又由乱人治的一个历史的循环。造就这一循环，使历史在原地打转的不是社会现实的因素，不是各阶级力量的对抗，而是冥冥之中的天理、天数。这集中体现在刘备一顾茅庐时崔州平的一段话："自古以来，治极生乱，乱极生治，如阴阳消长之道，寒暑往来之理。治不可无乱，乱极而人于治也。如寒尽则暖，暖尽则寒，四时之相传也。秦、汉不足而化为黄巾，黄巾不足而化为曹操、孙权与刘将军等辈，互相侵夺，杀害群生，此天理也。往是今非，昔非今是，何日而已？此常理也。"这段话由清人毛宗岗概括为"天下大势，分久必合，合久必分"置于卷首，又略变为"天下大势，合久必分，分久必合"置于卷末。这样首尾缩合，《三国演义》的内容便被置于天命循环的历史观念之中了。

《三国演义》不仅在整体构思上，而且在其内容各不同层面的把握上，也贯彻了历史循环的宿命观念。如书中写东汉的衰落至于灭亡，乃是"汉室倾危天数终""汉朝天数当桓灵"。而曹氏集团的兴起，在作者看来也是天意的作用，所谓"大汉气数终矣"，"天命有去就——承汉天下者必魏也，能安天下者必曹姓也。"

于是后来果有天命的显示，"麒麟降生，凤凰来仪，黄龙出现，嘉禾瑞草，甘露下降。"这些固然都是胡说八道和借天命以行其志，然而作者是认真的。作者把这些出自《后汉书》《三国志》的内容化人小说，表明了笃信天命、以天命规人事的用心。在作者看来，不惟魏代汉是天意，晋代魏也是天意。

（二）天命难违——"谋事在人，成事在天"

《三国演义》讲天命，但它更多地写人，而且一部大书，尽其可能地写出了人的主观能动性。然而这人的主观能动性发挥的极致不得超出天命的范围，此即书中诸葛亮火烧上方谷不成后长叹所说："谋事在人，成事在天。"其实质如毛宗岗评曰："天之未可强也。"这在小说许多重要人物和事件中表现得很充分。如马腾定计在点军时杀操，不料机谋泄漏，为操所擒，马腾死前大骂："两番欲杀国贼，不幸泄漏，此苍天欲兴奸贼而灭炎汉也！"把事情的成败归因于天命的向背，表达了对于天命的不满和无奈。蜀汉灭亡后，姜维假降钟会，以图复兴汉室。不料谋事不密，终不见成功，姜维仰天大叫曰："吾计不成，乃天命也！"也表达了同样的意思。其他如铁笼山司马昭祈天得甘泉，吉平行计不成以为"天数"之故，诸葛亮攘星不成，等等，都宣扬了人事不敌天命的消极观念。

（三）天罚无道——"天理昭然施报应"

在《三国演义》中，除了直接代表天之意志的天数、天运、天理之外，还有

许多怪异事物作为天之代言者充斥其中。这些怪异事物带有浓厚的超自然的神秘色彩，预示吉凶祸福，垂示天意定数，以另一种形式表达了作者的天命思想。首先是灾异谴告。在中国古代社会，灾异谴告往往被认为是天的意志表现，警戒失道的君主或国家，反映了古人对于天人关系的迷信思想。董仲舒在《举贤良策一》中说："国将有失道之败，而天乃先出灾害以谴告之；不知自省，又出怪异以警惧之；尚不知变，而伤败乃至。"在《三国演义》中，除了写到的几次自然灾害外，作者着墨更多的是怪异、伤败。如汉灵帝时天降灾异，蛇蟠龙椅，雌鸡化雄，黑气入殿，虹现玉堂，预示汉朝失道，国势衰颓。曹魏将亡之时，"天降一人，身长三丈余，脚迹长三尺二寸，白发苍髯，着黄单衣，裹黄巾，挂藜头杖，自称曰："吾乃民王也。今来报汝；天下换主，立见太平。"蜀吴国势衰亡之时，也有种种灾异垂示天意。在作者看来，这些灾异谴告是天意的表现，是某一朝代早已注定的命运所致。此外，灾异谴告作为天人感应的一种模式，还常常昭示个人的凶祸。

除了这些近乎怪异的灾变事物的描写之外，许多本属自然现象的东西也被赋予了宣示天意的功能。这些描写在人物命运与情节发展中起了至关重要的作用，甚至决定了人物与情节的结局。如作品中的梦境描写有二十几处，预兆之梦就有十几处。崔毅梦两红日坠于庄后，果有少帝与陈留王逃奔于此；董卓夜梦一龙罩身，果应汉帝治其罪；曹操梦三马同槽，后有司马氏篡权，等等。这些梦已脱离自然状态，具有了非常意义。书中出现的童谣也是代天宣命，如董卓死前有"千里草，何青青！十日卜，犹不生！"庞统死前东南早有童谣暗示，等等。这些童谣的运用使人物的命运蒙上了浓厚的宿命色彩，加重了人物不能自主其命运的悲剧氛围。风在作品中也被赋予了超自然的预兆功能。

这里需要说明的是，天的意志不止惩恶，而用扬善。但在全书中除刘备跃马檀溪外，天佑善人的情况很少。较多的倒是恶人侥幸，善人遭殃，这尤其使人对上天恐惧。《三国演义》中的这些超自然事物的描写互相交织，彼此附会，有机地穿插于人物和事件之中，对于古代读者来说已以成为不可或缺的构成，客观上透发出扑朔迷离、幽玄莫测的超自然的神秘气氛。

第六节　佛在神魔之间——《西游记》

一、《西游记》是契约型的全息结构

全息是宇宙间比较普遍的现象，人们通常所说的"一叶知秋"，"见微知著"，

"一滴水可以映出太阳的光辉"，"太阳光里有无数个小太阳"，"牵一发而动全身"，"人是一个小宇宙"等都包含着全息论的思想。中国传统文化具有十分丰富的全息思想，如儒家的修齐治平，道家的人法地、地法天、天法道、道法自然，释家的三千大千世界，阴阳家的五行生克，等等，若用现代的思想来观照，都属于全息论的不同型态或不同的表述方式。简单地说，全息即部分子系统与部分、部分与整体之间，包含着相同的信息，或部分包含着整体的全部信息。包含着整体全部信息的部分，称为全息元或全息集。

关于《西游记》的结构，清金圣叹《读第五才子书法》云：

《西游记》又太无脚地了，只是逐段捏捏报报，牛如大年夜放烟火，一阵一阵过，中间全没贯串，便使人读之，处处可住。❶

虽然金说确实道中了《西游记》结构的某些特点，但若言"中间全没贯串"似乎说不过去，吴圣昔的《西游新解》曾对此做过辨析，并称《西游记》"串珠成链，环环相扣，貌离神合，浑然一体"。❷现代学者一般都称《西游记》为"一线串珠式"结构，应该说，这种说法还是比较形象和到位的。不但如此，通过以契约为定位的结构主义分析会发现，构成《西游记》的每一个故事单元都具有相似的结构，即每个故事都具有即契约的建立、完成、破坏、重建这几个结构要素，而且，每一个故事的意义都指向同一个中心——作为构建帝国时代严格的等级制意识形态的基础的神权的神圣性因为君权神授之故。这就像磁铁里的电磁，每个电磁场都具有相同的自旋方向，共同建构了帝国时代等级制的意识形态的"文化场"。从某种意义上来说，《西游记》的这种结构特点是受帝国时代等级制的意识形态的"文化场"的影响而形成的，并且是这种"文化场"的组成部分。因此，我们可以将《西游记》的每一个故事单元看成一个全息元。可以将以契约为定位的结构主义分析比作看下棋，虽然每一局棋都各不同，但每一个棋子与每一局棋胜负的判定却遵循着同样的游戏规则，对于以契约为定位的结构主义分析而言，每一个棋子或每一局棋的具体招数并不重要，他所关注的毋宁说便是下棋所应遵守的那一套"游戏规则"。《西游记》的每一个"故事全息元"都遵循着同样的"游戏规则"，即自觉或不自觉地维护帝国时代等级制的意识形态。

二、契约约束下的《西游记》主题

《西游记》中的世界是由神（佛）、人、魔（妖）三界组成。人是儒释道三者共通的称呼。相对而言，儒者更注重于此岸世界，即"人的世界"，中国传统

---

❶《第五才子书·施耐庵水浒传》，中华书局，1975年版，贯华堂本影印，第17页。

❷《西游新解》，吴圣昔，中国文联出版公司，1989年版，第169页。

社会的"人的世界"便是以儒家文化为主导而建构起来的。不难看出，在《西游记》里，神佛、人、魔妖三界是同构的，即都是按儒家为主导的意识形态建构而成的秩序森严的等级制社团。

（一）三界同构

三界众生具有相同的社会结构、行为与道德法则。如玉帝被称为高天上圣大慈仁者玉帝大天尊玄穹高上帝，住的宫殿叫金网云宫灵霄宝殿，朝中有文武百官的众仙，各司其职，上上下下必须遵循一定的礼节，这其实就是人间的世俗政权的缩影，而魔妖界不过是将世俗政权中的"皇帝"换成了"大王"，虽然组织不像神佛、人二界严密，但上下之间的界限却也十分分明，如孙悟空穿过水帘洞后，按事先的约定，众猴拜他为王：

众猴听说，即拱伏无违一个个序齿排班，朝上礼拜，都称"千岁大王"。❶

你看，"拱伏无违""序齿排班""朝上礼拜"，如此地有条不紊，一招一式与人间的礼法根本就没有什么差别。三界的同构是显而易见的，正因为如此，对于这个问题，学界很少有人去追问为什么会三界同构，三界相互的关系若何，他们各具有什么功能？

马克思在《政治经济学批判导言》里说，神话是"通过人民的幻想用一种不自觉的艺术加工过的自然和社会形式本身"。❷虽然在后人看来，神话是幻想，但在初民，毋宁说神话便是他们的现实，或者说是他们的存在方式。谢林在《神话哲学引论》里说：

并不是神话受自然影响而产生，因为他宁可说是使人类的内在性摆脱这种影响而是神话过程根据同样的规律，经历了那些自然界最初经历过的阶段……

因此他不只是具有宗教意义，而且具有宇宙意义，因为在他之中所重复的是宇宙的进程，因此包含在神话过程中的真理就是宇宙真理，无一例外我们不能像人们通常所做的那样，否认神话的历史真实性，因为他的产生所经历的过程本身就是真实的历史，一个实实在在的事件我们也不能从中排除自然真理，因为在神话过程中如同在宇宙进程中一样，自然是一个必然的转变阶段。❸

恩斯特·卡西尔在《语言与神话》一书中说：

"原初的经验"本身即浸泡在神话的意象之中，并为神话氛围所笼罩只有当人与这些形式生活在一起时，在这个意义上，才能说人是与其客体对象生活在一

---

❶《西游记》，吴承恩，人民文学出版社，1998年版，第一回。

❷《马克思恩格斯选集》，中共中央马克思恩格斯列宁斯大林著作编译局，第二卷，人民出版社，1972年，第114页。

❸《神话学引论》，谢林，1983年版，商务印书馆。

起的只有当人让自己与环境一同进入这种具有可塑性的中介，并在这个中介里彼此接触、彼此融合的时候，在这个意义上，才能说人向自己显示了实在，亦向实在显示了自己。❶

人从自然中分娩出来，将自然客体化，而自身作为主体与客体的自然相对峙要经历一段痛苦而漫长的时间——当我们站在自然的对立面，自然便向我们露出了其狰狞的一面，我们必须不断地与之抗争才能求得自身的生存。这期间不可避免地产生了人的精神分裂，即灵与肉，精神与物质的分裂。然而，正是这种分裂本身却成了新的联系的起点——凭借把自我投射到外部世界这种精神分裂的形式，通过巫术与神话的造作，人类重建了与自然的联系，为自己营建了一个相对安宁的庇护所。从某种意义上来说，神话与在此基础上建立的宗教是人与神签订的契约，通过这种契约——人用某种祭献仪式向神奉献自己的虔敬，而神则给了人他许诺的奖赏，即人类心灵的安宁——人确立了自身在宇宙中的位置与自己生存的意义，避免了因从自然中分裂出来而造成的心灵创伤，这是人类文明产生的"内驱力"。一方面，神与魔最初是自然力的化身；另一方面，也是人类自我分裂与投射形式，神与魔分别对应着超我与本我，并参与了人类自我的建构，是人类自我的结构性要素。他们具有相同的起源和相同的基因，因此，必然是同构的。

可人类的自我并非一成不变的，随着人类文明的发展，人类的自我形象也会跟着变换。作为人类自我的分裂与投射形式的神与魔对人来说也就获得了新的意义与功能。也就是说，契约的内容发生了变化，神、人、魔三者的关系也发生了变化。作为自然力的化身的神与魔逐渐淡出，而作为人类自身的善恶化身的神与魔逐渐占领了人类心灵的舞台。这一切变化的根源要从人与其创造的文明的关系中去寻找。马克思说："任何神话都是用想象和借助想象以征服自然力，支配自然力，把自然加以形象化，因此随着这些自然力实际上被支配，神话也就消失了。"然而，与此同时，人与自身、人与社会的矛盾却日益凸显，那些作为自然力的化身的神与魔便或者"下野"，或者被改头换面以适应人类新的需求与一些新创造的作为人类自身的善恶化身的神与魔一起登上了舞台。

（二）秩序的遵守与打破

人类文明虽然是人类自我的建设性与结构性因素，却也是束缚人性的因素。弗洛伊德将人的心理结构分成本我、自我与超我三部分。本我由各种生物本能的能量所构成，完全处于无意识水平。他是人出生时就有的固着于体内的一切心理积淀物，是被压抑、摈斥于一时之外的人的非理性的、无意识的生命力、内驱

力、本能、冲动、欲望等心理能。简单地说，本我就是被人类文明压抑的无意识，他所遵循的是快乐原则，所对应的是被边缘化与作为规训对象的魔的世界。然而，如果一味按照快乐原则行事，则势必造成人的内在需求和外在社会规范之间的巨大冲突——本我是无法同客观外部世界打交道的，他需要有一个"代言人"出来同外部世界"交涉"，这便是自我。自我属于意识范畴。出生时婴儿的精神知识由本我构成。自我正是一个人出生之后，幼儿时代通过父母的训练和与外界打交道而形成的人格。一方面，它正视现实、符合社会需要、按照常识和逻辑行事，是本我和外界的中介。它的作用是既坚持本我的目的，以利其冲动之实现，不让本我和这些外界规范发生冲突，于是便遵照现实原则，压抑本我的种种冲动和欲望以进行自我保存；另一方面，尽量使本我得以升华，将其盲目冲动、情欲引入社会认可的渠道。因此，自我控制和统辖着本我与超我，并且为了整个人格的利益，与外部世界进行"调解"，以满足人格的长远需要。自我所遵循的是现实原则，所对应的是世俗世界。超我是人格系统中专管道德的司法部门。它由人的道德律、自我理想等所构成，可简单区分为"理想""良心"两个层次，在"理想"中既包括自我理想，又包括社会理想。他是自我的产物，是自我倾向于社会外界那方面的因素生出的。他如同良心或过失的无意识感觉一样，凌驾于自我之上，仿佛是社会道德训条、社会禁戒、权威者的高尚道德的代表，来监督控制自我。他是这些因素在人的儿时内化、沉淀的结果。人类的高尚理想，在个人身上因超我而得到巩固，超我不断借犯罪感和内疚来惩罚人的达不到理想的要求的行为。超我的目的主要是控制和引导本能的冲动，并监督自我对本我的限制，因此，他所遵守的是一种道德原则。他和本我一样，都对自我有一种批评和牵制作用。另外，超我同本我一样，也是非理性的，他们都要歪曲和篡改现实。超我强迫自我不是按照事物的本来面目认识他们，而是按照自己主观上认为他们应该是怎样而去认识的。在此意义上可以说，超我是社会化的产物，是文化传统的运载工具。在神话里，超我所对应的是神佛的世界。从某种意义上来说，神、人、魔三者的关系与人类人格系统自我、本我、超我的关系同构。

魔在表面看来，似乎是神的对立面，其实不然，正是魔的存在使神的地位神圣化与合理化。神与魔之间存在着一系列微妙的契约，立约者是神。神首先通过将魔命名为"魔"而将魔边缘化，并且为"魔"制定出种种行为的规范即立约，然而，神在立约的同时却又默许"魔"的违约——通过对违约的惩罚或举行惩罚的仪式，魔的地位被具体化，被破坏的契约得到了重建，而且只有通过这种惩罚的仪式，契约的内容才能被显示出来，神的神圣性与无上的权力才能被展现。在这个意义上，魔的破坏神所设立的契约其实是神的秩序与神圣性的结构性因素，这种破坏强化与建构了神的世界。而由于"君权神授"，神的神圣性是世俗权力的基础，神的神圣性的强化其实也就是世俗权力的强化。由于神与魔都受着某种神秘力量，即天命的支配，故神往往也无法主宰自己的命运。如果神界的秩序发生了紊乱，道消魔长，这时，神就会将魔当成"替罪羊"，将一切罪过都推到魔的身上，并通过某种"伏魔仪式"，重建神的秩序与神圣性。神与魔的这种关系也是世俗权力与其对立面，即各种犯罪，也就是说冒犯世俗权力的行为的关系一样，世俗权力需要各种犯罪是通过权力而被定位的，需要一个敌人，以维持自身的稳定，如果没有，他会创造一个出来。这是理解《西游记》里神、人、魔三者关系的关键，做到了出世入世的自由切换。

第六章　明清文学中约束与自由的情爱悖论

第一节　自由：《西厢记》《牡丹亭》中的爱情基调

自由，是《西厢记》《牡丹亭》中崔莺莺和杜丽娘的爱情基调。这两位女性是对封建伦理秩序的挑战，而他们鲜活的生命，对爱情热烈的呼唤，展现出独特的魅力，是人性解放中的两朵奇葩。

一、崔莺莺与杜丽娘形象分析

《西厢记》淋漓尽致地表达了封建社会的青年男女要求婚姻自由，反对封建礼教的进步主题，在思想上和艺术上都获得了卓越成就，成为舞台上最有生命力的剧作之一。《西厢记》里的主人公崔莺莺和张生，一个是相国小姐，一个是白衣书生，他们强烈不满封建礼教的束缚，渴望挣脱重重枷锁过上自由、幸福的生活，但在封建社会中，青年男女之间根本没有自由恋爱的权利，合法的婚姻是听从"父母之命、媒妁之言"。双方家庭都有把联姻看成是扩大自己势力的机会，考虑的都是家世利益和经济财产，完全排斥了青年个人的愿望，剥夺了他们选择配偶的正当权利和要求。莺莺和张生的自由恋爱，在当时的社会里显然是不合法的，是"大逆不道"的，必然要遭到封建家长的反对。这样，青年男女追求自由婚姻的愿望和行动，就与封建礼教之间发生了尖锐的矛盾冲突。《西厢记》就是在这种矛盾冲突中来刻画崔莺莺这个封建礼教叛逆者的形象的。

莺莺的叛逆性格首先表现在她对"高门"家世的蔑视。她从小生活在礼法森严的封建家庭里，受到老夫人的严厉管束，不可能有接近男性青年的机会。她的父亲生前已将她许配给郑尚书的儿子，这就决定了她的命运：待守丧期满后，去做郑恒的夫人。因而在遇见张生之前，她的个性在礼教的重压下昏睡着，没有觉醒。然而封建家长的严厉管束，并不能禁锢这位相国小姐渴望爱情的心灵。与张生佛殿邂逅，警醒了她青春的欲望，请看她自己的一段自白：

往常但见个外人，氲的早嗔；但见个客人，厌得到褪；从见了那人，兜的便亲。想着他昨夜诗，依前韵，酬和得清新。（第二本第一折）

因而"坐立不安，睡又不稳，欲待登临也不快，闲行又闷，每日价情思睡昏昏"，从此，她开始背离封建礼教，大胆追求自由的爱情生活。张生是一个家道中落的穷书生，和崔家的相国门第显然是很不相称的。但，从佛殿相遇到私自结合，莺莺根本就没有考虑过张生的门户和财产，她爱的是张生的"才貌双全"和纯朴诚实。特别是张生借兵解围，救了她们全家性命后，更增加了她对张生的爱慕。这以后，她更热烈地追求着，一步一步地向背叛、反抗本阶级的道路走去。

莺莺叛逆性格的第二个表现，是对封建家长的虚伪的母爱和包办婚姻的行径十分反感，以致诅咒、反抗。老夫人为了把她的女儿造就成一个忠于其阶级利益和阶级教养的人物，对莺莺从思想、行动、生活，一直到潜意识的活动，都严加管束，平时除了自己留心监视外，还派了侍女红娘去"行监坐守"。张生形容老夫人是"怕女孩儿春心荡，怪黄莺儿作对，怨粉蝶儿成双"。莺莺对母亲的这种做法十分不满，埋怨道：

但出闺门。影儿般不离身……俺娘也好没意思！这些时直恁般提防着人；小梅香伏侍得勤，老夫人拘系得紧，只怕俺女孩儿折了气分。（第二本第一折）

她和张生爱得愈热烈，对母亲的怨恨就愈多。"赖婚"一折，集中表现为莺莺和老夫人的尖锐冲突，生动地刻画了莺莺的反抗精神。当老夫人突然变卦，要她以兄妹之礼拜见张生时，她心里愤愤不满：

谁承望这即即世世老婆婆，着莺莺做妹妹拜哥哥。白茫茫溢起蓝桥水，不邓邓点着袄庙火。碧澄澄清波，扑刺刺将比目鱼分破；急攘攘因何，扢搭地把双眉锁纳合。（第二本第三折）

她居然不拜！老夫人叫她敬哥哥酒，她内心诅咒道："这席面儿畅好是乌合！"当着母亲的面把杯子掷给红娘，表示不承认老夫人给他们安排的兄妹关系。莺莺的这种怨恨、诅咒和反抗，不能只看作莺莺对老人的怨恨、诅咒和反抗，而是标志着封建社会的青年女子对封建婚姻制度和整个封建统治的怨恨、诅咒和反抗。

然而，作为一个相国小姐，莺莺也有软弱的一面，她有一般妇女的羞涩端静，也有着浓厚的封建意识。她要利用红娘传递书简，却又害怕红娘知道她在传递书简，因而使了许多"假意儿"，她第一次看到张生托红娘带来的书简时，心里十分高兴，而表面却装出小姐派头责骂红娘：

小贼人，这东西哪里将来的？我是相国的小姐，谁敢将这简帖来戏弄我，我

几曾惯看这等东西？告过夫人，打下你个小贼人下截来。（第三本第二折）

"赖简"一折，她暗约张生来花园幽会，当张生践约而来时，她又临时变卦，发起脾气来：

张生，你是何等之人！我在这里烧香，你无故至此；若夫人闻知，有何理说！（第三本第三折）

她的临时变卦，并不是故意捉弄张生，而是红娘在旁。她本来是想避开红娘的，没想到张生这个"傻角"把信的内容全部告诉了红娘，而她对红娘是否支持自己的爱情又还不清楚，因此只好临时变卦。归根到底，迫使莺莺变卦的还是那个没有出场的老夫人。

从《西厢记》里，我们看到：莺莺是坚强的，但同时是软弱的；是真挚的，但同时又有那么多的"假意儿"，既要红娘传书递简，又要瞒着不让她知道；既决心约会张生，又要临局翻脸不认账。这一切，正是受了封建教养、礼法束缚，在冲破罗网的努力过程中，犹豫不定的性格表现：这正反映了那一时代此类妇女的局限。但软弱的莺莺终于在红娘的积极诱导和帮助下，克服并战胜了外在的和内心的重重障碍，大胆地摆脱了封建礼教的羁绊，坚持反抗，获得了最后的胜利。

《西厢记》的现实主义精神，不仅在于揭露、嘲讽了封建统治阶级的腐朽和残酷，而且在于强烈地、明白地用具体事实指出了自由、幸福和青春的正确道路。"愿天下有情人都成眷属"是杂剧的中心思想，也是王实甫的美好理想之所在。

时间跨过三个世纪，杰出的戏曲作家汤显祖没有在王实甫开辟的道路上停步不前，而是有所创新，独辟蹊径。他笔下的杜丽娘没有崔莺莺那样幸运，不存在张生这样的秀才向她求爱，当然她的丫鬟春香也不能像红娘那样给小姐以帮助。可以说，她的命运更严格地操纵在封建家长的手里，换句话说，她所生活的礼教环境比崔莺莺更令人窒息。因为，她所能接触到的人除父母外，只有侍女春香和老学究陈最良；她生活的场所除了绣楼就是书房，"袅晴丝吹来闲庭院，人立小庭深院"（第十出《惊梦》）——就是她的世界！这是由于明代统治者大力推崇程朱理学，妇女所受的封建礼教的束缚，比以前任何一个时代都要严重，以至像杜丽娘这样的女子，根本就没有接触陌生男子的机会。在当时的条件下，由于强大的封建力量和禁绝人欲的性理之学的支配，青年男女要求个性的解放是根本不可能实现的。让我们来看杜丽娘生活的典型环境吧。

丽娘是南安太守杜宝的独生女儿。为了日后嫁一书生，"知书识礼，父母生辉"，她的父母完全按照封建的伦理道德来教养她，除了日常生活的严格禁锢外，还请了老儒生陈最良当老师，向她灌输"后妃之德"之类的观念，企图把杜丽娘培养成一个标准的贵族淑女（第七出《闺塾》）。结果，杜丽娘长到十六岁，从未越出闺房一步，甚至不知住处附近居然还有一所花园！她除了父亲和老师之外，从未接触过任何异性。生活虽然富贵无比，但精神空虚，没有欢乐，没有幸福，没有希望。封建礼教与门阀等级制度窒息了这位贵族少女心灵中的火花。但她既然是人，就会有"自然的要求"，而这种要求是任何力量也扼杀不了的。

自然美景唤醒了沉睡的心，朦胧的希望，鼓舞着杜丽娘去追求美满的婚姻。在杜宝和陈最良看来，《诗经·关雎》讲的是"后妃之德"，但敏感的杜丽娘却从中直接感受到这是一首青年男女恋歌："关了的雎鸠，尚然有洲渚之兴，何以人而不如鸟乎！"（第九出《肃苑》）这是具有讽刺意味的。人生中的这一课，原是叫她遵守妇道的，可偏偏启迪了她的情怀！在丫头春香的怂恿之下，她越出闺房，游了后花园。游园时，她第一次感受到春天的美。大自然的美好气息，吹拂着她的心灵，她情窦初开。发现自己的生命和春天一样美好，于是就有了"惊梦"。在"姹紫嫣红开遍"和"朝飞暮卷，云霞翠轩；雨丝风片，烟波画船"的迷人景色中，一方面，感叹："似这般都付与断井颓垣，良辰美景奈何天，赏心乐事谁家院？"另一方面，她又想起了古典诗词中的男女欢情，像于佑与宫女韩氏，张生与莺莺的爱情故事，使她感叹自己"生于宦族，长在名门。年已及笄，不得早成佳配，诚为虚度青春，光阴如过隙耳！"造成这种情况，是因为她这个"小婵娟"需要"名门相配"；她自己也朦胧地感到这是她那个环境所要求的"门户相对"的婚姻制度造成的，因此她喊出了"甚良缘，把青春抛得远……淹煎，泼残生，除问天！"（第十出《惊梦》）这反映了杜丽娘的初步觉醒。

朦胧的觉醒，如果有一个较好的客观条件，杜丽娘可能会挣扎着走出一条道路来的。但她所处的环境确实太恶劣了：父亲是个官僚，一个标准的"正人君子"，母亲是个"贤妻良母"，春香人太小，不能理解她（在《西厢记》里，红娘却是促进崔、张爱情的动力），四周的空气竟是那么沉闷，像个密封罐似的。所以，杜丽娘只能把这种正常的爱情追求，埋藏在内心深处，不让别人窥测出来。但既然"情动于中"了，就一定要有所寄托，现实生活找不到（她不像莺莺那样幸运，能有一个普救寺和书生相遇），就需要去寻觅。于是她到暂时摆脱尘世统治的"梦"里去寻求安慰了。杜丽娘确实在梦中得到了满足，遇到了意中的书生柳梦梅，又和他一起享受了短暂的欢悦。但梦醒了，依然怅惘，还受到母亲一顿斥责！现实生活是这么冷酷、残忍，杜丽娘没有力量去进行正面的搏斗，只好又再去寻求梦里的慰藉，于是就有了"寻梦"。但梦毕竟是虚幻的。它不可能经常把人们带入美丽的境界——一个失望人所企求的归宿。杜丽娘失望之余，整日价"情思睡昏昏"，"径曲梦迴人杳，闺深佩冷魂销"（第十四出《写真》），在苦闷、相思中挨过时光，情思致病。在《写真》一出中，她顾不得小姐的娇羞矜

持，向春香泄露了自己的心思（在《西厢记》里，莺莺盼望和张生的结合，但又顾虑重重，甚至对红娘说话都吞吞吐吐），留下了自己的画像，在爱情之火煎熬之下，耗尽了她的生命，抱恨离开人世了。由此我们看到：杜丽娘在追求自由爱情的过程中，始而怨恨"门户相对"的婚姻制度，进而初步突破了封建闺秀的矜持羞涩，终于披露了自己的情怀："第云理之所必无，安知情之所必有耶"！（《牡丹亭记题词》）

如果说，崔莺莺的爱情还得到红娘、惠明们帮助的话，那么杜丽娘对爱情的追求就只靠孤身一人了（春香根本就不知道小姐的心思，谈不上去帮助她）。杜宝、杜夫人、陈最良等在杜丽娘周围形成了一个包围圈（春香在戏里只是一个陪衬人物，她对促成杜、柳的婚姻毫无作用；她的形象，只是在第七出《闺塾》中才表现出来）。把她禁闭在绣楼和书房。就在如此森严的压抑下，杜丽娘却能对自己追求的爱情"一灵咬住，始终不放"。从这个角度来说，她就比崔莺莺、王瑞兰（《拜月亭》女主人公）有更鲜明的时代特点，无怪乎随之出现了俞二娘、商小玲、金凤钿、冯小青这样的多情女子。（《牡丹亭》赢得后世许多青年妇女的同情之泪，留下了许多富有诗意的遗闻轶事）冯小青在不合理的婚姻制度下发出呻吟的绝句："冷雨幽窗不可听，挑灯闲看《牡丹亭》。人间亦有痴于我，岂独伤心是小青"，是杜丽娘爱情追求的最好注脚。

然而，杜丽娘所梦寐以求的理想毕竟是不能实现的。剧情的发展和结局，是剧作家汤显祖运用浪漫主义创作手法的结果。还魂——自由，是他为杜丽娘创造出来的实现爱情自由的最好去处；而这种"幽境"实际上也是他——汤显祖，以及她——杜丽娘那个时代所能提供的最好的解脱之地。

执着的杜丽娘的一缕情魂，忘不了她的束缚，大胆而自由地同柳梦梅"幽媾"，成了夫妻，实现了生前执着追求的"这般花花草草由人恋，生生死死随人愿，便酸酸楚楚无人怨"（第十二出《寻梦》）的美好理想，享受了在人间无法获得的"爱情幸福"。人活着，却无法品尝爱情的甘果，人性的真正复归，竟需要在阴间才能实现，这是作者对当时社会所给予的最辛辣的讽刺和最深刻的批判。杜丽娘在汤显祖笔下显示了她那种"因情而生，因情而死"，在屈服或死亡两者必居其一的情况下，选择了幸福而死亡的道路。这是杜丽娘形象感人的地方，也是她赢得后世不少人同情的关键（在《红楼梦》第二十三回里，林黛玉偶然在悠扬的笛韵中听出了几句昆曲，那便是《牡丹亭·惊梦》的名句）。

作者就是这样细腻地揭示了杜丽娘性格发展的过程，展现了她在现实生活中的悲剧命运和在幻想世界中的喜剧结局。汤显祖在杜丽娘的形象上突出强调"情"的巨大力量："如丽娘者，乃可谓之有情人耳。情不知所起，一往而深。生者可以死，死可以生。生而不可与死，死而不可复生者，皆非情之至也。"（《牡丹亭记题词》）"情"在剧作者看来就是人的本性和欲望，"情"的力量是不可遏止的，杜丽娘对爱情的追求不过是人的本性的觉悟而已。所以，杜丽娘对于封建礼教的反抗较之崔莺莺有更强烈的主动性。

二、令人艳羡的女性精神之美实例分析

《长亭送别》和《闺塾》分别是崔莺莺和杜丽娘的文学生命熠熠生辉的地方，每每浸淫其中，都会心为所动，情为所牵，在为她们纤纤的如花碎步充满醉意的同时，又被她们作为女性的自我举发的风骨之美所吸引：春来秋去总是情，真正能穿越时空，经过岁月的淘洗而留存下来的只有精神之美。

《长亭送别》氤氲着离愁别恨，《闺塾》酝酿着幽怨不满。莺莺的宣泄真率可爱，淋漓畅快；丽娘的流露含蓄持中，余香袅袅。

莺莺以离愁别恨为菜，以眼泪为酒，在长亭为张珙饯行。曲词中多次唱到"泪"，"泪"是莺莺为张珙编织的一张情网，"泪"是我们走近作品，与莺莺共悲共愁的千千结，我们的教学可以在"泪"上找到切入点。在送别的路上，莺莺唱道："碧云天，黄花地，西风紧，北雁南飞。晓来谁染霜林醉？总是离人泪。"碧天白云、黄花满地、西风阵阵、北雁南飞、霜林如血五种图景凄美动人，看到这种景象的常人一般都会产生忧伤惆怅之感，因为它符合中国传统"悲秋"的文化心理和大自然深秋的特质。而此刻的莺莺已经被离愁深深困扰，在她眼中，霜林就是由离人的眼泪染红的，于是，她很自然地移情于景，这眼泪中自然就包含了即将与张珙告别的无限悲愁。在送别宴上，莺莺叹道："暖溶溶的玉醅，白泠泠似水，多半是相思泪。眼面前茶饭怕不待要吃，恨塞满愁肠胃。'蜗角虚名，蝇头微利'，拆鸳鸯在两下里。一个这壁，一个那壁，一递一声长吁气。"这是一场哭宴，是一场在老夫人的逼迫下摆开的饭局，充满了哀伤与无奈。莺莺端起酒杯，想到离别，真的是"酒入愁肠，化作相思泪"。她的心里是充满了矛盾的，她视功名为"蜗角虚名，蝇头微利"，根本不值得一提，因此她不愿张珙去应试。可她又不能不送张珙去考状元，因为母命不可违，自己的婚姻必须得到家人的首肯。情感上的"不愿"与理智上的"屈从"所形成的矛盾，使莺莺对母亲棒打鸳鸯充满了怨恨，而母亲只是一个被推到前台的执行者，更大的阻力来自于门当户对的婚姻观，要从当时世俗观念的势力圈中突围出来，这真的比登天还难。莺莺这个聪明执着的女性对此有着清醒的认识，她对母亲的怨恨只是"表"，而对世俗观念的愤恨才是"里"。眼泪已经不是柔弱的代名词，她的哭声何尝不是她勇敢的反抗声，眼泪是她反抗的武器，是她异于封建时代一般女性的表现：一个女子的刚性往往会披上一件柔媚的袍子，只有真正懂得她的人才会欣赏她的风骨。

当母亲和法本和尚退场，只剩下红娘的时候，崔莺莺的眼泪潸然而下："淋漓襟袖啼红泪，比司马青衫更湿。伯劳东去燕西飞，未登程先问归期。虽然眼底人千里，且尽生前酒一杯。未饮心先醉，眼中流血，心内成灰。"莺莺面对心爱的人儿，毫无保留地流露了心中的担忧。此刻的她同样在矛盾中苦苦挣扎。她既希望张珙成功又不希望他及第。考中之后，固然会得到母亲大人的认可，但考中之后由于张珙社会地位的改变而带给莺莺的担心却是巨大的。皇帝会招驸马，高门贵族会招婿，张珙即便痴情于莺莺但迫于巨大的社会压力，也会身不由己，社会地位的改变会对婚姻的稳定性产生影响。可如果没有考中呢？老夫人可不会承认这桩姻缘，张珙可能会因为失望，一去不返。在莺莺看来："中"与"不中"都让人担忧。我们从她面对张珙流下的眼泪可以读到她对婚姻前途深深的忧虑。而张珙的"金榜无名誓不归"的真情告白，在他自己想来是对莺莺钟情的誓言，也是和丈母娘矛盾调和的唯一途径，但在莺莺听来，却有些刺耳，莫非他想进"高复班"了不成？这真是秋风秋雨愁煞人呐！送君千里，终须一别，到了"执手相看泪眼"的时候。莺莺满腔伤痛地唱道："这忧愁诉与谁？相思只自知，老天不管人憔悴。泪添九曲黄河溢，恨压三峰华岳低。到晚来闷把西楼倚，见了些夕阳古道，衰柳长堤。"张珙真的要起程了，相见时难别亦难，莺莺的眼泪滂沱而下。不可遏止。莺莺想到在与张珙告别之后，也许会终日以泪洗面，成为一个闺中怨妇，望穿秋水，可远人不归。莺莺的眼泪是心中无限悲愁的真实写照。

《长亭送别》中其他曲词《叨叨令》《小梁州》《幺篇》《三煞》中都带着盈盈的泪花，莺莺仿佛就是那"梨花一枝春带雨"的美人，用她的眼泪表达了离别的悲愁、对婚姻前途的忧愁、对母亲棒打鸳鸯的怨恨以及对世俗观念的愤恨。在强大的封建势力面前，莺莺表现了一般女子所不具备的勇敢与真率，努力争取着以双方的互相吸引为基础的自由爱情，显示了生活于封建时代的女子脱俗的诗性的美丽。《西厢记》的魅力从某种意义上解读，可以说是崔莺莺的魅力。

如果说崔莺莺在《长亭送别》中宣泄的是率性的诗唱，那么杜丽娘在《闺塾》中吟哦的则是悠缓的慢板。《闺塾》中有一个流光溢彩的人物春香，春香闹学一直以来都被作为解读的热点。我觉得，作为一部富于浪漫主义色彩的爱情剧，《牡丹亭》对女主人公杜丽娘的塑造一直未曾游离，只不过笔势不同罢了，有时是直笔、明笔、主笔，有时则是曲笔、暗笔、次笔，作者在刻画人物方面一直都以男女主人公为核心。就像《闺塾》，春香的四次闹学：陈最良讲解《诗经·关雎》时故意曲解，模字时有意错拿文房四宝，找借口"出恭"去逛花园以及与塾师"对打"大闹，如果没有杜丽娘的"保护伞"，春香又怎么能够淋漓尽致地表现性格中的直率淳朴、天真可爱、机智泼辣？春香能够闹学恰恰是杜丽娘这个与众不同的大家闺秀的气度和美质的体现。无非春香闹得表面、热闹，而杜丽娘则闹得含蓄、高明一些罢了。因此，《闺塾》的解读核心应该还是杜丽娘，我们可以从人物的语言做一些品味与理解。

《闺塾》一开始，杜丽娘就非常吸引读者的眼球。冬烘先生陈最良怪罪道："凡为女子，鸡初鸣，咸盥漱栉笄，问安于父母；日出之后，各供其事。如今女学生以读书为事，须要早起！"丽娘回应道："以后不敢了。"这个"不敢"是极为微妙的。表面上看，丽娘不失大家闺秀的礼仪，恭谨地向老师道歉。细细咀嚼，丽娘为什么不说"学生知错了"，而要说"不敢了"？杜丽娘深谙师道尊严，但骨子里对父亲为自己请的这位家塾先生却极为不满，只言"不敢"，只是迫于老师的威严和自己作为一个闺秀必须遵守的礼节而已，心里其实是不服的，"不敢"表示屈从于"外力"，不是心悦诚服。你能说杜丽娘没有在闹学吗？当先生要杜丽娘讲解《关雎》的时候，丽娘的"闹"稍稍地显山露水了，她回了句："师父，依注解书，学生自会。"这句话里充满了潜台词，陈最良对《关雎》人云亦云、照本宣科的说法，让丽娘感到不满。因为陈最良是从女子美德的角度解读《关雎》的，而且特别强调"无邪"，即告诫杜丽娘不要往男女爱情上去想。丽娘所说的"自会"二字最有分量，她直截了当地拒绝了陈最良苍白无力、让人兴味索然的说教，并含蓄地表现了十足的自信。对老师授课方式和授讲内容的拒绝，不就是一种很理性的闹学吗？丽娘的表现没有春香那样的调皮、伶俐，但却比春香的"闹"多了一种分量，骨子里的反抗要比表面的热闹有力得多。当陈最良将《诗经》的大意敷衍之后，非但没有引起丽娘的共鸣和好感，反而加深了她的厌烦情绪，有"这经文偌多"这句台词为证。这不是一般性的感叹，更不是真心实意的赞美，这是明明白白的厌恶。老师的讲解没有给丽娘带来精神上的最需要的东西，只是林林总总的要求和说教而已，这又怎么会让正处于如花年龄、对生活充满了憧憬的丽娘满足呢？

《庄子·渔父》中写道："法贵天真，不拘于俗。"意思是既要真情实感，又要不事雕琢的自然之美。杜丽娘这一个"偌"字，不就充分地展现了她对陈最良所授学问的真实感受，不就流露了她性情中的自然之美的风度吗？"偌"带给我们的震撼也许还不如这一句"学生自会临书，春香还劳把笔"来得有视觉冲击力。这是丽娘说的第二次"自会"。这次的"自会"没有给塾师留下余地，得体而不失礼貌地拒绝了陈最良教自己模字。因为她不喜欢陈最良，对他古板迂腐、迟钝浅陋的风格非常厌烦，于是自顾自临摹起卫夫人传下的美女簪花格来。美女簪花格，顾名思义，其书法风格肯定娟秀剔透，玲珑清丽。杜丽娘对卫夫人书法的喜爱，足见其透明之心性。而身为塾师的陈最良却一边赞叹字好，一边又不知其属何派何格，真可谓浅陋到家了。请这样的一位冬烘先生担任女儿的老师，杜

太守也许别有用意；而当学生的杜丽娘不多时就"领教"了老师的浅薄迂腐，表现出不太欢迎的态度，可见其心思的细密。这个"自会"显然可以看作是进一步的闹学了。但丽娘的表述始终是有教养有身份的，一直保持着她的恭谨沉稳，这与莺莺的直抒其怀有着差别。莺莺面对的是自己的母亲、爱人、丫环，而丽娘面对的是一本正经的闺塾先生，这当然是不一样的。当春香逛了花园回来之后，陈最良举了好多苦读的例子教训春香，春香不服，认为这些人都运用了"自残"的方式，并不光彩。春香的反驳让陈最良感觉师道尊严受到威胁，于是打算采用武力，没料到被春香夺了荆条，就在老师下不了台面的时候，杜丽娘表现了一个大家闺秀的智慧与可爱。

且看她是怎么教春香的规矩的："手不许把秋千索拿！脚不许把花园路踏……这招风嘴把香头来绰疤，招花眼把绣针儿签瞎……则要你守砚台，跟书案，伴诗云，陪子曰，没的争差……则问你几丝儿头发，几条背花？敢也怕些些夫人堂上那些家法？"丽娘唱这一段的时候肯定声色俱厉，但这么做的目的并不是为了惩罚春香，她对春香的行为明骂暗许，主要是为了让陈最良难受，看不下去了，发发善心，顺水推舟罢了。丽娘"闹学"多有大家闺秀的水准啊！丽娘这种"掩人耳目"的做法既为陈最良挽回了师道尊严，又巧妙地保护了婢女春香，而"保护"其实就是"纵容"，"纵容"就是"认可"，"认可"则是"向往"了。当春香背后骂陈最良是"村老牛""痴老狗"时，丽娘用"一日为师，终身为父。他打不得你"轻轻带过之后，急急问道："那花园在哪里？"读到这里，不禁释卷轻笑，原来丽娘也是这等的急迫！而到了"可有甚么景致"的追问时，丽娘对自然自由的向往就流露无遗了。窗外风光无限好，拥有这样的名花异草，而我丽娘却在无聊的家塾中将青春变老，这又是何等令人心伤！丽娘的闹学似乎一直没有浪尖风口，也没有春香的直截了当，却涌动着一股热浪，这股热浪来自于郁积于丽娘心中对自然的渴望，对美的追求，甚至可能来自于她心中开始萌动的对爱的懵懂的期盼。

这就是《闺塾》中看似不闹不惊的杜丽娘，这就是《闺塾》中少言少语、退为旁笔的杜丽娘，这就是《闺塾》中大家闺秀风范、青春少女性情兼具兼美的杜丽娘。她以柔性持中的反抗展现自我的性格魅力，这种隐隐之中牵动人心的绵密之力和崔莺莺所表现的真率之力同样具有烛照人心的力量。她们是中国古典戏曲中两朵奇葩，花开两朵，各表一枝。她们的性格之美、精神之美，让我们的境界在悲悲喜喜的情感运动中得到了理性的升华，让我们在审美的同时，丰富对人生对爱的真诚体验。

第二节 《水浒传》中的女性悲歌

《水浒传》中的女性虽然没有《三国演义》中的多，但就描写的比重而言，前者反而比后者大，而其用笔也更细。因此相对来说，《水浒传》中的女性个性更为鲜明、内心世界也更为丰富多彩。

一、《水浒传》中的女性形象分析

《三国演义》与《水浒传》虽然都是男性化的小说文本，然而对于女性的态度却相去甚远。《三国演义》一书对女性是持肯定态度的，书中的很多女性都成了道德化的符号，从道德审美的角度说，其中的大部分女性都应属美的形象；但《水浒传》却有很大不同：它虽然也没有宣扬"女色亡国论"，但却散发着浓烈的"红颜祸水论"思想，渗透着歧视和厌恶女性的偏见。刘敬圻说："在《水浒传》作者看来，不仅坏女人是祸水，好女人也往往是祸水。"可以说全书都透着对女人的反感。在作者眼里，男人最好别沾女人，一沾女人就要倒霉：或弄得家破人亡，或弄得声名狼藉，或给他人带来祸殃。由此作者进一步认为只有不爱女色的男人才是英雄，而像矮脚虎王英那样的好色之徒是最没英雄气性的。故董阳认为《水浒传》反映了以下思想：第一，对女性美的否定：① "美"与"恶"的统一。认为小说中长得美的女人往往品行是恶的。② "美"与"善"的对立。认为小说中女人的貌美与心地的善良形成了对立。第二，祸水观。①红颜是祸水。② "不近美色"是英雄的重要品德。❶正是基于这一看法，故有的研究者把《水浒传》视为"反女性的文本"。

就前七十一回看，《水浒传》中写到的女性大致可以分为以下三类：一为天使型，如林冲之妻；二为恶魔型，如潘金莲；三为雄化女人，如孙二娘。❷也有的把水浒女性形象分为"祸水"般的女人、英雄化的女人、邪恶的女人等三种类型。❸分类虽有异，实质都一样，均认为《水浒传》中的女性以反面形象居多，可谓好女人少之又少，坏女人比比皆是，简直是天下乌鸦一般黑。

---

❶《〈水浒传〉与中国传统文化中的女性观》董阳，重庆大学学报（社会科学版），2004（05）:91-93.

❷《从〈水浒传〉分析男权文化背景下的女性形象》赵爱荣，黄河之声，2018（24）:138-139.

❸《从比较中看〈水浒〉女性形象及作者的妇女观》唐萍，严锐，甘肃高师学报,2005（03）:13-15.

从《水浒传》的描写可以看出，不少好汉的上梁山都与女人有着直接或间接的关系：林冲的娘子张氏虽是个既美且贤的好女人，然而林冲的祸殃却完全是因她而起。由于她的美丽引起高衙内的垂涎，几次三番调戏、诱骗张氏，后又设计陷害林冲，硬把安分守己的顺民林冲逼得无路可走，不得已而上了梁山。这对于林冲娘子来说，可谓是"人本无罪，怀璧有罪"，正是她的美丽给林冲招来了无穷的祸殃，从这个意义上说"好女人也是祸水"。

至于另外一些好汉的被逼得走投无路，最终走上梁山，则是起于坏女人的有意所为，如宋江、武松、杨雄、卢俊义等。这些江湖好汉本来都只想做个"良民"，安安稳稳地度过一生，就是因为他们身边有了一个坏女人，或勾引他人，谋害亲夫；或与奸夫沆瀣一气，出首告密；或勾结官府，陷害好人，最终逼得这些男人们做不成"良民"，不得已而手刃了这些奸夫淫妇，在无路可走的情况下上了梁山。

宋江的外室阎婆惜只为丈夫未能满足她的情欲，于是就勾结贴书张文远，而为了达到她与张文远做长久夫妻的目的，她竟威胁宋江要出首告密，逼得宋江不得不下手杀人。（第二十一回）为了这事宋江只好避逃江湖，然而宋江还是拒绝上梁山。后来他去清风寨投奔花荣，又碰上了一个坏女人——刘高的妻子。正是这个歹毒女人的颠倒是非，使宋江又一次成为囚犯，差点成了刀下鬼，多亏清风山的好汉们中途抢了囚车，把他救了出来。宋江因恨不过刘高夫妇的陷害，才有意大弄，以致公开与黄信、秦明带来的官军作对，从而断了自己的退路，只好上了梁山。（第三十三至三十五回）武松的上梁山同样起于女人。他于景阳冈打死吊睛白额大虫之后，已成为响当当的打虎英雄，又做了阳谷县的都头，其后又与哥哥武大重逢，按说他已时来运转，可以好好地享受人生了。可是就因为嫂嫂的不守本分，先是挑逗自己，后又与西门庆勾搭成奸，并把哥哥害死，出于兄弟情义，他不得已斗杀西门庆，活剐潘金莲，为此惹下命案官司，被发配孟州。其后又因为施恩打抱不平，得罪蒋门神，继而又与张都监、张团练结怨，不得已大闹飞云浦、血溅鸳鸯楼，使得自己无法在社会上立足，这才先上了二龙山，后又投向梁山泊。

杨雄的上梁山则直接起于其妻潘巧云。由于其妻与和尚裴如海通奸，被其结义兄弟石秀发觉，而潘氏反而恶人先告状，想诬陷石秀，石秀气不过，先杀了裴如海，再劝杨雄杀了潘巧云。后在石秀的建议下，俩人一起上了梁山。（第四十四、四十五回）

卢俊义的上梁山虽与杨雄稍有区别，但也与妻子的不贤有关。事情虽起于梁山泊仰慕他的大名，有意设下陷阱，迫其上梁山，但如果其妻贾氏贤良的话，也不至于做出与管家李固勾搭成奸，又让李固出首告发丈夫私通梁山泊的事，又上下使银子，要将卢俊义问成死罪。卢俊义本以为妻子贤良，想不到贾氏竟然如此淫邪、狠毒，气愤之下，最后亲手活剐了贾氏和李固，自己也坐了梁山泊的第二把交椅。（第六十一到六十七回）

歌妓白秀英仗着自己与知县相好，竟肆无忌惮地辱骂雷横，又唆使知县拘押雷横，还将雷横示众，并辱骂、殴打雷横的老母，她后来被雷横一枷打死，但却是"自作孽，不可活"，一点也不值得同情。（第五十一回）

这些女性完全丧失了女性应有的善良、贤惠、忠贞的品德，变得淫荡、狠毒、贪婪、阴险，毫无礼义廉耻。正是由于她们与别的男子勾搭成奸，而为了奸情不致败露，或为了与奸夫做长久夫妻竟然谋害亲夫，迫使她们的丈夫和亲人不得已而杀人，最后不得不上了梁山。

小说中写到的王婆则更是邪恶的典型。虽说西门庆、潘金莲不是什么好男女，但如果不是王婆别有用心的撮合，这两位也不至于勾搭成奸，更不至于干出杀人的罪恶勾当。正是王婆以她善于察言观色，揣摸他人心理的本事，一者为了从西门庆身上捞钱，二者为了满足西门庆的情感欲望，于是在二人之间拉起了皮条，在自己房里成就了二人的奸情，然后又出主意，让西门庆买来砒霜，毒死武大；又指点潘金莲如何下毒，如何掩盖事实真相。这种女人胆大、精细、狠毒，能说会道，干起坏事来异常老练，比之西门庆、潘金莲来更为邪恶。（第二十四到二十六回）

因为作者痛恨这些淫荡、邪恶的女性，所以他总是让这些女性下场很惨：或是被杀，或是被砍头剜心，或是被零刀碎剐，或是分身碎尸。虽然在今人看来这种做法有点野蛮，但作者每每写到这些地方，总给人一种痛快淋漓的感觉。显然，这都起于作者对女性的仇恨。

《水浒传》也写了几位英雄女性，即名列七十二地煞的扈三娘、顾大嫂、孙二娘。但作者在写这三位红粉队里的另类时，似乎用了异样的笔法。他不是用传统的眼光、正常的逻辑来写这三位女性，而完全是以男性为标准，用充满雄性色彩的笔调来写。如此一来，他笔下的这三位女性就完全成了女人中的另类，如果不是她们的大名具有明确的女性化特点的话，人们几乎难以相信她们也是女人，尤其是顾大嫂和孙二娘两位。顾大嫂绰号为"母大虫"，"大虫"者，老虎也；顾名思义，"母大虫"就是"母老虎"。从这一绰号可知，这位顾大嫂一是孔武有力，二是生性威猛、凶恶。小说以韵语形式介绍她说："眉粗眼大，胖面肥腰。插一头异样钗环，露两个时兴钏镯。有时怒起，提井栏便打老公头；忽地心焦，拿石锥敲翻庄客腿。生来不会拈针线，弄棒持枪当女工。"她除了形体像女人外，又哪有半点女人味！（第四十九回）至于号称"母夜叉"的孙二娘，则生生就是一个女魔头。她和丈夫张青在大树十字坡开酒店，表面上是做正经生意，实际上

却是干的杀人越货的勾当，甚至公然卖人肉馒头，梁上时常挂着五、七条人腿。丈夫尚且有"三不杀"，而她却凡是肥胖的一律皆杀，割下好肉来做馒头馅子，简直令人毛骨悚然。小说介绍她是："眉横杀气，眼露凶光。辘轴般蠢坌腰肢，棒锤似粗莽手脚。厚铺着一层腻粉，遮掩顽皮；浓搽就两晕胭脂，直侵乱发。金钏牢笼魔女臂，红衫照映夜叉精。"（第二十七回）这两位不仅是女性的异化，简直就是人性的异化！三位女性中的另一位扈三娘，号为"一丈青"，长的是"天然美貌海棠花"，加上武艺又好，按说当是女性中的精英。谁知这样一位出色的女性，却被宋江"乔太守乱点鸳鸯谱"，强行许配给了好色之徒矮脚虎王英，真是一朵鲜花插在了牛粪上。可见即使是作者笔下的正面女性，也是让人看了啼笑皆非：要么徒有女性之体，而无女性之味；要么虽有女性之美，却无女性之命。总而言之，在作者的意识里，女性就不配有好的命运。

的确，《水浒传》有一种极为强烈的男性中心意识，而且是以一种反常的男性心理来看待、描写女性。在他的眼中，女性或是淫妇，或是恶魔，或是扭曲了性别特征的人，完全与人们心目中传统的女性背道而驰。显然这是对女性的偏见与歧视。

二、《水浒传》中的女性婚姻与爱情

《水浒传》描写婚姻爱情主要有三类：一类是扈三娘式的寄生依赖的婚姻，一类是潘金莲式的合理不合情的婚姻，还有一类是琼英式的自由真挚的婚姻。众多女性的婚姻悲喜剧不可避免地带有封建的糟粕，但也些许流露出民主的思想因素。

第一类是依赖寄生的婚姻：扈三娘不仅武艺高强，容貌更不在话下，"天生美貌海棠花"足以证明。她的未婚夫祝彪也英俊潇洒，武艺高强，在我们现代人的眼睛里，他们俩是一对金童玉女。可三庄被攻破之后，祝彪被杀，三娘被擒，屈而为宋太公之女，再屈而为王英之妻，低首俯心，了无一语，与前面英勇的扈三娘判若两人。扈三娘由于种种原因"顺从"的接受与王英无爱的婚姻，这种种原因最根本的是女人的依附性。女人必须承担社会赋予她的"贤妻良母"的角色，而不是"女强人"。这也让我们意识到在当时男权统治的社会，女性的地位是极其低下的，不仅父兄，丈夫掌握女性的命运，甚至连一个毫无关系的男人也可以随心所欲地去支配女人的命运。被人送掉了还不算，扈三娘还要为这个轻置她婚姻幸福的男人流血拼命。女英雄的悲剧表明：即使她再高贵，再英勇，即使她可以在沙场上将须眉男子打下马来，可却永远也冲不破男性统治的压迫和禁锢的藩篱。

第二类是潘金莲式的合理不合情的婚姻。自《水浒传》问世以后，潘金莲就成了千古淫妇，罪恶妇女的代名词。她是作者极力否定的人物。时移世易，以我们现代的眼光来看待她，她是否还应该背负不堪的罪名遗臭万年呢？

潘金莲可以称得上这种时代牺牲的缩影。卑微的出身和生存权力的丧失规定了她畸形的足迹，少年的不幸与转嫁武大郎后的遭遇，激活了她自然生命意识的觉醒。她觉悟到当时环境下女人追求权力唯一的资本是天赋的容貌，并在武大郎家庭中对非婚姻生活做出了大胆的背叛。武松的出现，出于人所共有的喜欢美的天性和对英雄的渴望心理，使她曾有的对生活的憧憬和向往，梦和幻想又开始复苏了。但当武松对潘金莲的求爱表示强烈的拒绝和鄙夷后，她开始彻底地绝望了。这种绝望不仅是对生活失去信心，更是作为一个人所有欲望的泯灭。此时的她是"哀莫大于心死"，在一个"一失足成千古恨"的社会里，迈错一步和迈错许多步的差别是微乎其微的，尤其是女人，简直没有回身的机会。于是她只能一错再错，以至后来私通西门庆，干出了伤天害理的事情来。武大的死，她固然有罪，但我们不能因为武大的死而简单地把她斥之为"淫妇"，也不能过高的把她提拔为封建婚姻的叛逆者。她毕竟只是那个历史造就的千千万万妇女形象中的"一个"。

同样，其他的几个被称为"淫妇"的女性，她们的婚姻如此相似，或与丈夫缺乏感情，或与丈夫同床异梦，她们都想追求婚姻以外的补偿，结果落得个身首异处的下场。她们婚姻的失败，固然有她们个人的原因，但最根本的因素却不在此，而在于不合理的封建制度，特别是婚姻制度。这种不合理的制度造成了一个又一个的女性悲剧，而这些悲剧表明，她们以对人性是自然的追求向男性的特权提出了大胆挑战，但在追求中她们走进了黑暗，迷失了原本纯真自我的本性。她们的死正是男权统治对女性人性的扼杀。

第三类是自由真挚的婚姻：琼英和张清应该说是《水浒传》中理想的夫妻。两人郎才女貌，因梦相知，因梦相爱。作者对他们的自由结合进行了热情的歌颂，以神奇的色彩来装扮自己心目中的理想人物，使他们的事既符合"天意"，又符合"人愿"。这种毫无顾忌地向腐朽的封建婚姻制度提出挑战，不惜以生命来换取自己理想的爱情誓言，表达出了琼英对爱情的深刻认识和大胆追求。这种爱情既不同于柏拉图式的精神恋爱，也不同于欧洲文艺复兴时代的性解放；既不同于欧洲中世纪的骑士爱情，也不同于容貌上的互相吸引的才子佳人式的恋爱。它的基础不是他人强加的绳索，也不是表面的吸引，而是平等基础上的互爱，是才能和志趣上的和谐。

综合上述的三种婚姻爱情的关系上，大体可以总结为享受被爱的婚姻，追求有爱的婚姻，接受无爱的婚姻。琼英和潘金莲都在追求有爱的婚姻，但由于社会赋予的角色的不同以及两人的际遇不同，使她们的婚姻状况也千差万别。首先，琼英是郡主，社会地位较高，与社会的一般女子相比，她有较强的独立性，有自己的主

见和观点，这决定了她对男子的依附性也少一点。而潘金莲只是来自下层社会的一名侍女，自身的软弱性注定她只能成为"物"，而不是"人"。经济上的不独立，使她只能成为男子的附属品。其次，琼英所遇到的张清是一个与她在人际间的兴趣爱好基本一致，性格情趣上相似的人生伴侣，而潘金莲遇到的是一个与她万般皆不般配的武大。他们不仅兴趣爱好不同，连性格情感也相差个十万八千里。因此，琼英与张清是在精神和肉体都得到高度和谐，而潘金莲却想挣脱这无爱的婚姻而不得对武大说"你还了我一纸休书来"，也只得到武大沉默的回应。

三、《水浒传》中的女性观

有人说《水浒传》的作者仇视女性，仔细回味一下该书，就会发现此话不假。该书中的女性大多是淫妇，卢俊义之妻贾氏与李固通奸陷害卢俊义；宋江之妾阎婆惜与张文远通奸陷害宋江；潘金莲勾引小叔不成与西门庆通奸毒死武大；潘巧云与和尚通奸陷害石秀。我们真替这些英雄们难过，他们这么倒霉，怎么全部都遇上淫妇？是不是宋代淫妇特别多？当然不是，这是作者集中反映了中国传统的女性观主要表现为对女性美的否定，对婚姻爱情的矛盾批判上。为什么说是一种对女性美的否定呢？我们从女性类型中的扈三娘和潘金莲身上可以看出，美丽聪慧的女子，作者非要配给奇丑无比的汉子，如年轻貌美做得一手好针线的潘金莲配给矮小丑陋的武大郎；年轻貌美武艺高强的扈三娘配给矮腿好色的王英；虽有"好汉无好妻，赖汉娶花枝"之说，但是硬把美女配给丑汉，就如拿着鲜花非要插到牛粪上一样。这是作者很明显地对女性美的一种否定。其次，在三类婚姻中，我们不难发现作者矛盾的妇女观。对前两者的婚姻，作者采取的是一种"男尊女卑"的庸俗的妇女观，这也反映在《水浒传》中众多英雄好汉在两性关系上，他们的禁欲主义和对婚姻家庭的随意态度，决定了他们对两性及婚姻的另一组成部分——女性的轻视心态。他们无视女性的人格价值，甚至无视女性生命的存在。在他们看来女人只是男人卑贱的附属物，必要的时候完全可以舍弃。潘金莲追求有爱的婚姻所表现出的狂烈，与和武大极力维护的夫权，是一对极不协调的矛盾冲突。当她的狂烈溢出了婚姻的框架，必然遭到社会的惩罚。而扈三娘看似稳定而不美满的婚姻是女性自我压缩人格的体现。她以一种死的沉默来保存自己生的权利。这是在封建社会长期以来的压制排挤下，女性保全自己而采取的一种"委曲求全"。这也是当时传统女性的地位低下的体现。总的来说，《水浒传》对女性形象的刻画都走了极端，女性得不到欣赏和肯定，也便成了文学作品中时代牺牲的缩影。虽然，《水浒传》在描写女性婚姻悲喜剧的过程中所表现出的婚姻爱情观虽不可避免的含有封建理学的糟粕，但也明显地流露出清新的民主思想因素，还是具有进步性和典型性的。

第三节　民间四大传说的悲剧延续

作为民间悲剧的典型代表，四大传说（《牛郎织女》《孟姜女》《梁山伯与祝英台》《白蛇传》）积淀着民众深沉的悲剧意识。由于文化主体社会地位和思想意识的差异，四大传说蕴涵的悲剧意识与中国传统文化中居统治地位的上层文化或精英文化的悲剧意识有所不同。探寻四大传说的悲剧意识及其成因对我们加深理解民间文化的特质有着重要的意义。

一、四大传说中的悲剧意识

四大传说是民众群体心灵共振的产物，其在传承过程中又融合了一代又一代人的悲怆体验。四大传说渗透的悲剧意识主要体现为浓重的爱情悲剧意识和高扬的悲剧精神两个方面。

（一）四大传说传达出强烈的爱情悲剧意识

定型之后的四大传说均以爱情悲剧为旨归，折射出民众追求爱情而不得的厚重之悲。在四大传说中，牛郎织女相望于天河之滨，孟姜女千里寻夫，梁山伯祝英台生死不渝，白蛇被压雷峰塔下仍痴情不改。四大传说描绘了感人至深的人间至情，凸显出民众对真挚爱情的执着追求。但是，牛郎织女最终天河相隔，白蛇被镇雷峰塔下，孟姜女与万杞梁、梁山伯与祝英台则付出了生命的代价。四大传说主人公的爱情追求均以失败告终，这是民众对悲剧性现实深刻感受的形象再现。

四大传说不仅表现了民众对真挚爱情的追求，而且渲染了一种平等互爱的情感内涵。牛郎织女男耕女织，夫妻平等和睦；许仙白蛇合力经营，夫妻共同构筑家园；梁山伯祝英台同窗共读，至情至爱源于长期的相知；孟姜女的故事叙述则渗透着素朴真情和夫妻情重的爱情内涵。四大传说从不同侧面显示了民众与特定的生产、生活方式相联系的家庭理想，透露出民众对幸福爱情的独特领悟。恩格斯在《家庭、私有制和国家的起源》一书中曾分析"古代的爱"和"现代爱"，并将平等互爱与强烈持久视为现代爱的特征。如果用恩格斯的理论观照四大传说的爱情结构，虽不能说完全符合现代爱的标准，但其与现代爱确有相同之处。

四大传说承载的强烈的爱情追求及独特的爱情内涵在中国传统文化的背景中有着深刻的意义。以儒学为中心的中国传统文化重视完成伦常关系的婚姻而极力排斥人自然而生的爱情欲求，儒学的内圣外王之道及其诗教又使文人们致力于追求个人的德行美懿及社会价值，并专注于文学的政教作用，因此，上层文化中充溢着儒学理想与现实差距引起的痛苦与悲凉，而涉及个体情感的爱情悲剧意识则

较为微弱与模糊。至小说、戏曲大兴，爱情悲剧意识虽有所增强，但仍有很大局限。上层文化的爱情悲剧意识始终踯躅于伦理的阴影之下，而且其宣扬的情感带有浓重的男权文化色彩。四大传说产生自民众自然朴实的爱情愿望，展露了民众浓重的爱情悲怆性体验，并宣扬了一种迥异于儒家规范的爱情观念，从而丰富了中国古典悲剧意识的类型与内涵。

（二）四大传说昭显了高扬的悲剧精神

悲剧意识是人类自觉意志、主体意识的有力显示，是一种积极向上的精神力量。悲剧意识不但包含对悲剧现实人生痛苦的体验和深哀这一浅层动因，更包括对不幸无休止的问询并不屈地挣扎、反抗的深层心理层次，而后者正是悲剧意识的核心——悲剧精神。悲剧精神以人的主体性力量之生成和强化程度为标尺，并借助悲剧人物得以宣示。四大传说的主人公直面冲突，表现出高扬的主体意识和抗争精神，使传说显示出悲剧的崇高之美。

四大传说的主人公既有着丰富的个人欲望，又有着为了自身的欲望而积极行动的魄力与勇气。织女、白蛇突破森严的等级限制实现了对"人"的渴望，祝英台蔑视"女子无才便是德"的成习化装游学。四大传说的女主人公大多显示出依照个人愿望完善自身的态势，在对自身现实与社会规范的超越中获得更高的人格价值。四大传说还凸显了人物对爱情大胆而主动的追求。孟姜女因为洗浴被万杞梁撞见便开言求嫁，有些文本甚至叙述孟姜女被万杞梁婉拒后竟以威吓相逼；白蛇施展"顿摄骤雨"之法以便搭上许仙所乘之船，又借许仙取伞之机求取婚配；祝英台还家之际多番暗示，并托辞"以妹妻君"自许终身。四大传说的主人公基于个人的爱情欲望而违逆了"父母之命，媒妁之言"这一传统社会的神圣法则，显示出悲剧人物的人格魅力。

四大传说的主人公不但表现出坚定的主体意志，更展示了顽强的抗争品格。"没有对灾难的反抗，也就没有悲剧"，悲剧精神的精髓即是对悲剧性人生遭际的反抗。四大传说的主人公在残酷的现实面前没有退缩、逃避，而是与阻挠势力展开了勇敢的、毫不妥协的拼斗。身为凡夫的牛郎冲破人寰天堂之界奋力追赶被王母捉回的织女，孟姜女面对至高无上的秦始皇凛然无畏，祝英台决然冲破"礼"的堤防素服祭坟，浑身"野性"的白蛇遇到任何困难都不缩身畏惧。四大传说的主人公直面冲突并顽强抗争，其高扬的悲剧精神凸显了悲剧主体崇高的人格力量。四大传说的主人公不仅具有顽强的抗争意识，还展现了直面死亡与失败的魄力与勇气。"死亡本身已无足轻重……重要的是人在死亡面前做些什么。"孟姜女勇敢地投海自尽、祝英台无畏地纵身入坟，她们以感性生命的代价创造出新的人格价值。别林斯基曾言，对真正的悲剧英雄来说，"命运可以剥夺他的幸福和生命，却不能贬低他的精神，可以把他打倒，却不能把他征服。"悲剧精神实际是通过意志、勇气和抗争褒扬一种精神得胜状态，而并非关注那真切的失败。牛郎织女天河相隔，却永不放弃；白蛇被压雷峰塔下，而不因此屈服。四大传说的主人公超越了失败，也在失败中造就了自己。

四大传说渗透的高扬的悲剧精神在中国传统文化的背景中亦有着突出的意义。建立在农业社会和血缘宗族制度上的中国传统文化是以中和为核心的保存型文化。由传统文化的特色所决定，中国古典悲剧人物在苦难面前往往缺乏主动驾驭命运和抗击命运的悲壮斗争，中国古典悲剧因而流荡着感伤哀怨的情绪，悲剧意识呈现出哀柔为主的基调。"中国是以泪和悲来让文化得以在一个固定不变的理想、一个封闭的和谐中长存，这就是中国悲剧的文化精神。"但是，没有奋起抗争的痛苦只是平庸的痛苦，缺乏悲剧精神的悲剧意识不能称为真正意义上的悲剧意识。与中国众多古典悲剧人物的软弱、承受相异，四大传说的悲剧主人公表现出主动超越与顽强抗争的态势，其悲剧精神的昂扬提升了中国悲剧意识不屈的品格。

二、悲剧意识成因

显示主体意志、从属心理范畴的悲剧意识，其生成有着主、客观方面种种复杂的因素。

首先，四大传说悲剧意识的形成与主体低下的社会地位密切相关，或者更准确地说，民众低下的社会地位对四大传说悲剧意识的形成有着决定性的作用。悲剧意识是人类对悲剧性现实的深切感受并对悲剧困境不懈探寻和抗议的心理意向，因而，悲惨的社会现实是悲剧意识滋生的前提，而人类自身对悲惨与痛苦勇于索解与反抗的精神则是悲剧意识形成的决定性素质。民众低下的社会地位对四大传说悲剧意识生成的重要作用主要体现在如下几个方面。第一，在古代中国这一苦难深重的社会里，处在底层的百姓所承受的灾难无疑最为深重，因此其对悲惨的现实人生便有着至深至哀的体验。而且，由于社会地位的低下，民众被剥夺了参与政事与其他社会活动的机会与权利，所以其全部的希望即寄托于个人及家庭生活的幸福，因而对爱情的要求便表现出分外的注重，但现实生活中民众这一爱情理想常因种种缘由遭到破坏而得不到实现，于是这种强烈而难以排解的感情就郁积凝结为厚重的爱情悲剧意识。第二，因地位卑下而长期遭受的困苦与不平滋生出百姓的抗争意识。悲惨与不幸固然可以生成百姓的软弱与忍受，但更为重要的是，这种困苦与不平最容易激发民众对苦难与邪恶的反抗情绪和斗争意识。传统社会中普通百姓这种蓄积的抗争意识往往在民间文学和现实斗争两个层面得以宣泄与表现。第三，地位的卑贱、生活的穷困导致了百姓极少可能或者根本无缘接受传统社会的正统教育，其思想因此较少受儒家和道家思想的浸润。儒家哲

学是一种高度发展的理性哲学，其标榜的从和意识和伦理行为规范既缺乏对个体愿望与价值的自觉和尊重，也缺乏对现实苦难无法忍受并强烈抗争的生命意向。道家学说虽然弥漫着浓重的人生悲剧感，但面对现实与苦难，道家选择的却是貌似超然的圆滑与无可奈何的逃遁。应该说，作为中国传统文化主要成分的儒家哲学和道家学说均具有明显的反悲剧意识的特征。虽然处于传统文化大背景之中的下层民众不可避免地受到儒、道学说的影响，但这种影响相对而言较为微弱。因此，对现实人生的种种痛苦感受，民众不是自觉地将其控制或者淡漠地化解，而是执着地借助其思想意识的最佳载体——民间文学宣泄而出。最后，简单指出，因民众深沉的爱情之悲而产生、承载着民众的爱情追求与抗争的四大传说在其横向流播、纵向传承的过程中，又融汇了不同区域、不同年代之人相同或相似的心灵体验，因而其悲剧意识的内涵及精神愈加彰显。

其次，诞生于民间文学背景中的四大传说，其悲剧意识的形成自然无法脱离厚积的民间文学土壤的孕育。四大传说并非凌空蹈虚而来，而是民间文学中涌动的爱情之悲与昂扬之气交融、酝酿的结果。早在中华民族发轫期形成的神话中，爱情悲剧就是一个重要类型。"牛郎织女"之外，其他如"禹失涂山氏""湘妃哭舜"嫦娥去羿"等作品都展现了人们理想与现实、情感与理智的悲剧性冲突以及由这些冲突所导致的悲苦心境。神话里亦有大量显示人们勇于超越、敢于抗争的悲剧性故事。女娲补天、夸父逐日、精卫填海、鲧禹治水，这些一直盛传于民间的悲壮神话积淀在民众心灵深处，陶冶着民众及民间文学的悲剧精神。神话衰微之后，诗歌与故事成为民间文学的重要组成部分。在最早的诗歌总集《诗经》里，以婚恋为主题的民歌占《国风》中较大的数量，其涉及的内容已相当广泛，诸如游子思妇、婚姻破裂、妇女被弃等悲剧题材都有所展示。《鄘风》里的《柏舟》叙述女主人公自己选择配偶并直面父母的逼迫表示至死不变的决心，显露出浓重的爱情悲剧意识。汉魏六朝乐府诗里，表现婚恋的作品居多，其中南朝乐府民歌几乎是清一色的情歌。汉乐府婚恋民歌较多的是弃妇和怨女的悲诉与抗议，《白头吟》《有所思》等张扬了女主人公的悲剧精神，尤其是长诗《孔雀东南飞》所叙的刘、焦悲剧因具有高度的典型意义而影响深远。南朝乐府民歌由于其《都市之歌》的狭隘性，难免有小市民的低级趣味，但仍有一部分诗作发出了婚恋不自由的悲鸣。唐宋民歌亦承袭前代风范，婚恋悲剧内容仍是其关注热点。婚恋题材同样是民间故事的叙述重心。自魏晋起，肇始于神话时代的人与异类相恋的故事大为昌炽。《列异传》《搜神记》《搜神后记》《幽明录》《广异记》等书中的人与异类相恋故事虽然"情"的含量较少，但其描述人与异类最终相隔的结局，因而颇具悲剧色彩，并为白蛇传说的特出作了准备。《搜神记》中，紫玉因吴王不许其与韩重结合而夭亡，其魂魄复与韩重相见；韩凭夫妇被强力拆散而自尽，双化鸳鸯哀鸣。爱情悲剧意识在此二则故事中表现得极为突出。《幽明录》中的《买粉儿》及《庞阿》描摹了生而死、死而生的情感，虽然主人公最终遂其所愿，但凄凉意味颇浓。宋郭茂倩的《乐府诗集》收载《华山畿》并记录一则故事说明此组诗的缘起。该故事叙述一位士子因悦一女子而成疾身死，女跃入棺与其合葬，与梁祝传说似同出一辙。因为四大传说至宋末皆已产生，本文的检索亦至宋为止。不过，需要指出，从民间文学母体中萌生的四大传说，自始至终都汇注于民间文学的潮流中，吸收、借鉴其他民间文学作品的成分而得以不断衍化、充实与发展。

至于四大传说独特的爱情内涵的产生，同样与民众贫贱的社会地位和古朴的文化心理有着密切的联系。就民众贫贱的社会地位而论，恩格斯曾精辟地指出，现代意义上的爱情关系，在古代只是在官方社会以外才有。如前文所述，由于地位的低下，普通民众被剥夺了许多社会权利，因此，民众便对幸福的感情与家庭生活倍加珍视和爱护。另外，恩格斯亦曾言："外表上受尊敬的、脱离一切实际劳动的文明时代的贵妇人，比起野蛮时代辛苦劳动的妇女来，其社会地位是无比低下的……"恩格斯认为，参加实际劳动与否是酿就文明时代与野蛮时代妇女地位差异的重要原因，这的确是深中肯綮之见。沿袭恩格斯的思路，我们可以认为，参加实际劳动与否同样是造成文明时代上层社会与下层社会妇女地位不同的主要缘由。物质条件的匮乏常使下层社会的女子同男子一道担负起供养家庭的责任，女子便由此脱离附庸的地位而以与男子趋于平等的身份存在，并因之赢得下层社会的普遍尊重。就民众古朴的文化心理来说，民间文化往往凭借其传承的特质穿越时间的屏障而熏染一代又一代人的心灵，中国长期的农耕社会又使民间文化的传承与稳定更加突出，因此，民间文化往往积淀着幽邃的信息并留存着昔日的形影。女娲补天造人、简狄吞鸟卵孕契、姜嫄履大人迹生后稷……众多神话传说表述着远古社会中女性曾有的崇高地位，也陶冶着民众朴实的女性观念。

四大传说之外，民间文学中体现对女子的尊重之作俯拾皆是，著名的"巧女型故事即是典型一例。四大传说以其自身鲜明的个性具体而深刻地昭示了民间文化的特质与存在意义。社会分层常常导致文化分层，中国的文化系统由上层的、主流的文化与下层的、民间的文化共同组成。研究中国传统文化，不可忽略根植于广大民众、作为民族文化根基的民间文化。

三、《孔雀东南飞》对爱情的捍卫以及悲剧呈现

长篇叙事诗歌《孔雀东南飞》的出现，突破了此前传统悲剧诗歌以表现个人生活或情感上的不幸的单一主题，将个体生命的毁灭、爱情失落及命运的不可抗拒这三重悲剧因素较好地糅合在一个叙事完整巧妙、具有典型悲剧意义的故事中，从而以其独特的艺术魅力，确立了中国古典悲剧诗歌的新典范。

在美学上，悲剧作为最高的艺术形式，常常向我们展示命运的残酷无情和对美的破坏，用鲁迅先生的一句话来说就是"将人生的有价值的东西毁灭给人看"。所以，舞台上的悲剧表演、文学作品中的悲剧虚构往往吸引着我们，并使读者在欣赏过程中得到极大的心理满足。之所以如此，从美学角度看，是因为悲剧比任何其他艺术形式都更容易唤起读者的个人情感和道德感受，进而从内心深处产生巨大的怜悯和恐惧感：对于悲剧主人公所遭遇的不幸和痛苦，寄予深切的同情和怜悯；对于他们的挣扎与毁灭，则感到恐惧。读者内心深处，往往希望那些无辜的人物能摆脱不幸。而当他们毁灭时，我们看到了自己心愿的落空，我们一边诅咒着该死的命运安排，诅咒制造悲剧的邪恶力量，一边却心满意足地走出剧场，或掩上书卷，觉得自己的心灵在巨大的震撼中又得到了一次净化。长篇叙事诗《孔雀东南飞》无疑就是这样一出具有震撼力的悲剧。

由于兰芝得不到婆婆的喜爱，这样必然会形成一种事实：处于家庭底层的媳妇和作为家族最高利益代表的婆婆之间存在着矛盾，这一矛盾的存在，本身即意味着焦家家族利益面临着挑战和损害。

由此可以理解，为什么在焦仲卿苦苦向焦母哀求挽留兰芝时，焦母不但不为所动，反而"捶床便大怒：'小子无所畏，何敢助妇语！吾已失恩义，会不相从许！'"，为了维护家族利益，焦母坚决将兰芝扫地出门，全然不顾儿子与媳妇之间的夫妻恩爱。焦仲卿与刘兰芝二人之间的个人爱情，在家族意志的阴影下，完全被抹杀、忽略。可以说《孔雀东南飞》在揭示刘兰芝这位弱女子个人生命毁灭过程的同时，也展示了一出青年男女爱情失落的悲剧。焦刘二人之间的感情，其实早已超越了普通夫妻之间的情爱。在巨大的灾难面前，两人所表现出来的，更是一种对于爱情忠贞的信守与坚持。《孔雀东南飞》在展示刘兰芝个人毁灭悲剧与焦刘二人爱情失落悲剧的同时，也展示了诗歌诸人物的命运悲剧。

第四节　亲手塑造与亲手打破——儒家伦理的首施两端

一、一边在维护扼杀爱的权利的绝对等级制，一边在赞颂美好的爱情

在传统社会中，人不仅有等级观念，还面临着等级的现实。每个人在社会上，都有一个固定的位置，当官的比老百姓地位高，大官比小官地位高。

一个等级社会，必然是人欺负人的社会。大官欺负小官，小官欺负百姓。男人欺负女人，女人就自己欺负自己。原配打小三，小三打小四！人都是在欺负中

长大的，不是欺负人，就是被人欺负，地位不平等，已经深到了骨头里。

怕被欺负，就只能拼命往上爬。要想法设法，让自己显得比别人地位更高。如果你地位不够高，即使你不欺负人，别人也要欺负你！

平等的社会，人们才可以悠然享受自己的生命，选择最适合自己的。而不平等的社会，你必须去和别人争同一样东西，哪怕你不需要，也必须要争。如果不争到手，你的社会地位就会下滑，就会被更多人欺负。

不平等的社会，从来就没有过爱情文化，爱情是地位平等时才会产生的感情。权力和地位是同等的，只要有了权力、有了地位，自然就有了美丽女人。放弃了权力和地位，反倒没有了爱情。就算有女人爱上没有权力和地位的你，权力也会把她抢走。

武大郎不是因为娶了潘金莲，结果连命也丢掉了吗？而男人为潘金莲鸣不平，认为潘金莲嫁给武大郎委屈了，凭什么这样认为？无非不过是认为像潘金莲这样的漂亮女人，理应属于地位更高的男人。而武大郎之所以遭到男人的轻蔑，不过是他身有残疾。

等级的社会，因为爱情不能提升男人的社会地位，所以许多男人只有欲，没有爱。女人，也被男人按照欲望分成等级：年轻漂亮的女人是上等，不年轻但仍然漂亮的女人是中等，其余的，无论你是多么聪明，多么优秀，多么善良，这些品质不能满足男人的欲望，就全都没有价值。

等级的社会，让男人陷入被地位高的人欺负的焦虑之中。而欺负别人最好的办法，莫过于占有他的女人，生下自己的孩子。所以会出现男人发现孩子不是亲生的，就毫不犹豫下毒手的残忍事情。只因为男人在抚养孩子过程中所产生的爱，远比不过被人欺负的痛苦。

二、以理杀人：神圣不可侵犯的"凡事皆有理"

在古代，戴震完整地表述了以理杀人及其危害：

宋以来儒者，以己之意见，硬坐为古贤圣之言之意，而语言文字实未之知。其于天下之事也，以己所谓理强断行之，而事情原委隐曲实未能得，是以大道失而行事乖。孟子曰："生于其心，害于其政，发于其政，害于其事。"自以为于心无愧，而天下受其咎，其谁之咎？……圣人之道，使天下无不达之情，求遂其欲而天下治。后儒不知情之至于纤微无憾是谓理，而其所谓理者，同于酷吏之所谓法。酷吏以法杀人，后儒以理杀人，浸浸乎法而论理，死矣，更无可救矣……后儒冥心求理，其绳以理严于商、韩之法，故学成而民情不知，天下自此多迂儒。及其责民也，民莫能辨，彼方自以为理得，而天下受其害者众也！

而及其责以理也，不难举旷世之高节，著于义而罪之，尊者以理责卑，长者

以理责幼，贵者以理责贱，虽失，谓之顺；卑者、幼者、贱者以理争之，虽得，谓之逆。于是下之人不能以天下之同情、天下所同欲达之于上。上以理责其下，而在下之罪，人人不胜指数。人死于法，犹有怜之者；死于理，其谁怜之？（《管子校注》）

这里不是要考察戴震的以理杀人思想，而是因为他的论述很完整，所以，以之为切入点，便于考察以理杀人的发生形式以及如何避免以理杀人。对一个古已有之的思想作尽量清楚、准确的解释，使解释成为可区分、可理解、可交流、可公共化的解释。可区分是说解释一个思想要把它与其他思想做出尽量明确的区分。只有区分是明确的，他人才能理解到实实在在的内容（可理解），在交流中才能尽量避免误解（可交流）。避免了误解（或误解降低到一定程度），对该思想的解释就是可以公共化的解释。在以理杀人中，理是工具，以理杀人者是施事者（利用者），被施事者借理所伤害的行为者是应事者。"以理杀人"这个表述把施事者省略了，其完整的含义是：某些人利用某个正义的理由（"理"）首先对他人施加暴力（"杀人"）。简言之则是：某些人利用理害人。

第七章 《长生殿》与《聊斋志异》中的伦理悖论

第一节 帝王的爱情悲剧——《长生殿》

一、李隆基的形象分析

《长生殿》描写唐玄宗宠幸贵妃杨玉环，将其哥哥杨国忠封为右相。后来唐玄宗又宠幸其妹妹秋国夫人，私召梅妃，引起杨不快，终两人和好，于七夕之夜在长生殿对着牛郎织女密誓永不分离，后来安禄山造反，唐玄宗和随行官员逃离长安。部队兵变，强烈要求处死杨国忠和杨玉环，唐玄宗不得已让杨玉环上吊自尽。由于神仙的帮助，杨玉环死后入列仙班。安禄山被打败，唐玄宗到长安后，日夜思念杨玉环，派人找杨贵妃，最终感动了牛郎织女，使两人在月宫相会。李杨故事的开始是才子佳人才能拥有的大好结局，但这已经获得的爱情却将接受现实世界日复一日的考验。爱的维护比建构更加不易，而在这个维护的过程中，从唐明皇对杨贵妃的册封，到两人闹别扭后唐明皇主动地《复召》，再到为贵妃《进来》、七夕《密誓》，《长生殿》的唐明皇符合主体的要求，是爱情主要行动要素，而各类神仙则是辅助体行动因素。

李隆基的性格比杨玉环复杂得多。他对杨玉环的爱情，是与杨结合之后在一系列条件下曲折地发展起来的，这个发展过程，以马嵬事变为界，分成两个阶段。在前一阶段《定情》表现了他贪图享乐和怜香惜玉两方面的性格。此后直到《絮阁》，他的性格发生了很大变化！他最初的宫廷享乐生活，并没有多少值得称道的东西。后来，在《霓裳羽衣曲/舞》的艺术活动中，他对杨玉环的感情就增添了共同的艺术情趣这一基础。他勾搭虢国夫人，表现出轻薄；召幸梅妃，则包含了对一个旧宠妃的怜悯。在这两次事件中，他表现出以假为特征的喜剧性

格。勾搭虢国夫人时的假，反映了带有某种新苗头的感情和已经在动摇的旧观念的矛盾。召幸梅妃时的假，反映了正在确立起来的新的爱情关系、爱情观念和在旧制度下形成的旧习气的矛盾。这两对矛盾，实际上都是合理的爱情和不合理的封建制度、婚姻观念的矛盾在李隆基性格中的表现。在这个矛盾发展过程中，他对杨玉环的感情发展到了现实中可能达到的最高峰，接近了现代性爱的水平。

从马嵬事变起，李隆基从九重天上跌落到了受人逼迫的地位，他的性格也发生了深刻变化。他对制造了他爱情悲剧的人们有愤恨，对自己往日昏庸不明和马嵬违誓的行为有悔恨。他的自悔负心，有不可低估的进步意义。经过这一番挫折，他对杨玉环的爱情趋于深挚、专一，达到了作者理想的水平。他的性格悲剧性占了主导地位，但仍有喜剧余韵。

纵观全剧，李隆基是一个由喜到悲的人物形象，悲剧性为主，喜剧性为次。悲剧性是最终确立起来的。作者要突出的，是其悲剧性。"笑你生守前盟几变迁"，作者嘲笑了李隆基的"几变迁"，但肯定了他的生守前盟。

二、帝王也需要爱

爱情是人的一种本能，本身具有相当强大的力量。"人非草木，孰能无情"、"食色，性也"，性欲是人的天性和本能之一，而爱欲与性欲两位一体。为了爱情，人是可能把政治的责任抛到脑后的。"寡人自从太真入宫，朝歌暮宴，无有虚日。"（《长生殿·楔子》）。伴随着《霓裳羽衣舞》，李、杨之间拥有了交心的爱情，这种知音之爱使得他们沉浸在爱情里难以自拔，也失去了对贪图享乐的节制。普通人在爱情生活中也不免过度寻欢作乐，且产生消极影响，由于帝王至高的权利，他们在爱情中寻欢作乐的可能和其所产生的消极影响就会更大。据李龟年回忆，他在朝元阁教演"霓裳"时，杨玉环和李隆基曾对他"各赐缠头，不下数万"，十分挥霍。随着李杨爱情的升温，他们渐渐走向了"逞侈心、穷人欲"的地步。热恋中的人愿意为自己的爱人献出自己的一切，对帝王来说，国家、臣民，都是他可任意支配的私人财产，宠爱越深，恩典越重，后果就越严重。蒲松龄在《促织》一文中说，"天子一践步，皆关民命"。帝王在享乐中消磨了意志，"占了情场，驰了朝纲。"

为了政治，臣子们往往以家国大计要求帝王们舍弃爱情，在对付帝王深爱的女人时臣子们决不手软，甚至不惜两败俱伤。杂剧《罗公远梦断杨妃》（岳伯川）中就有这样一支《呆骨朵》："太真妃养着一个家生俏，则在那翠盘中惹起兵刀。见如今臣负君心，怎肯教鸦夺了凤巢。微臣可便上不得凌烟阁，娘娘也立不得杨妃庙。臣今日不尽孝能尽忠，你可甚养小来防备老。"在这场争夺中，臣子们代表了民意，"水能载舟，亦能覆舟。"哪怕帝王十万分不愿意，在理想与现实的矛盾痛苦中苦苦挣扎后，他们的爱情仍然免不了悲剧落幕，他们孤立无援。

《长生殿·看袜》中，郭从谨对那些争看贵妃留下的一只锦袜的人们，沉痛地发表议论："唉，官人，看他则甚。我想天宝皇帝，只为宠爱了贵妃娘娘。朝欢暮乐，弄坏朝纲，致使干戈四起，生灵涂炭。老汉残年向尽，遭此离乱，今日见了这锦袜，好不痛恨也。"流落江南的梨园老乐师李龟年也感慨道："只可惜当日天子宠爱了贵妃。朝欢暮乐，致使渔阳兵起，说起来令人痛心也！"（《长生殿·弹词》）在这里，他道出了人们心中认定的宠爱贵妃与干戈四起的因果关系。《惊鸿记·本传提纲》中也道："翠握金缕，春暖梨花雨。多少英雄迷此际，误国殃民任取。"似乎帝王注重儿女情长，就必定会导致"英雄气短"、国运衰竭。最后，当帝王为了爱情元气大伤，宠妃会付出更加沉痛的代价，帝妃爱情被强大的反对体彻底打败了。

但是爱情成为悲剧，并不是爱情的结束。如邵曾棋所说，中国古典悲剧可分为三种，一种是一悲到底的，如《梧桐雨》；另一种是以抒情为主的悲剧；还有一种，在悲剧之后挂上了一条欢乐的尾巴气其中第三种的数量为最多，其典型代表就是《长生殿》，它的结局可概括为"仙化相会"，这个"欢乐尾巴"的主要功能在于消解这场爱情悲剧的悲剧性。

"上皇原是孔异真人，今夜八月十五数合飞升。""神仙本是多情种"，嫦娥道："天孙怜彼情深，欲为重续良缘。要借我月府，与二人相会。太真已令道士杨通幽引唐皇今夜到此，真千秋一段佳话也。只为他情儿久，意儿坚，合天人重见。"李杨终于天上重逢了，却是一副人间情怀：

（生）妃子那里？

（旦）上皇那里？

（生见旦哭介）我那妃子呵！

（旦）我那上皇呵！（对抱哭介）

最后，神仙宣布"玉帝敕谕唐皇李隆基、贵妃杨玉环：咨尔二人，本系元始孔异真人、蓬莱仙子。偶因小谴，暂住人间。今谪限已满，准天孙所奏，鉴尔情深，命居忉利天宫，永为夫妇。如敕奉行。"神仙巨大的力量，使得《长生殿》有了一个大团圆结局，悲剧性得到了最大的消解。

三、帝王也不例外：宗法专制制度下的爱的权利

帝王爱情是有着特殊色彩的爱情。只有当爱情从现实中抽离出来，才获得了永恒的新生，他们无法在尘世享有爱情的幸福，只能把希望投向来世或梦幻。从更深层次来说，《长生殿》这个"欢乐尾巴"其实反映了中国人悲剧性的爱情观，即"情缘总归虚幻"。《长生殿》前言中即道："双星作合，生初利天，情缘总归

虚幻。清夜闻钟，夫亦可以避然梦觉矣。"

戏曲中帝、仙的故事不分家，常人眼中的帝妃本就与神无异，帝妃常被认为是落入凡间的仙人，他们在仙人的帮助下，用超现实的方式实现团圆，是最让人认可的方法，这也和于贝斯菲尔德的论述相呼应："戏剧展示无以解决的矛盾，逻辑和固有道德为之束手无策的障碍，戏剧带来臆想的、梦幻的办法"。

帝王的爱情从来都处于社会领域，他们私人化的一言一行都会成为社会性事件，对于帝王爱情来说，爱情与社会政治难两全，命运的飞来横祸和苦难的难以避免，使人不得不到幻境中去寻求寄托，人仙恋不再对政治有所影响，于政治是无害的，于是人仙恋就成为帝王爱情最终也是最好的去处。同时，悲剧性消解得越是彻底，虚幻的性质越是浓烈。

《长生殿》末出《重圆》中，有这样的唱词："羡你死抱痴情犹太坚，笑你生守前盟几变迁。总空花幻影当前，总空花幻影当前，扫凡尘一齐上天……神仙本是多情种，蓬山远，有情通。情根历劫无生死，看到底终相共，尘缘倥偬，忉利有天情更永。不比凡间梦，悲欢和哄，恩与爱总成空。跳出痴迷洞，割断相思鞚；金枷脱，玉锁松，笑骑双飞凤，潇洒到天宫。"这些唱词唱出了人生如梦的虚幻，这种虚幻不仅体现在结局处，而是贯穿于很多戏曲的整体。

朝代兴亡、政权更迭是天道循环的表现，世界有限而仙界无穷，万物飞速变化而仙界永恒。"沧海桑田，如同幻梦；朱楼玉宇，瓦砾颓场，在人间享受现世生命的人"莫恋迷途"，终究要回归永久的虚幻，肉体的存在只是镜花水月过眼云烟，对现实爱情悲剧的超现实解救才能使爱情永恒。作为人的命运悲剧永不可抗拒，除非逃到虚空之中。戏曲中的主人翁总能找到出路，无论如何也要让心灵和情感有所依附，哪怕是在虚幻中团圆。

从戏曲外部来说，在戏曲产生的元代，社会现实使文人在现实的人生中难以实现儒学精神所赋予他们的宏伟理想。他们只能寻求一种新的精神寄托，以消解在现实中的惆怅，于是他们便逃到神仙世界。在虚幻的精神乐园里求得解脱，这使得神仙道化剧在元代蔚为大观。那以后各朝的戏曲，当现实中无法解决的问题产生时，也常常于虚空中寻找答案。

第二节　寄托于神鬼狐仙世界——《聊斋志异》

《聊斋志异》中有一百四五十多篇以女性为主角，用了将近三分之一的篇幅塑造了一系列绝美的花妖狐魅形象，描写了妇女的婚姻家庭生活，表现了新的爱情婚姻观。

一、对恋爱、婚姻的自主意识

《聊斋志异》所塑造的女性形象，大多敢于反抗封建礼教，追求婚姻自主，对恋爱、婚姻充满自主意识。在《青梅》中，青梅作为阿喜的婢女，本来是没有人身自由的，她因敬佩同邑张介受的为人，便极力想促成阿喜与张介受的婚姻，却因阿喜父亲的嫌贫爱富而未成，于是青梅勇敢地冲破封建礼教的樊篱，毅然毛遂自荐，主动去追求张介受，当阿喜提醒她没有自主权力时，她果断地说："不济，则以死继之。"尽管身处社会最底层，青梅仍敢于力图摆脱自己的奴隶地位去追求幸福美满的新生活，这在当时女性中是难能可贵的。又如《莲香》篇中，莲香爱上桑生，于是主动以身相许，为了同桑生做长久夫妻，甘愿就死，重投人生，再续前缘，为了追求她所向往的生活，采取了异乎寻常的举动，付出了巨大的代价，这是现实社会中的女性所无法做到的。在爱情婚姻上，《聊斋志异》中的女性形象充分显示出了自己的主动性，充满进取精神。她们对爱情婚姻的追求都表现得大胆热烈，毫不顾及封建礼教的种种束缚，按照自己的感情和意愿，义无反顾地去追求，忠贞不渝地去爱，直到实现与所爱的人的幸福结合。一方面，这种对爱情婚姻的自主意识表现为敢于主动追求爱情；另一方面，又表现在敢于在自己的爱情受到伤害时果断采取行动，毅然离开曾爱过的人，去寻找新的真正的爱情。《石翠仙》中的石翠仙母女为梁有才的苦苦追求和百般表白所打动，应允了他的求婚，但后来梁有才见利忘义，密谋背叛石翠仙，对此，石翠仙怒斥他的卑鄙行径，愤然离去。《阿霞》中的女主人公则在看到自己所爱的景生薄情寡义时，立刻断绝了与他的联系，同郑生结为姻缘。《聊斋志异》中女性对爱情婚姻的自主意识使得在唐传奇中因男子移情别恋造成的女性悲剧演化为新的结局，那就是最终被抛弃的不再是这些女性，而是那些忘恩负义的男子。

二、在爱情、婚姻中的平等独立意识

《聊斋志异》中的女性形象在对幸福爱情的追求中往往强调男女双方在爱情上的平等，一定程度上突破了"嫁鸡随鸡，嫁狗随狗"的男尊女卑思想，走出男性主宰爱情婚姻的阴影如《鲁公女》《白秋练》《莲香》《翩翩》等许多作品，都是把互敬互爱作为爱情的思想基础，狐女们对爱情是执着的，所以她们也要求对方同样执着，当她们发现爱情不忠时，便会毅然离去，甚至对薄情寡义者进行报复，而不像封建社会中，只有男子才有休妇的权利，如《阿霞》中的阿霞痴爱着景生，但景生却顾虑原配妻子会妨碍他和阿霞的爱情，对妻子动辄诟骂，使其妻再嫁，但是自此以后，阿霞不再上门，她呵责景生："负夫人甚于负家；结发者如是，何况其他俨。阿霞对爱情的追求是纯洁的，她不仅不允许景生对

她负心，更能从景生对结发妻的谩骂中看出其品质的恶劣并断绝往来，这是非常可贵的。《霍女》中的霍女，不受封建贞操观念的束缚，无视"好女不嫁二男"的世俗看法，三易夫婿，都是她主动去留。霍女几易夫婿，虽然表现了女子报复男子的变态心理，但她这一放荡不羁的形象体现了一定的反世俗观念和男女平等的意识。

《聊斋志异》中的女性，因为地位与男子是平等的，所以她们在婚姻问题上往往能够主宰自己的命运，并不依附于男性，独立精神是这些女性形象的又一特质。在现实社会中，由于经济上的不独立，再加上"三从四德"等封建礼教的束缚，使封建社会的妇女丧失了独立的人格，始终处于男子的附庸地位。《聊斋志异》中的部分女性却能以自己的双手、自己的劳动养成了自己独立的个性，创造了美好的生活，如辛十四娘"为人勤俭洒脱，日以社织为事"；翩翩也是自食其力的独立女性，她剪自石为衣，取山叶作饼，蓄落叶过冬，所以当丈夫罗子浮要回乡时，翩翩明知分别在即，相会无期，却还是唱起歌为丈夫送行。因为她不是那种离开丈夫就无法生活的人，她有谋生的手段和独立的个性。《黄英》篇中黄英的丈夫马生是一正直而迂腐的封建知识分子，他把安贫乐道作为处世的起码准则，黄英却不受他的干扰，靠自己的劳动和智慧致富置产。尽管马生对此一直耿耿于怀，黄英始终不改初衷，"君不愿富，妾亦不能贫也"。她的坚定不移终于使马生迁就了她的做法。从这些女性形象的经历来看，她们都不再是把改善经济、改善生活的希望完全寄托于丈夫身上，而是自己走出闺阁，通过自己的躬行操持，赢得了个性的独立和尊严。

三、冲破传统门第观念，重视品德和感情

"门当户对"的观念在等级森严的封建社会中可以说是根深蒂固的，《霍小玉传》中霍小玉就是因身份低微被负心人李益抛弃后含恨而死，这在《聊斋志异》中却有了不同的表现。《聊斋志异》中的女性挑选的对象大多是一些家境贫寒的知识分子，甚至是以小本生意养家糊口的下层普通劳动者，如《罗刹海市》中龙女与马骥的结合，《西湖主》中陈明允与西湖公主的结合，吴志达曾说过："我们在论述唐人传奇《霍小玉传》《李娃传》这类作品时，曾肯定士子与妓女之间产生真挚爱情的可能性，但其爱情的基础，是郎才女貌、互相吸引。《聊斋志异》中的这类题材，则予以升华——情爱贵在知己之心"。❶这种知己之爱在女方就表现为对男子正直诚笃品质和真挚感情的倾慕和爱恋。如在《张鸿渐》《鸦头》《蕙芳》《王桂庵》中，作者分别塑造了舜华、鸦头、蕙芳、芸娘等女性形象，她们

---

❶《中国文言小说史》，吴志达，齐鲁书社，1994年09月第1版，第742页。

在选择爱人时注重的是男子的品德，只有当她们了解到男子的诚实不欺和忠实可靠时，才大胆献出自己的爱。细侯对爱人满生说："妾归君后，君读妾织，暇则诗酒可遣，千侯何足贵"。她们以对方的品行为重，追求真挚的爱情，鄙薄爱情婚姻问题上的功利观念。

对真挚爱情的追求与珍爱是"知己之爱"的核心，为了获得真爱，过上自由幸福的爱情生活，她们大胆地追求，甚至可能为此生生死死。《聊斋志异》热情歌颂了爱人之间祸福同当、生死与共的忠诚精神与高尚的情操，如《晚霞》里的男女主人公互相爱慕，双方恋情热切，后来他们私下结成夫妻。但因他们地位低下，龙宫律令又十分酷烈，监视极为严密，所以他们相见很难，无法相聚。阿端得不到晚霞的音讯"怅然若失""痴想欲绝"；晚霞见不到阿端，又恐遭迫害，愿为情死，投江自尽，阿端得到噩耗，也跳江殉情。《聊斋志异》所塑造的这些"新女性"形象是作者突破传统门第观念思想的流露，体现了作者思想中的民主与进步。

四、不畏强暴、勇敢追求爱情的反抗精神

《聊斋志异》中有些女性形象被作者用浪漫主义笔法赋予了狐鬼精灵的特性，因而能摆脱世俗的束缚，表现出强烈的反封建礼教精神。她们往往无视甚至蔑视父母之命、媒妁之言、三从四德、纲常名教之类压迫妇女的封建法规，按自己的意愿理直气壮地去追求爱情，如《鸦头》中的妓女鸦头，自己物色了配偶并随他出走，逃离了苦海。她姐姐骂她："脾子不羞，随人逃匿！老母令我缚去。"她斩钉截铁地反驳说："从一者何罪傈，这是何等的光明正大？"这种"以子之矛，攻子之盾"的反击，是对残暴压迫者们的强烈抗议。尽管她后来为此遭受了野蛮迫害，付出了沉重代价，但始终没有屈服。《聊斋志异》中诸如此类的女性形象还有很多，如晚霞、婴宁、菱角、白秋练等等，她们的越轨行为都是对封建社会陋规恶俗的大胆挑战，小翠是这类女性形象中最为典型的，她的母亲为报答王侍御的庇护之恩，把她嫁给王的"绝痴"儿子，面对这个虽极富贵却政治险恶的大官僚家庭的环境，她巧妙地利用丈夫的痴呆，以戏谑为手段，对封建伦理道德极尽嘲弄之能事。

《聊斋志异》中所描写的这些女性形象在爱情观上多具有不同程度的民主倾向，尤其是那些有着花妖狐魅外衣的美丽女子，她们往往不受传统的封建观念的束缚，以自己的标准、意愿选择配偶，组织家庭；她们藐视世俗，蔑视片面贞操观念；她们以爱情、恩义为重，她们谴责薄幸汉，惩罚负心郎，不允许被欺凌和支配；她们有强烈的爱憎感情，不屈服于命运，对生活抱有坚强的信念，尽管蒲松龄在描写这一爱情婚姻题材时，由于自身阶级意识的局限不能彻底地摆脱历

因袭的重负，比如对一夫多妻制的赞扬，等等，使得作品中民主精华与封建糟粕杂然并存，进步因素与落后因素相抵牾，但瑕不掩瑜，他笔下的妇女形象，更多的是闪烁着勇于冲破礼教樊篱、向往自由平等生活的思想光彩。这些形象虽不可避免地带有它赖以出生的封建母体的许多烙印，但却有着新的气息，代表着妇女生活发展的方向，这是作者民主理想的寄托，也是那个时代市民阶层生活理想的反映。

参考文献

[1] 吴乃恭 . 儒家思想研究 [M]. 长春：东北师范大学出版社，1988.

[2] 陈谷嘉 . 儒家伦理哲学 [M]. 北京：人民出版社，1996.

[3] 徐迟 . 红楼梦艺术论 [M]. 上海：上海文艺出版社，1980.

[4] 朱熹 . 四书章句集注 [M]. 北京：中华书局，1983.

[5] 梁启雄 . 荀子简释 [M]. 北京：中华书局，1983.

[6] 韦政通 . 儒家与现代中国 [M]. 上海：上海人民出版社，1990.

[7] 罗荣渠 . 从"西化"到现代化 [M]. 北京：北京大学出版社，1990.

[8] 瞿同祖 . 中国法律与中国社会 [M]. 北京：中华书局，1981.

[9] 王玉波 . 历史上的家长制 [M]. 北京：人民出版社，1984.

[10] 黑格尔 . 法哲学原理 [M]. 北京：商务印书馆，1982.

[11] 刘梦溪 . 红楼梦新论 [M]. 北京：中国社会科学出版社，1982.

[12] 舒芜 . 说梦录 [M]. 上海：上海古籍出版社，1982.

[13] 叶朗 . 中国小说美学 [M]. 北京：北京大学出版社，1982.

[14] 吕美泉，吕绍纲 . 周易入门 [M]. 长春：吉林大学出版社，1991.

[15] 李泽厚 . 中国现代思想史论 [M]. 北京：东方出版社，1987.

[16] 中共中央马克思恩格斯列宁斯大林编译局 . 马克思恩格斯选集 [M]. 北京：人民出版社，1972.

[17] 李希凡，蓝翎 . 红楼梦评论集 [M]. 北京：人民文学出版社，1973.

[18] 王实甫 . 西厢记 [M]. 上海：上海古籍出版社，1978.

[19] 蒋和森 . 红楼梦论稿 [M]. 北京：人民文学出版社，1981.

[20] 黑格尔 . 美学 [M]. 北京：商务印书馆，1981.

[21] 刘梦溪 . 红学三十年论文选编 [C]. 天津：百花文艺出版社，1983.

[22] 蒋和森 . 红楼梦概说 [M]. 上海：上海古籍出版社，1979.

[23] 张毕来 . 漫说红楼 [M]. 北京：人民文学出版社，1978.

[24] 黄汝成.日知录集释 [M].上海：上海古籍出版社，1985.

[25] 朱一玄.红楼梦资料汇编 [M].天津：南开大学出版社，1985.

[26] 费孝通.乡土中国 [M].北京：生活·读书·新知三联书店，1985.

[27] 李华兴，吴嘉勋.梁启超选集 [M].上海：上海人民出版社，1984.

[28] 鲍雯.梁漱溟学术华录 [M].北京：北京师范学院出版社，1988.

[29] 李贽.焚书 [M].北京：中华书局，1961.

[30] 一粟.红楼梦资料汇编 [M].北京：中华书局，1964.

[31] 薛瑞生.红楼采珠 [M].天津：百花文艺出版社，1986.

[32] 姜耕玉.红楼梦意境探奇 [M].重庆：重庆出版社，1986.

[33] 韦伯.新教伦理与资本主义精神 [M].于晓，陈维钢.等，译.北京：生活·读书·新知三联书店，1987.

[34] 韦伯.儒教与道教 [M].王容芬，译.北京：商务印书馆，2003.

[35] 白盾.红楼梦新评 [M].上海：上海文艺出版社，1986.

[36] 李泽厚.中国古代思想史论 [M].北京：人民出版社，1986.

[37] 何其芳.论红楼梦 [M].北京：人民文学出版社，1959.

[38] 袁行霈.中国文学史 [M].北京：高等教育出版社，2005.

[39] 曲家源.《水浒传》新论 [M].北京：中国和平出版社，1995.

[40] 丘振声.水浒传纵横谈 [M].南宁：广西教育出版社，1992.

[41] 王意如.四大名著百话 [M].上海：汉语大词典出版社，2004.

[42] 许慎.说文解字 [M].北京：商务印书馆，1980.

[43] 程俊英译注.诗经注译 [M].上海：上海古籍出版社，1990.

[44] 龚自珍.龚自珍全集 [M].北京：中华书局，1959.

[45] 高亨.诗经今译 [M].上海：上海古籍出版社，1980.

[46] 兰陵笑笑生.金瓶梅词话（上下册）[M].北京：人民文学出版社，1985.

[47] 冯梦龙.情史 [M].长沙：岳麓书社，1986.